Land und Leute in der Union

SALZWASSER
VERLAG

Adolf Donai

Land und Leute in der Union

Unveränderter Nachdruck der Originalausgabe von 1864.

1. Auflage 2022 | ISBN: 978-3-75259-908-4

Verlag: Salzwasser Verlag GmbH, Zeilweg 44, 60439 Frankfurt, Deutschland
Vertretungsberechtigt: E. Roepke, Zeilweg 44, 60439 Frankfurt, Deutschland
Druck: Books on Demand GmbH, In de Tarpen 42, 22848 Norderstedt, Deutschland

Land und Leute in der Union.

Land und Leute

in der Union.

Von

Adolf Douai

Berlin, 1864.

Vorwort.

Seit Abfassung des vorliegenden Werkes sind sechs Monate vergangen, ohne daß der Verfasser es wieder zu Handen gehabt hätte. Sechs Monate in so bewegter Zeit, als die Union soeben durchlebt, sind Zeit genug, um verschiedene in diesem Werke aufgestellte Berechnungen und Vorhersagungen durch die Erfahrung entweder bewährt oder widerlegt zu sehen.

Im Monat Februar, als wir schrieben, verzweifelten viele sonst gutunterrichtete Beobachter an einem baldigen und entschiedenen Siege der Unionssache über die Secession. Wir hielten diesen Sieg für gewiß, wie das vorletzte Kapitel dieses Werkes beweist, und für nahe bevorstehend. Heute kann ein Blinder sehen, daß wir Recht hatten.

Damals zweifelten noch Viele an dem Bestehen einer großen Verschwörung im Norden selber, welche die landesverrätherische Absicht hätte, die ganze Union der südlichen Aristokratie auf Gnade und Ungnade zu überliefern; wir behaupteten dasselbe. Die zahlreichen, mittlerweile losgebrochenen kleinen Aufstände in Indiana, Illinois, Iowa, Ohio, Pennsylvanien und zuletzt in der Stadt New-York haben den Beweis geliefert, daß wir klar gesehen hatten.

Andere glaubten mit uns an den baldigen Ausbruch einer nördlichen Verschwörung und fürchteten von derselben eine viel größere Gefahr, als von der Secession selbst. Wir waren überzeugt, daß es einem solchen Ausbruche an aller Aussicht auf Erfolg gebreche, und die Erfahrung hat diese Anschauung vollauf gerechtfertigt.

Wir haben es im dritten Kapitel ausgesprochen, daß es im Wesen einer folgerecht durchgeführten Demokratie, wie der Norden der Union sie kennt, liege, daß es darin keine unzufriedene, umsturzsüchtige Kaste geben könne; daß alle Verführungskünste der Demagogen hier bald genug am gesunden Sinne des Volkes scheitern müssen; daß selbst Monate lang fortgesetzte brandstifterische Aufrufe einer mit dem Pöbel verschworenen aristokratischen Presse die eigentliche Arbeiterklasse nicht zur Revolution gegen ihre selbstgegebenen Gesetze fortreißen können, und daß innerhalb einer folgerecht demokratischen Verfassung alles Schlechte und Gemeine sich viel rascher abnützen und selbstmorden müsse, als innerhalb jeder anderen. Es hätte keine schlagendere Bestätigung dieser Wahrheiten eintreten können, als der New-Yorker Aufstand vom 13—17 Juli d. J. sie geliefert hat.

Dieser Aufstand gereicht der Stadt und dem Staate, ja der ganzen Union zur unauslöschlichen Schande; gleichwohl ist der Ausgang desselben ein ewiges Ehrendenkmal für die Demokratie. Zwei Tage lang herrschte in mehreren Theilen der Riesenstadt ein wüthender Pöbelhaufe von kaum dreitausend Männern, Weibern und Buben, weil fast sämmtliche Bürgertruppen der Stadt dem von Lee überfallenen Pennsylvanien zur Hilfe gezogen waren;

weil die Polizei und die geringe vorhandene Unionsmacht anfangs sich scheuten, dem Aufstand mit gehörigem Nachdruck zu begegnen; weil der Governor des Staates und fast sämmtliche (sklaverei-demokratische) Behörden desselben, die beiden Stadtraths-Häuser und selbst ein Theil der großen Kaufmannschaft Parteigenossen der Aufständischen waren; endlich weil der eigentliche Arbeiterstand durch einzelne höchst unzweckmäßige und ungerecht erscheinende Bestimmungen des Aushebungsgesetzes erbittert war und sich besann, ob er einen gegen dasselbe gerichteten Ausbruch der Pöbelwuth unterdrücken helfen sollte. Nie ist ein Aufruhr unter günstigeren Umständen ausgebrochen; nie war die Sache des Gesetzes wehrloser. Hätten die arbeitenden Klassen sich an diesem Aufruhr betheiligt, so mußte er im höchsten Grade gefährlich für die Unionssache ausfallen. Statt dessen halfen sie ihn vom dritten Tage an unterdrücken, und es trat eine großartige Reaktion zu Gunsten des Gesetzes in der Stadt, im Staate, im ganzen Norden ein, durch welche der gleichzeitig festgesetzte Ausbruch der großen nördlichen Verschwörung vereitelt wurde. Daß eine Stadt wie New-York, der natürliche Sammelplatz der Auswürflinge zweier Welttheile, der Landungshafen von funfzigtausend rohen Irländern jährlich, zu einer Zeit, in welcher das Gesetz fast gänzlich wehrlos ist, nicht mehr als 3000 Aufrührer aufbringen kann, von denen neun Zehntel professionelle irländische Tagediebe, Kehlabschneider, Diebe, Gauner und politische Handlanger sind: dieses ist ein großartiger Beweis, in wie großem Maaße Einrichtungen des Selfgovernments auf die allerverwahrlosetsten Klassen veredelnd und hebend einwirken.

Wir hätten diesem Werke gern einen Anhang von Belägen statistischer, geschichtlicher und naturwissenschaftlicher Art hinzugefügt, um Behauptungen zu erweisen, welche wir zum Theil ohne begründende Unterlagen hingestellt hatten. Wir haben es unterlassen müssen, weil wir dem Buche einen möglichst großen Leserkreis wünschen, und weil nichts die Verbreitung eines Buches über größere Leserkreise so sehr erschwert als Dickleibigkeit und eine gelehrte Außenseite. Möge die Bestätigung so vieler unserer Voraussagungen, welche innerhalb eines halben Jahres von den Ereignissen geliefert worden, auch den unbewiesenen Behauptungen des Werkes Vertrauen und Glaubwürdigkeit verschaffen und beweisen, daß der Verfasser die Wahrheit hat sagen können und nach bestem Wissen hat sagen wollen.

Die deutsche Wissenschaft ist und bleibt das Forum, vor welchem alle geschichtliche und thatsächliche Wahrheit am Ende sich erhärten und beglaubigen muß. Der Verfasser ist sich bewußt, daß er vor diesem Forum viele und wichtige neue Thatsachen betreffs des Landes und der Leute in der Union vorbringt. Mögen dieselben im lieben deutschen Vaterlande recht weite Verbreitung finden.

Hoboken, N.-J. am 10. Sept. 1863.

Der Verfasser.

Inhalt.

Seite

Erstes Kapitel.

Der Boden, das Klima und das Volk.

Zweites Kapitel.

Die Geschichte und das Volk.

Drittes Kapitel.

Die Demokratie und der Nationalcharakter.

Seite

Viertes Kapitel.

Der Boden und der Charakter der Yankee's.

Seite

Fünftes Kapitel.

Land und Volk der mittleren und nordwestlichen Staaten.

Sechstes Kapitel.

Land und Leute in den Sklavenstaaten.

Erstes Kapitel.

Der Boden, das Klima und das Volk.

Man kann die Eigenthümlichkeiten eines Volkes vollständig verstehen und gerecht würdigen nur, indem man sie geschichtlich entstehen sieht, indem man also aus der Eigenthümlichkeit seines Bodens, dessen klimatischen Einflüssen und seiner Geschichte sie herleitet. Das folgende Kapitel will dies mit den Angloamerikanern versuchen.

Schon die oberflächlichste Bekanntschaft mit ihnen lehrt, daß ihr Nationalcharakter in sehr vielen und wesentlichen Zügen von dem ihrer Stammältern, der Angelsachsen Englands, abgewichen ist. Für eine schon nach so kurzer Zeit so ersichtlich gewordene Veränderung wird es kaum einen anderen Erklärungsgrund geben, als den Boden, den sie seit der Auswanderung aus England bewohnt, und das Klima, unter welchem sie sich entwickelt haben, in Verbindung mit der seitherigen Geschichte.

Viele, und darunter auch Amerikaner, haben statt dieses Erklärungsgrundes nach anderen gesucht, und in erster Hinsicht die starke Vermischung des angelsächsischen mit irländischem Blute hervorgehoben. Allein die irländische Einwanderung in Amerika ist erst seit dem Fehlschlagen der irischen Repeal-Bewegung beträchtlich geworden; vor den funfziger Jahren dieses Jahrhunderts war sie an Zahl viel zu gering, als daß sie in größerem Maßstabe zur Gestaltung des angloamerikanischen Volkscharakters beigetragen haben sollte. Wir werden übrigens weiter unten Beweise liefern, wie leicht sich die Irländer in der zweiten Generation dem angloamerikanischen Wesen verähnlichen. Viel früher endlich als mit Irländern sind die Angloamerikaner mit Deutschen und Franzosen massenhaft in Berührung gekommen, ohne daß man Spuren eines Einflusses auf den Volkscharakter daraus hat herleiten wollen.

Wir haben also ein wissenschaftliches Recht, die Abänderung des angelsächsischen Volkscharakters zum angloamerikanischen hauptsächlich auf Boden und Klima zurückzuführen, und unsere Leser mögen selbst entscheiden, ob uns das gelungen ist.

Nord- und Südamerika unterscheiden sich in ihrer Bodenbildung von allen Festländern der alten Welt in folgenden Rücksichten:

1. Ihre größte Erstreckung liegt von Norden nach Süden, weil die Hauptgebirgszüge sich in ziemlich meridianaler Richtung erhoben haben, während in der alten Welt die Haupterstreckung und

Hauptgebirge westöstlich verlaufen. Aber auch die Gebirge von geringerer Erhebung gehen in Amerika vorherrschend von Süd nach Nord, nahe gleichlaufend mit den Hauptketten.

2. Dadurch herrscht die Beckenbildung in Amerika vor. Wir haben hier folgende große Becken: das des Mississippi, welches von denen des Mackenzie- und des Lorenzstromes durch keine nennenswerthe Wasserscheide getrennt ist, also mit ihnen fast ein einziges Becken bildet. Ferner die Wüstenbecken von Oregon, Utah und Sonora, von denen die beiden ersteren völlig von Gebirgen umschlossen sind. In Südamerika hängen die drei großen Becken des Maranhon, des Orinoko und des La Plata völlig zusammen, ohne bemerkbare Wasserscheiden zwischen sich zu lassen. Man kann sagen, daß drei Viertel alles amerikanischen Landes diesen Becken angehören, neben welchen noch eine Anzahl kleinerer auftritt, so daß die Abdachungen nach den Küsten hin wohl kaum über ein Achtel der Bodenfläche bedecken.

3. Dies bewirkt eine Einförmigkeit der Bodengestaltung, welche in der ganzen übrigen Welt ihres Gleichen nicht hat. Es giebt nirgends längere ununterbrochene Gebirgs- und Höhenzüge, ausgedehntere Ebenen, mächtigere Flüsse, die weither alles Land entwässern, tiefer in den angeschwemmten Boden einschneiden, gewaltsamer aufstauende Gebirge durchbrochen haben. Selbst größere Wüsten und Steppen sind nur wenige in der alten Welt. Es fehlt fast durchweg an der Mannigfaltigkeit rasch zwischen Berg und Thal

wechselnder Scenerie, an Verschiedenheit der Richtung bei Gebirgen und Flüssen, an einer starken Küstenentwicklung und an Gebirgsknoten (convexe Formation), deren Ausläufer nach allen Richtungen der Windrose sich erstreckten.

4. Diese großen Becken haben alle Kalk- und Sandsteinformation (Trias- oder Kreidegruppe) in sehr flacher Lagerung. Sie würden also allesammt Wüste sein, wenn nicht die größten Becken den polaren und äquatorialen Luftströmungen, also starkem Feuchtigkeits-Niederschlage offen wären. Die es nicht sind (die meisten kleineren und die von Oregon, Utah und Sonora) mußten deshalb auch Wüsten werden. Selbst in den großen Becken aber gibt es ungeheuere Steppen, weil die herrschenden Winde über zu weite Landstrecken geweht haben, um nicht sehr trocken daselbst anzukommen, und weil die Hauptwassermassen, die von den Gebirgen aufgesaugt werden, unterirdisch unter den Kalkflötzschichten ablaufen, bis sie auf einer undurchdringlichen Thonschicht tieferer Flötzstufen als riesige Landseen oder ungemein mächtige Quellen hervorbrechen. Unter allen Ländern Amerikas hat allein die atlantische Abdachung in den Vereinigten Staaten eine größere Mannigfaltigkeit der Bodenformation und der Küstenentwickelung, ein entschiedenes Vorherrschen der Eruptionsgebirge, ohne gänzlichen Ausschluß der Sedimentschichten, eine größere Menge mittelgroßer Flüsse (die aber fast alle gleichförmig von Nordwest nach Südost herabkommen) und Bäche, und somit einen häufigeren Witterungswechsel.

5. Die Bodengestaltung bedingt die herrschenden Windrichtungen. Dieselben sind im großen Ganzen kaum irgendwo regelmäßiger und einförmiger. In Nordamerika (mit Ausschluß der Wüstenbecken) ist die herrschende Windrichtung in der ersten Hälfte des Jahres Nord und Nordost, in der zweiten Südwest und West, und zwar wehen in der Regel dieselben Winde zur selben Zeit über das ganze Land bis an die Felsengebirge — die Alleghanies unterbrechen weder, noch verändern sie bedeutend ihre Richtung. Dadurch ist eine weit größere Gleichförmigkeit des Klimas über das ganze Land bedingt, und hiermit wieder eine größere Uebereinstimmung der Pflanzen- und Thierarten über ausgedehnte Strecken hin, als irgendwo in der Welt. Wie schon angedeutet, ist der Wetterwechsel am häufigsten in den atlantischen Staaten der Union, theils der See- und Landwinde wegen, theils weil der Golfstrom mit seiner warmfeuchten Luft diese Küste an zwei Stellen berührt, theils der kalten Strömung wegen, welche aus dem Polarmeere herabkommend (und im Frühsommer Eisberge mitführend) auf den Neufundlandbänken mit dem Golfstrome zusammentrifft. Die Ostwinde (Seewinde) bringen also immer im Winter Thauwetter, im Sommer Regen oder Nebel, die Westwinde Trockenheit und heiteres Wetter, die Nordwinde Schnee oder trockne Kälte, jenachdem sie auf einen Ost- oder Westwind eintreten. Die Witterungswechsel sind bis an den Mississippi hin fast immer schroff, weil die geringe Breite beim Westwinde, also bei heiterem Wetter, die Sonne in voller

Stärke wirken läßt; die kalten Nord- und kühlen Ostwinde aber fast immer bedeckten Himmel bringen. Im Laufe eines Tages, ja weniger Stunden finden mitunter, besonders im Winter, Temperaturwechsel von 25—35 Grad Réaumur statt. Je tiefer in's Land hinein, desto seltener und geringer werden sie; ebendeshalb aber nimmt auch die Regenmenge und der Niederschlag allmälig nach der Mitte des Landes zu ab.

6. Die Regenmenge nimmt im Allgemeinen zu von Norden nach Süden und vom Innern nach der Küste, so daß sie in den nördlichsten atlantischen Staaten 35, in den südlichsten 55, am Felsengebirge und in den Wüstenbecken kaum 5 Zoll beträgt, an der Stillen-Meerküste aber von 30 bis 40 Zoll. Die Zahl der heiteren Tage nimmt im Allgemeinen örtlich ab mit der Menge des jährlich fallenden Regens, doch hat selbst die atlantische Küste nirgends über 150 Tage im Jahre bedeckten Himmel, das Innere des Landes an vielen Stellen kaum 40. Der Regen kommt also in der Mehrzahl der Fälle und an den meisten Orten (und zwar je südlicher und westlicher desto mehr) in Strömen und sehr plötzlich und hört eben so rasch wieder auf, um trockenen Winden Raum zu geben. Deswegen, und weil die Feuchtigkeitscapacität der geringeren Breite wegen durchweg ziemlich groß ist, hat ganz Nordamerika ein überwiegend trockenes Klima, ungeachtet seiner bedeutenden Regenmenge. Dies wirkt natürlich auf den Pflanzen- und Thiercharakter, und in Gemeinschaft mit beiden auf den menschlichen ein.

7. Gehört somit Nordamerika (und es ist in Südamerika aus ähnlichen Ursachen ähnlich beschaffen) zu denjenigen Ländern, welche ein zu Ausschreitungen geneigtes Klima haben, so brauchen wir nicht weitläufig zu erörtern, warum es mehr als irgend eine Gegend der Welt von furchtbaren Stürmen (Tornados) Gewittern, häufigen und prächtigen Nordlichtern, und einem auffällig großen Unterschied zwischen höchstem und tiefstem Wasserstande der Flüsse, also mit großer Dürre und großen Ueberschwemmungen, endlich mit hohen Springfluthen, starken Schneestürmen und dergleichen heimgesucht ist. Auch diese Eigenthümlichkeit des Klima muß Spuren in der belebten Welt hinterlassen.

8. Die Pflanzen- und Thierwelt zeigt entsprechende Eigenthümlichkeiten darin, daß es eine Menge Species gibt, welche fast von den Polarländern des hohen Nordens herab bis zum Aequator und darüber hinaus bis nach Patagonien verbreitet sind — eine Erscheinung, die in der alten Welt nirgends vorkommen kann. Beispielsweise erwähnen wir die amerikanische Ceder, den Mais, fünf Solanum-Arten, den wilden Taback, die amerikanische Fichte, die Lebenseiche, verschiedene Wallnußarten, die Cypresse; den amerikanischen Hirsch, das Opossum, das Stinkthier, den Ochsenfrosch, den Spottvogel, das verwilderte Pferd und Rindvieh, den Panther, das zahme Schwein, das Haushuhn, Hunde und Katzen, den wilden und zahmen Puter. Diesen und vielen anderen Pflanzen und Thieren begegnet man wild, oder man

kann sie akklimatisiren auf jedem Fußbreit Landes in Amerika, das überhaupt dazu sonst geeignet ist; das Klima steht nicht ihrer allerweitesten Verbreitung im Wege. Der denkende Leser erkennt sofort, daß dies eine Folge der Beckenbildung mit der davon abhängenden Gleichmäßigkeit und Regelmäßigkeit der Winde und des Klima überhaupt ist. Die Isothermallinien weichen nirgends in der Welt weiter von den Breitegraden ab, sind überhaupt nirgends so gewunden und rasch auf einander folgend als in Amerika. Hier allein findet man das wunderbare Schauspiel, daß innerhalb 34 Breitengraden alle Klimen der Welt zusammengedrängt sind; denn die Nordspitze von Labrador unter dem 60. Grade N. B. hat zehn Monate Winter, New York unter dem 40. blos sechs Monate, Florida unter dem 30. kennt fast gar keinen Schnee und kein Eis, und Key West unter dem 26. hat ein völlig tropisches Klima. Dagegen kommen in Texas 11 Grade Kälte vor, selbst an der Golfküste, und während drei Monaten kann es Eis gefrieren, während am nördlichen Red River und am Mackenzie bis zum 60° N. B. ein heißer dreimonatlicher Sommer Maisbau und Rindviehzucht erlaubt; denn im Mississippibecken liegen die Isothermallinien viel weiter auseinander als an der atlantischen Küste.

Da wir auf die Einzelheiten im Charakter des Landes zurückzukommen haben, und das Erwähnte genügt, um daraus die Veränderung des angelsächsischen Volkscharakters zum angloamerikanischen zu begreifen, so wollen wir nun zunächst nachweisen, wie Boden und Klima und ihre Erzeugnisse schon auf die Ureinwohner, die Indianer, ihr unverlöschliches Gepräge gedrückt haben, und zwar in ähnlicher Weise wie später auf die eingewanderten Europäer.

Daß die Indianer der großen Becken sich nicht zur Kulturstufe des Ackerbaulebens, nicht einmal zu der wandernder Viehzüchter erheben konnten, lag schon darin, daß es im ganzen Beckenlande kein zähmbares Thier, weder Rindvieh, noch Pferde, weder Schweine, noch Ziegen und Schafe gab. Denn der eingeborne Bisonochs der Hudsonbai-Länder und das Peccari-Schwein von Mexiko sind klein und unzähmbar. Aber es gab daselbst auch keine wilden Getreidepflanzen; denn das wilde Vorkommen von Mais und Reis beschränkt sich auf die atlantischen Küstengegenden, und was den Reis betrifft, auf Minnesota. Und da nun die, obschon meist reichbewaldete Bodenfläche keine genügende Menge wildwachsender Früchte bot, um die Einwohnerschaft zu ernähren, wohl aber jagdbares Wild jeder Art in Fülle, so mußten die Indianer der großen Becken nothwendig Jägervölker werden.

Damit war gegeben eine fast ausschließliche Fleischkost mit all' den Wirkungen, die sie auf den Organismus hat: Erregung heftiger Leidenschaften, welche mit Apathie abwechseln und übergroße Sinnlichkeit, welche besonders in einem überreizten Geschlechtsleben, im Genuß an den Qualen Anderer, in ewiger Händelsucht und viehischer Völlerei, dann aber wieder in stumpfer Trägheit hervortritt. Damit übereinstimmend wirkt die Lebensart als solche, welche eben sehr große

Anstrengungen als lange Entbehrungen, gewaltige Muskelthätigkeit, besonders der Bewegungsorgane, und ewige Wachsamkeit der wunderbar geschärften Sinneswerkzeuge, einen bedeutenden Aufwand an thierischer List und kaltblütige Mordlust bedingt. Endlich unterstützt das Klima diese Charakterentwickelung. Es dehnt den Körper in die Länge, giebt ihm abschüssige Schultern, starke Hüften und Schenkel, aber ohne hervorragenden Steiß, einen von vorn nach hinten verlängerten, an den Seiten abgeflachten Schädel mit stark nach oben und hinten gewölbter Stirn und einer Adlernase. Die Stärke der Backenknochen und Freßwerkzeuge überhaupt hängt dagegen von der größeren oder geringeren Mäßigkeit und Gier beim Essen selber ab — bei den Indianern ist sie ebenso bedeutend, wie bei den Angloamerikanern unbedeutend. Die Füße sind lang und ziemlich platt, des vielen Fußgehens wegen, und Lebensart wie Klima verhindern jede übermäßige Fettbildung, ausgenommen bei den Frauen und bei den Reiterstämmen.

Die trockene Luft erschwert die regelmäßige elektrische Entladung des Körpers und erzeugt somit eine Abwechselung von Zeiträumen langer, gespanntester Nerventhätigkeit und völliger Erschlaffung, von feuriger Leidenschaft und gefühllosester Gleichgiltigkeit. Mit den Sinnesnerven des Vorderhauptes entwickelt sich zugleich das große Gehirn, also das Denkvermögen, aber auf Kosten des Mittelhirns, und zwar umsomehr, da auch das Hinterhaupt, infolge langer Anspannung der Nervenpartien des Willens, stark entwickelt werden muß. Es bleibt also das Empfindungsvermögen unverhältnißmäßig schwach: Liebe, Zuneigung, Familiensinn, Gutmüthigkeit, Wärme des Herzens treten sehr zurück; dagegen ist das Denkvermögen ziemlich thätig — und Lebensart und Klima fordern dazu auf, — um den armseligen Vorrath sinnlicher Anschauungen, welche die wenig mannigfaltige Umgebung darbietet, begrifflich zu verarbeiten. Dies erklärt hinlänglich die natürliche Redegabe und den Sagenreichthum der Ureinwohner, sowie ihre verhältnißmäßig vernünftige und sehr einfache Gotteslehre.

Das häusliche Leben ergiebt sich daraus von selbst. Der Jäger, welcher nur selten zu Hause ist, und dann nur, um fleißig auszuruhen, muß sich wegen aller sonstigen Bedürfnisse auf das Weib verlassen. Dieses wird damit das Lastthier des Mannes, und da sie seine Gefahren und Rathschläge nicht theilen kann, tief herabgewürdigt. Dem wilden Jäger gilt geregelte Arbeit für seiner unwürdig, da blos Krieg und Jagd adeln; und das Weib muß mit den Sklaven zusammen die Arbeit verrichten. Der Bau dauerhafter Wohnungen ist ihr schwer, wird bei dem seltenen Zuhausesein des Mannes entbehrlich und bei den Wechselfällen des kriegerischen und auf Jagd angewiesenen Lebens sogar überflüssig. Es kann sich also auch keine Kunst und, weil kein Ackerbau vorhanden, kein Handwerk entwickeln, außer etwa der Gerberei, Schneiderei und rohesten Waffenmacherei. Zur Erweckung des poetischen Sinnes ist die Landschaft nur an wenigen Stellen förderlich, das häusliche Leben noch weniger.

Die Poesie der Liebe geht sofort in dem früh begonnenen Ehestande unter.

Zum Aufsteigen auf höhere Culturstufen ist vor Allem eine größere Dichtigkeit der Bevölkerung mit der daraus folgenden Theilung der Arbeit erforderlich, welche hinwieder zu Waarenaustausch und Handel führt. Das Jägerleben verbietet alles Dreies. Es gehören schon viele tausend Acker dazu, um eine Jägerfamilie zu ernähren, vielleicht dreifach so viel Raum als eine Hirten-, und hundertfach so viel als eine Ackerbauerfamilie zum Lebensunterhalt verlangt. Daher die steten Kriege der einzelnen Jägerstämme mit einander um die Jagdplätze; daher aber auch rückwirkend die Spärlichkeit des Nachwuchses, da den Mann der Krieg und die Jagd, Weiber und Kinder aber Strapazen, Noth und Hunger aufzehren. Es erklärt sich hieraus ferner die bei den Indianern weitverbreitete Sitte, Glieder fremder Stämme zu adoptiren, um den eigenen Stamm nicht aussterben zu lassen. Es erklärt sich weiter hieraus, warum es die Indianer, trotz der unvergleichlichen Gelegenheit zu einem großartigen Wasserverkehr, niemals in der Schifffahrt weiter als zum Rudern in Kanoes behufs des Fischfanges und kriegerischer oder Jagdunternehmungen gebracht haben. Es gab nichts auszutauschen, und die Stämme waren auf Feindschaft gegen einander angewiesen.

Das eben Entwickelte erklärt uns den Charakter des Indianers der großen Becken ausreichend. Anders in mancher Beziehung erscheint er in den kleineren

Becken und auf den Küstenabdachungen. Hier ist der Eingeborene zu höheren Kulturstufen aufgestiegen.

Die Indianer der nordatlantischen Küste hatten einen mannigfaltigeren Boden, ein mannigfaltigeres Klima und mannigfaltigere Erzeugnisse beider. Sie hatten Mais und Reis; den letzteren sammelten sie wild ein, den ersteren bauten die Weiber, nebst Taback, in einiger Ausdehnung, soweit es eben ohne Zugvieh möglich war, an. Sie hatten einen reichen Fischfang, besonders von Seefischen (während die großen Becken an Süßwasserfischarten, besonders genießbaren, sehr arm sind) und die Jagd auf Geflügel war ergiebig. Die Frauen hatten deshalb eine einflußreichere Stellung, die Sitten waren milder; es bildeten sich Bünde zwischen verwandten Stämmen, welche bei der größeren Nahrungsfülle nicht unter einander, desto mehr aber mit den roheren Stämmen jenseit der Alleghanies Krieg führten, auf welche sie mit Stolz herabsahen. Es gab mehr Kunstfertigkeit und eine reichere Sagenwelt, welche diese Indianer bei ihrer späteren Verdrängung in den fernen Westen durch die Weißen, dorthin auch unter andere Stämme verpflanzt haben.

Viel ansehnlicher noch mußte der Geistesfortschritt in den kleineren Becken Mittel- und Südamerikas und auf den westindischen Inseln ausfallen. Die Natur ist dort ergiebig und lieblich mild, und zwar nicht in einem solchen Grade, um alle Arbeit überflüssig zu machen. Mit sehr mäßiger Anstrengung kann man ihr nicht blos die allerersten, sondern auch viele das Leben verschönernde Bedürfnisse abgewinnen. Schon der roheste Ackerbau ergibt Mais und Bananen, Yucca-Wein und Faserstoffe, und ein geringer Sammlerfleiß ergibt wildwachsende Früchte genug, um Zeit und Lust zur Verschönerung des Lebens zu lassen. Damit war der Fortschritt des Eingebornen auf die Stufe des Ackerbaus geboten.

Das Landschaftsbild, das Klima und die Produktenwelt sind viel abwechselnder als in den großen Becken, das erstere meist ebenso erhaben als lieblich, den dichterisch-künstlerischen Sinn anregend und das Gefühlsleben und die Einbildungskraft auf Kosten des Verstandes und Willens ausbildend. Das Klima ist bei seinen schroffen Gegensätzen entnervend und macht die Menschen kindisch. Der Mann wird duldsamer, das Weib selbstständiger, die Ehe wird inniger und fruchtbarer. Daher das merkwürdige Schauspiel einer höheren Geistesbildung in tiefster Abgeschiedenheit von Schifffahrt, Handel und Völkerverkehr überhaupt. Es ist zur Erklärung der hohen Kulturstufe Mexiko's, Central-Amerika's und Peru's, welche die Spanier vorfanden, nicht nöthig eine Einwanderung aus der alten Welt anzunehmen. Alle Faktoren zu höherer Geistesentwickelung waren eben hier immer vorhanden: ein mildes und doch nicht zu üppiges Klima, ein fruchtbarer und doch dabei nervenerregender Boden, eine dichtere Bevölkerung, Mannigfaltigkeit der Boden- und Gewerbserzeugnisse genug, um einen ziemlichen Austausch innerhalb des Beckens zu veranlassen, und dabei die Nothwendigkeit, alle diese Güter gegen die Habgier kriegerischer Nachbarstämme vertheidigen zu müssen, vor welchen die hohen Gebirge und Wüsten und Meer, welche das Land umgeben, nicht völlig schützten.

Der letzterwähnte Umstand nöthigte die Ureinwohner der kleineren Becken Mittel- und Süd-Amerikas frühzeitig zum Bau fester Städte, zur Anlegung von Straßen und Brücken und zur Bildung staatlicher Genossenschaften, und zwar zur Monarchie mit stehenden Heeren und mit einer Landesreligion, und wahrscheinlich auch zum Entstehen von Kasten. Damit entsprangen bildende Kunst, Industrie und Handwerke.

Allein das milde Klima lähmt im Laufe der Zeiten die Willenskraft und den unabhängigen Mannessinn, den ohnehin die Kasteneintheilung beeinträchtigte, und wir wissen, daß es wenigstens zweimal im Falle von Mexiko und einmal im Falle von Peru den kriegerischen Indianern der größeren Becken gelang, fast das ganze Reich sich zu unterwerfen. Die bestehende Kasteneintheilung, welche im Volke kein stolzes Nationalbewußtsein aufkommen ließ, erleichterte ihnen sowohl die Eroberung, als die Festhaltung des eroberten Landes, und sie machten sich zur herrschenden Spitze des Ganzen und gewöhnten die arbeitende Bevölkerung zur unbedingten und gutwilligen Unterwürfigkeit. Die herrschende Kaste unterlag dann wieder, nachdem das entnervende Klima mehrhundertjährigen Einfluß geübt hatte, ihrerseits neuen Eroberern und wich vielleicht, um wenigstens ihre Freiheit zu retten, in uneinnehmbare Bergfestungen zurück. So mit den Tlascalanern, welche dem Cortez als Bundesgenossen gegen die Azteken dienten; so vermuthlich auch mit den Pimo-Indianern von Sonora, welche erst kürzlich in ihren nettgebauten, von reichen Gärten umgebenen Bergfestungen den Menschenblattern erlagen und ausstarben.

Die Spanier sind offenbar bei ihrer Entdeckung und Eroberung dieser Länder als Erben der Kastenherrschaft in die Rolle der obersten Kaste eingetreten und haben sonst Alles gelassen wie es war, ausgenommen daß sie in ihrem Eifer der Heidenbekehrung die Menschenopfer, welche allen Ländern mit stark vulkanischen Erscheinungen eigenthümlich sind, und manche civilisirende Einrichtung ausrotteten, welche mit der heidnischen Gottesverehrung zusammenhing. Bald werden auch die Hispano-Amerikaner, trotz ihrer mitgebrachten höheren Cultur und Blutveredelung, soweit dem Klima erlegen sein, daß eine andere weiße Einwanderung die Erbschaft antreten kann. Die Indianer, welche mehr als drei Viertel der Bevölkerung bilden, sind ein gutmüthig-fleißiges, vorurtheilsvolles und völlig willenloses Material zu jeder neuen Staatenbildung, in welche sie etwa gegossen werden sollen.

Moralische Einflüsse sind nicht selten stark genug, um die natürlichen, wenn auch nicht gänzlich zu verändern, so doch bedeutend zu modificiren. Es macht deshalb immer einen großen Unterschied, ob eine civilisirte, oder ob eine noch rohe Bevölkerung sich in irgend einem Lande ansiedelt und dessen Boden- und klimatischen Einflüssen unterworfen ist. Die civilisirte ist ungleich besser geeignet, schädlichen, d. h. kulturfeindlichen Bodenverhältnissen zu widerstehen und fördersam auszubeuten, als die rohe; und von zwei gleich hoch civilisirten Bevölkerungen wird wieder diejenige im Vortheile sein, welche moralisch am meisten werth ist.

Dies ist ein durch manche schlagende Beispiele anderwärts beweisbarer Satz; das schlagendste ist jedoch immer in der Art zu finden, wie einerseits die Yankees, andererseits die virginischen Cavaliere den gewaltigen klimatischen und Bodenverhältnissen Amerikas getrotzt haben, und wie dasselbe die deutschen Pennsylvanier und die Holländer, endlich die französischen Canadier und Louisianier gethan haben, verglichen mit den Indianern. Wir haben hier den interessanten Fall vor uns, fünf verschiedene Bevölkerungen Jahrhunderte lang denselben Naturgewalten unterworfen zu sehen und die je nach der mitgebrachten Civilisation verschieden ausfallenden Naturwirkungen im Großen beobachten zu können.

Die Yankees standen bei ihrer Einwanderung unstreitig auf der Höhe ihrer Zeit; sie konnten als die damalige Musterrasse betrachtet werden, und ihre Ansiedelungen als Musterkolonien. Im Jahre 1620, als das erste ihrer Schiffe an der Küste von Massachusetts landete, hatte England die höchste moralisch-politische Entwickelung unter allen civilisirten Völkern erreicht. Es hatte sich an der Wiedergeburt der Künste und Wissenschaften betheiligt, welche von der Eroberung Constantinopels durch die Türken und der Herrschaft der Medici in Florenz, von der Entdeckung Amerikas und der Reformation hergeleitet wird, und die Reformation hatte hier siegreicher, als selbst in

Deutschland und den Niederlanden fast das ganze Volk durchdrungen und wiedergeboren. Die lange Regierung der großen Elisabeth hatte dem Aufblühen der englischen National-Literatur Vorschub geleistet, und Shakespeare und Milton, Bacon und Thomas Morus hatten ihren Einfluß ausgeübt. England begann eine seebeherrschende Nation zu werden und hatte so eben die Portugiesen und Spanier aus der Seeherrschaft verdrängt; bald darauf gelang ihm dasselbe mit den Holländern (1632 — 48). England begriff damals die Wichtigkeit überseeischer Ansiedelungen und unterstützte alle Privatunternehmungen zu diesem Zwecke. Die von den Yankee's in Neu-England angelegten erhielten überdies ihre Bevölkerung auf ganz besondere Weise: es waren religiöse Andersgläubige, welche von Jakob I. verfolgt wurden und nach Holland geflohen waren, von wo aus auch ihre ersten Auswandererschiffe aufbrachen. Die geistig Fortgeschrittensten unter den Protestanten, waren sie in der Republik Holland, dem damals reichsten und gebildetsten und zugleich tolerantesten Lande, mit republikanischem Sinne erfüllt worden, der sich bald darauf durch ihre Schicksalsgenossen auch nach England verpflanzte, und sie hatten, wie alle religiös-politischen Flüchtlinge, in der Fremde Vieles dazu gelernt. Sie gründeten ihre Colonie, um ihre Ideen unbehindert von europäischem Despotismus in einer jungfräulichen Welt folgerecht auszuleben und hielten eine wachsame Sittenpolizei aufrecht, um eine Muster-Ansiedelung zu Stande zu bringen. Diese Sittenpolizei ging anfänglich so weit, daß alle neuen religiösen Glaubensbekenntnisse, die sich im Schooße der Gemeinde bildeten, sammt deren Anhängern ausgeschlossen und zu abgesonderten Ansiedelungen genöthigt wurden. Diese Yankee-Colonien bekamen steten Zuwachs aus dem Mutterlande, als daselbst die Revolution und Republik (1660) erlegen war, und immer waren es die Fortschritts-Elemente des Volkes, Leute aus der städtischen Arbeiterklasse, dem Gelehrtenstande und der Rest der freien Bauernschaft (Yeomen), getragen von sittlichen, reformatorischen Ideen, ein neues „Volk Gottes" in ihrer eigenen sittenstreng-hochmüthigen Einbildung, aber ein Volk von eiserner Willensstärke, Arbeitskraft und Ausdauer, und von hoher Bildung.

Ganz anders geartet waren die Kavaliere, meist jüngere Söhne von Adelsfamilien, welche John Smith (1608) nach Virginien, und Andere später nach Maryland und Carolina führten, und welche zur Zeit Cromwell's von den besiegten Heeren der Kavaliere Zuwachs erhielten. Gebildet genug, aber leichtsinnig, arbeitsunfähig und arbeitsscheu, voll Adelshochmuth und voll Haß gegen die puritanisch-republikanische Sittenstrenge, waren sie wohl ganz die Leute, die Indianer zu bekriegen, aber nicht, den Acker zu bauen ohne Hilfe von Leibeigenen. Zehnmal am Rande des Unterganges angelangt durch Hunger und innere Zwistigkeiten, gewannen die Ansiedelungen Bestand nur durch Importation einer weiblichen Bevölkerung von Straßendirnen, und von Gefängnißinsassen Englands, welche als Leibeigene auf Zeit verkauft wurden, später aber durch Einführung der Negersklaverei, welche in Neu-England zwar von der Krone erlaubt wurde, aber nie größere Verhältnisse annahm, weil die Bevölkerung dagegen war.

Wer nun weiß, wie eine neue Einwanderung in der Regel nur solche Bestandtheile des Muttervolkes anzieht, welche bluts- und geistesverwandt sind, der sieht sofort, daß die Nachwanderung aus England sich in zwei Ströme theilen mußte, die dem Gesetz der Anziehung des Gleichartigen folgten. Die englische Aristokratie und das Proletariat rekrutirten die Kavalier-Ansiedelungen; der Mittelstand besiedelte Neu-England. Beide Kolonieländer waren auch räumlich getrennt, und Verschiedenheit des Klimas unterstützte eine wachsende Verschiedenheit des Geistes und der Institutionen ihrer Bevölkerungen.

In den Zwischenraum hinein wurden die holländischen Ansiedelungen von New-York und die deutschen von Pennsylvanien und New-York (die schwedischen von New-Jersey gingen bald unter) verpflanzt. Hier handelte es sich nicht um Muster-Colonien asylsuchender Weltverbesserer, sondern um das tägliche Brot für überschüssige Bevölkerungen der alten Welt. Die holländischen Kolonien (1609 u. ff.) wurden im Handelsinteresse angelegt, und die Ansiedler waren meist arme Bauern und Städter oder Abenteurer, welche ihre Lage zu verbessern suchten. Die deutschen, von William Penn in's Land gerufenen Ansiedelungen (1683 u. ff.) bestanden aus Bauern, welche von ihren Geistlichen geleitet wurden, in größeren Massen auf von Penn gemietheten Schiffen importirt und dicht im Osten Pennsylvanien's angesiedelt wurden. Es gab wenig gebildete Leute unter ihnen, und nur Einheit des Glaubensbekenntnisses und der Abstammung gab ihnen moralische Kraft; es waren meist protestantische Schwaben, worunter viele aus dem Elsaß. Es ist eben ein Beweis der angeborenen Tüchtigkeit dieser Einwanderer, daß sie bereits 1689 auf einem Gemeindetage in Germantown bei Philadelphia sich einstimmig gegen die Duldung der Negersklaverei im Lande erklärten und ihre Nachbarn, die Quäker, welche begonnen hatten Sklaven zu halten, dahin brachten, daß sie das Sklavenhalten aufgaben, seit welcher Zeit die Quäker die standhaftesten Feinde der Sklaverei geblieben sind.

Die französische Bevölkerung von Nord-Amerika bestand ursprünglich aus sehr bunt gemischten Bestandtheilen. In den Ländern am Lorenzstrom wie am Mississippi verlieh die französische Regierung Adeligen und Kapitalisten große Länderstrecken und feudale Rechte, so daß ein freier Bauernstand erst unter englischer Herrschaft aufkommen konnte, was Canada betrifft, und daß in Louisiana die Negersklaverei sich einbürgerte. Die arme freie Bevölkerung wurde dadurch zu Jagd, Fischfang und Pelzhandel mit den Indianern verdammt. Sie wurde dadurch auf einer sehr niederen Bildungsstufe festgehalten und sank theilweise in die Zustände der Indianer herab, mit denen sie sich auch ausgedehnt vermischte. Seitdem in Canada die englische Regierung dem ärmeren Manne

Grundbesitz eingeräumt hat, hat sich der französisch redende Landestheil dicht bevölkert und ist stark angebaut; diese Bevölkerung erhält sich ziemlich ungemischt und französisch gesinnt, verräth aber ebenfalls den Einfluß des Bodens und Klimas.

Alle diese ersten Ansiedelungen fanden auf der atlantischen Küstenabdachung statt, dem einzigen Gebiete Nord-Amerikas, das durch eine größere Mannigfaltigkeit der Bodenoberfläche, des Klimas und der Erzeugnisse dem Aufblühen höherer Civilisation noch einigermaßen förderlich ist. Nur hier konnte sich eine neue Fortschritts-Nation bilden; es war das der einzige dazu geeignete Boden in der neuen Welt. Das Klima ist gesund, der Boden nicht unfruchtbar und zu Ackerbau, Viehzucht, Gewerbfleiß, Schifffahrt, Fischfang und Handel gleich sehr geeignet. Die Ehen sind hier fruchtbar, die durchschnittliche Lebenslänge so lang als irgendwo, der Verheirathung stand bei Niemand ein natürliches oder künstliches Hinderniß im Wege; außerdem akklimatisirt der Europäer sich hier leicht, die zu keiner Zeit ganz stockende Einwanderung aus Europa wurde also nicht durch schwere Akklimatisations-Krankheiten gelichtet. Somit mußte die Bevölkerung rasch zu einer hinlänglichen Dichtigkeit anwachsen, und zu stetem raschen Fortschritt in der Civilisation gedrängt werden. Die mitgebrachten Triebe der Selbstregierung und des selbstständigen Denkens wurden von der Kolonial-Regierung Englands nicht verkümmert; die Tochterländer blieben durch Handel mit den hochgebildeten Mutterländern im Zusammenhang, und deren

Literatur und wissenschaftlicher Fortschritt kamen den Kolonien zugute. Endlich wanderten nicht selten hochgebildete Männer, das beste Blut von ganz Europa ein, um die neuentstehende Nation geistig aufzufrischen und zu befruchten.

Die Hindernisse der höheren Kultur sind aber in der neuen Welt größer, als in der alten. Der Körper hat zunächst mit klimatischen und Bodeneinflüssen zu kämpfen, welche den Geist mächtiger herabziehen oder einseitig werden lassen, und es gehört mehr geistige Tüchtigkeit dazu als in Europa, um sich in Amerika zu einem harmonisch entwickelten Menschen auszubilden und auf der errungenen Kulturstufe zu erhalten. Es ist auch für Europa höchst wichtig, daß dies endlich genauer gekannt und tiefer gewürdigt werde.

Zunächst ist die Einförmigkeit der Landschaft ermüdend und wirkt verflachend auf Geist und Gemüth, und zwar um so mehr, je weiter die Wanderung in's Innere des Landes führt. Die reizende Schönheit der atlantischen Küste von Neu-Schottland bis zum Long-Island-Sunde und der meisten Theile von Neu-England, des östlichen Theiles des ganzen Staates New-York, des östlichen Pennsylvaniens und der oberen Potomac-Ufer, sowie West-Virginiens ist anzuerkennen; allein das sind nur verschwindend kleine Oasen in der ungeheuren Wüste der allgemeinen Einförmigkeit des Landes, welche in dem Maaße zunimmt, wie man nach Süden einerseits und nach Westen andererseits vorrückt. Große Ebenen befördern die Verstandesentwickelung, wo sie einmal begonnen hat, aber nicht die des Gefühls und Gemüthes, denen sie zu wenig Abwechselung der Eindrücke bieten, zu wenig tiefe Aufregung und mannigfache Uebung. Aehnliche Wirkungen hat jedes landschaftliche und klimatische Einerlei und dieses ist hier im Lande zu Hause. Am günstigsten unter allen nordamerikanischen Bevölkerungen sind auch hier wieder die Neu-Engländer gestellt.

Sodann ist das Klima zu sehr zu Ausschreitungen geneigt, um eine harmonische Entwickelung des Menschen zu begünstigen. Wir können seine Wirkungen am Verständlichsten bezeichnen, wenn wir sagen, daß es den Menschen vor der Zeit reife und altere. Seine schroffen Witterungswechsel regen das Nervenleben bedeutend an, seine langen Zeiträume trockner Winde, welche das Ausgleichen der Körper-Elektricität hemmen, spannen die Willenskraft frühzeitig, machen die Kindheit und Jugend wild und ruhelos, Erwachsene übermäßig thätig und doch dabei veränderlich und lassen schon bald nach erreichtem vierzigsten Jahre eine Abgenutztheit und Erschlaffung des Organismus eintreten, welche der harmonischen Geistesentwickelung zu einer Zeit ein Ende setzt, da sie eigentlich erst die nöthige Reife der Erfahrung vorfindet. Der Amerikaner hat von diesem Naturgesetze schwer zu leiden; er hat ein bis zwei Jahrzehende seiner Lebensdauer weniger Zeit zur Erkämpfung einer bürgerlichen Stellung und allseitiger Geistesentwickelung angewiesen erhalten; das drängt ihn schon als Kind in's bürgerliche Leben hinein und aus der Schule und passiven Erziehung heraus in die Selbsterziehung und macht ihn unfortbildungsfähig und ruhesüchtig in einem so frühen Mannesalter, in welchem in Europa der Geist häufig erst seine schönsten Blüthen treibt. Es giebt in Amerika keine wahre Jugend, mit ihrem frohen Spiele, Kindessinne und ihrer Poesie wie es keinen Frühling giebt. Das frühere Alter Erwachsener ist zu wechselvoll, stürmisch und schwül, ohne allen wahren Lebensgenuß — wie es der amerikanische Sommer ist. Das höhere Alter aber ist zu lang und abspannend, erschöpft und conservativ — wie es der lange amerikanische Spätsommer und Herbst ist.

Und dies ist um so nachtheiliger, da das Klima mit jedem Geschlechte nachhaltiger die Körperverfassung angreift. Wie bei den Indianern dehnt es den Körper in die Länge, hält die Muskel- und Knochenentwickelung des Oberkörpers zurück, drückt den Schädel in eine länglich-ovale Form, die vordersten und hintersten Gehirntheile auf Kosten der mittleren begünstigend und die Stärke des Verstandes- und Willensvermögens auf Kosten der Breite und Allseitigkeit der Geistesausbildung. Die Nase tritt mehr und mehr, scharf geschnitten und fein gebildet, vor die senkrechte Linie, welche Stirn und Kinn verbindet, hervor, und die Stirn bleibt breit blos unmittelbar über den Augen, während das Gesicht schmäler und schmäler wird. Der Hinterkopf thürmt sich empor, so daß er die höchste Stelle des Schädels wird und überhaupt seine breitesten Durchschnitte zeigt. Zugleich zieht sich, bei der energischen Kopfarbeit des Amerikaners, welche ihm zu wenig Zeit zum, und zu wenig Genuß am

Essen läßt, die untere Kinnlade sammt allen Eßwerkzeugen in immer kleinere Verhältnisse zurück. Es fehlt bald den Zähnen an Raum — woher die häufigeren Zahnkrankheiten (und die größere Kunstfertigkeit der Zahnärzte) — und mit diesen Hauptbedingungen thierischer Gesundheit muß allmälig die Zeugungskraft der Raçe erlöschen. Ganz in derselben Richtung wirkt die allgemein herrschende Abneigung bei den Amerikanern vor dem Zufußegehen, eine Folge des Klimas, die es bei den Indianern nicht haben konnte, und welche zum Theil aus der Neigung zu raschem Ortswechsel zu erklären ist. Mit Ausnahme der Ackerbauer und anderer zur Arbeit im Freien genöthigten Beruflichen gibt es aber überhaupt kein civilisirtes Volk, das so wenig sich Bewegung im Freien machte, wenigstens mit den eigenen Beinen; und zwar weil der Naturgenuß an der Landschaft an den meisten Orten fehlt, das Klima Fußwanderungen erschöpfend macht, und die Nervosität, welche es erzeugt, keine Zeit dazu läßt.

Ueberhaupt begünstigt das Klima keineswegs eine regelmäßige Muskelthätigkeit, indem es nicht ein stetes Bedürfniß darnach aufkommen läßt, sondern eher zur veränderlichen Thätigkeit einladet. Die körperliche Bewegung im Berufsleben wird zum nothwendigen Uebel, auf dessen stets wachsende Abstellung sich alles Sinnen und Trachten richtet; es herrscht keine Freude an der Arbeit als an einem gesunden Muskel- und Nervenspiel, sondern die Arbeit wird lediglich als Mittel zum Zwecke betrachtet, welches in Wegfall kommt, sobald der Zweck erreicht ist. Wo immer also der Anglo-Amerikaner die schwereren Arten der Arbeit von sich ab und auf Andere wälzen kann, seien es Neger, weiße Einwanderer oder Maschinen, da thut er es; und wo immer er einen schwereren Beruf mit einem leichteren vertauschen kann, bei dem er der unliebsamen Muskelanstrengung entschlüpft, da greift er zu. Bis zu einem gewissen Grade gleichen sich freilich hierin alle Menschen, mit dem Unterschiede jedoch, daß die Deutschen mehr die Arbeit um der Arbeit willen, den Beruf um seiner inneren Bedeutung und Würde willen, die Muskelthätigkeit um der Freude an gesunder harmonischer Thätigkeit willen lieben.

Einzelne Züge werden dies noch mehr verdeutlichen. Es wird einem Anglo-Amerikaner nie einfallen, nachdem er zu einem gelehrten oder mit Kopfarbeit beschäftigten Berufe erzogen und darin lange thätig gewesen war, ein Farmer zu werden, um sich fortan mit seiner Hände Arbeit zu ernähren und im Umgang mit der Natur sich zu verjüngen. Deutsche in Amerika thun das häufig, Anglo-Amerikaner nie; höchstens wollen sie in diesem Falle sich auf dem Lande zur Ruhe setzen und Ackerbau in gewissen Specialitäten als Liebhaberei betreiben, natürlich ohne selbst zuzugreifen (gentlemen farmer). Jedem Anglo-Amerikaner ist seine Farm feil, wenn ihm ein anständiger Preis geboten wird; er ist nicht mit seinem Herzen in die Scholle festgewurzelt, die er bearbeitet hat, wie der Deutsche es in der Regel ist. Er kennt kaum dem Namen nach das Heimweh, jene zärtliche Neigung zum Verweilen unter den Gegenständen der Jugenderinnerungen und bei der gewohnten Arbeit; er ist „überall zu Hause," wo er seine Lage zu verbessern meint, und oft genug mit derselben auch dann nicht zufrieden, wenn es jeder Andere sein würde. Nirgends endlich in der Welt drängt sich ein größerer Procentsatz der Bevölkerung zu kaufmännischen Berufen, um der Handarbeit zu entgehen, und zu Spekulationen, selbst neben der Handarbeit, selbst zu solchen, die der gewohnten Beschäftigung ganz fern liegen.

Der Deutsche unterliegt der von uns angegebenen Wirkung des Klimas viel langsamer, vermag sie vielleicht ganz und gar aufzuwiegen durch Gymnastik des Leibes und Geistes. Er hat weit mehr Phlegma, einen viel reicheren Vorrath an Geduld und Ausdauer. Zwar auch die Nachkommen der alten Pennsylvania- und Mohawk-Deutschen schießen zu bedeutender Leibeslänge und schmächtiger Gestalt auf; ihr ursprünglich breites Gesicht ist schmäler, ihr kürzeres und breiteres Schädel-Oval ist länglicher geworden — sie sind in der That ein herrlicher Menschenschlag, im Durchschnitt mehrere Zoll höher als die Schwaben drüben — aber sie bleiben sehr muskulös und ziemlich breitschulterig. Sie sind weniger nervös und veränderungslustig und bewahren mehr Liebe zum Ackerbau, zur Muskelthätigkeit überhaupt, selbst bis in's hohe Alter, und mehr stätige Berufstreue.

Am Auffälligsten haben die Nachkommen der Kavaliere und anderer die südlichen Staaten bevölkernden Klassen den Einfluß des Bodens und Klimas erfahren.

Es ist freilich sehr schwer, bei ihnen zu unterscheiden, was Folge der Negersklaverei und was klimatischer Einfluß ist; zu Letzterem aber rechnen wir die in's Uebermäßige ansteigende Körperlänge und Schmächtigkeit (am Längsten in den Staaten Mississippi und Alabama) und die bedeutende Erschlaffung der Muskelthätigkeit, welche auch ohne Sklavenarbeit vorhanden sein würden, für welche vielmehr die Sklavenarbeit ein immer wachsendes Bedürfniß wurde. Wechselwirkend mußte allerdings die Sklaverei es dahin bringen, daß Arbeit der Muskeln dem Weißen für eine Schande galt und mußte die Erschlaffung des Leibes vermehren. Es bleibt aber immerhin ein Bedürfniß noch vorübergehender krampfhafter Körperbewegung.

In dem großen Umbildungsprocesse des Angelsachsen zum Anglo-Amerikaner spielt endlich aber auch die Nahrung eine Rolle. Der Angelsachse bedarf in seiner Inselheimath einer reichlichen Fleischnahrung und viel geistigen Getränkes, um dem feuchten Seeklima zu trotzen. Der Anglo-Amerikaner bedarf weder des Einen noch des Anderen in gleichem Maaße, setzte aber seine gewohnte Lebensweise in der neuen Heimath fort. Die reich bewässerte atlantische Küstenabdachung ist der Viehzucht sehr förderlich, mehr selbst als dem Ackerbau, da das Land meist zu hügelig und felsig ist (in den Nordstaaten) oder vorzugsweise zum Anbau von Stapelprodukten (Taback, Baumwolle, Reis) und für den Handel benutzt wurde (im Südosten.) So fanden die neuen Einwanderer überflüssig viel Fleischkost dargeboten, so wurde dieselbe selbst stärker, als die

Pflanzenkost gebräuchlich. Die Wirkungen davon in einem das Nervenleben so stark reizenden und dann wieder so sehr erschlaffenden Klima sind begreiflich. Es bildete sich zuerst, so lange die Urbarmachung des Landes noch von Jedermann eine Muskelthätigkeit verlangte, welche die reiche thierische Kost bewältigen konnte, ein schöner, sehr verhältnißmäßig, hoch und kräftig gebauter Menschenschlag ohne Fettüberfluß. Als die zunehmende Einwanderung dem Anglo-Amerikaner die Hauptarbeit der Muskeln abnahm, und trotzdem die alte Beköstigungsart beibehalten wurde, entstand ein überreiztes Nervenleben, und die Rasse begann reißend schnell zu verfallen. Dieser Verfall wird durch den fortgesetzten Genuß alkoholischer Getränke beschleunigt, welche in dem trockenen Klima Amerika's doppelt so stark als in England oder Deutschland berauschen und die Verdauung stören. Nirgends führt die Gewohnheit des Trinkens so leicht zur Leidenschaft des Trunkes, zur viehischen Völlerei, und nirgends tödtet sie rascher, oder untergräbt wenigstens tiefer die Gesundheit und das Gedeihen späterer Geschlechter. Hierin blieben die ältere wie die jüngere deutsche Einwanderung ihren vaterländischen Gewohnheiten treuer: sie hielten fester an einer vorwiegenden Pflanzenkost und bürgerten die leichten Biere und Weine ein. Dies war also eines der Hülfsmittel, durch welche sie sich eine kräftigere Körperverfassung und eine größere Zeugungskraft als die Anglo-Amerikaner erhielten.

Zweites Kapitel.

Die Geschichte und das Volk.

Der Begriff Geschichte kann in einem doppelten Sinne verstanden werden, in einem aktiven und passiven. Die Geschichte eines Volkes ist bald das, was es mit sich geschehen läßt, bald das, was es absichtlich geschehen läßt. Wir fassen den Begriff hier zunächst im passiven Sinne: wir wollen erfahren, was die Schicksale aus dem anglo-amerikanischen Volke gemacht, und wiefern sie seine Charakterbildung beeinflußt haben.

Zur Geschichte in diesem Sinne gehört zunächst die Abstammung und ihr im Blute der Nation forterbender Einfluß. Und um diesen im vorliegenden Falle richtig zu würdigen, muß man sich erinnern, daß der Charakter jedes Menschen, also auch jedes Volkes aus scheinbaren oder wirklichen Widersprüchen zusammengesetzt ist. Die Gegensätze rufen auch in der Menschennatur einander von selbst hervor. Freilich müssen wir so viel als möglich streben, die wirklichen

Widersprüche in blos scheinbare umzuerklären, da das Menschenwesen eine Einheit ist oder zu werden trachtet.

Die Stammeltern der Anglo-Amerikaner sind dem phlegmatischesten Blute der ganzen Welt entsprungen, dem niederdeutschen, das noch heut zu Tage, wie in den Holländern, Friesen, Dittmarschen, die ganze Menschheit an Geduld, Langsamkeit, Ausdauer, Leidenschaftslosigkeit und Kraftfülle übertrifft. Auf den britischen Inseln ist das Klima eben so feucht, der Himmel eben so nebelig, als an der deutschen Nordseeküste, und nur die Durchschnittswärme steigt um Einiges höher. Kein Wunder, daß der Engländer fast ebenso phlegmatisch ist als der Nordwest-Deutsche. Er entfaltet freilich größere Anspannung der Willenskraft, wo es darauf ankommt — vielleicht ein Erbtheil des ihm beigemischten normannischen viel lebhafteren Blutes. Allein andererseits hat die abgeschiedene Insellage Englands, welche es vielfach vor den Stürmen der europäischen Festlands-Geschichte bewahrte und von umfangreichen Verkehr mit Festlands-Völkern abhielt, eine so starre Abgeschlossenheit des Volkscharakters in sich selbst hervorgebracht, daß trotz jener Energie die Engländer bekanntlich das conservativste Volk in Europa sind, höchstens die Holländer ausgenommen.

Es darf also nicht Wunder nehmen, daß die Anglo-Amerikaner ebenso conservativ als veränderlich sind. Sie greifen Alles Neue ungemein rasch und bereitwillig auf, wenn es nicht ihren althergebrachten Meinungen geradezu in's Gesicht schlägt: insofern sind sie veränderlich. Sie hassen aber mehr als alle Menschen alle grundsätzliche Folgerichtigkeit. Ihr Konservatismus tritt deshalb besonders in religiösen, politischen und moralischen Dingen zu Tage; ihre Veränderlichkeit im gewerblichen, geschäftlichen und praktischen Leben überhaupt. Hierin erscheinen sie als das Widerspiel der Deutschen.

John Bull ist dafür bekannt, daß er alle seine Gewohnheiten in fremde Länder mitnimmt; die Anglo-Amerikaner thaten dasselbe bei der Einwanderung, und nur zwingende Nothwendigkeiten konnten sie umwandeln. Die erste solche bestand darin, daß sie das neue Land selbst urbar machen mußten, sich in kein schon halb entwildertes hineinsetzen konnten. Je mehr man sich unter freiem Himmel dem Klima eines Landes aussetzt, desto rascher drückt es Einem sein Gepräge auf. Der Boden Neu-Englands aber verlangt, da er wenig anbauwürdiges Land besitzt, harte Anstrengung beim Urbarmachen, und sein Klima ist das rauheste und wechselndste innerhalb der Union. Dazu kam die stete Berührung mit den Indianern, welche allerdings in Neu-England ein halbes Jahrhundert lang nur friedlich war, aber ebendeshalb zur allmäligen Nachahmung indianischer Gewohnheiten führen mußte. So ist es zu erklären, daß die Neu-Engländer früher amerikanisirt wurden, als die Kavaliere der südlicheren Colonien, welche nicht selbst arbeiteten, in einem milderen Klima wohnten und die Indianer fast nur feindselig behandelten, sie in's Innere des Landes zurückdrängend. Ihr weißer Arbeitspöbel aber hörte, sobald die Sklaverei allgemeiner wurde, ebenfalls auf zu arbeiten, lebte nothdürftig von Jagd, Fischfang und Unterschleif mit den Sklaven, und verindianerte. Er lieferte jene Rasse von Abenteurern, welche den steten „kleinen Krieg" mit den Rothhäuten führte, um sie auszurotten, und welche als eine Kette verlorener Posten vor der westwärts wandernden Civilisation einherzieht, ihr Bahn brechend.

Die Feindseligkeiten mit den Indianern begannen endlich auch im Norden, und zwar angestiftet durch die auf den Fortschritt der englischen Kolonien eifersüchtigen Franzosen. Dies führte zu einer Reihe erbarmungsloser Vernichtungskriege zwischen Engländern und Franzosen, beide von indianischen Bundesgenossen unterstützt, und ganz auf indianische Weise geführt. Diese indianische Kriegsweise — das Fechten aus der gedeckten Stellung hervor, die schleichenden Ueberfälle, das unterschiedslose Hinschlachten der Ueberfallenen, das Vernichten ihrer Wohnstätten und Erndten — ist wesentlich hinterlistig, treulos und feig und mußte entsprechende Charakterzüge im Anglo-Amerikaner entwickeln. Immerhin aber mehr im südlichen als im nördlichen; denn der Ackerbauer und friedliche Handarbeiter sinkt nie so sehr in die Barbarei herab, als der bloße Jäger und Abenteurer. Deshalb gibt es noch heut' zu Tage Reste von Indianern, welche ziemlich civilisirt leben, im Norden, namentlich in den Staaten Maine, Massachusetts und New-York; aber keine mehr im Süden innerhalb der eigentlichen Staaten, wenn man West-Texas ausnimmt.

Diese steten Kämpfe um ein Dasein, welches so wenig Reize der Civilisation aufweisen konnte, die stete Kampfbereitschaft einer ganz auf Selbsthilfe angewiesenen Bevölkerung und die Verwilderung der Sitten in Folge dessen gaben dem anglo-amerikanischen Blute noch mehr den schon durch Boden und Klima begünstigten unruhigen abenteuernden Thatendrang, eine gewisse Ruhelosigkeit und Unfähigkeit zum höheren Lebensgenusse und einen Individualismus, der alle von der Gesellschaft und dem Bedürfniß civilisirten Lebens gesetzten Schranken des Eigenwillens stets zu durchbrechen oder zu umgehen geneigt ist. Die Zeit der Kolonialherrschaft war deshalb für die Anglo-Amerikaner allerdings eine Schule von Selfgovernment; aber dieses Solfgovernment ließ nicht jene angeborne Achtung vor dem selbstgegebenen, oder überhaupt vor dem bestehenden Gesetze aufkommen, welche andere germanische Völker auszeichnet. Denn wo das Gesetz so wenig zum Schutze und Wohlsein des Einzelnen beitragen kann, wie es in den ersten Lichtungen der amerikanischen Urwälder der Fall war, da wird es mehr als ein nothwendiges Uebel, denn als eine Wohlthat angesehen.

Es kam der Kampf um die Unabhängigkeit vom Mutterlande. Wir übergehen das eigentlich Geschichtliche daran. Es ist bezeichnend für den bereits damals herausgebildeten Unterschied zwischen dem Anglo-Amerikaner des Nordens und des Südens, daß die Neu-Englandstaaten mit den Heeren und Flotten des Mutterlandes ganz ohne Hilfe der anderen Kolonien und schon binnen einem Jahre fertig waren und ihre Unabhängigkeit so gut wie gesichert hatten. Die Engländer wandten sich hierauf gegen die Mittelstaaten, zuerst gegen New-York, dann gegen Pennsylvanien, New-Jersey und Maryland; in diesen blieb der Kampf im Wesentlichen unentschieden, und die Engländer suchten die Entscheidung in Virginien und den Karolinas herbeizuführen. Dies wäre ihnen nur zu gewiß gelungen, da die Kavaliere nicht mit ganzem Herzen auf die Revolution eingegangen waren und überall ihre militärische Ohnmacht verriethen, hätten nicht die Truppen der Nord- und Mittelstaaten sie unterstützt und schließlich bei Yorktown gerettet. Das arme, kleine Massachusetts allein stellte in diesem Kriege mehr Truppen als alle Südstaaten zusammengenommen. Zunächst den Neu-Engländern waren es die Deutschen von Pennsylvanien und die Holländer und Deutschen von New-York, welche die meisten und besten Soldaten stellten und Ausdauer bewiesen. Ihnen verdankt man die Siege von Saratoga und Monmouth, von Trenton und Stony Point.

In diesem Kriege trat zuerst ein charakteristisches Kennzeichen des Anglo-Amerikaners in's klare Licht — seine Unfähigkeit, sich zu begeistern, und sei es auch für das Höchste und Edelste im Leben. Die kaltblütige Ruhe und Berechnung verläßt ihn niemals, selbst nicht in Zeiten, welche das tiefste Innere aufzuregen geeignet scheinen. Dieselbe starre Ruhe, Leidenschaftslosigkeit und Gleichgiltigkeit gegen den Tod, welche den Indianer kennzeichnet, verrieth sich an den

Amerikanern des Befreiungskrieges, wie an denen des jüngsten Bürgerkrieges. Es giebt eben, wie wir gesehen, keine Periode in ihrem Leben, da sie jung wären und von dem reinen Feuer selbstloser Leidenschaft erglühen könnten. Das Leben verliert seinen höchsten Reiz, indem es die selbstvergessene Hingabe an höhere Güter verliert, welche dem Jünglings- und Jungfrauenalter anderer Menschen seine dichterische Weihe giebt. Ist auch dieser Mangel an Jugend und Begeisterung hauptsächlich eine Wirkung des Klimas, so hatten doch die Geschicke der vorherigen Geschichte diese Wirkung verstärkt, indem sie schon die Kinder der ersten Ansiedler an stete Todesgefahren und Aufmerksamkeit auf sich selbst und ihre Umgebung gewöhnt, die Menschen also lange vor der Zeit gereift und gealtert hatten. Dieser Zug, einmal bei der Bildung des Charakters der neuen Nation tiefbegründet, hat seitdem ein stehender Grundzug desselben werden müssen.

Durch die Konstituirung der unabhängig gewordenen Provinzen als Nation erhielt die amerikanische Charakterbildung einen neuen Anstoß und eine Bereicherung. Ihre Energie wurde entfesselt. England hatte in seiner kurzsichtigen Weise den amerikanischen Gewerbefleiß darniedergehalten, den freien Grundbesitz dem Aermeren erschwert, alle außer den nothdürftigsten Handwerken verboten, den Schiffbau beschränkt, den Handel verkümmert, den Küstenfischfang nicht beschützt, die Sklaverei begünstigt. Jetzt war mit der politischen Unabhängigkeit auf einmal volle Gewerbefreiheit, Denk-

und Redefreiheit gegeben, und mit der nationalen Einheit ein riesiges noch wildes Landgebiet im Westen zum ungehinderten Anbau für Jeden eröffnet, eine bedeutende Machtentfaltung nach außen und innen und damit freier Handel mit der ganzen Welt ermöglicht. Der Ruf amerikanischer Freiheit zog eine immer wachsende Einwanderung heran, und zwar gerade solcher Leute, wie Amerika brauchen konnte: denkende, freisinnige, unternehmende Kopfarbeiter und der Noth und Unterdrückung Europa's müde rüstige Handarbeiter. Dadurch entstand ein Wachsthum der Nation an Bevölkerung, Wohlstand, Macht und Ansehen, wie es die Welt noch nie vorher erlebt hatte, und wie es die Nation — wenigstens in solchem Maaße — nicht verdient hatte. Denn war es nicht ein unverhofft großes Glück, daß die Bodengestaltung ihres Landes die Eroberung desselben für jede überseeische Macht beinahe zur Unmöglichkeit verdammt? daß Frankreich seinen Vortheil in der Unterstützung der aufgestandenen Kolonien fand, und Spanien ihnen im Stillen half? daß die edlen Deutschen Steuben und Kalb, die Polen Kosciusko und Pulaski, und die Besten aller Nationen ihnen Rath und Hilfe brachten? daß Europa so viele Millionen seiner unternehmendsten und tüchtigsten Einwohner nicht zu verwenden wußte und Amerika mit diesen Auswanderern ein überreiches Geschenk machte? daß die einzigen Feinde, mit welchen der Marsch amerikanischer Civilisation nach Westen hin zu kämpfen hatte, armselige Indianer und verindianerte Spanier und Franzosen waren? endlich daß das weite atlantische Meer die Amerikaner jeder Nothwendigkeit überhob, einen Großtheil ihres Arbeitsverdienstes mit Erhaltung kostspieliger großer stehender Heere zu vergeuden, und daß ihr Land sich so unendlich reich an Allem erwies, was ein Volk groß, mächtig und gebildet machen kann?

Allein die Menschen sind alle geneigt, unverdientes Glück als verdientes zu betrachten und sich auf die Gunst des Zufalls etwas einzubilden. Die National-Eitelkeit also, welche sich unter den Anglo-Amerikanern ganz in demselben Maaße entwickelte, wie ihre Nationalmacht wuchs, erhielt ungehindert neue Nahrung, da selbst der Krieg mit England von 1812—15 ihnen eben so viel Ruhm und inneren Fortschritt, als Demüthigungen bereitete. Er war es namentlich, der durch Sperrung des Seehandels sie zur Industrie gängelte. Die schon früher gemachten Erfindungen der Cotton-Gin und des Dampfschiffes erlangten jetzt erst ihre ganze nationale Wichtigkeit, indem sie den Anbau des großen Mississippi-Beckens ungemein beschleunigten und dadurch wieder den Anstoß zur Erbauung des Eriekanals gaben, welcher den Handel des Westens und Ostens so riesig steigerte und dem Westen massenhafte Einwanderung zuführte. So ungeheuer waren die neueröffneten und zu hebenden Bodenschätze, daß die beispiellos rasche Vermehrung der Arbeitskräfte (die Bevölkerung verdoppelt sich alle 28 Jahre) bei Weitem nicht zu deren Ausbeutung genügte, und daß deshalb die Erfindung arbeitsparender Maschinen und Werkzeuge großartige Aufmunterung bekam. Unter dieser aber mußte sie auch bei einem vorwiegend zum Denken, Tiefteln und zur sinnlichen Beobachtung geneigten Volke wunderbar aufblühen. Dies ist es, was die Anglo-Amerikaner der übrigen Welt in Allem, was zur gewerblichen Mechanik und Erzeugungskraft gehört, so weit überlegen macht. Nirgends belohnt sich Kopfarbeit, auf Industrie und Handel verwandt, so rasch und reich.

Daraus aber mußten sich wieder verschiedene neue Züge im Nationalcharakter entwickeln. Zunächst die einreißende Sucht mühelos reich zu werden. Dieselbe wurde befördert durch die stets wachsende Einwanderung fertig erzogener und kostenfrei abgelieferter roher Arbeitskräfte, welche in Europa mit der elendesten Lebensweise zufrieden gewesen waren und hier schon bei den niedrigsten Handreichungen ihre Lage ansehnlich verbesserten, während sie zugleich die Rechte freier Menschen mit in den Kauf bekamen. Diesen wurde in immer größerem Maaßstabe die Handarbeit überlassen, und der Anglo-Amerikaner sah sich von selbst auf die Rolle der Ausbeutung derselben angewiesen. Und was dem Norden die massenhafte weiße Einwanderung leistete, das leistete dem Süden der bis 1810 freigelassene Sklavenhandel, der die Anzahl der Neger nahezu verdoppeln half, und seitdem die künstlich in's Große betriebene Züchtung der Negersklaven (welche deren Anzahl in je 36 Jahren verdoppelt.) In einem Lande, wo durch Einwanderung der Bodenwerth in wenigen Jahren sich verdoppelt, ja verzehnfacht und verhundertfacht, wo also der Besitzer eines günstig gelegenen Stückes Land fast ohne sein Zuthun bald steinreich werden kann, giebt es natürlich zahllose Mittel und Wege, ohne sonderliche Anstrengung, blos durch kluge Berechnung und Anstelligkeit, durch übertriebene Anpreisung des Verkäuflichen (Humbug) mit einem Worte, ohne rechtes Verdienst reich zu werden.

Schneller Wechsel von Armuth zu Reichthum, dem natürlich mitunter auch ein gegentheiliger entspricht, macht die Menschen nicht blos übermüthig und unzufrieden, sondern auch leichtsinnig und gegen die Mittel des Vorwärtskommens gleichgiltig. Bei dem Anglo-Amerikaner, der wenig Herz und Gemüth hat, mußte dies um so stärker bemerkbar werden. Die Klasse der Emporkömmlinge ist erstaunlich zahlreich und trägt alle die wohlbekannten Merkmale derselben an sich; weit größer aber noch, und durch gelehrige Einwanderer sehr verstärkt, ist die Klasse der „Emporstrebenden um jeden Preis."

Wenn wir hier in diesem Zusammenhange fast nur auf Fehler, nicht auf Vorzüge des anglo-amerikanischen Charakters stoßen, so müssen wir dabei erinnern, daß wir die Vorzüge noch zu erwähnen haben werden, und daß wir, indem wir Beides aus Naturursachen herleiten, den Anglo-Amerikanern weder aus den ersteren einen pharisäischen Vorwurf, noch aus den letzteren ein sonderliches Verdienst machen. Es ist unsere aus Bekanntschaft mit einem halben Dutzend Nationen gereifte Ueberzeugung, daß jede begabte Nation, in ähnliche Verhältnisse wie die Anglo-Amerikaner hineingestellt, sich ähnlich entwickelt haben würde.

Eine durch Kopfarbeit reich und groß gewordene Nation wird um so größere Stücke auf Schulen und Bildung halten, je mehr sie von Haus aus gebildet war. Dies ist bei dem besseren Theile der Anglo-Amerikaner mehr als bei allen übrigen Völkern der Gegenwart der Fall. Keines thut mehr für seine Schulen und sonstigen Bildungsmittel, und zwar durchaus in freiwilliger Weise. In den nördlichen Staaten wenigstens kommen mehr Schulen, Schulhäuser und Lehrer auf dieselbe Bevölkerungszahl als irgendwo in der Welt, und die Schulhäuser sind schöner gebaut, die Lehrer besser besoldet als anderswo. Die Staaten, Gemeinden und Privatleute verwenden zusammengenommen mehr auf Schulen, als ganz Europa zusammengenommen, und ungefähr eben so viel als eine gleich zahlreiche europäische Nation auf ihr stehendes Heer. Die Freischulen, welche ganz unentgeltlichen Unterricht bieten und die Schulbücher meist dazu geben, stehen Jedermann offen und erheben sich bis zur Hochschule, oder was man hier so nennt, hinauf. Die Privatschulen, welche ungemein zahlreich sind, berechnen ein höheres Schulgeld als in Europa üblich, und dasselbe wird willig von Leuten selbst der Mittelklasse gezahlt. Ein Handwerker z. B., welcher 700 Doll. jährlich einnimmt, hält es nicht für Verschwendung, wenn er bis zu 200 Doll. jährlich für die Schulung seiner Kinder, für Bücher, Zeitungen und andere Bildungsmittel ausgibt; und diese Freigebigkeit für Bildungszwecke durchdringt die ganze Nation, immer natürlich mit Ausnahme der Sklavenstaaten, welche blos den Kindern der Aristokratie Bildung gönnen.

Die Durchschnittsbildung der Massen in Amerika ist deswegen höher, als selbst in Deutschland, wenn auch ziemlich einseitig, und der geistige Fortschrittsdrang bei Weitem größer, weil freiwillig entsprungen und nicht von oben herab dem Volke aufgedrängt. Allein diese Bildung ist viel oberflächlicher, weil von vorn herein auf bloße Nützlichkeit für das gewerbliche und öffentliche Leben angelegt. Wie das Volk schnell durch Bildung reich werden will, so will es auch schnell gebildet werden und dünkt sich am Ziele der Weisheit und Erkenntniß, wenn sich ihm kaum die Laufbahn eröffnet hat. Die Schulen werden zu Abrichtungs-Anstalten, die Lehrer zu bloßen Ueberhörern des vom Schüler Auswendiggelernten, und die Schulbücher und Handbücher der Wissenschaft zu Eselsbrücken; das Lernen hört auf, auch in dem Sinne Selbstzweck zu sein, daß es der inneren Befriedigung, dem Innewerden des geistigen Wachsthums zur Selbständigkeit dienen soll; es wird fast lediglich Mittel zum Zweck des leiblichen Selbständigwerdens und stockt, nachdem der Zweck erreicht ist. Die Wissenschaft und Kunst um ihrer selbst willen werden von einem weit engeren Kreise wahrer Verehrer gepflegt, als in Deutschland, während der der Liebhaber aus Langeweile, der Anhänger um des bloßen Scheines der Bildung willen, in den wohlhabenden Klassen des Nordostens schon sehr groß und rasch im Wachsen ist. Diese Ungründlichkeit der Bildung trägt zur Vermehrung des Leichtsinns im Nationalcharakter nicht wenig bei.

Diese Wirkung wird noch weiter durch die Schnelligkeit gesteigert, mit welcher in Nord-Amerika die Civilisation vorwärts schreiten muß, um dem Bedürfniß darnach zu genügen. Es wäre unmöglich, in einem Jahrzehend zwei bis drei neue Staaten aus der Wildniß hervorzuzaubern, Dutzende von großen und Hunderte von kleinen Städten, Hunderttausende neuer Farmen, Fabriken, Bildungsanstalten und Bauten aller Art herzustellen, kurz, das ganze beispiellose Wachsthum des Volkes und Landes zu schaffen, wenn mit deutscher Gründlichkeit dabei zu Werke gegangen werden sollte. Zeitersparniß, Kraftersparniß, Geldersparniß in der ersten Anlage sind Hauptsachen bei der Erreichung dieses Zweckes. Es kommt ja nicht darauf an, für die Nachkommen alles dieses herzustellen, sondern für die unmittelbare Gegenwart. Alle Bauten, alle Einrichtungen müssen deshalb von vornherein ungründlich gemacht werden. Wenn man in London Häuser baut, welche nicht länger als 99 Jahre stehen sollen, so baut man in Amerika dergleichen, welche schon nach 10 Jahren ihren Zweck erfüllt haben sollen und durch Neubauten verdrängt werden. Es ist das eine Verschwendung, wenn man die Dauer in Betracht zieht. Eine amerikanische Eisenbahn kostet halb so viel als eine europäische in der ersten Anlage, aber dreifach so viel an Abnutzung und Reparatur, doppelt so viel an Betriebskosten, und hat am Ende eines Vierteljahrhunderts sich bei Weitem theurer erwiesen als jene. Es ist wahr, diese Verschwendung ist das unter den Umständen beste Mögliche, gerade wie der Amerikaner für Kapitalbenutzung viel leichter 10—20 Procent Zinsen zahlen kann, als der Europäer 5—6. Allein sie erzeugt einen Hang des Nationalcharakters zur Ungründlichkeit und Halbheit im Handwerk, in allem geschäftlichen Leben überhaupt, welcher nachtheilig auf das sittliche Handeln einwirkt. Sie reißt auch in Gebieten und Fällen ein, wo sie durch nichts entschuldigt wird. Kleidungsstücke werden bis zur Abnutzung getragen und dann ohne Ausbesserung weggeworfen, oder von Modenarren an Trödler verschleudert mit jedem Modewechsel. Die Folge ist, daß die Dauerhaftigkeit im Kleiderstoffe, wie in der Naht, die solide Produktion, verloren geht zugleich mit dem Sinne für Sparsamkeit und Nettigkeit bei den Käufern, und zugleich mit dem sittlichen Behagen an aller inneren Tüchtigkeit. Die leichte Bauart der Häuser, Eisenbahnen, Dampfschiffe macht Feuersbrünste, Einstürze und Unfälle bei der Dampfbeförderung zu Land und Wasser ungleich häufiger als in Europa, also Verluste an Eigenthum und Menschenleben viel größer, und die Folge ist verstärkte Gleichgiltigkeit des Volkes gegen die Heilighaltung des Eigenthums und Menschenlebens. Wenn übrigens noch immer in einzelnen Produktionszweigen, auf deren Leistungen wir später ausführlicher einzugehen haben werden, die alte englische Solidität, verbunden mit französischer Formgefälligkeit und Zweckmäßigkeit, sich ungeschwächt erhält, so gibt es wieder andere natürliche Erklärungsgründe hierfür. Die Regel wird aber dadurch nicht umgestoßen.

Bei Weitem den mächtigsten Einfluß aber auf den Nationalcharakter im üblen Sinne hat die Duldung der Sklaverei geübt, die natürlich ihrerseits wieder in schon besprochenen früheren Einflüssen wurzelte, aber rückwirkend sie alle verstärkte. In einem so menschenleeren, rasch zu kolonisirenden Lande ist jeder Arbeiter willkommen, und mußte selbst der Negersklave zur Vermehrung des Nationalreichthums nützlich gehalten werden. Deshalb drängte England fast mit Gewalt den Kolonien die Sklaveneinfuhr auf; denn mehre derselben erhoben öftere und dringende Einsprache, die nicht beachtet wurde. Die Kavaliere freilich, welche auch weiße Sklaven hielten, sträubten sich wenig oder gar nicht dagegen, weil sie zum Selberarbeiten zu faul waren und auf andere Art keine Arbeiter bekommen konnten. Bei der Konstituirung der Freistaaten gab es in Bezug auf fernere Duldung der Sklaverei dieselben drei Parteien wie immer seitdem: der sittenstrenge, selbstarbeitende Norden war aus religiösen, philosophischen und national-ökonomischen Gründen gegen dieselbe und wünschte die Grundsätze der Unabhängigkeits-Erklärung auch auf die Neger angewandt. Der äußerste Süden, besonders Süd-Karolina und Georgien, verlangten sie, damals freilich nur auf Zeit, bis ein anderes Arbeitssystem vorbereitet wäre; es waren dies dieselben Staaten, welche ohne Hilfe des Nordens nie ihre Selbständigkeit erlangt hätten. Die Mittelstaaten, mit Ausschluß des damals abolitionistischen Pennsylvaniens und mit Einschluß Virginiens, dessen hervorragende Männer allein die Sklaverei abgeschafft wünschten, waren Schuld, daß dem Süden ein Zugeständniß auf Zeit gemacht wurde. Es wäre leicht gewesen, jene beiden Staaten zum Nachgeben zu zwingen, und damals mußte es geschehen, wenn es überhaupt ohne eine Revolution geschehen sollte; denn die jedem Einzelstaate in allen seinen inneren Angelegenheiten zugesicherte Unabhängigkeit von Einmischung der Bundesgewalt verbot für spätere Zeiten eine Abschaffung der Sklaverei von Bundeswegen, gab vielmehr derselben im Sklavenflüchtlingsgesetz, in der Duldung des Sklavenhandels bis 1810 und in der Erlaubniß, daß die Sklavenhalter bei Wahlen für Bundesämter drei Wahlstimmen für je fünf Neger ausüben sollten, drei mächtige Bürgschaften langer Dauer. Daß sich Washington, Jefferson, Madison und andere Virginier zu solchen Zugeständnissen hergaben, wird ewig ihren Weltruhm schmälern. Sie kannten die voraussichtlichen Folgen derselben recht wohl, wie aus ihren Aeußerungen und daraus hervorgeht, daß sie alles unter der Verfügung der Bundesgewalt stehende noch unbesiedelte Gebiet auf ewig für die Sklaverei unzugänglich machten; aber sie scheuten sich vor praktischer Folgerichtigkeit, wie die große Mehrzahl der Anglo-Amerikaner es immer gethan, redeten sich in einen Glauben hinein, den sie nachweislich nicht hatten, daß nämlich die Sklaverei durch den Geist einer freien Verfassung und des Zeitalters von selber in Wegfall kommen werde, und legten zu viel Werth auf Einstimmigkeit aller Staaten bei Annahme des Verfassungswerkes, anstatt die wahre Einigung derselben für alle Zeit in der durchgängigen Gleichartigkeit freier Zustände zu suchen. Hierin nun ahmten ihnen die späteren Geschlechter naturgemäß um so treulicher nach, als die Aufgabe der Abschaffung des Zankapfels immer schwieriger wurde. Die Erfindung der Cotton-Gin und die Erwerbung des Mississippigebietes steigerte den Geldwerth der Sklaven mit jedem Jahrzehend durchschnittlich um 50 Procent. Die Baumwollstaaten waren durch Einheit der Interessen gegenüber dem durch Verschiedenheit derselben in sich gespaltenen Norden bald allmächtig im Nationalrathe geworden; geborne Aristokraten und durch den Umgang mit Sklaven und den unterwürfigen armen Weißen des Südens zur Herrschsucht erzogen, lernten sie bald das Geheimniß, wie der Norden demoralisirt werden konnte, und beuteten ihre Macht schonungslos aus. Die Presse, die Kanzel, der Richterstuhl, die Wissenschaft und Kunst — kurz alle bildenden Mächte wurden von ihnen bestochen und in den Dienst genommen, um das Volk des Nordens betreffs seines wahren Vortheils zu verblenden, allen Widerstand gegen die Sklaverei zu ersticken, den gesunden sittlichen Sinn zu untergraben und die selbstsüchtigen Leidenschaften durch Vortheile zu nähren, welche jeder Klasse des nördlichen Volkes hingeworfen wurden. Bald wurde bei der überwiegenden Mehrheit des Volkes der Glaube allgemein, daß jenes beispiellose Wachsthum und Gedeihen des Landes, an welchem Alle gleichmäßig interessirt waren, mit dem ungestörten Bestehen und selbst der schrankenlosen Ausdehnung der Sklaverei innig verwebt sei. Die großen Getreide- und Schlachtviehstaaten des Westens, welche für ihre Erzeugnisse den besten Markt in den Pflanzungsstaaten des Südens fanden; die Industriellen des Nordostens, von New-York, New-Jersey und Pennsylvanien, welche den Süden mit all' seinem Bedarf an Manufakturwaaren versorgten; die Kaufleute der Großstädte des Nordens, welche den Alleinbetrieb des südlichen Handels (mit einem Umsatz von zuletzt 5—600 Millionen jährlich) an sich gezogen hatten; die nördlichen Kapitalisten, welche ihr Geld im Süden in Gestalt von Pflanzungen, Darlehen auf Sklaven, in Dampfschifflinien, Eisenbahnen, Gas- und Minenunternehmungen u. s. w. angelegt hatten; die religiösen Gemeinschaften, welche im wetteifernden Bestreben, ihre Mitgliederzahl im Süden zu vermehren und einander gläubige und beitragzahlende Seelen abzujagen, aus ihren Glaubensbekenntnissen mehr und mehr alle die Sklaverei verdammenden Ausdrücke hinwegfeilten; die zahlreiche Klasse der Aemterjäger und gewerblichen Politiker, welche zu Macht und Vermögen nur durch Liebedienerei gegen die Alles beherrschende Sklavenhaltermacht gelangen konnten; die von Natur Konservativen, welche durch jede politische Veränderung, zumal innerhalb einer so beweglichen Demokratie, zu verlieren fürchten und jede folgerechte Durchführung der Menschenrechte instinktmäßig verabscheuen: — alle diese einflußreichen Klassen wurden den „schwarzen Baronen" sklavisch unterthänig, und die eingewanderte Arbeiterklasse, welche bald zu solchen Zahlen anwuchs, daß sie in mehren Staaten bei Abstimmungen die Wage zwischen den Parteien halten konnte, enthielt lange Zeit zu wenig gebildete Männer, um nicht gelehrige Schüler der herrschenden Vorurtheile und ihrer Arbeitgeber zu werden. Nichts aber vermag ein Volk schlimmer zu entsittlichen, als die Gewöhnung, gleichgiltig — so lange es ihm nur wohl geht — ein großes Unrecht mit anzusehen, auf eine unterjochte Rasse mit dem Hochmuth einer herrschenden herabzublicken und die Verfolgung des freien Wortes und der mannhaften That, welche dem steuern wollen, zu beklatschen.

Am Schlimmsten in dieser Beziehung wirkte die Sklaverei natürlich in den Sklavenstaaten selbst ein, wo der Weiße in tägliche nothgedrungene Berührung mit dem Neger tritt. Und zwar folgt auch hier die Einwirkung einem Naturgesetze, dem Gesetze nämlich, daß die Sklaverei um so härter werden muß, je zahlreicher die Sklaven sind. In den Kolonialzeiten, da ihre Zahl noch sehr gering war, brauchte die Gesetzgebung nicht sonderlich hart und streng zu sein, um den Gehorsam der Sklaven zu sichern; in dem Maaße aber, als sie innerhalb eines Staates und im Verhältnisse zur weißen Bevölkerung wuchs, mußte sie diesen Gehorsam durch wachsende Strenge und Grausamkeit sichern. Diese Gesetze fast sämmtlicher Sklavenstaaten nehmen deshalb dem Sklaven jedes Menschenrecht: er hat kein Recht, Eigenthum zu besitzen, giltige Ehen zu schließen, eine Familie zu haben, sich

Bildung zu erwerben (Lesenlernen und den Sklaven lesen zu lehren, ist überall streng verboten), Klagen vor Gericht zu führen, oder daselbst Zeugniß gegen einen Weißen abzulegen, den Aufenthaltsort ohne Bewilligung seines Herrn zu wechseln, sich seinem Herrn im Mindesten zu widersetzen — er ist eine reine Sache, ein Stück Vieh in den Augen des Gesetzes. Und die Praxis mildert diese wahrhaft entsetzliche Lage des Sklaven nur zu seinem schließlichen Nachtheile hier und da ein wenig, ganz im umgekehrten Verhältniß zur Dichtigkeit der Sklavenbevölkerung. Denn was hilft es dem Sklaven, wenn ein milder Herr ihn persönliches Eigenthum, eine Familie und Bildung erwerben läßt, ihn also zum denkenden, fühlenden und sittlichen Menschen heranreifen läßt, und wenn dann Erbtheilungen, die im Süden so häufigen Schuldversteigerungen, der Wechsel des Herrn durch Todesfälle, der ein steigend demoralisirtes Geschlecht von Sklavenhaltern in den Besitz bringt, diesem menschgewordenen Sklaven, der an halbe Freiheit gewöhnt war, alle seine Rechte wieder nehmen und ihm fast unerträgliche Qualen auferlegen? Eine niederträchtige Presse hat von dieser milden Praxis einen Vorwand hergenommen, die amerikanische Sklaverei als viel wohlthätiger hinzustellen, denn das Loos der weißen Fabrikarbeiter des Nordens oder Europas. Dies zu widerlegen, genügt die einzige Thatsache, daß gerade da, wo die mildeste Praxis herrscht, in Virginien, Maryland, Kentucky, Delaware, Nord-Carolina, Missouri, das Züchten von Arbeitsnegern für den Markt der Pflanzerstaaten im Großen als Hauptgewerbe betrieben wird, mit anderen Worten, daß die Versetzung von etwa zehn Procent jährlich der Sklaven in Ländern der milderen Praxis nach den Staaten der härteren, welche lediglich auf das Todtarbeiten der Sklaven angewiesen sind, gerade die gebildetsten, weißesten und freiheitsliebendsten Sklaven fortwährend verdammt, in den Baumwollstaaten sich abnutzen zu lassen. Was wir weiter unten Thatsächliches hierüber mitzutheilen haben werden, genügt, um die neuerdings selbst von ehemaligen Sklavereifreunden oft gehörte Behauptung zu rechtfertigen, daß die amerikanische Sklaverei die scheußlichste Form derselben sei, welche es je gegeben, und daß die gewandteste Feder ihre Schrecken und Gräuel nicht halb schildern kann, wie sie wirklich sind. Und nun ermesse man die entmenschenden Folgen derselben für die Weißen der Sklavenstaaten! Die Herren werden zu jeder erdenklichen Grausamkeit, zur Unzucht in jeder Gestalt, zur Willkür, Herrschsucht, zur Liederlichkeit und Gewissenlosigkeit, zur Verkehrung aller sittlichen Begriffe, zur Abstumpfung jedes Gefühls für Wahrheit und Recht erzogen werden. Eine gleißende Oberfläche aristokratischer Sitten und Lebensgenüsse wird einen Pfuhl von giftiger Gemeinheit der Gesinnung verhüllen, der oft genug durch die dünne Hülle in erschreckender Weise hervorbricht und im jetzigen Bürgerkriege seine Früchte getragen hat. Die armen Weißen hingegen, denen Arbeit für Schande gilt, freier Landbesitz immer mehr erschwert wird, Rede- und Preßfreiheit, freies Versammlungsrecht und Schulen nur dem Namen nach bekannte Dinge sind, sehen sich auf Auswanderung in die freien Staaten, welche dem Süden vollends die letzten tüchtigen Bevölkerungstheile entzieht, oder aber auf ein liederliches, abenteuerisches, verbrecherisches, jedenfalls aber menschenunwürdiges Leben angewiesen. Jede Generation dieser nicht-sklavenhaltenden Weißen versinkt tiefer in Entsittlichung und wird mehr zum willenlosen Werkzeuge der herrschenden gewissenlosen Aristokratenkaste. Die freien Gebiete, nach welchen sich ihre Auswanderung vorzugsweise gerichtet hat, das südliche Indiana und Illinois sind deshalb auch die dunkelsten und verkommensten des Nordens und werden bezeichnend „Aegypten" geheißen.

Die letzte hier zu erwähnende Quelle, aus welcher die Charakterseiten des anglo-amerikanischen Volkes beeinflußt werden, ist die neuere Einwanderung — blos die neuere, weil sie allein massenhaft aufgetreten ist. Die für die Sittlichkeit und Bildung günstigen Einflüsse derselben auf den Nationalcharakter können sich offenbar viel später erst entwickeln, als die sogleich eintretenden Nachtheile. Im Großen kommen hier blos die irische und die deutsche Einwanderung in Betracht; die erstere aber besteht fast ausschließlich, die letztere weit überwiegend aus bloßen Handarbeitern, welche in die hiesigen neuen Verhältnisse sich nur langsam eingewöhnen, sich als Schüler in fast jeder Hinsicht betrachten und blos receptiv verhalten müssen, also leicht die vorgefundenen Nationallaster und Fehler, schwer die nationalen Tugenden der

Anglo-Amerikaner annehmen, während sie die mitgebrachten heimischen Nationaltugenden leichter abwerfen, als die Laster und Fehler. Erst später kann eine wohlthätige gegentheilige Wirkung eintreten und eine Verbesserung der anglo-amerikanischen Sittlichkeit durch die Einwanderung erwartet werden. Erst die Verschmelzung dieser fremdartigen Nationalitäten zu einer vermittelst Heirathen, Schule und gemeinsamen Lebens kann den einseitigen amerikanischen Volksgeist bereichern und veredeln.

Die irische Einwanderung mit ihrer unglaublichen Rohheit, pfäffischen Verdummung und geistigen Unselbstständigkeit hat deshalb auch dem Lande neben großen materiellen Wohlthaten, wie sie im Gefolge steten Zuströmens williger Arbeitskräfte kommen, weit größere geistig-sittliche Nachtheile gebracht. Ihre viehisch rohe Jugend wirkt durch ihr Beispiel verderblich auf die anglo-amerikanische und deutsche ein. Die Erwachsenen entwöhnen, wie schon erwähnt, den Eingebornen mehr und mehr der schwereren Handarbeit und veraristokräteln ihn dadurch. Sie verkaufen aber auch als sogenanntes „Stimmvieh" ihren politischen Einfluß an die meistbietende Partei — und das ist naturgemäß die „demokratische" der Sklavenhalter und Aristokraten aller Art, und werden zu einem Prätorianer-Pöbel der Letzteren, immer bereit, das freie Stimmrecht Andersdenkender durch den Knittel und die Faust zu verkürzen und die schmutzigsten Stückchen ihrer Politiker auszurichten. Sie kosten den Gemeinden und Staaten schweres Geld für Armenpflege, öffentliche Gesundheitspflege, Unterdrückung oder Verhütung von Vergehen und Verbrechen und dgl.; sie legen endlich selten Ersparnisse zurück, von denen obendrein ein höchst ansehnlicher Theil den katholischen Kirchen, Klöstern und Geistlichen zufließt, helfen also den Nationalreichthum fast nur mittelbar vermehren und bilden somit eine Klasse, welche sonst hier zu Lande nicht vorhanden sein würde, ein gefährliches Proletariat aller größeren Städte, das um so bedenklicher wird, da nirgends in der Welt die städtische Bevölkerung so rasch gegenüber der ländlichen anschwillt, und da es somit gerade die natürlichen Mittelpunkte höherer Bildung gefährdet.

Die deutsche Einwanderung hingegen hatte, ehe sie mitbestimmend auf den Nationalcharakter einwirken konnte, noch obendrein die Hindernisse einer fremden Sprache zu überwinden, so wie der Vorurtheile, welche einander unbekannte Nationalitäten immer gegen einander besitzen. An diesen Hindernissen ging fast jede deutsche unmittelbare Einwirkung auf das volkliche Leben vor 1848 zu Grunde, weil bis dahin die Emigration aus beinahe lediglich ungebildeten Elementen bestand. Männer wie A. Follen, Karl Beck, die herrlichen beiden Wesselhöft, Hering, Homburg, Friedrich Münch, Friedrich Körner, Franz Lieber und einige Andere ließen freilich überall auf dem für sie so empfänglichen Boden tiefe Spuren zurück. Aber außer diesen Wenigen war die deutsche Einwanderung nur geeignet, sich die Anglo-Amerikaner zu entfremden und abzustoßen. Die Kaufleute, welche Bremen und Hamburg hersandte, um Filialhäuser oder Agenturen zu begründen, vertraten das Geldbrozzenthum und die Commis-Blasirtheit, schlossen sich in Allem, außer dem geschäftlichen Leben eben so sehr von den Anglo-Amerikanern, als von ihren ärmeren Landsleuten ab, waren nur gekommen, um in Amerika ein Vermögen zu erwerben und dasselbe später in Deutschland zu verzehren und schämten sich dabei doch, Deutsche zu sein oder zu heißen. Die übrigen ziemlich zahlreichen Plattdeutschen, häufig Katholiken, gewöhnlich aber sehr ungebildet, amerikanisirten sich noch viel leichter und würden spurlos in ihrer neuen Nationalität verschwunden sein, wenn nicht die bald rasch anwachsende Einwanderung, der gegenüber sie ihre Kenntniß der Landessprache und Verhältnisse verwertheten, sie durchschnittlich wohlhabend gemacht, mit deutscher Bildung in Berührung gebracht und dadurch ihre Entnationalisirung unterbrochen hätte. Die Einwanderung nach 1848 war schon im alten Vaterlande politisch angeregt, zum Selbstdenken bestimmt und stark mit gebildeten, zum Theil sogar geistig und sittlich sehr hochstehenden Elementen geschwängert. Sie war außerdem massenhaft (von 1848 bis Ende 1862 wanderten nach den lückenhaften Angaben des amerikanischen Census etwa eine und ein Viertel Millionen Deutsche ein) und theilweise vermögend, so daß sie selbständig in die Industrie, die Kunst und Wissenschaft, den Ackerbau und Handel des Landes eingreifen konnte. Sie trat sofort in Verbindungen des Handels und geistigen Verkehrs mit dem alten Vaterlande und erhielt dadurch nothdürftigen Ersatz für vieles ihr im Lande Mangelnde und Kraft zur Verpflanzung ihrer Eigenthümlichkeiten in den neuen Boden. Ihre Einwirkung auf alles Amerikanische begann indeß erst später, nachdem sie des Englischen mächtiger geworden, dann aber vorläufig in Aeußerlichkeiten. Sie hat ihre Höhe noch lange nicht erreicht. Wenn man auf die kaum vierzehn Jahre ihres Bestehens zurückblickt, so erstaunt man über das, was sie geleistet, obwohl es lange dauerte, ehe sie an ihre hiesige wahre Bestimmung glauben lernte, weil sie lange kaum bemerkbare Einwirkungen schuf. Diese Bestimmung — man lächle darüber, so viel man will — ist keine geringere als die, die anglo-amerikanische Nationalität, welche auf dem Wege zum Verkommen und Entarten war, zu neuer dauernder Jugend aufzufrischen, eben indem sie ein Junges Deutschland hier begründet. Nicht im Aufgeben alles Guten an der deutschen Nationalität, sondern in der Zurückführung der ursprünglich deutschen Anglo-Amerikaner an die Quelle der Verjüngung, die ihnen in deutscher Kunst, Wissenschaft und Sittlichkeit sprudelt, werden sie sich amerikanisiren. Sie werden es, indem sie die Amerikaner wieder germanisiren. Daß sie dabei eben so vollkommen Englisch als Deutsch reden werden, ist wahrlich nicht als Verlust zu betrachten, eben so wenig wie das rasch um sich greifende Deutschlernen der Anglo-Amerikaner. Schon jetzt und so viel ihnen auch noch fehlt, ist Amerika in vieler Beziehung deutscher als Deutschland selbst, und wir haben noch wenige hiesige Landsleute von Tausenden, welche dem alten Vaterlande wieder einen Besuch machten, drüben bleiben sehen.

Drittes Kapitel.

Die Demokratie und der Nationalcharakter.

Wir haben im zweiten Kapitel gesehen, daß der demokratische Geist schon mit den ersten Kolonisten in's Land kam und in den Kolonialzeiten nicht geringe Nahrung dadurch erhielt, daß die Ansiedler nach Art einer Wolke von zerstreut fechtenden Truppen in die Wälder vorzudringen und ihre Bewegungen selbst zu verantworten hatten. Zweihundertjährige Gewohnheiten gehen am Ende in's Blut über. Es hat also das Wesen demokratischer Verfassung das anglo-amerikanische Volk so sehr durchdrungen, daß es schwer wird zu unterscheiden, wieviel von den Vorzügen und Mängeln seines Charakters auf Rechnung der politisch-socialen Verfassung kommt, wieviel auf alle übrigen Kultur-Elemente. Gleichwohl ist es eine Sache von hoher Wichtigkeit für die ganze Welt, zu erfahren, welches an und für sich die naturgemäßen Früchte der Demokratie, welches ihre Wohlthaten, welches ihre Mißstände sind.

Nun haben wir den einzig möglichen Weg zur richtigen Beantwortung dieser Frage eingeschlagen. Wir haben alle denkbaren Einflüsse der Reihe nach hergenommen, welche bei der Bildung des anglo-amerikanischen Nationalcharakters mitgewirkt haben, und ihre naturgemäßen Wirkungen verfolgt. Wir haben dabei die Einflüsse demokratischer Lebensweise einstweilen unberücksichtigt gelassen und kommen nun dazu, uns nach ihren Wirkungen umzusehen. Finden wir nun, daß die Endsumme unserer Beobachtungen ein günstigeres Ergebniß aufweist, als wir nach den bekannten Voraussetzungen zu erwarten berechtigt waren, so muß dies der demokratischen Lebensweise zugeschrieben werden. Wir werden auf solche Art in den Stand gesetzt, die gesetzmäßigen Wirkungen der Demokratie in's Einzelne hinein zu erkennen.

Die Widersprüche, oder besser, die Gegensätze, welche in jedem Nationalcharakter, wie in der Naturanlage jedes Menschen angelegt sind, müssen als Versuche der Natur betrachtet werden, ihre Einseitigkeiten zu heilen, indem dieselben ihre Gegensätze heraufbeschwören. Es ist ein Beweis von Unerzogenheit, wenn in einem Einzel- oder Sammelwesen diese Gegensätze unvermittelt bleiben und zu Widersprüchen umschlagen, anstatt sich in die höhere Einheit versöhnter Harmonie aufzulösen. Die Anglo-Amerikaner in ihrer Gesammtheit wie im Einzelnen sind solche unerzogene Geschöpfe, lebende Widersprüche. Gleich einem Burschen, dessen Erziehung stets von Neuem unterbrochen, und der aus einer Schule in die andere geschickt wurde, liegen alle

Seiten ihrer reichen Anlage unvermittelt neben einander und treten abwechselnd in die Erscheinung. Beispielsweise: kein Volk ist konservativer, und doch keines veränderlicher als sie. Sie sind konservativ in ideeller Beziehung: in der Religion, Politik und Wissenschaft, sie sind veränderlich im gewerblichen, geselligen und im materiellen Leben überhaupt. Alles Neue besticht sie und findet reißend schnelle Aufnahme in weitesten Kreisen; kommt es aber in Widerspruch mit ihren alten religiösen, politischen und wissenschaftlichen Vorurtheilen, so hat die Nachahmung bald ein Ende erreicht. Es ist wichtig, diesen Unterschied wohl in's Auge zu fassen, wenn man den anglo-amerikanischen Nationalcharakter richtig beurtheilen will.

Man glaubt in Europa, daß die amerikanische Demokratie ein in politischer Hinsicht sich überstürzendes Volksleben erzeuge. Gerade das Gegentheil. Das Volk ist sein eigener Hemmschuh. Es hat eine abergläubische Ehrfurcht vor Autoritäten, altem Herkommen und vor vollendeten Thatsachen. Es schleppt sich noch immer mit dem englischen Rechte (common law) herum und sucht das Recht in den immer neu zuwachsenden dicken Bänden richterlicher Entscheidungen und legislativer Beschlüsse. Wie leicht ist es hier gemacht, ein allgemein verständliches, leicht anwendbares, einfaches Gesetzbuch des Privatrechtes einzuführen, das im ganzen Lande gälte, die allgemeine Rechtskenntniß und den allgemeinen Gerechtigkeitssinn erweckte, den Advokaten ihre tausend Winkelzüge benähme und die Rechtspflege Jedermann billig und zugänglich machte. Statt dessen hat neben dem common law jeder der vier und dreißig Staaten seine besonderen Statuten und die Entscheidungen seiner eigenen Richter als Richtschnur. Die Union ist das Paradies der Advokaten, deren es einen auf je fünfhundert Seelen gibt, und es ist, außer in den alltäglichsten Fällen, dem gemeinen Manne ganz unmöglich gemacht zu wissen, was Rechtens sei. Die Rechtspflege ist außerordentlich kostspielig, und nirgends, außer etwa noch in Rußland, kann der Gerechtigkeit so leicht eine Nase gedreht werden. Es gibt eine solche Masse formeller Ausflüchte und Einwendungen, daß Processe nicht eben selten zehn und zwanzig Jahre dauern, ehe sie endgiltig entschieden werden, und in strafrechtlicher Beziehung ist es buchstäblich wahr, daß „nur die kleinen Diebe und Schurken gehängt, die großen laufen gelassen werden." In staatsrechtlichen Fragen vollends herrschen die allerärgsten Widersprüche der Ansichten über die einfachsten Dinge. Wir erinnern in dieser Beziehung nur an die siebzigjährige Streitfrage, ob die Verfassung der Vereinigten Staaten eine Anerkennung der Sklaverei enthalte oder nicht.

Man wird einwenden können, daß der Richterstand mit wenigen Ausnahmen vom Volke, und zwar auf kurze Amtsdauer gewählt werde, und daß dies eben keinen politischen Konservativismus beweise. Allein das Mittel, den Richterstand ganz von politischen Mächten und Partei-Einflüssen unabhängig hinzustellen, ist noch nirgends erfunden, auch in den Monarchien nicht; und in den Vereinigten Staaten hat man mit lebenslang angestellten Richterbehörden fast noch trübere Erfahrungen gemacht, als mit auf kurze Amtsdauer vom Volke gewählten. Die Politik wird eben immer die Richterwahl bestimmen, sei die Wahlart und Amtsdauer auch noch so verschieden; sie wird es, so lange die ungeheure Mehrzahl des Volkes nicht gebildet genug ist, um bei Besetzung der Richterstellen politische Beweggründe fern zu halten. Und in Erwägung dessen ist es unstreitig viel konservativer, den Richterstand, der hier zu Lande, wie in England, auch das Recht hat, über Giltigkeit der Gesetze selbst zu entscheiden, von der herrschenden politischen Partei abhängig zu machen, welche die Gesetze gibt, damit möglichst wenig Zusammenstöße zwischen der gesetzgeberischen und richterlichen Gewalt vorkommen, die das öffentliche Leben zerrütten. Wir wissen sehr wohl, daß dies nicht die eingestandene Absicht bei Wählbarmachung der Richter ist; aber es ist ganz gewiß eine wirkliche; denn gerade diejenige Partei, welche in allen Staaten, wo die Richter wählbar sind, die frühere lebenslängliche Amtsdauer derselben abgeschafft hat, war die „demokratische," d. h. die konservative Partei.

Es verhält sich ganz ähnlich mit den beiden Thatsachen, daß überhaupt die Zeitdauer aller Aemter in fast allen Staaten nach und nach verkürzt, und daß die Abänderung der Einzelstaats-Verfassungen neuerdings öfter und öfter beliebt worden ist. Diese beiden Thatsachen, welche auf Veränderlichkeit des politischen Volksgeistes hinzudeuten scheinen, beweisen vielmehr dessen Konservativismus. Denn es ist ein wirksames Mittel, dem Zerfall einer Partei vorzubeugen, wenn man durch öftere Neubesetzung der Aemter (rotation in office) möglichst viel aufstrebende Politiker in's Amt bringen kann; und ein Hauptzweck öfterer Verfassungs-Revisionen ist der, die Zahl der Aemter im Verhältniß der rasch wachsenden Bevölkerung zu vermehren, um möglichst viel einflußreiche Anhänger an die herrschende Partei ketten zu können. Die „demokratische" Partei war es, welche den öfteren Aemterwechsel und die öfteren Verfassungsrevisionen in die amerikanische Politik eingeführt hat, um sich ihre Macht zu konserviren.

Ueberhaupt bleibt die Geschichte der politischen Parteien in der Union unverständlich, bis man eingesehen hat, daß, unter welchen verschiedenen Namen auch immer, und unter welchen wechselnden Glaubensbekenntnissen auch immer, von jeher nur zwei sich ziemlich gleichbleibende Parteien in der Union bestanden haben, eine Partei der Bildung, welche den geistig-sittlichen Fortschritt der Nation wollte, und eine Partei der Rohheit, welche dagegen sich stemmte. Jene war immer in den Staaten Massachusetts und Vermont mächtig und in den nördlichen Theilen des Staates New-York, im mittleren und westlichen Ohio, später auch in Michigan, Jowa, Kansas und in den nördlichen Theilen von Indiana und Illinois; diese in den Sklavenstaaten und den nicht genannten Theilen der sklavenfreien, immer aber genau im Verhältniß wie dort die Anzahl der Sklaven, hier die Anzahl der Eingewanderten vorherrschte. Beide Klassen nämlich verstärkten bis in die jüngste Zeit herein regelmäßig die Partei und Macht der Rohheit, des Demagogenthums, der Aristokratie der Geburt und des Zufalls, welche durch den Pöbel und die Sklavenmacht herrschen wollte. Es hat lange genug gedauert, bis diese wahren Ziele beider Parteien offen ausgesprochen und allseitig klar erkannt und eingestanden wurden, und alle kreuzenden Nebenfragen vor den Spitzen dieses großen Gegensatzes zurücktraten; aber sie waren von Anbeginn von Einzelnen erkannt, wurden von der Menge instinktmäßig geahnt und bildeten natürliche Anziehungspunkte für die Massen je nach ihrer Vorliebe für das Eine oder das Andere. Und da die Partei der Rohheit von Hause aus die stärkere war, so trat sie konservativ auf und zwang die auf Reform bedachte Partei der Bildung, konservativ zu scheinen, wenn sie sich durch ihre Propaganda zur Mehrheit emporarbeiten wollte. Die Dummheit und Rohheit aber sind von Natur konservativ, weil sie ganz unter dem Gesetz der Trägheit stehen; sie mußten es in der Union doppelt sein, weil sie mit klugem Blick von den Sklavenhaltern von jeher zum Werkzeuge ihrer politischen Macht ausersehen worden waren; sie waren es dreifach, weil der angelsächsische Charakter zum Konservativismus hinneigt und ihm in allen denjenigen Lebensgebieten anhängt, in welchen nicht ein gebieterisches Bedürfniß rastlos vorwärts treibt, wie es in der Union mit Kolonisation, Industrie, Handel und Schifffahrt der Fall war. Die durch die Nothwendigkeit seiner Lage erzeugte Nervosität und Beweglichkeit des Anglo-Amerikaners in Allem, was das materielle Wachsthum seines Landes und Volkes erheischte, ließ ihm wenig Zeit zum folgerechten Denken und gründlicher Untersuchung in allen höheren geistigen Gebieten und fand auf dem Ruhekissen des Konservativismus im Ideellen die erforderliche Abspannung und Erholung.

Es ist also gänzlich haltlos, anzunehmen, daß seine Selbstregierung den Anglo-Amerikaner politisch veränderlich gemacht habe. Er ist es weniger als jedes andere Volk, das freie Presse und Rede, freies Wahlrecht und freie Schulen hat. Er wird in der Politik nur durch zwingende Verhältnisse vorwärts getrieben; er findet sich schwer in dieselben, und die einzigen beiden Revolutionen, welche hier zu Lande stattgefunden haben, beweisen für, nicht gegen seinen Konservativismus. Die erste, die gegen England, wurde gemacht, weil dieses alle bestehenden Rechte des Volkes anzutasten gewagt hatte, und wurde vom Volke gemacht, um dieselben zu konserviren, da es ohne sie nicht leben konnte. Die zweite, die der Sklavenhalter, war einer aristokratischen Verschwörung entsprungen und fand deshalb anfangs neun Zehntel des Volkes gegen sich, welche die Union, wie sie war, zu konserviren trachteten.

Wir werden deshalb finden, daß die demokratische Verfassung oder Selbstregierung fast allein es ist, welche den Verfall der Nation verzögert, die besseren Seiten des Nationalcharakters bewahrt, die schlechteren beschränkt, die Möglichkeit seiner Wiedergeburt aus tiefer Nacht des Unglücks und der Demoralisation gerettet hat. Wir müssen aber zu diesem Behufe in's Einzelne des Volkslebens eingehen.

Wir haben gesehen, daß Boden und Klima des Unionsgebietes einen kulturfeindlichen Einfluß ausüben, im Nordosten (Neu-England und nächste Umgegend) nur etwas minder, als überall sonstwo, und daß deshalb selbst die auf der Höhe ihrer Zeit stehenden und über die Hilfsmittel der Kultur gebietenden Musteransiedler Neu-Englands, um wieviel mehr also die ungleich bunter zusammengewürfelten Kolonisten der Kavalierstaaten in steter Gefahr sind, in das Indianerthum zurück zu versinken. Wir haben gesehen, daß dazu der lange Vernichtungskampf gegen die Indianer und die wilden Grenzkriege mit den Franzosen in der Kolonialzeit mächtig beitrugen. Wir haben erkannt, wie eine fast ununterbrochene Dauer des Nationalglücks in der Republik das Volk verzärtelte oder übermüthig machte, weil so großes Glück nicht durch entsprechende Tugend und Arbeit verdient war; wie die Einwanderung die Kinder des Landes mehr und mehr der harten Arbeit entwöhnte; wie selbst die Liebe derselben zur Geistesbildung nur zur Hälfte ihre wohlthätigen Folgen mit sich bringen konnte, weil sie klimatischer Einflüsse wegen zur Oberflächlichkeit hinneigt; wie endlich die von den Vätern der Republik aus Mangel an Folgerichtigkeit geduldete Sklaverei nach und nach das ganze Volk entsittlichte, und wie die wohlthätigen Gegenwirkungen der neuesten deutschen Einwanderung zu spät sich entwickeln mußten, um den begonnenen Nationalverfall aufzuhalten, geschweige denn zu verhindern. Zu dieser Verkettung von Ursachen und Wirkungen kommt nun noch der beklagenswerthe Umstand, daß von den beiden Parteien, welche die politische Geschichte des Landes bestimmten, die bessere, die der Bildung, stets der nöthigen Willenskraft entbehrte, um, wenn sie einmal am Ruder war, ihr Ziel zum Ziel der Landespolitik zu machen, während die schlechtere, die der Rohheit, diese Willenskraft in viel höherem Grade besaß. Denn an ihrer Spitze standen die Aristokraten, welche immer einig und rücksichtslos sind, die Aristokraten des großen südlichen, auf Sklaverei gebauten Grundbesitzes und die Aristokraten aller Sorten des Nordens; ihre Massen aber bestanden aus den eingewanderten Auswürflingen Europas, aus den rohen Arbeitskräften, die Irland und Deutschland geliefert hatten, und aus den bereits in's Indianerthum zurückgesunkenen Eingebornen, also aus lauter Bevölkerungstheilen, welche noch ursprüngliche Energie, Willenskraft im Dienste Anderer, die das Denken für sie übernahmen, bewahrt haben.

Unter solchen für die Veredelung des geistig-sittlichen Lebens der Nation ungünstigen Umständen sollten wir viel Schlimmeres von den bestehenden Zuständen erwarten, als wir wirklich finden. Das Schlimme davon ist leider durch unbillige und mangelhaft unterrichtete Schriftsteller in Europa genugsam bekannt geworden, aber nicht das Bessere, welches weniger auf der Oberfläche liegt. Wir dürfen uns deshalb nicht wundern, wenn eine Behauptung, die wir sogleich zu beweisen suchen wollen, in Europa mit ungläubigem Lächeln aufgenommen werden wird, die Behauptung nämlich: daß das amerikanische Volk, Alles in Allem genommen, die Vergleichung seiner staatlichen, gesellschaftlichen und sittlichen Zustände mit anderen und den edelsten Völkern der Welt nicht zu scheuen braucht, und daß im Allgemeinen der Mensch hier seiner hohen Bestimmung würdiger lebt als in der alten Welt.

Wir müssen uns freilich erst mit unseren Lesern über die anzulegenden Maaßstäbe der Beurtheilung verständigen. Soll die Verbrechens-Statistik diesen Maaßstab abgeben? — In der Union, wo eine viel allgemeinere Liebhaberei für Statistik herrscht, als irgendwo anders, gibt es gar keine Verbrechens-Statistik. Ist der Grund vielleicht, daß man wenigstens in dieser Hinsicht den Vergleich mit Europa fürchtet? — Vielleicht; denn allerdings übertrifft die Union alle europäischen Staaten, höchstens England ausgenommen, in der Anzahl schwerer Verbrechen, zu denen wir Mord, lebensgefährliche Angriffe, Raub, Brandstiftung und Mordbrennerei, Nothzucht und gewaltsame Abtreibung der Leibesfrucht, Bigamie und ähnliche Unthaten rechnen. Während der vier Jahre, welche der Verf. in Texas verlebte, wo er in seiner Stellung als Zeitungsschreiber Gelegenheit zu solcher Ermittelung hatte, fielen etwa 200 Morde und Mordanfälle vor. Dies ergab bei einer durchschnittlichen Bevölkerung von 400,000 Seelen einen Mord oder Mordanfall auf je 2000 Seelen binnen vier Jahren, oder auf 8000 binnen einem

Jahre, oder ungefähr das Hundertfache der Zahl ähnlicher Verbrechen in Deutschland. In allen Sklavenstaaten ist das Verhältniß ungefähr ebenso ungünstig, in den Städten New-Orleans und Baltimore war es bis 1861 sogar noch ungünstiger. In den großen Städten des sklavenfreien Nordens ist es günstiger, wenn auch immer noch sehr schlimm. Dem Verf. erlaubt seine mehrjährige Vertrautheit mit der Presse dieser Städte die Feststellung, daß in New-York jährlich nicht weniger als funfzig Morde und Mordanfälle vorkommen, oder bei einer durchschnittlichen Bevölkerung in den letzten Jahren von 800,000 Seelen einer auf 16,000 Seelen. In Philadelphia und Cincinnati ist das Verhältniß etwas, in Boston, Chicago und Brooklyn ziemlich viel besser. Aber auch in allen neubesiedelten ländlichen Bezirken des Nordwestens ist es sehr ungünstig im Vergleich mit Europa, weil dort sich, wie überall an den Grenzen der Civilisation, die Auswürflinge derselben zusammendrängen, was ebenso von den großen Städten gilt. In Bezug auf alle anderen schweren Verbrechen, wobei wir blos dasjenige so nennen, was das Gesetz so nennt, also die Rechtsberaubungen gröbster Art, an Sklaven begangen und vom Gesetze nicht verpönt, ausschließen, können wir nur sagen, daß durchweg das Verhältniß weit ungünstiger ist als in den Festlandsstaaten Europas. Besonders häufig ist das Verbrechen der Nothzucht, was sich hinreichend aus klimatischen Ursachen erklärt. Ebenso das der Abtreibung der Leibesfrucht, welches in den großen Städten in einem Umfange herrscht, von dem man einen Begriff erhält, wenn man die beiden Thatsachen bedenkt, daß nämlich die öffentliche Ankündigung der Mittel dazu in den Zeitungen nicht verboten und, mit zwei oder drei rühmlichen Ausnahmen, von allen größeren Zeitungsbesitzern geduldet wird, und daß in den großen Städten kinderreiche Ehen höchstens noch bei Eingewanderten vorkommen. Brandstiftungen sind schon deswegen sehr häufig, weil die freiwilligen Feuerlöschmannschaften der größeren Städte in sich so ziemlich den Abhub aller rohen Elemente der Bevölkerung vereinigen, welche in der mit dem Feuer und dem Löschen verbundenen Aufregung (das excitement ist ein Nationalbedürfniß) ihr Vergnügen, im Feueranlegen also nicht eben ein Verbrechen finden. Neuerdings drohen die Dampfspritzen diesem nationalen sport ein Ziel zu setzen. Wie sehr die Bigamie in einem Lande erleichtert ist, wo das Heirathen auch nicht die mindesten, die Ehescheidung aber die stärksten Schranken kennt, und wo das Reisen so erleichtert und alltäglich ist, kann man sich denken. Das Mormonenthum ist deshalb ein ganz natürliches Gewächs des amerikanischen Bodens, auf welchem schon die Indianer mit demselben und der zügellosesten Selbstschändung vorangegangen waren. Der offene Straßenraub und der Raub überhaupt sind etwas seltener als in England, vielleicht aber doch noch häufiger als sonst in Europa, aber sie finden sich auf die Städte größerer Ausdehnung beschränkt.

Das flache Land des Nordens ist dagegen in der Regel von Verbrechen aller Art merkwürdig frei, und auch einzelne von nördlichen Massenansiedelungen bevölkerte Theile des Südens (wie das westliche Maryland und Virginien, fast der ganze Staat Delaware, das östliche Kentucky und Tennessee und das östliche Missouri) außerhalb der Städte nehmen bis zum jetzigen Kriege an diesem Verbrechermangel Theil. Ueberall, wo die Abkömmlinge der Puritaner und der deutschen Einwanderung in größeren Massen die Bevölkerung bilden, ohne von fremdartigen Bestandtheilen durchsetzt zu sein, also in allen Neu-Englandstaaten, im ländlichen (nördlichen und westlichen) Theile der Staaten New-York und Pennsylvanien, im Norden von Ohio, in ganz Michigan, Jowa und Kansas, im Norden von Indiana, Illinois und Wisconsin und in den schon genannten Theilen der Sklavenstaaten, immer mit Ausschluß der größeren Städte und der vorwiegend industriellen Bezirke, herrscht ein Freisein von Verbrechen und Vergehen, das selbst in Europa unter den besten Verhältnissen seines Gleichen sucht. Es ist bezeichnend, daß der Staat Vermont, in welchem die Abkömmlinge der Puritaner am wenigsten gemischt mit anderen Elementen vorkommen, unter einer Seelenzahl von nahezu einer halben Million gar kein Zuchthaus und gar kein Armenhaus besitzt, weil keines nöthig ist, weil schwere Verbrechen seit langer Zeit nicht vorgekommen sind, und Jedermann zu leben hat. Die Bevölkerung, von der wir hier sprechen, beträgt mindestens ein Drittel der Nation, und dieselbe Bevölkerung, wo sie mit fremdartigen Elementen gemischt anderswo auftritt, bewahrt in der Regel dasselbe Freisein von Verbrechen und Vergehen, was die ganze Anzahl dieser sittlicheren Bevölkerung auf nahezu eine Hälfte der Weißen in der Nation bringt. Könnte man sie ungemischt in einem Lande für sich beisammen ansiedeln, so würde man das übrigens beispiellose Schauspiel einer Bevölkerung von 12 — 13 Millionen haben, welche keines Zuchthauses und keines Armenhauses bedarf, keine Bettelei, keine verschuldete Armuth, kein Proletariat kennt, und auf jeden Kopf mehr Nationalreichthum und Bildung (und zwar gleichmäßiger vertheilt) besitzt, als jedes andere Gemeinwesen der Welt.

Geringere Verbrechen und Vergehen sind in der Union in der Regel weit seltener als irgendwo anders, wenn wir die Hefe der eingewanderten Bevölkerung abrechnen. Felddiebstähle, die fast überall in Europa so häufig sind, kommen kaum vor; Wald- und Wild-Frevel sind ohnehin unter den hiesigen Verhältnissen nur an wenigen Oertlichkeiten denkbar; Obstfrevel, besonders an unreifem Obste, wonach die hiesige Jugend eine arge Leidenschaft hat, beschränken sich doch auf die städtische und fabrikdistriktliche Bevölkerung. In den Städten kommen unter der männlichen Jugend zwischen 10 und 17 Jahren häufig Ladendiebstähle und sogar organisirte Bubenbanden zu diesem Zwecke vor. An den Werften und unverschlossenen Waaren-Niederlagen nistet sich ein stehlendes Schmarotzervolk ein. Aber hieran betheiligt sich fast nur die städtische Jugend, und zwar ist dieses Verbrechen ein eingewandertes. Im Uebrigen sind kleinere Diebstähle in drei Viertheilen des Nordens (im Süden stehlen die Neger und die armen Weißen gleich sehr) so unbekannt, daß man Schlösser, oder, wo es deren gibt, wirklich tauglichen Verschluß in der Regel gar nicht kennt. Aber selbst die Städte mit ihrem wachsenden eingewanderten Proletariat beweisen sich in Bezug auf Diebstahl immer noch besser, als die von Europa; bei Weitem besser, als die von England, oder das flache Land von Irland.

Bezüglich des Schwindels, Betrugs, großen Diebstahls und Unterschleifs schlägt freilich Amerika wieder alle anderen Länder aus dem Felde. Die Ausschreitungen, welche Boden und Klima sich in allen ihren Zügen zuschuldenbringen, pflanzen sich auf den Menschencharakter im Schlechten wie im Guten fort. Die Union ist das Paradies des Schwindels und der Schwindler. Der Begriff des Eigenthums scheint in einer Mehrheit des Volkes höchst mangelhaft entwickelt zu sein, und damit zugleich der Begriff von Ehre und Schande. Es ist kaum nöthig, den Ursprung dieses Mangels in der Sklaverei, im wilden Grenzerleben und in der Leichtigkeit des Gelderwerbs hier zu Lande nachzuweisen. Es ist aber nöthig, eine weitere Hauptursache davon anzudeuten, den ungemeinen politischen Einfluß und die sociale Bedeutung, welche großer Geldbesitz in einem Lande haben muß, das keinen Geburtsadel, keine hohe Geistlichkeit, keinen Beamtenstand und kein Gelehrtenthum im europäischen Sinne kennt, in welchem Auszeichnung ohne Geldmittel also ungemein erschwert sein muß. „Gelegenheit macht Diebe;" es gibt aber in der Union weit mehr Gelegenheit zum Schwindel als sonstwo. Was aber noch weit mehr Diebe und Schwindler in der Union macht, als selbst die vielfache Gelegenheit, das ist der Umstand, daß das Geld hier fast allein eine selbstständige Stellung im bürgerlichen Leben verschafft, was in Europa bei Weitem nicht in demselben Grade der Fall ist. Es gelingt hier zu Lande nur den allertüchtigsten Menschen, auch ohne allen Geldbesitz sich materiell und geistig so unabhängig zu machen, wie es des wahren Menschen würdig ist. Wir werden dieses Letztere unten noch weiter auszuführen haben; es genügt das eben Gesagte, um die ungemein weite Verbreitung des Schwindels zu begreifen, zumal wenn man sich erinnert, daß das so früh alternde Klima den Kampf um ein selbstständiges Vermögen, oder doch um eine gesicherte Zukunft, in die ersten vierzig Lebensjahre zusammendrängt. Wir führen übrigens nur die auffälligsten und bezeichnendsten Arten des amerikanischen Schwindels hier an, da eine genaue Beschreibung aller derselben ein ganzes Buch allein erfordern würde.

Diejenige Form desselben, welche man gerade in einer Demokratie am wenigsten suchen sollte, das Monopol, ist hier zu Lande sehr häufig und mannigfach. Es ist weder in der Verfassung der Vereinigten Staaten, noch in denen der Einzelstaaten verboten, Monopole zu ertheilen, und sie werden deshalb häufig ertheilt. Es ist nur eine genügende Bestechung der Mehrheit eines gesetzgebenden Körpers dazu erforderlich, und da das furchtbare Uebel der Bestechlichkeit der gesetzgebenden Körper in den letzten Jahrzehenden fast allgemein eingerissen ist, so ist die gesetzgebende Gewalt das erste und schlimmste Monopol im Lande. Es werden die Abgeordnetenstellen, weil sie durch Bestechung einträglich sind, von den Stimmgebern für Geldgeschenke, Schnaps, Bier oder Versprechen von Aemtern, Monopolen, gesetzlichen Vergünstigungen großentheils verkauft; die Abgeordneten schlagen dann die ansehnlichen Summen, welche ihre Wahl gekostet, durch Verkauf parteiischer Gesetze, Vorrechte und Monopole wieder heraus. Natürlich gibt es auch eine unbestechliche Wählerschaft und unbestechliche Abgeordnete, aber sie sind überall in der Minderheit, wo die Partei der Rohheit vorwiegt. Beispielsweise wurde es der Legislatur des Staates New-York von 1860 nachgewiesen, daß ihre Mehrheit (fast alle „Demokraten“ und einige wenige Republikaner) sich hatte bestechen lassen, einer großen Aktiengesellschaft das Monopol zu Pferde-Eisenbahnen in der Stadt New-York zu geben. Die Stadtverordneten der Stadt New-York aber, fast sämmtlich „Demokraten,“ sind seit Jahren als eine organisirte Diebsverschwörung unter dem Schutze gesetzlicher Formen zu betrachten, welche in erfinderischer Weise theils die Steuerzahler plündert, theils Monopolisten schafft, um sie schröpfen zu können. Bald wird ein Straßenreinigungs-Kontrakt ausgegeben, von welchem ein großer Theil in die Hände des „Ringes“ (so heißen die Haupthähne dieser „goldenen Tafelrunde,“ welche die übrigen Verordneten wie Puppen an Fäden ziehen) fließt, weshalb er unmäßig hoch gegriffen sein muß. Bald wird ein Stück städtisches Grundeigenthum an einen Bevorzugten zu einem Spottpreise verschleudert, weil er eine Hälfte oder mehr des wahren Werthes dem „Ringe“ opfern muß, um dann vielleicht bald darauf zum Vielfachen der Verkaufssumme zurückerkauft zu werden, natürlich, ohne daß die tugendhaften Väter der Stadt dabei leer ausgehen. Bald wird ein Maler beauftragt, zu einem unverhältnißmäßigen Preise das Bild Washington's für irgend ein Zimmer des Stadthauses zu malen, damit man den großen Mann immer vor Augen, aber nicht im Herzen, und einige Procente spoils (Beute) von dem Preise in der Tasche habe. Bald wird der Abdruck der stadträthlichen Verhandlungen irgend welchen Partei-Zeitungen unter übermäßiger Vergütung zuerkannt, damit etwas davon für die Stadträthe abfalle und zugleich von der Presse ihren Schwächen der Mantel christlicher Liebe übergeworfen werde. Kurz, der schwindelhaften Verordnungen ist Legion, und ihre Mannigfaltigkeit macht dem Erfindungsgeiste der Gesetzgeber alle Ehre. Die Presse, selbst die bestochene mitunter, deckt diese Schurkereien mit den Namen der Urheber regelmäßig auf und verdammt sie; allein das setzt die Enthüllten nicht in die mindeste Verlegenheit, von Scham ist da gar keine Rede mehr. Die Landesgesetze haben die meisten solcher Fälle vorgesehen und verboten; allein wo sie nicht geschickt umgangen werden können, springt man darüber hinweg, denn es folgt dem fast nie eine

Strafe. Seit Menschengedenken ist im ganzen Lande kein Gesetzes- oder Vertrauensbruch eines Beamten oder Volksabgeordneten im vollen Sinne des Wortes, oder nur des Gesetzes, bestraft worden, und aus der öffentlichen Meinung und ihrem Verdammungsurtheil machen sich die Gesetzgeber im Bewußtsein, daß ihr Geldbeutel Recht behalten hat, gar Nichts. Es wäre leicht, eine lange Reihe von Bestechungsfällen solcher Art, Staatsgesetzgebungen und Stadtverordneten-Versammlungen betreffend, aufzuzählen.

Nur zwei solcher Fälle wollen wir erwähnen, weil sie höchst charakteristisch sind. Der Staat New-Jersey, durch welchen die belebteste aller amerikanischen Verkehrsstraßen, die zwischen New-York und Philadelphia läuft, hat vor vielen Jahren der „Camden- und Amboy-Eisenbahn-Gesellschaft" das Monopol zu einer Eisenbahn zwischen beiden Städten ertheilt, ihr hohe Fahrpreise (3 Cents die englische Meile) erlaubt und sich dafür einen großen Theil der Aktien und ½ Cent Fuhrlohn die Meile von jedem Reisenden ausbedungen. Der Gewinn des Staates hiervon ist so bedeutend, daß alle Staatssteuern mehrere Jahrzehende lang erlassen werden konnten. Es sind also alle Bürger und Einwohner dieses Staates an diesem Monopole betheiligt, welches eine schwere Steuer allen fremden Durchreisenden, d. h. in letzter Hinsicht der Nation auferlegt. Mehr, die Aktien sind natürlich in den Händen derjenigen Partei, welche dieses Monopol als melkende Kuh für sich erschuf, und machen sie zur größten Geldmacht des Staates; in ihrem Interesse werden alle Gesetze und Verordnungen gemacht, und Wahlstimmen erkauft. Dies sichert natürlich ziemlich für alle Zeit diesen Staat der Partei der Rohheit.

Die „New-Yorker Centralbahn" verbindet Albany und Buffalo, beziehungsweise West-Kanada und ist Mitbewerberin mit den New-Yorker Kanälen, welche Staatseigenthum sind, um den ungeheuren westlichen Produkten-Transport. Die Aktiengesellschaft der Centralbahn hat infolge dessen einen bedeutenden politischen Einfluß in allen Grafschaften, durch welche sie läuft, und durch die große Stimmenzahl, über welche sie verfügt, auch in der „demokratischen" Partei des Staates, welche mit ihr zusammenhalten muß, nach dem Satze: „Eine Hand wäscht die andere." Um sich nun des Mitbewerbens der Staats-Kanäle zu entledigen, wußte sie es durch die Stimmen der „Demokraten" in der Legislatur und einzelne erkaufte Stimmen der anderen Parteien dahin zu bringen, daß die Kanäle vernachlässigt wurden und, anstatt erweitert zu werden, um dem riesig anwachsenden Transport zu genügen, Jahre lang in steter Reparatur blieben. Als die Partei der Bildung es endlich durchsetzte (1860) daß diese Kanäle nach Bedürfniß erweitert und wiederhergestellt wurden, stieg der Jahresertrag der Kanalzölle in einem Jahre (1862) von einer Million Dollars auf fünf Millionen. Es waren dem Staate, d. h. den Steuerzahlern, Jahre lang Millionen Dollars an Einnahme verloren gegangen und einer Privatgesellschaft zugeflossen. Es durfte natürlich nicht gestattet werden, daß der Staat, der allgemeine Gegenstand der Beraubung, seine Finanzen verbesserte und sein in die Kanäle verwandtes Kapital von etwa 25 Millionen verzinst bekam; in der nächsten Wahl zur Legislatur (1863) wurde die fehlende Anzahl von Stimmen erkauft, um dieselbe „demokratisch" zu machen, und die Kanäle dürften demnächst wieder muthwillig dem Verfalle preisgegeben werden.

Eine andere Form des Monopols kommt bei Ausgabe der Lieferungs-Kontrakte für Behörden vor. Es braucht die Union Kleidungsstücke für ihre Truppen, oder ein Staat Baustoffe für ein Staatsgebäude, oder eine Gemeinde Trittsteine für die Fußwege in ihren Straßen. Es wird nun in den Zeitungen angekündigt, daß Jeder, welcher das Verlangte in genau beschriebener Menge und Güte liefern könne, seinen Preis in einem versiegelten Schreiben bieten solle. Das Gesetz verfügt genau, welche Behörde die eingegangenen Anerbietungen zu eröffnen, zu prüfen und in welcher Weise sie zu wählen habe. Das Mindestgebot soll entscheiden. In dieser Weise versorgen sich alle Behörden mit ihren Bedürfnissen, und wohl Hundert Millionen Dollars werden jährlich im Lande in dieser Weise verausgabt. In der Regel erhält aber nicht der Mindest- sondern der Meistfordernde den Lieferungsauftrag, damit er den Behörden oder ihren Beamten einen Procentsatz von der zu erhaltenden Summe auswerfen könne. Entweder, so lautet die Entschuldigung der Beamten, erschienen die Minderfordernden zu arm, um ihren Vertrag treulich ausführen zu können; oder sie traten schließlich von ihren

Anerbietungen von selbst wieder zurück (weil man sie mit einer Bestechung abgefunden hatte), oder sie hatten irgend einen Formfehler begangen, oder ihre versiegelten Schreiben waren auf unerklärliche Weise verloren gegangen. Jedoch kommt es auch vor, daß ein recht pfiffiger Monopolist das mindeste Gebot thut und hintennach den Vertrag seinerseits unerfüllt läßt, während er das Geld dafür schon gezogen hat; oder daß er bei der gesetzgebenden Behörde vorstellig macht, er habe zu große Verluste bei dem Kontrakte, und Nachverwilligungen erbittet. Dieselben werden, wenn er nur nicht die Gefühle der Behörden durch zu arge Knauserei verletzt, selten verweigert werden. In dieser Weise müssen dem großen Kapital Monopole für alle bedeutenden und sehr gewinnreichen Geschäfte zufallen, und von jedem Monopole ist Schwindel unzertrennlich.

In Deutschland kommt es nicht selten vor, daß ein Verbrecher, der bisher unbeargwöhnt dagestanden hatte und plötzlich als solcher entlarvt wird, das Uebermaß der Schande, mit welcher die öffentliche Meinung ihn verfolgt, zu ertragen außer Stande, sich selbst entleibt. Wir können uns nicht eines einzigen ähnlichen Falles hier zu Lande entsinnen. Bezeichnend für diesen Mangel an Ehrgefühl ist folgende Mittheilung, welche uns eine geachtete anglo-amerikanische Schriftstellerin machte:

„Im Hause meiner Eltern," erzählt sie, „wohnte zugleich eine sehr arme aber ordentliche deutsche Einwandererfamilie. Ihre Kinder durften mit uns Kindern spielen, und ein Mädchen von etwa neun Jahren war uns besonders lieb. Unser irländisches Dienstmädchen nun bediente sich dieses Kindes, um mehre kleine Hausdiebstähle auszuführen. Die Kleine mußte allerhand Sachen uns entwenden und dem Dienstboten geben. Es kam heraus, und die Kleine gestand den Diebstahl sehr offen. Die Eltern des Kindes waren außer sich über sein Verbrechen und die Schande, welche es über die Familie gebracht habe. Sie züchtigten sie hart und oft, unter Thränen und eindringlichen Vorwürfen und Vorstellungen; sie konnten sich lange Zeit gar nicht zufrieden geben, und man sah, wie der Schmerz an ihnen zehrte. Ich muß gestehen," setzte die Erzählerin hinzu, „daß mir ein ähnliches tiefes Ehr- und Rechtsgefühl an meinen eignen Landsleuten nie vorgekommen ist."

Auch hier wieder begrenzen dunkler Schatten und helles Licht sich scharf. Der Anglo-Amerikaner kennt gar kein schimpflicheres Schimpfwort als liar („Lügner.") Und obwohl er der Erfinder des humbug (geschäftlichen Schwindels) in seiner höchsten Vollendung ist, wie wir sogleich ausführen werden, so wird er doch von keiner Nationalität in der Achtung der Wahrheit übertroffen. Beim Geschäfte huldigt er dem Grundsatze: „die Augen auf, oder den Beutel!" Er setzt eben voraus, daß Täuschungen im Geschäftsverkehr erlaubt sind und von Jedermann geargwöhnt werden, daß also Jedermann gegen sie auf seiner Huth ist, oder sein sollte und es sich selbst zuzuschreiben hat, wenn er übervortheilt wird. Dagegen wird er in der Regel sein gegebenes Wort halten; er wird in der Regel vor Gericht die Wahrheit sagen oder sagen wollen; er wird auch im Geschäftsleben in der Regel sich keinen eigentlichen Betrug zu Schulden kommen lassen; er wird bereitwilliger als ein Deutscher das von ihm begangene Unrecht eingestehen und sich selbst anklagen. Er wird die kriechende Gemeinheit selbst bei Schwindel und Betrug hassen und großartig und unverhohlen seinen Vortheil verfolgen. Er ist nicht geizig, wir kennen kaum ein Beispiel eines geizigen Anglo-Amerikaners, ist vielmehr im hohen Grade freigebig. Das Geld, der Besitz überhaupt, ist ihm nicht Zweck, sondern nur Mittel zum Zweck einer unabhängigen gesellschaftlichen Stellung, und was er auf unrechtmäßige Weise aus der Gesellschaft herausschlägt, das will er, nachdem er seine Nutznießung davon gehabt, der Gesellschaft wieder zu Gute kommen lassen. „Leben und Leben lassen" ist sein Grundsatz. Die gemeinsten Arten des Betrugs, wie Ausbeutung der Arbeiter durch einen Arbeitgeber, Fälschung einer einmal gangbaren Waare durch die Erzeuger oder Zwischenhändler, absichtlicher Vertragsbruch und böswilliger Bankerott (der leichtsinnige ist ungemein häufig) kommen also unter eigentlichen Anglo-Amerikanern äußerst selten vor; viel häufiger unter den Eingewanderten, am Häufigsten im sklavenhaltenden Süden. Die anglo-amerikanische Sprache ist viel reicher als das eigentliche Englische an Ausdrücken, welche gemeinen Schwindel verdammen, die Lüge und den Betrug brandmarken und durchscheinen lassen, daß nur Großartigkeit und Offenheit im Betrug einigermaßen als entschuldbar zu betrachten sei. „Einem blinden Hunde seinen Bissen stehlen," ist einer der bezeichnendsten Verdammungs-Ausdrücke für kleinliche Uebervortheilung.

Unter Humbug versteht man (der Ursprung des Wortes ist dunkel) geschäftliche Uebervortheilungen aller Art, wie z. B. durch übertriebene Anpreisungen der Waare oder der Leistungen, Erlangung von Geld unter falschen Vorspiegelungen, Einschmeichelung in das Vertrauen Argloser, Erwerbung von Kredit durch großartiges Auftreten bei fehlender Berechtigung dazu u. s. w. Die kaufmännische Praxis der ganzen Welt gleicht sich darin, daß die Grundsätze der Sittlichkeit beim Handelsverkehr in ihrer Geltung eingeschränkt werden. Der Handel hat noch überall seine eigenthümliche Moral. Für die sittliche Beurtheilung macht es wenig Unterschied, wie vielfach und erfinderisch der Humbug sei; wohl aber, ob überhaupt Humbug vorhanden ist. Einmal zugestanden, daß man im Geschäftsverkehr sich die geringste Unwahrheit erlauben dürfe, daß man jeden Preis für eine Waare oder Leistung nehmen dürfe, den man bekommen kann, und daß man beim Einkauf gar keine Rücksicht als die auf Güte und Wohlfeilheit der Waare oder Leistung zu nehmen habe, einmal diese unsittlichen Grundsätze, welche mehr oder weniger allen unsern Handelsverkehr beherrschen, im Geringsten zugestanden; so ist der vollendete Schwindel und Betrug gerechtfertigt und ist nichts weiter als eine folgerechte Durchführung allgemeiner Maximen. Es hat also keine Nationalität der Welt ein Recht, einen Stein auf den amerikanischen Humbug zu werfen; dieser ist nichts als eine vervollkommnete Praxis nach Grundsätzen, welche in der ganzen Welt ihre Geltung haben, ohne daß Kirche und Rechtspflege ihnen den Krieg erklärten. Wohl aber hätte alsdann die anglo-amerikanische Nationalität ein Recht, stolz darauf zu sein, daß sie, obwohl alle anderen an Fähigkeit des Beschwindelns überbietend, doch durch ihren Humbug Niemanden zu Grunde richte; daß an ihrem erhumbugten Wohlstande keine Thränen ausgebeuteter Millionen hängen; sondern daß dieser Wohlstand gleichmäßiger vertheilt sei als irgendwo in der Welt. Da wir es hier nicht mit rein theoretischen Fragen zu thun haben, so untersuchen wir nicht, ob und wie die Sittlichkeit auch allen Handelsverkehr durchdringen sollte; wir meinen blos, daß, so lange diese Frage noch nicht gelöst ist, diejenige sociale Ordnung die beste und sittlichste sei, welche, wie die anglo-amerikanische, trotz dem Mangel fast aller gesetzlichen Schranken gegen das Unrecht im Menschenverkehr, doch keine nennenswerthe Anzahl von Menschen wider ihren Willen in viehischen Zuständen untergehen läßt (die Sklaven natürlich immer ausgenommen.)

Denn man kann die Union als das Widerspiel von Deutschland insofern betrachten, daß dort so ziemlich Alles erlaubt, hier so ziemlich Alles verboten ist. In der Union gibt es für Unsittlichkeit und Verbrechen äußerst wenig Schranken, wenn der Unsittliche und Verbrecher nicht zu dumm ist, sie zu überspringen, und die Nation ist im Durchschnitt eben pfiffiger als jede andere. Es kann hier der Mensch sich äußern, wie er ist, und thun, was er will, denn die Gerechtigkeit hat eine wächserne Nase, und die öffentliche Meinung ist ungemein nachsichtig. Es kann sich also jedes böse Gelüste und jede wilde Leidenschaft des Menschenherzens entwickeln und in That umsetzen, wenn sie nicht gar zu unvorsichtig zu Werke gehen. Gesetze und Richter sind mild, und wenn sie nicht umhin können, streng zu sein, so ist die Flucht in beiden unerreichbare Ferne innerhalb dieses weiten und noch halb wilden Landes gar leicht. Uebrigens haben erwischte Verbrecher drei Wahrscheinlichkeiten gegen eine, vermittelst des Geschicks ihrer Sachwalter durch die weiten Maschen des verwickelten Netzes von Gesetzen zu entschlüpfen, und selbst nach der Verurtheilung noch drei Wahrscheinlichkeiten gegen zwei der Begnadigung. Eine Bittschrift an den Governor des Staates, mit zahlreichen Unterschriften versehen, bewirkt dieselbe in der großen Mehrzahl von Fällen entweder noch ehe, oder bald nachdem die Strafe angetreten ist. Gefällte Todesurtheile werden höchst selten vollzogen; es erfordert die Vollstreckung derselben beim Governor einigen moralischen Muth, wenn er dem Sturme von Bittschriften und der sentimentalen öffentlichen Meinung trotzen will; besonders aber, wenn der Verbrecher reich oder von einer höheren Stellung in der Gesellschaft ist. Es sind uns in der That aus den letzten zwanzig Jahren blos zwei vollzogene Todesurtheile gegen s o l c h e Verbrecher bekannt, das gegen den Raubmörder Professor Webster in Boston (1847) und das gegen den Sklavenhändler Gordon in New-York (1862.) Man denke sich jede andere Nation in einen solchen Zustand fast völliger Straflosigkeit für Verbrechen hineinversetzt und frage sich dann, ob die Sittlichkeitsstufe, welche sie alsdann einnehmen würde, nicht noch weit niedriger als die des Volkes der Union ausfallen würde. Die Antwort muß bejahend sein, wenn man dabei erwägt, wie bunt gemischt die Bevölkerung ist, und wieviel verbrecherische Elemente, wieviel verwahrlosten Pöbel und durchtriebene Gauner Europa an ihre Küsten ausspeit. Man bedenke nur: es gibt innerhalb der Union kaum eine gesetzliche Schranke, geschweige denn eine vollziehende Macht, welche verhindern könnte, daß die Gesellschaft sich in völlige Anarchie und viehische Rohheit auflösete, und doch geschieht das Gegentheil, die Nation schreitet in sittlicher Beziehung stetig und rüstig fort.

Daß dies der Fall sei, müssen wir beweisen. Wir fangen mit der merkwürdigen Thatsache an, daß die Irländer, dieser roheste Bestandtheil der Einwanderung, sich in der Regel schon in der zweiten Generation so sehr amerikanisirt haben, daß man keine auffällige Stammverschiedenheit mehr bemerkt. Auf dem flachen Lande geht dies am Raschesten vor sich, und im Westen, wo die Bevölkerung überhaupt am Mannigfachsten sich mischt, rascher als im Osten. In allen Großstädten und in den Fabrikorten des Ostens sammelt sich gerade der ärmste und rathloseste Theil der irischen Einwanderung an, weil eben diesem die Mittel fehlen, tiefer in's Land zu gehen und sich bald selbstständig zu machen. Hier also hockt diese roheste Masse, auf gegenseitige Hilfe und den dürftigsten Verdienst bei größter Theurung der Lebensmittel angewiesen, dicht auf einander. Jede europäische Gemeinde, welche einen im Verhältniß zu ihrer gesitteten Bevölkerung so ansehnlichen Zuwachs rohester Massen durch Einwanderuug bekäme, wäre auf's Höchste gefährdet. Bis es gelungen, diesen Zuwachs eines Jahres zu der Selbstregierung fähigen, gesitteten, fortschrittseifrigen Bürgern zu erziehen, würde der Zuwachs an Proletariern, welchen das zweite, dritte und jedes folgende Jahr bringt, diese begonnene Erziehung wieder zerstört haben. Man denke sich z. B. Berlin mit einer jährlichen Einwanderung von funfzigtausend solchen Irländern gestraft, wie es mit New-York lange Zeit der Fall war, und mit allen seinen Schulen, Wohlthätigkeits-, Besserungs- und polizeilichen Anstalten würde es nicht verhüten können, daß die eingeborne bessere Bevölkerung von der rohen eingewanderten, anstatt sie sittlich zu bemeistern, großentheils auf eine tiefere Stufe mit herabgezogen würde. Diese Aufgabe, so riesige Pöbelmassen zu gesitten, wenigstens so weit zu gesitten, daß aus dem National-Fortschritt in moralischer Beziehung kein Rückschritt wird, ist dem europäischen Polizei- und Beamtenstaate rein unmöglich, nur die amerikanische Demokratie kann sie leisten. Einen Theil dieser Aufgabe übernimmt allerdings die gastliche Natur des Landes und seiner Verhältnisse: das ungeheure Bedürfniß roher Arbeitskräfte erhält die Löhne derselben auf ausreichender Höhe, um diese von Irland her an das elendeste Leben gewöhnten Proletarier sofort eine derbe Stufe höher auf der Staffel menschlicher Existenzen zu heben und dadurch den Boden für die Aussaat von Gesittung urbar zu machen. Allein die Demokratie thut doch noch mehr für sie: indem sie ihnen sofort nicht blos die Möglichkeit des Genusses aller Menschenrechte, sondern auch volles aktives Bürgerrecht einräumt, hebt sie ihr moralisches Bewußtsein und regt ihren Trieb zur Selbstständigkeit und Selbsthilfe an. Alle Erziehung muß einen materiellen Boden haben; dem hungernden und entrechteten Proletarier helfen Unterricht und sittliche Lehren gar nichts. Erst wenn für sein leibliches Wohl, seine Anerkennung als Mensch und die Anregung seiner Selbstthätigkeit behufs des Fortschritts gesorgt ist, erst dann vermögen Erziehungs-Anstalten an seiner weiteren Gesittung zu arbeiten. Die demokratischen Zustände der Union aber, welche fast Jeden rettungslos zu Grunde gehen lassen, der sich nicht selber helfen kann, sind eine ganz ausgezeichnete Schule der leiblichen Selbsthilfe gerade für diese rohesten, aber arbeitsfähigen Massen. Nach Abzug der allerdings hohen Procente solcher, welche zu alt oder verdorben sind, das neue Leben aus eigner Kraft zu beginnen, welche also als Lumpenproletariat und polizeiwidrige Klasse absterben müssen, werden die Uebrigen (im Durchschnitt wohl über 70 Procent) langsam, aber sicher, von Stufe zu Stufe steigen. Die erste Stufe pflegt noch niedrig genug zu sein: der Arbeiter, welcher ein Hundert Dollars erspart hat, wird ein Schnapswirth, deren es im Durchschnitt zehn auf jede Straße großer Städte gibt, und arbeitet noch mit an der Vergiftung (der Schnaps ist buchstäblich oft genug vergiftet) und Entsittlichung des Lumpen-Proletariats, an der Verderbniß der Politik durch Verkauf seines Einflusses über die Stimmen seiner Gäste an die professionellen Politiker und am Bruch aller gesellschaftlichen und polizeilichen Ordnung. Oder er wird ein kleiner Grocer (Specerei- und Materialwaarenhändler) deren es im Durchschnitt wenigstens einen auf jede Straßenecke gibt, oder ein Zwischenhändler und Kleinverkäufer aller möglichen ersten Lebensbedürfnisse oder Kurzwaaren, vertheuert den Lebensunterhalt der ärmsten Klassen durch großen Gewinnaufschlag und spielt ebenfalls seine verkäufliche Rolle in der Politik. Oder er wird geradezu Politiker oder gewerblicher Helfershelfer derselben als bezahlter Faustkämpfer und Einschüchterer am Stimmkasten oder in den Hallen der Gesetzgeber, als Zuführer von Stimmen, als Theilhaber am Gewinn eines Amtes oder öffentlichen Kontraktes, zu welchem er dem Inhaber mitverholfen hat, als Kontraktor für Straßenreinigungs- und andere öffentliche Arbeiten, die er aber mit Profit an Unterabnehmer vergibt, als Zuträger und Aushorcher und Mittelsmann in hunderterlei vor dem Gesetz nicht kauscheren Aufträgen. Oder er spielt den Wucherer, Pfandleiher, Lotterieloosschwindler, Hurenwirth, Matrosenherbergsvater, gewerbsmäßigen Spieler, Preisfechter oder Seelenverkäufer für die Armee und die Handels- oder Kriegsflotte, im Süden auch wohl den Sklavenaufseher,

Peitscher und kleinen Sklavenhändler oder Ausmiether. Allein die Kinder dieser Klasse gehen doch wenigstens in die Volksschule, vielleicht im Durchschnitt zwölf bis zwanzig Monate ihres Lebens, lernen etwas lesen und rechnen, vielleicht auch schreiben, verlernen ihr englisch-irisches Kauderwälsch und die lumpigsten Gewohnheiten und werden jedenfalls etwas Besseres als die Väter.

Auf der nächst höheren Stufe, zu welcher auch die besten der Neu-Eingewanderten sofort übergehen, stehen von den jüngeren Frauen die irischen Dienstmädchen (während die schlechteren die zahlreiche Klasse der Dirnen liefern) eine ebenfalls zahlreiche Klasse, welche ganz bedeutende Ansprüche an's Leben und zarte Behandlung macht, da sie leicht sich vortheilhaft verheirathen können. Viele der jüngeren Männer übernehmen Vertrauensämter bei Geschäftsleuten als Markthelfer, Ausläufer, Kutscher, Gärtner, Hausmänner, als Fuhrleute auf den Pferde-Eisenbahnen und Stallknechte, oder vermiethen sich so lange bei Farmern, bis sie eine eigene Farm oder Wirthschaft anlegen können. Die älteren Männer kaufen Pferde und Karren, welche sie wohl meist vorher gemiethet hatten, und besorgen die kleine Fracht innerhalb der Städte und die Straßenreinigung, oder kaufen Kutschen und treiben Lohnkutscherei auf den Straßen der Städte; oder sie kaufen Kühe und treiben, anfangs zu Fuße, später zu Wagen, kleine Milchwirthschaft am Saume der Städte, wobei die Kühe im Sommer die Wege und leeren Baustellen, Sümpfe und alles nicht gut umzäunte Land abgrasen, im Winter aber halb verhungern und unter freiem Himmel verkümmern. Viele finden bei Eisenbahnen, Dampfschiffen, Gas-Anstalten u. s. w. eine über bloße Handarbeit erhabene Vertrauensstellung; einige Wenige gärtnern auch, oder fahren Fleisch, Fische und Gemüse auf eigene Rechnung zum Kleinverkauf vor die Wohnhäuser in Stadt und Land, oder treiben Zwischenhandel im Großen aus erster Hand, Aufkäuferei und Schlachtviehtransport. Diese schon recht achtungswerthe Klasse mündet zuletzt gewöhnlich in das selbstständige Farmerleben, und ihren Kindern sieht man kaum mehr das Herkommen an.

Ein mächtiges Hinderniß für das Emporkommen der Irländer ist — die katholische Geistlichkeit. In Irland ist der niedere Geistliche, weil er Jahrhunderte lang das Elend des arbeitenden Volkes mitertragen hat, der einzige Freund, Rathgeber und Bundesgenosse desselben gegen die bedrückende Boden-Aristokratie und Regierung geworden und genießt unbegrenztes Vertrauen und Einfluß. Dieses Verhältniß ist mit nach Amerika ausgewandert, wo es entschieden zum Unheil ausschlägt. Der Geistliche hier entschädigt sich selbst für das drüben erlittene Ungemach an seinen Schafen. Er besteuert sie unglaublich hoch, zumal die weiblichen Dienstboten, die ihm oft genug über die Hälfte ihres Lohnes zuschleppen und vieles nebenher Gestohlene, bald zu seinem eigenen Besten, bald zur Erbauung katholischer Kirchen und Schulen, Klöster und Pfarrwohnungen, bald zur Ausschmückung des

Gottesdienstes, bald zu Missionszwecken. Es entfaltet nämlich die katholische Kirche hier zu Lande eine ganz bedeutende Missionsthätigkeit nach innen, baut ihre Kirchen und sonstigen Anstalten nach Art einer Versicherungs-Gesellschaft im Großen, die wie Pilze aus der Erde schießen, organisirt die katholische Einwanderung und centralisirt sie zu politischen und kirchlichen Zwecken, hauptsächlich in den Städten, wo es ihr möglich wird, dem Abfall ihrer Gläubigen zu anderen Sekten leichter zu steuern, und sucht ihre Amerikanisirung nach Kräften zu verhindern. Sie hat die Erfahrung gemacht, daß der unter Anglo-Amerikaner verstreute Irländer auch dem Katholicismus verloren geht, werde er nun Protestant, oder, was häufiger, in kirchlicher Beziehung ganz gleichgiltig. Eine katholische Synode, welche 1856 in Cincinnati gehalten wurde, brachte das statistische Ergebniß zu Tage, daß zwar nach Wahrscheinlichkeitsberechnungen mindestens sechs Millionen Katholiken im Lande seien, aber nur $1^1/_2$ Millionen Kommunikanten jährlich und in allen katholischen Kirchen des Landes zusammen nur für $1^1/_4$ Millionen Besucher Sitz- und Stehplätze. Sie erklärte sich dieses für die Fortdauer des Katholicismus im Lande so bedrohliche Ergebniß aus der allzuraschen Amerikanisirung der Irländer und besprach einen Plan, der letzteren abzuhelfen. In welcher Weise die Kirche dies thut, haben wir schon angegeben. Seit jener Zeit ist wahrhaft großartig daran gearbeitet worden. Ein unentbehrliches Mittel zu diesem Zwecke ist nun auch die Einmischung der Geistlichkeit in die

Politik, welche sie freilich in Abrede stellt. Der gefährlichste Feind der katholischen Kirche hier zu Lande ist nämlich die „Partei der Bildung," theils absichtlich, theils unabsichtlich. Ihre Freischulen, ihre wahrhaft demokratische Denkart, ihre Beredtsamkeit und Redelust in Fragen der Ueberzeugung, ihre Mäßigkeitsvereine und Mäßigkeitsgesetze, alle ihre zahlreichen Bildungs- und Erziehungs-Anstalten für das Volk sind eben so viel Netze für den offenen Sinn und Verstand der emporstrebenden Klasse von Irländern. Die Antisklaverei-Bestrebungen dieser Partei sind ferner wesentlich Bestrebungen zur Emporhebung des Menschen als Menschen und müssen auch den Irländern mittelbar zu Gute kommen, d. h. sie amerikanisiren. Somit hat die katholische Kirche der Vereinigten Staaten die gehässige und unmenschliche Stellung erhalten, als solche, und zwar im Stillen, aber darum nicht weniger bemerkbar, die Partei der Bildung und damit die Freischule (ohne Glaubensbekenntniß), die Temperanzgesetze, die Debatten-Vereine, die konfessionslosen Wohlthätigkeits-Anstalten (und natürlich auch die protestantisch-konfessionellen), die Antisklaverei-Bestrebungen, den Kampf gegen die Korruption, kurz, allen wahren Fortschritt im Lande heftig und leidenschaftlich zu bekämpfen. Alle katholisch-gebliebenen Irländer stimmen nunmehr wie ein Mann auf Kommando des Klerus gegen jede Maaßregel sittlich-staatlichen Fortschritts, und von denen, welche dies nicht thun, kann man als sicher annehmen, daß sie mit ihrer Kirche gebrochen haben. Dagegen stimmt die, allerdings nicht sehr zahlreiche Klasse der protestantischen Irländer wie ein Mann für die Maaßregeln der Partei der Bildung.

Allerdings errichtet der katholische Klerus zum Ersatz für den ungeheuren Raub, den er an seinen Seelsorge-Befohlenen übt, katholische Freischulen und Wohlthätigkeits-Anstalten; aber diese verdienen ihren Namen wahrlich nicht. Allein die Erpressung, welche er zu diesem Behufe und allen Missionszwecken gerade an den ärmsten Irländern üben muß, und die Erbschleicherei, welche er an den reich gewordenen planmäßig versucht, vereiteln guten Theils seinen Erfolg. Die freie Luft des Landes regt selbst unter katholischen Irländern das Denken an, und das stete Beispiel des nicht katholischen Arbeiters, der so viel Lasten weniger tragend, rascher vorwärts kommt, muß am Ende wirken. Die besseren Elemente entziehen sich massenhaft durch Verkrümelung auf das flache Land der unerträglichen Bevormundung und Beraubung durch den Klerus und rächen sich an ihm durch um so eifrigere Amerikanisirung. Seitdem nun die irische Einwanderung in starke und stetige Abnahme gekommen ist, weil die treibenden Ursachen derselben mit der encumbered estate bill für Irland aufgehört haben, ist der Zeitpunkt berechenbar geworden, da die katholische Kirche und ihr Einfluß mit fast gänzlicher Amerikanisirung der Irländer aufgehört haben werden. In keinem einzigen europäischen Staate wäre ein so großer und rascher Fortschritt möglich. Die protestantischen Staatskirchen würden den Einfluß eines solchen Klerus direkt und politisch bekämpfen und eben darum nur verstärken. Die vollkommene Religionsfreiheit aber, welche unter der amerikanischen Demokratie erfunden worden ist und herrscht, zersetzt, eben indem sie die Gewissen ganz freiläßt, den gewaltigen Einfluß des katholischen Klerus unfehlbar mit der zweiten, spätestens dritten Generation der eingewanderten Irländer. Bei den deutschen, französischen und sonstigen Katholiken aber herrschen ganz ähnliche Verhältnisse.

Die amerikanische Demokratie wirkt ferner versittlichend und progressiv durch die schrankenlose Berufsfreiheit, welche sie erfunden und geschaffen hat. Dies wird durch nachfolgende Erwägungen begreiflich werden. Indem Jeder jeden Beruf wählen darf, zu welchem er Geschick in sich spürt und Gelegenheit findet, wird es fast unmöglich gemacht, daß ein strebsamer Mensch brot- und aussichtslos werden könnte. Verbrechen und Entsittlichung aus Noth können also höchstens bei Neu-Eingewanderten vorkommen. Die Hoffnung auf Verbesserung seiner Lage verläßt hier keinen Dürftigen so leicht, und schon deshalb sind Selbstmorde selten und fast ausschließlich auf Eingewanderte beschränkt, und unter diesen vorwiegend auf die idealistischen und so leicht enttäuschten Deutschen. Zum Betteln und zum industriellen Müßiggange ist wenig Gelegenheit, da der wohlthätig Gesinnte sich hier in der Regel scheut, übel angewendete Almosen zu geben. Andrerseits aber ruft die schrankenlose Berufsfreiheit hier alle verborgen im Menschen ruhenden Kräfte wach und spornt sie zur höchsten möglichen Anstrengung. Was die mangelhafte Schulbildung und die Oberflächlichkeit der Jugenderziehung überhaupt am Einzelnen verabsäumt hat, dem hilft das Leben einigermaßen nach, indem Hunderttausende in die Lage kommen, sich in drei, vier und mehr verschiedene Berufe nach einander hineinzuarbeiten und zwar tüchtig genug, um auch den schrankenlosen Mitbewerb aushalten zu können, und dabei ihre Bildung vermehren. Dieses aufregende Wetteifern aller Kräfte und die Aussicht auf den am Ende nie ausbleibenden Erfolg ernsten Strebens sind die beiden mächtigen Schutzwehren der Tugend in diesem verheißungsvollen Lande. Und dazu tritt als dritte Schutzwehr die unausbleibliche Strafe des zu Grundegehens für den energielosen Armen, ja selbst für den energielosen Wohlhabenden. Denn nirgends ist das Beispiel so häufig als hier, daß die vererbten Reichthümer der Eltern von den Kindern, welche darauf ihren einzigen Verlaß gebaut hatten, vergeudet oder eingebüßt werden. Wir müssen aber praktische Belege für die Wohlthätigkeit schrankenloser Gewerbefreiheit angeben.

Fast jede amerikanische Stadt des Nordens und einige des Südens sind von Vorstädten zerstreut liegender Gartenhäuser weit und breit umgeben. Hier wohnen außer den größeren Geschäftsleuten, welche sich zur Ruhe gesetzt haben und ihre Zinsen verzehren, oder aber welche es bald thun werden, zahlreiche Handwerker und kleine Geschäftsleute aller Art, selbst Hand- und Kopfarbeiter, welche ihre ersten Ersparnisse in den Erwerb eines Häuschens mit Gärtchen verwendet haben, um dem theuren Miethzins und der Luft und dem Gedränge der Städte zu entgehen und menschenwürdig existiren zu können. Diese Leute betreiben ihren Beruf in der Stadt und machen zu diesem Behufe täglich kleine Reisen von und nach ihrer Wohnung, mitunter eine deutsche Meile und weit darüber. Die darüber verloren gehende Zeit kommt ihrer Gesundheit zu Gute und wird im Geschäfte erspart, das kürzere Arbeitszeit verlangt als irgendwo in Europa. Wenn man diese Tausende von behäbigen Gartenhäusern, welche der Umgebung jeder solchen Stadt ein so lachendes Ansehen geben, und ihre kräftigen, selbstständig gewordenen Bewohner sieht, so hat man den unwiderleglichen Beweis, wie zahlreich der Stand ist, welcher sich hier zu Lande in die Selbstständigkeit emporarbeitet, und man freut sich besonders, daß es neben den Anglo-Amerikanern weit überwiegend Deutsche sind, welche rasch unabhängig werden. Nicht anders in den ländlichen Fabrikgegenden des Nordens; nur daß die Gartenhäuser hier kleiner (in der Regel aber nett) werden, und ihre Bewohner viel häufiger Irländer und die ärmste Klasse der Deutschen sind. Nicht anders in den Bergbau-Bezirken, wo die arbeitende Bevölkerung ungefähr zur Hälfte deutsch und irländisch ist. Eine gesunde Politik der Fabrikherren und Bergwerksbesitzer ist es, ihre arbeitende Bevölkerung durch Verbesserung ihrer Lage und Selbstständigmachung an den Ort zu fesseln, damit nicht günstigere Bedingungen anderwärts sie hinweglocken. So zwingt die schrankenlose Gewerbefreiheit den Arbeitgeber, der in Europa meist gleichgiltig ausbeutend den Arbeitnehmern gegenüber steht, hier zu Lande geradezu, die Hebung des Arbeiterstandes zu befördern, und ein Fabrik-Proletariat wird auch dann unmöglich bleiben, wenn die Bevölkerung europäische Dichtigkeits-Verhältnisse erreicht haben wird, weil die Bildung und Selbstständigkeit des Arbeiters einmal gesichert sind, und die Gewerbefreiheit fortdauert.

Allein die Sparkassen der Städte, welche zahlreich und in der Regel gut verwaltet sind, weisen noch umfänglicher die Wohlthaten der Berufsfreiheit nach. Die der Stadt New-York, des hierfür ungünstigsten Platzes, weisen nicht selten bis zu vierzig Millionen Dollars Einlagen auf, welche mit sechs vom Hundert verzinst werden. Das ist ein Fünfzehntel des ganzen liegenden und beweglichen Reichthums der Stadt, und es ist fast durchaus erspartes Kapital der Arbeiterklasse! Welche europäische Stadt vermag nur entfernt Aehnliches aufzuweisen? Wohlverstanden! Hier kann man die Ursache des Wohlstandes nicht in der dünnen Bevölkerung eines jungfräulichen Landes finden wollen, hier handelt es sich um eine dichtbevölkerte Gegend und eine großstädtische und Fabrik-Bevölkerung, welche jährlich ein halbes Hunderttausend (früher weit mehr) neuer Proletarier und Arbeit-Konkurrenten durch die Einwanderung zugeführt erhält. Diese vierzig Millionen reichen hin, um etwa Hunderttausend Arbeitern mit je vierhundert Dollars die Mittel zur Unabhängigkeit zu geben, und man darf annehmen, daß dies in der Stadt New-York allein alle zehn Jahre einmal geschieht. Gäbe es keine Gewerbefreiheit, sondern europäische Zünfte, Privilegien, Monopole und Examina, Militärzwang u. s. w. so würden vierhundert Dollars bei Weitem nicht hinreichen, einer Familie alle Mittel zum Beginn einer unabhängigen Stellung zu gewähren. Die Gewerbefreiheit ist es, welche den Anfang eines Geschäftes und die Gründung eines Hausstandes so sehr erleichtert, daß jedes Jahr wenigstens Zweihunderttausend selbstständige Familien aus der Armuth sich herausheben können. Diese frühe Begründung des Familienlebens mit all' seinen veredelnden Einflüssen ist der höchste Segen Amerika's, das große Gegengift wider alle seine nachtheiligen, kulturfeindlichen Einflüsse und die Importation des Proletariats aus Europa. Es lebe die Berufsfreiheit!!

Es ist nicht minder dem demokratischen Volksgeiste zu verdanken, daß, mit Ausnahme des Südens, der Grund und Boden nie in größerem Maße hat in den Besitz einer Geld- oder Adels-Aristokratie kommen können. Europa hat sich alle Mühe gegeben, seine Zustände mit Hilfe einer großen Grundbesitzerschaft herüber zu verpflanzen: so, wie gesagt, im sklavenhaltenden Süden, so im französischen Kanada und Louisiana, so seitens Spaniens in ganz Spanisch-Amerika. Es war lediglich der demokratische Volksgeist der Neu-Engländer und William Penn's, des Besitzers von ganz Pennsylvanien, der dieses vereitelte. Im Staate New-York zerstörte er zwischen 1815 und 40 gewaltsam durch die Bornburner-Bewegung die

Lehensvorrechte, welche England geschaffen hatte. So verpflanzte sich derselbe Geist in den Nordwesten und zerstört so eben in Kalifornien die von Spanien herrührenden letzten Reste großen Grundbesitzes im freien Norden. Die Sklavenhalter, welche die Union so lange beherrscht haben, suchten diesem demokratischen Geiste dadurch entgegen zu arbeiten, daß sie Kongreßgesetze durchbrachten, welche die Ländereien des Westens massenhaft an große Geldkörperschaften und Einzelstaaten verschleuderten und die Landspekulation künstlich großzogen, um den Armen das Land zu vertheuern und dadurch das rasche Wachsthum des ächt demokratischen Westens zu erschweren. Diese Vertheuerung gelang zwar, bewirkte aber nur das um so raschere Vordringen der Pioniere gerade in die entfernteren Grenzgebiete, wohin die Landspekulation noch nicht gedrungen war. Endlich schüttelte die Nation das Joch der Sklavenhalter ab, und die fast unmittelbare Folge war, daß das Heimstättengesetz, welches jedem wirklichen Ansiedler auf Unionsland 160 Acker desselben schenkt, und welches die Sklavenhalter viermal vorher einstimmig niedergestimmt hatten, in Kraft trat. Wenn man weiß, daß der große Westen fähig ist, wenigstens hundert Millionen unabhängiger Familien die Selbstständigkeit auf Landstücken von 40 bis 160 Ackern Größe zu sichern, und daß die Deutschen, welche schon jetzt ein Drittel der Bevölkerung des Nordwestens bilden, in weit größerem Verhältnisse dereinst diese riesige Bevölkerung wahrhaft freier und glücklicher Menschen bilden werden, so findet man gewiß nicht länger die Behauptung übertrieben, daß der demokratische Geist dieses Landes es ist, welcher alle seine Uebelstände durchaus und sicher zu heilen verspricht.

Wir wissen recht wohl, daß die schrankenlose Berufsfreiheit auch ihre Schattenseiten hat: es sind dies die Beförderung der Oberflächlichkeit aller Bildung und die Pfuscherei mit allen ihren Nachtheilen. Allein diese unläugbar großen Uebel wurzeln nicht in der Berufsfreiheit und ihrer Ursache, dem demokratischen Geiste, so sehr, als in den klimatischen, Boden- und geschichtlichen Verhältnissen. Die Demokratie hatte sich den letzteren wohl oder übel anzubequemen, und sie that es nachweislich nicht eher, als bis diese von außen gesetzten Verhältnisse zwingend wurden, also seit der riesigen Ausdehnung der Ansiedelungen. Benjamin Franklin, der würdigste und hervorstechendste Repräsentant der amerikanischen Demokratie des vorigen Jahrhunderts, zeigt in seinen hausbackenen vortrefflichen Maximen, wie in seiner ganzen Lebensgeschichte, daß die Berufsfreiheit dazumal noch mit gründlicher Berufs- und allgemeiner Bildung und solider Produktion Hand in Hand ging. Erst das Zeitalter des Dampfes brachte die tolle Hast im Erlernen des Berufes, wie in aller Vorbildung dazu mit sich, welche das moderne Amerika kennzeichnet und welche sich auch bereits im zünftigen und zopflichen Europa einzubürgern anfängt. Indem die Demokratie sich dem ungeheuren Expansions-Bedürfniß anschmiegte, beförderte sie die Oberflächlichkeit der allgemeinen Bildung und die Pfuscherei, blos um zugleich das

Heilmittel dieser Uebel zu erzeugen, vermehrte Wohlstand und vermehrte die Mittel zur Bildung. Indem sie die Zünftigkeit der Wissenschaft und Kunst, wie sie von den Universitäten und Akademien Deutschlands und Englands auch auf amerikanischen Boden verpflanzt worden war, niederbrach, beide edelsten Gaben der Menschheit popularisirte und ein zum Selbstdenken angelegtes, für Mechanik höchst reichbegabtes und kunstliebendes Volk damit befruchtete, sorgte sie dafür, daß die zweite und jede spätere Generation größere und mehr wissenschaftliche und künstlerische Talente hervorbrächte. Die Wirkungen davon sind schon jetzt ersichtlich. Schon strömen jährlich Hunderte der begabtesten jungen Amerikaner nach Europa, besonders aber nach Deutschland, um dort gründliche Berufs- und allseitigere Menschenbildung zu erlangen. Schon haben Hunderte der begabtesten und gebildetsten Deutschen und andere Europäer Lehrerstellungen an den höheren anglo-amerikanischen Bildungsanstalten erlangt. Schon haben sich einzelne hervorragende anglo-amerikanische Pädagogen, wie Horace Mann, Lewis Tappan und Theodor Parker, durch den Augenschein von den Vorzügen der deutschen Volks- und Berufsschulen überzeugt und eine lebhafte Propaganda für Einführung alles Guten davon in Amerika in Gang gesetzt, und jedes Jahr erleben wir neue wichtige Fortschritte im Sinne der Gründlichkeit, Allseitigkeit und Humanität beim anglo-amerikanischen Erziehungswesen. Deutsche Musik ist hier und da bereits vollkommen eingebürgert, und deutsche Sprache und Literatur, auch die fachwissenschaftliche, sind für die kurze Zeit des Bestehens dieser Bestrebungen auffällig stark unter Anglo-Amerikanern verbreitet. Deutsche Gründlichkeit in der Fachbildung ist glänzend anerkannt: in tausenden großen gewerblichen Anstalten finden wir Deutsche als Vormänner, Geschäftsleiter, Musterzeichner, Planentwerfer, begutachtende Sachverständige u. s. w. angestellt, gut bezahlt und in geehrter sozialer Stellung. Und wie groß und schwer ausrottbar auch der Nativismus bei den Anglo-Amerikanern ist, bei den Anglo-Amerikanerinnen ist er's nicht: tüchtige Deutsche sind gesucht von ihnen als Ehegatten, und diese Vermischung des besten deutschen und angelsächsischen Blutes muß immer ausgedehnter vor sich gehen und eine unberechenbar wichtige Einwirkung auf die Veredelung des hiesigen Geisteslebens ausüben, besonders in der zweiten und dritten Generation.

Unten bei der ins Einzelne gehenden Beleuchtung des Zustandes der einzelnen Gewerbe werden wir sehen, daß die Pfuscherei hier zu Lande mehr und mehr der soliden Produktion weicht, und daß dabei obenein der von der schrankenlosen Berufsfreiheit wach gerufene Erfindungsgeist der Nation in zahlreichen Erzeugnissen längst allen europäischen Mitbewerb weit überflügelt hat. Die letzte Londoner Weltausstellung hat dies zur Anerkennung bei den Sachverständigen gebracht und würde dies noch weit mehr gethan haben, wenn nicht gleichzeitig der hiesige Bürgerkrieg für zahlreiche Industriezweige jede Betheiligung an dieser Ausstellung unmöglich gemacht hätte. Das Volk der Union hat allerdings noch sehr viel von Europa zu lernen; allein es vergilt dies damit, daß es bereits in vielen Leistungen Lehrmeister der Europäer geworden ist. Und nicht die geringste große Lehre, welche es der Alten Welt gibt, ist eben die, daß die Demokratie mit ihrer schrankenlosen Berufsfreiheit alle Schäden, welche sie von vorn herein mit sich bringt, auf die Dauer nicht nur heilt, sondern in Segen verwandelt.

Amerika ist der Boden, die tabula rasa, auf welchem Europa seine Experimente mit socialen, politischen und religiösen Fragen anstellt; ja nicht selten auch seine wissenschaftlichen und künstlerischen Versuche. Deswegen ist vor allen Dingen für Europa die Frage interessant: wie hat das schrankenlose Stimm- und Wahlrecht, wie haben die schrankenlose Preß- und Redefreiheit sich bewährt? Haben sie den sittlichen Charakter des Volkes gehoben oder erniedrigt? Haben sie die kulturgeschichtliche Aufgabe des Volkes erleichtert oder erschwert? Haben sie die kulturfeindlichen, klimatischen und historischen Einflüsse, welche hier zu Lande herrschen, bekämpft und abgeschwächt, oder unterstützt und befördert?

Wir sind uns der Wichtigkeit, welche die richtige Beantwortung dieser Frage hat, wohl bewußt und gehen mit Ernst und Gewissenhaftigkeit daran, die Thatsachen zusammen zu stellen, welche den Anhalt dazu geben. Es hat nämlich über diese Frage innerhalb der Union selbst vieler und erbitterter Streit geherrscht. Die Partei der Bildung hat von jeher nicht recht an die schrankenlose Wahl-, Rede- und Preßfreiheit geglaubt.

Schon gegen Ende des vorigen Jahrhunderts, als sie sich noch Federalisten nannte, wußte sie die sogenannten „Fremden- und Aufruhrgesetze“ durchzubringen, welche das Stimmrecht der Fremden beschränkten und der Staatsgewalt in Zeiten des Aufruhrs erlaubten, die Preß- und Redefreiheit vorübergehend aufzuheben. Die Partei der Rohheit, welche sich damals Republikaner oder Demokraten nannte, mit dem fernblickenden Jefferson an der Spitze, bekämpfte diese Gesetze leidenschaftlich und wußte sie zum todten Buchstaben zu machen. Damals und lange nachher waren die Parteistandpunkte noch nicht klar und grundsätzlich geschieden, und wenn wir die Federalisten und die später daraus entpuppten Whigs die Partei der Bildung nannten, ihre Gegner aber die der Rohheit, so thun wir dies lediglich aus dem Grunde, weil jene Partei weit überwiegend aus den gebildetsten, diese ebenso überwiegend aus den rohesten Bestandtheilen des Volkes sich aufbaute. Die erstere hatte schon damals in den Neu-Englandstaaten und ihren Kolonien, die letztere in den Pflanzerstaaten und ihren Kolonien ihr Hauptquartier. Die letzteren suchten und fanden an der „demokratischen“ Partei ihre Stütze, weil die rohen Massen des Südens und Nordens der Natur der Sache nach duldsamer gegen den Fortbestand und die Ausdehnung der Sklaverei waren, als die gebildeteren Elemente. Die Gebildeteren aber fürchteten mit Grund Unheil für die Republik von massenhafter Einwanderung und sofortiger Wahlbetheiligung roher europäischer Elemente, mit welchen die

Demagogie groß wachsen mußte. Schon 1840 führte diese Furcht der Bildungspartei vor Pöbel-Einwanderung und Demagogie zu nativistischen Bestrebungen der Whigs und zu den blutigen Verfolgungen der Irländer und Katholiken in Philadelphia, der „Stadt der Bruderliebe.“ Die unreinsten Beweggründe, wie Brotneid, Religionshaß, Rassenübermuth mischten sich schon damals mit den edleren, der Vaterlands- und Freiheitsliebe gerade in den Mittelstaaten am meisten, wo die Anglo-Amerikaner am stärksten mit den Fremden und dem Auswurf der Kavalierstaaten gemischt waren. Als daher im Jahre 1854 der Nativismus der Neu-Engländer sich der Whigpartei auf's Neue bemächtigte und die Knownothing-Bewegung schuf, welche die Zwecke der Bildungspartei durch Erschwerung der Einwanderung, Beschränkung des Stimmrechts Fremder und der Religionsfreiheit der Katholiken zu erreichen suchte, war es wieder nur in den Mittelstaaten, daß jene blutigen Fremdenverfolgungen von Cincinnati, Louisville, St. Louis und Baltimore ausbrachen, und die Sklavenhalterpartei beförderte sie auch anderwärts, wie in New-Orleans, in Texas und Washington, um der Bildungspartei durch Uebertreibung ihrer Bestrebungen möglichsten Abbruch zu thun und dann mit scheinheiligem Eclat sich und die von ihr commandirte „demokratische“ Partei als die Freunde der Fremden, der Gleichberechtigung der Rassen und Glaubensbekenntnisse hinzustellen. Die Partei der Bildung hatte das Unglück, so oft sie prinzipielle Politik treiben wollte, unpraktisch und mit merkwürdiger

Verkennung der bestehenden Verhältnisse zu handeln, gerade wie die Partei „der Edelsten und Besten“ in Deutschland im Jahre 1848 u. ff. Die Knownothing-partei platzte, nachdem sie in wenigen Monaten wie eine glänzende Seifenblase die unglaublichste Ausdehnung gewonnen hatte, wie eine solche und verschwand schon im folgenden Jahre in den meisten Staaten. Die reaktionären Elemente in ihr verstärkten die Sklavenhalter-Demokratie; die fortschrittlichen bildeten die republikanische Partei, zu welcher sich die Neu-Engländer und ihre Kolonien mit den besseren Eingewanderten, besonders den Deutschen, Skandinaviern, Holländern, protestantischen Irländern und der Elite der Ungarn, Polen, Franzosen und Italiener vereinigten. Die Partei der Bildung hatte nämlich mittlerweile die große Erfahrung gemacht, daß gerade der bessere und vielleicht auch der größere Theil der Eingewanderten ihre zuverlässigsten Bundesgenossen im Kampfe gegen die Partei der Rohheit (der Sklavenhalter) und ihre Zwecke sei. Eine gründliche Untersuchung der Frage, wie das allgemeine Stimmrecht und die schrankenlose Preß- und Redefreiheit wirke, enthüllten folgende, bis dahin viel zu wenig beachteten Thatsachen: Im sklavenhaltenden Süden besteht keine schrankenlose Wahlfreiheit und Wählbarkeit, Preß- und Redefreiheit. Eine Partei, welche die Sklaverei bekämpft, darf dort gar nicht auftreten, ihre Ansichten in der Presse und in Volksversammlungen verfechten, ihre Kandidaten für Aemter aufstellen; denn alle gegen die Sklaverei und herrschende Grundaristokratie, welche kaum den vierten Theil der dortigen weißen Bevölkerung bildet, gerichteten Bestrebungen, werden durch die Schreckensherrschaft dieser Minderheit niedergehalten. In den Mittelstaaten des Nordens aber ist Wahlfreiheit, Presse und Rede ganz in demselben Verhältnisse beschränkt, wie die „demokratische Partei,“ die der Rohheit und der Sklavenhalter, vorherrscht. Nur da, wo die Bildungspartei in der Mehrheit ist, gibt es wirklich ein unverkümmertes Recht zu reden, zu drucken und zu wählen und gewählt zu werden. Diese Erfahrungen mußten einen großen Umschwung in den Meinungen gerade des besseren Theils des Volkes hervorbringen: die Einsicht mußte sich Bahn brechen, daß, in den Vereinigten Staaten wenigstens, die unbeschränkte Wahl-, Preß- und Redefreiheit die besten Bundesgenossinnen der Partei der Bildung seien, im Bunde seien mit wahrem gesetzlichen Fortschritt und wahrem Konservativismus, mit Humanität und allen edlen Interessen, gegen die einreißende Sittenverderbniß und Verkäuflichkeit, gegen die Sklaverei und Vielweiberei, gegen die Rohheit und den Rückschritt, gegen, mit einem Worte, die kulturfeindlichen klimatischen und geschichtlichen Einflüsse des Bodens. Und eine einfache Betrachtung lehrt, daß dies nicht blos in der Union, sondern auch in Europa sich ähnlich verhalten muß: Dummheit und Rohheit sind überall ihr eigener Hemmschuh und die willfährigsten Werkzeuge aristokratischer Parteien und Bestrebungen. Der rohe Pöbel geht überall, entweder wissentlich mit dem vornehmen Pöbel Hand in Hand, oder wird von ihm benutzt als Werkzeug und arbeitet ihm unwissentlich in die Hände. Nur auf Uebergangs-Standpunkten, wenn der Machtbesitz von einer Partei zur andern entschlüpfen will, kann unbeschränkte Preß-, Rede- und Wahlfreiheit gefährlich sein; allein gerade dann sind sie unentbehrlich, um den Aristokraten so viel als möglich ihren in den ärmeren und ungebildeteren Klassen gewonnenen Halt zu entziehen und eine überwiegende Mehrheit des Volkes auf Seiten der am ruhigen, konservativen Fortschritt interessirten Mittelklasse hinüberzuziehen. Und auf die längere Dauer heilen Preß-, Rede- und Wahlfreiheit nicht nur vollständig die von ihnen anfangs veranlaßten Ausschreitungen und Ueberstürzungen, sondern machen solche geradezu unmöglich. In Kulturstaaten wenigstens wird dies immer so sein, weil in denselben immer eine Mehrheit des Volkes von ruhiger, gesetzlicher Fortbildung aller Verhältnisse größeren Vortheil zu erwarten hat, als von blinder Ueberstürzung.

Die Geschichte der Union ist höchst lehrreich und beweisend für diese allgemeinen Wahrheiten. Ohne die schrankenlose Preß- und Redefreiheit, wie wäre es möglich gewesen, den so lange unklaren Standpunkt der Bildungspartei zu prinzipieller Klarheit zu läutern und aus der verschrobenen Federalpartei zuerst die Whig-, dann die Knownothing-, hierauf die republikanische, zuletzt aber die jetzt so mächtige Abolitionspartei herzustellen? Die Stimmen für die letztere, welche dreißig Jahre lang kaum den zwanzigsten Theil der Nation bildete, mußten ja aus allen den übrigen veralteten und unklaren Parteien herübergewonnen werden, und wieviel auch die großen Erlebnisse der Nation dazu beitrugen, die Meinungen zu berichtigen und die Probe auf alte Vorurtheile zu machen, wie hätten diese großen Erlebnisse richtig ausgelegt und die daraus folgenden Wahrheiten zum Gemeingut der Massen gemacht werden können, hätte es keine in vielen Millionen von Abzügen verbreitete freie Tagespresse, keine redefreien Massenversammlungen gegeben? Und gerade die schrankenlose Wahlfreiheit macht es möglich, berichtigte Ueberzeugungen des Volkes zur Geltung zu bringen, ehe die entgegenstehenden Irrthümer ihre volle Schädlichkeit entwickelt haben. Jede der vielen Wahlen, welche hier zu Lande die Politik bestimmen, ist eine Antwort auf eine an das Volk nach vorheriger Diskussion gestellte politische Frage über ein Prinzip oder eine öffentliche Person, und diese Antwort mag noch so oft irrig ausfallen, am Ende berichtigt sie sich doch und, was die Hauptsache ist, das Volk ist dabei gereift und belehrt, gewitzigt und bekehrt worden, und ein dauernder Rückschritt bleibt unmöglich.

Die Revolution der Sklavenhalter wäre ganz unmöglich gewesen, hätte von jeher im Süden Preß-, Rede- und Wahlfreiheit bestanden. Die dortigen armen Weißen sind, Alles in Allem genommen, doch das verkommenste Proletariat innerhalb der gebildeten Welt. Vom Landbesitz fast gänzlich ausgeschlossen, den Gewerbefleiß verschmähend, weil Arbeit für eine Schande gilt, der Volksschule (die einen solchen Namen verdiente) und fast aller Bildungsmittel beraubt, und selbst an ihrem Stimmrecht, also an der Möglichkeit einer Verbesserung ihrer Lage durch Gesetze in ihrem Sinne verkürzt, weil in den meisten Staaten nur Grundbesitz zum Stimmen berechtigt, und in Bundessachen die Sklavenhalter für je fünf ihrer Sklaven drei Stimmen abgeben dürfen, sind diese armen Weißen verurtheilt, von Jagd, Fischfang, Diebstahl, Schmuggel mit den Sklaven und vom Verkaufe ihrer Stimmen und Fäuste an die Sklavenhalter und Fachpolitiker kümmerlich zu leben, stehen an Intelligenz und Menschenwürde in der Regel tief unter dem besser gestellten Theile der Sklaven und rächen ihre Erniedrigung durch den Hochmuth, womit sie als Weiße auf diese herabsehen. Wenn diese Klasse, welche drei Viertel der südlichen weißen Bevölkerung ausmacht, unbeschränkte Preß-, Rede- und Wahlfreiheit besäße, so hätte sie auch bald Volksschulen und bessere Gesetze, so hätte sie überhaupt alles, was sie brauchte, um Menschen zu werden, und was man ihnen geflissentlich vorenthalten hat, um sie zum Vieh und zu blinden Werkzeugen der Sklavenhalter zu machen. Anstatt sich massenhaft als Kanonenfutter für den Moloch der Sklaverei in dem unheiligsten aller Kriege hinschlachten zu lassen, würden sie gegen die Sklavenbarone kämpfen, denen sie ihr Elend und ihre Entwürdigung verdanken. Dies ist so gewiß, daß überall in den Sklavenstaaten, wo sich eine freie Presse in irgend einem geschützten Winkel des Landes erhalten hat, die Rebellion nicht festen Fuß fassen konnte, oder erst, nachdem sie die freien Männer zu Hunderten abgeschlachtet hatte. So hat die freie Presse in Wheling im äußersten West-Virginien den Theil des Staates frei gemacht, der jetzt so genannt wird. So hat die freie Presse in Wilmington, Del., den Staat Delaware zum Freistaat vorausbestimmt. In Baltimore, in St. Louis, in New-Orleans und in West-Texas waren es deutsche freie Pressen, welche eine freigesinnte Bevölkerung herangezogen haben, die jetzt sich geltend macht und der Staat Missouri ist lediglich der deutschen freien Presse seine voraussichtliche Befreiung schuldig. Mit der freien Presse des Pfarrers Brownlow in Ost-Tennessee stand und fiel der Unionismus von Ost-Tennessee. Kansas wurde den bereits siegreichen Sklavenhaltern durch die freie Presse wieder abgenommen.

Es gibt keine besseren Sicherheits-Ventile am Dampfkessel der Politik, als unbeschränkte Preß-, Rede- und Wahlfreiheit. Der Bürger, welcher sie besitzt, kann keine Ursache zur Revolution und zum Aufruhr haben. Wie haben sich die nördlichen Bundesgenossen der südlichen Verräther angestrengt, im Norden einen gewaltsamen Aufstand gegen die Bundesverwaltung hervorzurufen! Und wie leicht und gefahrlos wäre ein solcher Aufstand, seitdem die Mehrzahl der waffenfähigen jungen Republikaner im Felde entfernt ist, die Administration offenkundig ihre Unfähigkeit blosgestellt hat, mit den inneren und äußeren Verräthern fertig zu werden, und die Novemberwahlen 1862 in mehreren nördlichen Staaten alle Gewalt in die Hände von Verrätherfreunden gespielt haben! Eine käufliche Presse in jeder größeren Stadt des Nordens, in New-York allein fünf gegen drei unionsfreundliche, arbeitet seit vier Monaten tagtäglich am Aufruhr und Umsturz, reizt zur Gewaltanwendung gegen die hervorragenden Freunde der guten Sache, entflammt mit satanischem Geschick alle bösen Leidenschaften eines ungebildeten Haufens, der sich augenblicklich in der Majorität weiß und manche frühern, wahre oder vermeinte Unbilden zu rächen hat! Und trotzdem bleibt es bei Worten, kommt es nicht und wird es so leicht nicht kommen zu aufrührerischen Thaten. Welchen stärkeren Beweis kann man dafür verlangen, daß die Demokratie ihr eigenes Korrektiv sei und sich selbst unter den ungünstigsten Verhältnissen bewähre? Aus Irländern katholischen Bekenntnisses, aus dem Abschaum Europa's und Amerika's, denn daraus ist die große Masse der „demokratischen" Partei zusammengesetzt, Bürger zu machen, welche ungestraft jedes Gesetz verachten und eine Schreckensherrschaft des Pöbels unter Anleitung der gewissenlosesten Demagogen, die je die Welt gesehen, einführen könnten, es aber trotz täglicher Aufforderung dazu nicht thun, welche Staatsform als die Demokratie vermag dies? Welche läßt so ungefährlich allen Zündstoff böser Leidenschaften durch den Schlot der freien Presse, Rede und Wahlen verpuften? Welche erhebt so sehr den Menschen über sich selbst und seine zufällige Verwahrlosung?

Man sieht, was die amerikanische Demokratie leistet, könnte keine europäische Monarchie nur entfernt leisten. Unter ihrem Schilde vertragen sich die schroffsten Gegensätze miteinander, vertrugen sich eine auf freie Arbeit und vollsten Genuß der Menschenrechte begründete Gesellschaft mit einer auf Negersklaverei und großen Grundbesitz gebauten Aristokratie drei Menschenalter lang und hätten sich noch ein viertes hindurch vertragen können, wenn die Sklavenbarone nicht der Gleichberechtigung überdrüssig und nach Alleinherrschaft begierig gewesen wären. Unter ihrem Walten zeigte sich eine nie vorher gesehene Expansivkraft der Nation nach außen, vereinbar mit einem höchst ansehnlichen inneren, geistig sittlichen Fortschritte; ungeheure Reichthümer Einzelner, vereinbar mit allgemeinem und fast ausnahmlosen Wahlstande Aller; die Gleichberechtigung der Höchstgebildeten mit den rohesten Proletariern in politischer Hinsicht trotz aller bedenklichen Uebergangszustände am Ende wohlthätig für das Ganze und alle Theile; schrankenlose Freiheit trotz aller vorübergehenden argen Ausschreitungen als das großartigste Erziehungsmittel für Millionen verwahrloster Auswürflinge Europa's; mit einem Worte alles Böse, alles Dumme, alles Fortschrittsfeindliche in steter Selbstvernichtung begriffen. Auf diesem Boden und unter demokratischer Verfassung werden die bedenklichsten sozialen Experimente harmlos angestellt, der ganzen Welt zur Lehre. Kommunistische Gesellschaften, wie diejenige der Rapp'schen Ekonomisten, der Shaker, der Kabetianer und Fourier'schen Phalansterianer werden gestiftet, ohne den Staat zu erschüttern, ja nur im Geringsten zu berühren, oder nur

Aufsehen zu erregen. Die Mormonen wurden allerdings zwei Mal von Volksaufständen bedrängt und vertrieben, aus Illinois und Missouri, und zuletzt vom Bunde bekriegt; allein sie hätten ihre Hierarchie und Vielweiberei ganz unbehelligt durchführen können, hätten sie nicht durch Weiberverführung im Großen, Mordthaten und Raub, dort ihre Nachbarn und in Utah das Volk der Union, muthwillig gegen sich erbittert. Die wahnsinnigsten und die gefährlichsten religiösen Sekten begründen hier ihr Dasein und zerstören am Ende sich selbst. Das ist das wahrhaft Großartige an den Zuständen dieses Landes, und davon ist die weite Ausdehnung des Landes nur in geringerem, der verträgliche Geist der Demokratie in viel höherem Grade die Ursache.

Ein Hinblick auf die demokratische Schweiz, in welcher derselbe Geist dieselben großartigen Erscheinungen hervorbringt, nur ohne dieselbe Expansivkraft nach außen, welche der beschränkte Schauplatz abschneidet, lehrt zur Genüge, daß mit diesen Erscheinungen weit mehr die Demokratie, als der Boden zu thun hat. Dagegen ist zuzugestehen, daß demokratische Gemeinwesen einem Fehler der Natur der Sache nach mehr ausgesetzt sind, als monarchische und aristokratische überhaupt. Eine Vergleichung der übereinstimmenden Seiten am Volksleben der Union und der Schweiz mit den Zuständen der aristokratischen Staaten Europas lehrt, daß die Bildung dort mehr in's Breite und Oberflächliche, hier mehr in die Tiefe und Gründlichkeit strebt. Dort wird sie eben mehr gleichvertheiltes, Alle adelndes und emporhebendes Gemeingut; hier mehr ausschließlicher Besitz bevorzugter Kasten oder Stände. Immer aber ist dort Tiefe und Gründlichkeit nicht geradezu ausgeschlossen, so wenig wie hier am Ende eine wachsende Verbreitung von Kunst und Wissenschaft über die Massen. Die Wege zum Ziele der allgemeinen Menschwerdung Aller sind eben in beiden Formen der Gesellschaft verschieden; das ist Alles. Für die Vereinigten Staaten aber ist das Mittel, die allgemeiner gewordene Bildung in sich zu vertiefen und zu einer harmonischen Geistesentwickelung bei den Einzelnen, wie im Ganzen, zu vervollkommnen, schon gefunden und vorhanden, und zwar in und mit der besseren deutschen Einwanderung.

Soviel von der Entstehung des amerikanischen Nationalcharakters aus Boden- und geschichtlichen Verhältnissen. Nachdem wir auf genetischem Wege den Schlüssel zum Verständniß dieses Charakters im großen Ganzen gefunden haben, wird uns bei der Betrachtung des Landes und der Leute im Besonderen Alles, was sonst ein Räthsel bleiben müßte, klar und verständlich werden.

Viertes Kapitel.

Der Boden und der Charakter der Yankees.

Das Landgebiet von Neu-England ist von Natur in sich abgeschlossen. Es ist als eine Halbinsel von nahezu viereckiger Form zu betrachten. Die südliche und östliche Seite bildet die Küstenlinie vom Harlem-Fluß (einem Arm des Hudson, der in den Long Island-Sund mündet und das Stadtgebiet von New-York zur Insel Manhattan macht) bis an's Kap Breton; die nördliche Seite ist der St. Lorenzstrom (New-Brunswick und Nova Scotia gehören in jeder Hinsicht, außer in der politischen, zu Neu-England); und die westliche ist ein vulkanischer Riß in der Erdoberfläche, in welchem der Hudson fließt und die Seen George und Champlain eingesenkt sind. Dieser Riß hat den Zusammenhang des langen Alleghany-Gebirges so tief hinein unterbrochen, daß das Adirondack-Gebirge (so heißen die Alleghanies im nördlichen Theile des Staates New-York) von den Grünen Bergen des Staates Vermont gänzlich getrennt ist, und der höchste Punkt zwischen beiden, zu 7000 Fuß Höhe aufsteigenden Ketten, nur etwa 200 Fuß über den Meeresspiegel erhaben ist. Diese seltsame Halbinselbildung wiederholt sich im Kleinen innerhalb des Gebietes von Neu-England und des ganzen Vierecks mehrfach. Neu-

Schottland, das Cape Ann und das Cape Cod sind ähnlich gebildete und liegende Dreiecke, welche vom Festlande durch tiefe vulkanische Einsenkungen des Bodens abgetrennt sind, nur daß die Einsenkungslinie nicht gleich sehr von Wasser ausgefüllt wird. Das ganze große Viereck hat Urgebirgsformation (Granit, Gneiß oder Glimmerschiefer), und nur in der Umgegend von New-Haven, Konnecticut, treten geschichtete Bergkegel von altem rothem Sandsteine auf, welche dem von Südwest nach Nordost verlaufenden Hauptgebirgszuge parallel eine Strecke folgen. Das Hauptgebirge selbst besteht aus zwei parallelen Ketten; die niedrigere südliche, zu etwa 1800 Fuß im nördlichen Konnecticut fortlaufende, senkt sich nach der Massachusettsbai hin und erhebt sich in deren Nähe nochmals zu einem Rücken von etwa 500 Fuß Höhe mit abgetrennten Vorbergen, welche Inseln und Halbinseln innerhalb und am Rande dieser Bai bilden. Die nördliche Kette, welche in Vermont Grüne Berge, und in New-Hampshire und Maine Weiße Berge heißt, erhebt sich wiederholt zu nahe 7000 Fuß Höhe, ehe sie sich in Maine und Neu-Braunschweig abdacht und große Massen abgesonderter Vorberge, Inseln und Halbinseln von hoher landschaftlicher Schönheit bildet. Zwischen beiden Ketten laufen mehrere verbindende Höhenzüge mit ziemlichen Einsenkungen von Norden nach Süden; die Flüsse aber, alle in meridianaler Richtung fließend, durchbrechen entweder die südliche Kette, und zwar die größeren, oder münden nach Art von Küstenflüssen in den St. Lorenzstrom. Eine Menge kleinerer Seen haben ihre größte Erstreckung, wie die Thäler selbst, von Norden nach Süden; sie erhöhen die landschaftliche Schönheit. Größere Ebenen gibt es nirgends, selbst nicht stark ausgeflachte Flußthäler; das Hügelland herrscht fast unbeschränkt, abwechselnd mit höheren Bergketten, welche nirgends in den Gürtel ewigen Schnees und Eises, kaum der Alpenwiesen, emporragen. Die Form der Berge und Hügel ist ziemlich regelmäßig konisch; sie sind bis an den Gipfel dicht (mit Nadel- und Laubholz, untermischt) bewachsen. Nur am Meeresufer und in engen Flußthälern treten Felsenpartieen auf. Die Formation ist sehr alt und nach ihrem ersten Entstehen keinen gewaltsamen Veränderungen mehr unterworfen gewesen; denn die größeren und kleineren Felstrümmer, welche fast das ganze Land bedecken, sind in der Regel tief im aufgeschwemmten Lande oder verwitterten Felsboden begraben und zwar bis an die höchsten Bergspitzen hinauf.

Das ganze Viereck gehört der atlantischen Küsten-Abdachung an; darin ist sein Unterschied von den großen Grundzügen der Becken beschlossen. Mit diesen theilt es die allgemeine Richtung der Gebirge und Thäler, die Hauptwindrichtungen und die Geneigtheit des Klimas zu Schroffheiten und Ausschreitungen. Als Abdachungsland aber hat es vor den Becken ein beinahe vollständiges Freisein von Schichtgebirgen, eine große Mannigfaltigkeit der Bodenoberfläche und eine Küstenentwickelung voraus, welche reicher wohl nur am griechischen Theile des Mittelmeers vorkommt. Es gibt hier auch im kleineren Maaßstabe convexe

Bodenform, Knotenpunkte der Höhenzüge, von welchen Thäler in allen Richtungen der Windrose auslaufen. Der Niederschlag ist reich in jeder Form, der Fels verwittert also bei den starken Gegensätzen und schroffen Wechseln von Hitze und Kälte sehr rasch und bildet überall einen fruchtbaren, aber sehr steinigen und schwer zu bearbeitenden Boden an den Abhängen, während der undurchlässige solide Felsboden der Thäler diese zur Sumpfbildung sehr geneigt macht. Eigentliche Diluvialbildung tritt in größerer Mächtigkeit nur auf der West- und Südseite der Massachusettsbai auf; es ist offenbar, daß der Boden von Neu-England an den periodischen Hebungen und Senkungen des festen Landes wenig oder gar nicht theilnimmt.

Die Mannigfaltigkeit der Oberfläche und des landschaftlichen Bildes hat überall in der Welt, wo sie auftritt, eine Mannigfaltigkeit der kleineren mehr örtlichen Windrichtungen, also der Witterung, und damit eine Mannigfaltigkeit des Pflanzen- und Thierlebens, endlich also auch der menschlichen Beschäftigungen und eine vielseitigere Entwickelung der Anlage zur Folge. Besonders um die Knotenpunkte der Gebirge herum wohnt in jedem der nach allen Himmelsgegenden sich öffnenden Thäler eine von den Einwohnern der Nachbarthäler verschiedene Bevölkerung, oft genug sehr verschieden in Sprache, Religion, Abstammung, Körperbau, Sitten und Leistungen. Wenn sich am Fuße der Gebirge hin, entlang den größeren Verkehrsstraßen, diese verschiedenen Menschenstämme mischen, so erzeugt die Spannung der Gegensätze einen wachsenden Reichthum der Volksanlage; neue, begabtere Stämme und Rassen erzeugen sich und bringen höhere Kulturstufen mit sich. Dies wird noch mehr der Fall sein, wo eine reiche Küstenentwickelung hinzutritt, wo also durch zahlreiche, tief in's Land einschneidende Buchten das Seeklima befruchtend und wetterverändernd tiefer in's Innere hineinwirkt, und wo der Menschenverkehr, der am frühesten und bequemsten durch die Binnenwässer sich ausdehnt, auf große Strecken hin erleichtert ist und Ideenaustausch und Stammesvermischung an den Waarenaustausch anknüpft.

Auf die Bevölkerung der Neu-Engländer hat dieser Boden mit seinem Klima in kaum 250 Jahren schon bedeutende Einwirkungen hervorgebracht. Wie alle Anglo-Amerikaner unterscheiden sie sich von ihren Stammgenossen, den Engländern, durch eine größere Leibeslänge, eine viel geringere Fettentwickelung, eine schmalere Schädel- und Gesichtsbildung, eine größere Nervosität, eine größere Veränderlichkeit in der Stimmung, in den Neigungen und Beschäftigungen; eine viel größere Selbstthätigkeit und Selbstbestimmung; einen Mangel an Kindlichkeit, Herzlichkeit, Gemüth, an Jugend, durch zu frühe Reife und zu frühes Alter.

Von allen anderen Anglo-Amerikanern aber unterscheiden sie sich auffällig durch dankbares Andenken an das Mutterland und steten Zusammenhang mit seinen geistigen und sittlichen Bestrebungen; durch Beibehaltung manches Altenglischen, z. B. im Bau und der Einrichtung der Wohnungen, einzelner weniger Feste, geselliger Gebräuche, durch Anknüpfung von

Bekanntschaften und Briefwechseln mit Engländern; durch Vorliebe für das Landleben und Sinn für landschaftliche Schönheit und häuslichen Komfort und Nettigkeit. Es geht sogar durch die gebildeten und reichen Neu-Engländer ein krankhafter Zug der Bewunderung alles Englischen auf Kosten alles Amerikanischen, ja, der Bewunderung englischer Monarchie und Aristokratie auf Kosten der amerikanischen Demokratie. Derselbe ist bei edleren Charakteren hauptsächlich daraus zu erklären, daß der Kampf der Bildung mit der Rohheit hier zu Lande durch Boden, klimatische und geschichtliche Verhältnisse so sehr erschwert, und eine Flucht aus der Berührung mit dieser Rohheit hinweg kaum möglich ist. Ferner unterscheiden sich die Yankees von allen anderen Anglo-Amerikanern durch eine weit reichere geistige Anlage und größere Willenskraft und Ausdauer. Von den 3—4000 Patenten für neue Erfindungen, welche jährlich in der Union ertheilt werden, kommt in der Regel eine volle Hälfte auf das kleine Neu-England, obwohl es nur den zehnten Theil der weißen Unionsbevölkerung enthält, und vielleicht vier Fünftel auf Yankee's überhaupt, d. h. Nachkommen von Neu-Engländern. Die hervorragendsten der im Lande gemachten Erfindungen, wie die der Kottonpresse, des Dampfschiffes, der Nähmaschine, des Dampfpflugs und der Mähmaschine, stammen alle von Yankees her. Die großen Schriftsteller und Dichter Longfellow, Lowell, Bryant, Hawthorne, Margaret Fuller, die Frau Beecher-Stowe, Wendell Holmes, Theodor Parker, Everett, Emerson u. s. w. sind alle Neu-Engländer; von den Künstlern sind es bei weitem die meisten, von den Staatsmännern waren es wenige, aber gerade die genialsten, wie Otis, Hancock, die beiden Adams und Webster. Der erwähnte krankhafte Zug nämlich, die Scheu vor der demokratischen Rohheit, hält die begabten Yankees von der Betheiligung an der Politik ab, und nur Talente und Charaktere dritten, vierten, fünften Ranges vertrauen sich dieser stürmischen See an. Die Geschichtsschreiber und wissenschaftlichen Forscher sind fast alle Yankees: wie Franklin, Olmstead, die beiden Silliman, Gould, Bancroft, Prescott, Squier, Gray, Hitchcock, Mitchell u. v. A. Von den großen Rednern, besonders den geistlichen, den großen Rechtsgelehrten, Aerzten, Seehelden, kurz, von berühmten Fachmännern aller Art haben die Yankees mehr als ihren Antheil aufzuweisen.

Der Yankee trägt, selbst wenn er in den abgeschiedensten Gegenden wohnt und von der Schule nicht berührt worden ist, ein intelligentes Aussehen, einen verständigen, prüfenden Blick, eine Anstelligkeit und Fähigkeit, in schwierigen und ungewohnten Lagen sich selbst zu helfen, wie man dies an Europäern unter ähnlichen Umständen nicht findet. Außerdem kennzeichnet ihn schon für die oberflächlichste, weit mehr noch für die genauere Beobachtung eine Würde, wie sie nur dem freien Manne eigen ist, ein sicheres und festes Auftreten und ein vorwaltender Ernst, alles dieses in höherem Grade als die übrigen Anglo-Amerikaner. Von diesen unterscheidet er sich auch in der Regel sofort durch ein gesittetes und anständiges Betragen, wenn er auch hierin dem gebildeten Franzosen oder Deutschen noch nicht gleichkommt.

In der alten Welt waltet hierüber ein Mißverständniß ob. Da man auch wohl alle Anglo-Amerikaner Yankees genannt hat, und da europäische Reisende mit allen anderen Anglo-Amerikanern weit häufiger als gerade mit den Neu-Engländern und eigentlichen Yankees überhaupt zusammenzustoßen pflegen; so denkt man sich den Yankee drüben à la Heine „als amerikanischen Gleichheitsflegel, der ohne Spucknapf spuckt und ohne König kegelt." Nichts kann verkehrter sein. Dieses Bild paßt wohl auf die Bewohner der Sklavenstaaten und die rohere Bevölkerung der freien Mittelstaaten, diese liegen auf dem Rücken, die Füße höher als der Kopf, die Fußsohlen oft über einen Balkon hinausgestreckt; diese kauen Taback und spucken in allen Richtungen umher; diese werden durch unhöfliches Benehmen lästig, mengen sich in Alles und verdienen den Namen von „Gleichheitsflegeln." Natürlich gibt es auch hier Ausnahmen. Der eigentliche Yankee aber hat in der Regel eine große Abneigung vor solchen Gewohnheiten und bekämpft sie, gleichwie das übermäßige, ja, oft alles Trinken geistiger Getränke. Er ist in der Regel verschlossen, und obwohl er mitunter durch neugierige Fragen lästig fällt, so läßt er sich doch leicht in seine Schranken zurückweisen, wird nicht grob und scheut alle Rohheit. Er ist reinlich und nur zu geneigt, europäische Moden in Umgang, Sitten, Kleidertracht und Luxus aller Art mitzumachen. Er gesteht Anderen jede Freiheit zu, welche er für sich selbst beansprucht und hat fast eben so viel Gleichheitsgefühl ohne Ziererei, als die Franzosen. Das feine, leichte, gesellige Benehmen der Franzosen und ihr Gleichheitsgefühl macht deshalb bei den Yankees entschiedenes Glück und wird selten hinter dem Rücken verspottet wie bei den Engländern.

Der Neu-Engländer liebt die geistige und moralische Bildung, das ist dasjenige Merkmal, welches ihn am stärksten von anderen Anglo-Amerikanern unterscheidet. Die anderen, wenn sie nicht geradezu mit ihrer Rohheit prahlen, suchen in der Regel die Bildung mehr um des *Scheines* willen und sind kirchlich und bigott, um für sittlich zu gelten; die Yankees wollen in der Regel gebildet *sein* und sind moralische Rigoristen, so weit sich Beides ohne allzugroße Anstrengung und Entbehrung erreichen läßt. Beide haben keine wahre *Begeisterung für das Wahre, Gute und Schöne*, natürlich mit einzelnen, höchst ehrenwerthen Ausnahmen; der Yankee aber bringt verhältnißmäßig ungeheuere Opfer für die Pflege dieser drei höchsten Güter, und das ist das Höchste, was ihm sein Naturell erlaubt. Die übrigen Anglo-Amerikaner dagegen *bekämpfen* in ihrer großen Mehrzahl das Wesen dieser Güter und streben höchstens nach dem Besitz ihrer täuschenden Oberfläche. Heuchelei und Lüge sind ihnen zur anderen Natur geworden, natürlich auch hier mit einzelnen vortrefflichen Ausnahmen, zu welchen wir hier als eine Klasse die Quäker der Mittelstaaten rechnen müssen. Der kleine Staat Massachusetts zahlt, während alle seine übrigen Ausgaben in Friedenszeiten kaum eine halbe Million übersteigen, für seine öffentlichen Schulen anderthalb Millionen jährlich, und aus Privatmitteln fließt wenigstens das Doppelte dieser Summe jährlich für Erziehungswerke. Derselbe Staat gründete die ersten Blinden-, Taubstummen- und Blödsinnigen-Anstalten im Lande, und zwar nach dem Muster der besten europäischen, und machte Propaganda für Einführung derselben auch in allen übrigen Staaten. Seine Irren-Anstalten, Zufluchtshäuser, Waisenhäuser, Hospitäler, Strafanstalten und Armenpflege sind fast alle musterhaft zu nennen. Seine Polizei übertrifft selbst die englische in Rücksicht auf öffentliche Gesundheitspflege, Reinlichkeit und Anstand in den Straßen, Wegebauten, Fürsorge für Rath- und Hilflose, Artigkeit gegen das Publikum, Verschönerung der öffentlichen Spaziergänge u. s. w. Es gibt in Boston allein zwei große Bibliotheken, die eine von 700,000, die andere von 150,000 Bänden, deren Benutzung Jedermann unentgeltlich freisteht und deren Auswahl wenig zu wünschen übrig läßt; und es gibt in den Neu-Englandstaaten Hunderte solcher öffentlichen Bibliotheken, beinahe in jedem Township eine, mit mehreren Millionen gutausgewählter Bände zusammen. Von Massachusetts ging auch die erste Anregung zur Reform des Schulwesens nach deutschem und schweizerischem Muster aus. Horace Mann bekam die Aufgabe zur theilweisen Durchführung dieses Musters in den öffentlichen Schulen, und es wurden für den Staat vier Lehrerseminare für Volksschullehrer gegründet, ein Beispiel, welches in anderen Staaten nachgeahmt zu werden beginnt. Die Aufmerksamkeit, welche von ganz ausgedehnten Kreisen Gebildeter den Schulen und ihrer Verbesserung gewidmet wird, ist höchst erfreulich und mit vielen Opfern an Zeit und Kraft verbunden. Die Gesetzgeber lassen sich häufig von ausgezeichneten Sachkennern Vorlesungen in ihrer Halle über Schul- und Erziehungswesen halten, und der Naturforscher Agassiz hatte diese Auszeichnung mehrfach, wobei er für Einführung des „gegenständlichen" oder „Anschauungs-Unterrichts wirkte. In Boston entstanden auch die ersten amerikanischen Kindergärten, ein vom Verf. d. eingeführter deutscher wurde sofort von mehren Seiten in englischer Sprache nachgeahmt.

Die übrigen fünf Neu-Englandstaaten folgen dem von Massachusetts gegebenen Beispiele, da er für sie alle der Mutter- und Musterstaat ist. Es herrscht zwischen ihnen ein Wetteifer, sich einander in Anstrengungen für alle Bildungszwecke zu überbieten; und dieser Wetteifer pflanzt sich auch in alle diejenigen Staaten und Theile von Staaten fort, wo die Yankees die Oberhand haben, und wirkt als ein wohlthätiges Beispiel auch auf diejenigen Staaten ein, wo dies nicht der Fall ist. Zweierlei Einrichtungen sind allen Yankee-Bevölkerungen gemeinsam, welche der Bildung schon Erwachsener dienen: die öffentlichen Vorlesungen und die Debattir-Gesellschaften. Die ersteren erstrecken sich über alle Gebiete der Wissenschaft und Kunst und werden von beliebten und berühmten Fachgelehrten, Philanthropen, Aufklärern oder Schöngeistern gehalten, an welche zu diesem Behufe Einladungen ergehen. Die Zuhörerschaft findet sich auf dem Wege der Subscription zusammen, und das Honorar für einen Vortrag ist ansehnlich, von 20 bis 100 Dollars. Die „Lecturer" sind eine ansehnliche Zahl, und die meisten leben von ihren Vorträgen. Charlatane können darunter nicht lange eine Rolle spielen. In den Debattir-Klubs finden sich die jüngeren Männer des Ortes zusammen und verhandeln über einen allgemein verständlichen Gegenstand in geregelter Disputation, um sich Redegewandtheit und Ideenklarheit anzueignen, welche im hiesigen Leben so nützlich sind. Es wird dabei natürlich viel leeres Stroh gedroschen; aber immer in ziemlich beredter Form.

Der Yankee geht auch in die Kirche, mehr, um für seinen rastlos tiefstelnden Geist Beschäftigung, als um für sein Gemüth Erbauung zu finden. Sein Prediger muß ein tüchtiger Redner, ein gewandter Dialektiker, ein Mann von vieler Bildung und Lebenserfahrung, gedankenmächtig und formgerecht sein; bloße „Salbung" thut es nicht. Originalität und Kraft werden an ihm hochgeschätzt. Die Frauen schwärmen für ihren Prediger und überbieten sich darin, ihm ihre Anerkennung durch allerhand Aufmerksamkeiten und gelegentlich auch Geldgeschenke zu beweisen; zumal wenn er sich in seinem Amte die so häufige Brust- und Stimmen-Angegriffenheit der hiesigen Prediger zugezogen haben sollte. Die Geldgeschenke fallen dann gewöhnlich so reich aus, daß derselbe ein Jahr lang auf eine Erholungsreise gehen kann. Die Gehalte der Geistlichen sind ansehnlich, die Kosten der Mitgliedschaft bei einer Kirche überhaupt beträchtlich. Nicht selten ist das Kirchgebäude (deren es nur kleinere, aber in um so größerer Zahl gibt, im Durchschnitt eines auf tausend Seelen) Eigenthum des Predigers; immer ist es freundlich, im Winter geheizt, und der Fußboden mit warmhaltenden Teppichen belegt, selbst bei den streng puritanischen und methodistischen Sekten, welche jede Ausschmückung desselben und den Gebrauch der Orgel verschmähen. Orgel und Organist sind gut, ein vierstimmiger gemischter Chor von bezahlten oder freiwilligen Sängern immer vorhanden. Kirchen, welche überhaupt Glockenthürme gestatten, haben (mit Ausnahme der bischöflichen) in der Regel nur eine Glocke. Die Mitgliederzahl ist in der Regel gering, und Bau und Reparaturen am Gebäude kosten viel. Der Aufwand wird in durchaus freiwilliger Weise bestritten, in der Regel durch Versteigerung der Sitzplätze, welche bei beliebten Predigern oft tausend Dollars und darüber das Jahr für eine Familie kosten. Dem Yankee gehört allerdings die Mitgliedschaft in einer religiösen Gemeinde zur „Respektabilität;" es macht aber keinen wesentlichen Unterschied, in welcher, und ob selbst in einer freisinnigen. Die Reichen haben meist ihre exklusiven Kirchen, in welchen mit der Frömmigkeit eben so gut, als mit dem Reichthum Schau getrieben wird. Im Ganzen aber muß man aus den schweren Opfern, welche den Yankees ihre Kirchlichkeit kostet, aus ihrem oft dreimaligen Kirchenbesuche des Sonntags und meist noch einmal außerdem in der Woche, und aus der lebhaften Besprechung der gehörten Predigten schließen, daß es ihnen Ernst um die Sache sei, und daß es der geistige Gehalt der Predigten vorzugsweise ist, was sie anzieht. Die mehr „rechtgläubigen" Sekten lassen es sich bekanntlich schweres Geld kosten, die Bibel zu verbreiten und Kolporteure mit ihr und frommen Traktätchen durch das Land und in alle Welt zu schicken, Missionen für Juden, Heiden und Katholiken zu unterhalten, arme Kirchgemeinden ihres Bekenntnisses beim Bau von Kirchgebäuden zu unterstützen, Reiseprediger und Prediger auf offener Straße zu unterhalten. Die freisinnigeren Gemeinden (Unitarier, Universalisten, „Freunde" vom Hicks'schen Bekenntniß, Herrnhuter und andere) deren Mitgliederzahl im steten Wachsen ist und vielleicht schon ein Drittel der Yankees umfaßt) verschmähen diese innere und äußere Mission und suchen nicht, wie jene, die Proselyten bei den Haaren herbeizuziehen. Die bischöfliche Kirche zählt unter den Yankees äußerst wenig Anhänger; zahlreicher noch sind die gänzlich Ungläubigen, welche aus Grundsatz die „Respektabilität" nicht mit Gewohnheitskirchlichkeit, oder gar Heuchelei erkaufen wollen, und noch häufiger die religiös Gleichgiltigen aller Bekenntnisse, welche sich zu gar keiner Kirche halten, in der Regel aber eine rohere Schicht der Bevölkerung ausmachen. Der „Spiritualismus," d. h. die Lehre, daß man sich mit den Geistern Verstorbener in Verbindung setzen könne, hat etwas ziemlich Verführerisches für die Yankees. Die Spiritualisten behaupten, anderthalb, ja selbst vier Millionen Anhänger in der Union zu haben; gewiß ist aber nur, daß zu ihren Gläubigen besonders viel Freidenker zählen, welche noch auf dem Uebergange zu gänzlichem Unglauben begriffen sind, und daß diese ganze Lehre im Interesse der Freidenkerei (hauptsächlich von Andrew Jackson Davis und einem Richter Edmonds) erfunden wurde und auf dem Grundsatze der Autonomie des Menschengeistes fußt, um dem mangelnden moralischen Muthe der Yankees eine Brücke von der „Rechtgläubigkeit“ zur Geistesfreiheit zu bauen. Dies ist der Grund, weshalb die orthodoxen Kirchen dem Spiritualismus den Krieg erklärt haben. Man bekommt einen Begriff von der großen geistigen Begabung der Yankeeinnen, wenn man weiß, daß es zahlreiche „Medien,“ oder Vermittlerinnen mit der Geisterwelt gibt, gescheidt und gewandt genug, um große Kreise freidenkender Yankees an sich glauben zu machen; von diesen „Medien“ hat Fräulein Cora Hatch den größten Ruf. Die scrupulöse Heilighaltung des Sonntags oder „Sabbaths,“ wie er in dieser Verbindung heißt, ist dem Yankee eigenthümlich, läßt aber neuerdings von ihrer Strenge nach (infolge deutschen Einflusses) und sacred concerts, wobei sehr weltliche Musik gemacht wird, reißen auch im Yankeelande ein. Früher wurde in keiner Yankeehaushaltung des Sonntags gekocht, sondern „Pumpernickel“ (brown bread) und gekochte Bohnen wurden kalt genossen; jetzt führt die

Mehrzahl der Yankee's auch Sonntags warme Küche und die beste Kost.

Der Yankee wird von den übrigen Anglo-Amerikanern des „Fanatismus" in Ueberzeugungssachen beschuldigt, und unkundige Ausländer sprechen dies nach. Sie berufen sich darauf, daß im ersten Jahrhundert der Ansiedelung von Massachusetts Hexen (in Salem) lebendig verbrannt wurden, und eine Quäkerin ihres Glaubens wegen (auf dem Common in Boston) gehängt worden sei. Das ist wahr; es geschah aber zu einer Zeit, da Hexen in der ganzen gebildeten Welt noch lebendig verbrannt, und Quäker auch in England nur durch des reichen und mächtigen Penn Einfluß vor dem Hängen geschützt wurden. Es ist ebenfalls wahr, daß die alten Puritaner sehr unduldsame Gesetze erließen; es war dies aber die einzige Möglichkeit für sie, sich vor dem Zuströmen des sittenverderbten Auswurfs des Englands ihrer Zeit, wie er nach dem Süden strömte, zu schützen und eine Musteransiedelung zu begründen. Jene Gesetze sind längst abgeschafft; das eine Extrem hat in großem Maße sein anderes hervorgerufen, und die Yankee's sind längst ohne Frage die duldsamsten und verträglichsten aller Anglo-Amerikaner. Sie feiern jetzt sogar, welcher Gräuel für ihre Altvordern, katholische Festtage, wie Weihnachten und Ostern mit, haben einen Karneval und Theater, tanzen und vergnügen sich zu Hause des Sonntags, ganz wie ihre irischen und deutschen Mitbürger. Daß sie nachgerade fast alle die grundsatztreuesten Feinde der Sklaverei geworden sind, nachdem sie drei Menschenalter lang den Sklavenhaltern die unmännlichsten Zugeständnisse gemacht haben und jetzt sehen, daß Nachgiebigkeit gegen Aristokraten die allerschlechteste Politik ist, das ist es hauptsächlich, was ihnen von den „Fanatikern" der Sklaverei zu obigem Beinamen verholfen hat. Das wird sie in den Augen der Deutschen nur höher stellen. Eine Spur des alten puritanischen Fanatismus aber lebt allerdings noch in ihren Temperenz- (Enthaltsamkeit von geistigen Getränken) und Sonntagsgesetzen, endlich in ihrem Nativismus fort. Das ist, wenn auch nicht zu vertheidigen, doch zu entschuldigen; es ist eine Nothwehrmaßregel gegen die Partei der Rohheit, welche ihnen das Leben so sauer macht, eine verfehlte, aber eine erklärliche. Wir haben schon erwähnt, daß geistige Getränke hier zu Lande doppelt so stark berauschen und leichter zum Laster des Trunkes verführen, als in Europa. Die bei Weitem größte Masse von Verbrechen und Vergehen werden hier zu Lande im Trunke begangen, und zahlreiche große Unglücksfälle auf Eisenbahnen, Dampfbooten, im Kriege u. s. w., sind auf Betrunkenheit der Beamten und Offiziere zurückzuführen. Im Trunke wird die Ursache der Verarmung mancher Familienväter und die Verlumpung mancher der hoffnungsvollsten und angesehensten Jünglinge gefunden. Die zahlreiche Klasse der „Rowdies" oder „Roughs" (Tagediebe, Klopffechter, Bummler und Ruhestörer) rekrutirt sich nicht blos aus irischen Eingewanderten, sondern auch aus den in der Erziehung verwahrlosten Söhnen der Reichen und gebildeten Tollköpfen, welche sich dem

Trunke und schlechter Gesellschaft ergeben. Von dem Unheil, welches die Sklavenhalter-Politik über das Land gebracht hat, ist das Meiste durch die Trunkenheit der rohen und geistig unselbstständigen Elemente des Nordens und Südens vermittelt worden. In den Trinkstuben wird die Politik der Partei der Rohheit gemacht; die äußerst zahlreichen Schnapsverkäufer sind einflußreiche Stimmensammler und Aemterjäger und arbeiten eifrig an der Entwürdigung und Entsittlichung der Nation. Gegen diesen Einfluß des Schnapses (und das Bier und die deutschen Bierwirthe und Brauer spielen neuerdings eine ähnliche Rolle) kämpften die Yankee's zuerst durch die in den ersten zwanzig Jahren des Jahrhunderts in der ganzen Welt aufblühenden freiwilligen Mäßigkeitsvereine, welche mit großer Feierlichkeit solche aufnahmen und auszeichneten, die sich aller geistigen Getränke enthalten wollten (gute Biere und Weine gab es damals selten). Da dies nicht genug half, bestürmten diese Vereine bei zunehmender irländischer Einwanderung mit ihrer Trunksucht am Ende die Gesetzgebungen um Verbote des Handels mit geistigen Getränken, außer zu ärztlichen Zwecken. Im Staate Maine wurde das erste solche Gesetz durchgebracht und hieß deshalb das Maine-Gesetz (Maine law). In rascher Folge ahmten die Neu-Englandstaaten, und bald darauf auch die meisten südlichen und Mittelstaaten diese Maßregel nach. Die „demokratische“ oder Sklavereipartei sah entweder das für ihre Zwecke Gefährliche in diesem Gesetze nicht, oder sie wollte den Schein der Moralität retten und hoffte darauf, daß das Gesetz in den letztgenannten Staaten ein todter Buchstabe bleiben würde, kurz sie unterstützte überall diese Maßregel. Und so wurde es auch damit; es wurde zuletzt auch in Neu-England zum todten Buchstaben. Es ist also von der „demokratischen“ Partei, ohne deren Beihilfe in allen Staaten das Temperenzgesetz nie hätte durchgehen können, schnöde gehandelt, wenn sie die Schuld ihrer eigenen Sünden den Yankee's ausschließlich aufbürdet und sie vor dem Pöbel dafür allein verantwortlich macht. Aber dieser gemeinen Art des Parteikampfes, „politische Kapitalmacherei“ geheißen, begegnen wir hier zu Lande häufig, bisweilen am häufigsten bei der Sklavenhalterpartei. Die Partei der Bildung hätte gebildet genug sein sollen, um einzusehen, daß ihr Temperenzgesetz ein alle Rechtsgrundlage zerstörender Eingriff in die persönliche und Gewerbefreiheit war, welcher ihr viele wohlmeinende und einsichtsvolle Eingewanderte und Eingeborne entfremden und in die Arme der „Demokratie“ treiben mußte. Sie hätte wissen sollen, daß in einem Lande der Volksherrschaft Zwangsbekehrungen unmöglich und eben deshalb doppelt gehässig und für den Urheber nachtheilig werden müssen. Das Temperenzgesetz half in der That die Bekehrung des besseren Theils der Eingewanderten zur Bildungspartei um mehre Jahre verzögern, und damit ihren Sieg über die Partei der Rohheit und Sklaverei.

Es war ganz ähnlich mit den Sonntagsgesetzen, nur daß diese ursprünglich in der ganzen Union mit größerer oder geringerer Strenge bestanden und aufrecht erhalten wurden, am mildesten immer in Maryland und Louisiana, vorwiegend katholischen Staaten. Seit nun die Einwanderung massenhaft auftrat, wurden in denjenigen Staaten, denen sie sich zuwandten, wie im Westen und in den Mittelstaaten, diese Sonntagsgesetze zum todten Buchstaben, wenigstens in den Großstädten und in den von Fremden stark bevölkerten Bezirken. Nicht blos die Eingewanderten begannen ihren Sonntag auf europäische Art mit Spazierengehen und Besuch von Vergnügungsorten im Freien zu feiern; auch manche Anglo-Amerikaner fanden an diesen in der Regel unschädlichen und wohlthätigen Erholungen von der angestrengten Wochenarbeit des hiesigen Lebens Geschmack, und die großen Wein-, Schnaps- und Bierhändler, Brenner und Brauer gewannen bald ein großes Interesse von der Duldung dieser Sonntagsvergnügungen. Der wohlhabende Anglo-Amerikaner, der meist nicht mehr Handarbeit treibt, findet für den seinem Gott geopferten langweiligen Sonntag leicht an Wochentagen Ersatz, an denen er in's Freie kann; er wohnt auch größtentheils im Freien oder in solchen städtischen Quartieren, wo die Luft gesunder, und in Alleen und Gärtchen, vor oder hinter den Häusern Naturgenuß dargeboten ist. Die Eingewanderten aber, in der Mehrzahl der Fälle wenig bemittelt, bedürfen der Sonntagswanderungen in's Freie durchaus, und jeden Sonntag bei gutem Wetter strömt die große Hälfte dieser Bevölkerung aus den Städten hinaus. Sie wollen auch des Sonntags

Abends in's Theater, in Opern, Konzerte und auf Bälle gehen, wozu sie Wochentags kaum Zeit finden. Die Gewohnheitssäufer aber und Stammgäste der Trinkstube wollen am Sonntage nicht gern aussetzen. Der Kampf nun gegen diese europäischen Gewohnheiten und Bedürfnisse entspann sich nicht zunächst in den Neu-Englandstaaten, wohin sich ja nur eine mäßige Einwanderung gewendet hatte, sondern in den Mittelstaaten; er wurde aber hier und bald auch im Süden von den Anglo-Amerikanern aller Parteien aufgenommen, von den Yankee's mehr aus religiösen und Bildungsgründen, von den übrigen mehr aus nativistischer Abneigung gegen eingewanderte Neuerungen. Selbst Gewohnheitssäufer, welche ihre geistigen Getränke im Großen einkauften und zu Hause im Keller hielten, und Unkirchliche, welche die altväterische Sonntagsruhe auf den Straßen liebten, wurden zu Fanatikern gegen dieses Treiben der „Fremden". Die Gesetze, welche hiergegen erlassen wurden, verboten in der Regel das Offenhalten der Vergnügungsplätze, Theater, Konzertsäle und das Laufen der Omnibus- und Pferde-Eisenbahnwagen, Fährboote und Vergnügungsdampfer (excursion steamers) am „Sabbath"; hier und da gingen sie noch weiter und zwangen die Miethstallbesitzer, am Sonntage kein Fuhrwerk auszuleihen, und ähnliche Verfügungen mehr. In den eigentlichen Neu-Englandstaaten, wo das Gesetz nie zum todten Buchstaben geworden war, genügte die regelmäßige Thätigkeit der Polizei und Gerichte, ihm auch fernere Achtung zu verschaffen, bedurfte es also auch keines neuen Sabbath law. In den Mittel- und Südstaaten aber wurde es überall in den größeren Städten, und im Westen auch auf dem Lande mehr oder weniger zum todten Buchstaben durch eine Verbindung der großen Verkäufer geistiger Getränke, der Wirthe und Inhaber von Vergnügungsorten mit der „demokratischen" Partei. Diese nämlich drehte sich bald um und griff ihr eigenes Gesetz als eine Erfindung der „fanatischen Yankee's" an. Polizei und Gerichte wurden bestochen durch die liquor dealers association, oder der demokratische Parteigeist bestach sie, um dem Gesetz, auch wo es noch so unzweideutig abgefaßt war, eine wächserne Nase zu drehen.

Ueber die nativistischen Bestrebungen und Gesetze haben wir schon gesprochen. Es bleibt hier nur noch nachzuholen übrig, daß auch hierin die Yankee's weit weniger fanatisch auftreten, als ihre Gegenpartei, welche hernachmals dieselben gegen sie ausbeutete. Die Yankee's der Neu-Englandstaaten waren allerdings die Erfinder des Gedankens gewesen, das Stimmrecht und die Wählbarkeit zu Aemtern an einen längeren Aufenthalt an Ort und Stelle zu knüpfen. Allein ohne Beihilfe ihrer Gegenpartei wären sie nie und nirgends im Stande gewesen, die betreffenden Gesetze einzuführen. So mit dem Zusatz zur Unionsverfassung, wonach fünfjähriger Aufenthalt im Lande zur Ausübung des Wahlrechts für Unionsämter befähigen soll, und längere Fristen erforderlich sind, um Repräsentant, Senator im Kongreß, oder Präsident und Vicepräsident werden zu können. Aehnliche Bestimmungen gingen nun in die Gesetzbücher der Einzelstaaten und in die Gemeindeverordnungen über, behufs des Wahlrechts und der Wählbarkeit für Staats- und Gemeindeämter; überall aber hatte die „demokratische" Partei dabei mehr oder weniger ihre Hand im Spiele. Es bewog sie dazu noch die besondere Absicht, das sogenannte „Colonisiren" von Wahlstimmen zu verhüten. Häufig nämlich vor, und kaum minder häufig nach dem Erlaß dieser Bestimmungen ließ sich die schwächere Partei einer Gemeinde, einer Grafschaft, eines Staates von anderswoher Stimmgeber kommen, um durch sie einen Ausschlag der Wahl zu ihren Gunsten herbeizuführen, es war dies ja in einem Lande mit rasch wechselnder Bevölkerung leicht zu bewerkstelligen und bei einer um Gewaltmittel am Stimmkasten so wenig verlegenen Partei, wie die „demokratische", auch durchzuführen. Wo sie nun in der Mehrheit war, suchte sie durch ein solches Gesetz die Bildungspartei, welche gegen Gewaltmittel am Stimmkasten bedenklich war, des Uebergewichts, welches im „Colonisiren" gegeben war, zu berauben. Wo sie in der Minderheit war, unterstützte sie ein solches Gesetz Anstands halber, mit der Absicht, es gelegentlich, wo dies ungestraft anging, zu brechen. Aber auch später, als die wachsende Einwanderung und Rohheit nativistische Gesetze der Bildungspartei räthlich erscheinen ließ, ging, nachweislich, in jedem einzelnen Falle die „demokratische" bereitwillig auf solche Vorschläge ein, und die Folge bewies jedesmal, daß dies in der Absicht geschehen war, aus solchen Gesetzen später bei den verdummten Eingewanderten „politisches Kapital zu machen" gegen die Yankee's und ihre Bildungspartei. Die Knownothingpartei z. B. entstand allerdings in Neu-England und verbreitete sich von da aus siegreich fast über die ganze Union; allein sie vereinigte in ihren geheimen Versammlungen mit nur sehr wenigen Ausnahmen alle Anglo-Amerikaner. Die „Demokraten" waren, wie schon gesagt, dabei die wüthendsten Fremdenfresser und rissen überall, wo sie in der Mehrheit waren, die neue Partei zu empörenden blutigen Uebertreibungen fort, um dann sich öffentlich gegen die neue Partei herumdrehen und die Schuld dieses Fanatismus den Yankee's in die Schuhe schieben zu können. Der Verfasser hat sich in Texas und in Massachusetts persönlich sehr genau von dieser Politik überzeugen können. Dort galt es im Jahre 1855 in der überwiegend von fremden Stimmgebern bewohnten Stadt San Antonio, eine Kandidatenliste von Leuten aufzustellen, welche nicht an der Knownothingbewegung Theil genommen hatten; und siehe da! von mehr als dreihundert anglo-amerikanischen Stimmgebern konnte nur ein einziger nachweisen, daß er es nicht gethan. In Massachusetts ging im Januar 1858 ein Gesetz in der Legislatur durch, welches außer den fünf Jahren Aufenthalt im Lande, welche zum Stimmrecht für Unionswahlen befähigen, noch zwei weitere Jahre Aufenthalt festsetzte, ehe innerhalb dieses Staates irgend ein Wahlrecht von Fremden ausgeübt werden durfte. Der Verfasser bekämpfte dieses Gesetz, welches als eine Verfassungsänderung dem Volke zur

Genehmigung vorgelegt werden mußte, im Verein mit der kleinen aber grundsatztreuen Abolitionisten-Fraktion der Bildungspartei in der Gesetzgebung wie am Stimmkasten. Die „demokratische" Partei, welche in Massachusetts kaum ein Drittel aller Stimmen wirft, bekämpfte dieses sogenannte „Massachusetts-Amendment" ebenfalls wüthend, aber nur zum Schein; denn als es darüber zur Volksabstimmung kam, konnte sich der Verfasser und mit ihm Jedermann, welcher die Verhältnisse kannte, davon überzeugen, daß die „demokratischen" Stimmen auf Kommando fast alle für das Gesetz abgegeben wurden, während sie bei der damaligen äußerst geringen Betheiligung der Bildungspartei an der Abstimmung es mit überwiegender Mehrheit hätten tödten können.

Die ganze politische Geschichte der Union ist eine stete Wiederholung derselben Erscheinung. Die Partei der Bildung wird immer auf's Neue um die Frucht des Sieges ihrer Fortschrittsideen betrogen, weil sie einerseits zu plump, andererseits zu willensschwach ist, um mit dem Jesuitismus einer in allen Sätteln gerechten, in sich einigen Aristokratenkaste, die den Pöbel kommandirt, fertig zu werden. Der ganze Kampf um die Sklaverei und der bisherige Ausgang des so räthselhaften Bürgerkrieges, sind eine Reihe von Beweisen für den Satz, daß aristokratische Parteien vollkommen gleichgiltig sind gegen den sittlichen Werth ihrer Waffen und Kampfesweise und nur durch ihre Einigkeit und List gegen die wachsende Aufklärung und Humanität der Massen Sieger bleiben, weil die wahrhaft demokratischen Parteien, welche auch immer zugleich den sittlichen und Bildungsfortschritt vertreten, uneinig und energielos, also politisch dumm zu handeln pflegen. Die beiden einzigen Ausnahmen von dieser Regel in der Geschichte der letzten zwei Jahrhunderte fanden bei der englischen Revolution (1640 ff.) und bei der ersten französischen statt. Diese merkwürdige Erscheinung dürfte sich aus folgenden Betrachtungen erklären: Die Aristokratie hat eben wenig sonst zu thun, als sich den Besitz der politischen Macht zu erhalten; die Demokratie aber hat neben ihren politischen noch viele andere Bestrebungen zu verfolgen: künstlerische, wissenschaftliche, sittliche, religiöse, soziale, industrielle, kommerzielle u. s. w., und da diese untereinander widersprechende politische Bedürfnisse erzeugen, werden ihre Kräfte getheilt, ihre Politik uneinig. Ferner erzeugt der Besitz der Macht die stärksten aller Leidenschaften: Hochmuth und Herrschsucht, welche dann ihrerseits das Gewissen abstumpfen, wo es sich um die Wahl von Mitteln zur Behauptung der Macht handelt, die Aristokratie aber ist eben von Haus aus im Besitz der politischen Macht, nährt jene glühenden Leidenschaften mehr als alle anderen und kennt durch uralte Ueberlieferung das Geheimniß, wie der Machtbesitz sich erhalten läßt. Die Bildungs- oder demokratischen Parteien aber sind zur Humanität, auch im Kampfe um Erlangung der politischen Macht, vorausbestimmt und verschmähen in der Regel die Mittel der rohen Gewalt, der Treulosigkeit und des Jesuitismus überhaupt zu diesem Zwecke; sie wollen lieber blos durch Propaganda siegen, und wenn sie einmal zur List oder Gewalt greifen, so thun sie es in der Regel ungeschickt.

Aus dem Gesagten wird klar geworden sein, daß die Yankee's zwar nicht ganz frei von Fanatismus, gleichwohl aber hierin wahre Kinder gegen die übrigen Anglo-Amerikaner, besonders des Südens sind. Es liegt auch in der Natur der Sache, daß der Fanatismus in demselben Maße abnimmt, wie die Bildung zunimmt; denn es ist seinem Wesen nach die rücksichtslose praktische Verfolgung einseitiger theoretischer Gedanken oder Wahrheiten, die Bildung aber, welche ihren Namen verdient, bringt eben alle Gedanken in harmonische Einheit. Nun sind zwar die Yankee's in der Regel auch ziemlich einseitig gebildet, aber sie sind es doch weit weniger als die übrigen Anglo-Amerikaner.

Hieraus ergibt sich auch, warum Anglo-Amerikaner nicht liebenswürdig sein können, die Yankee's immer noch am meisten. Liebenswürdigkeit ist aber jene schöne Harmonie der Verstandes-, Gefühls- und Willensthätigkeit in einem Menschen, welche sich in seinem ganzen Aeußeren ausprägt und andere Menschen unwillkürlich fesselt. Selbst die Frauen sind in Amerika nicht liebenswürdig, oder nur in seltenen Ausnahmefällen; sie sind zu vorwiegend verständig und willenskräftig dazu. Sie sind im Durchschnitt schöner als ihre europäischen Schwestern, von feineren Zügen und edlerem Wuchse, von feineren Bewegungen und bildungseifriger, aber es fehlt ihnen an Tiefe des Gefühls, Wärme des Herzens, Adel der Gesinnung. Sie reizen und bestechen, aber sie beglücken nicht in demselben Maße, wie deutsche Frauen. Was von den Männern gilt, daß sie früh reifen und früh altern, daß ihnen also die wahre Jugendzeit und eben darum auch das stete Jungbleiben fehlt, das gilt mindestens ebenso sehr von den Frauen. Es gibt wenig Anglo-Amerikanerinnen, die mit zehn Jahren nicht schon eine sehr lebhafte Ahnung von der Bestimmung des Weibes hätten, mit funfzehn Jahren nicht schon auf einer energischen Männerjagd begriffen, und mit dreißig nicht schon Matronen wären. Diejenigen unter ihnen, welche nicht frühzeitig sich verheirathen, und deren Vermögen nicht bedeutend genug ist, sehen sich deshalb in der Regel noch vor dem zwanzigsten Jahre nach einem Lebensberufe um. Von den Yankeerinnen gilt dies aus zwei Gründen am Meisten: erstens, weil sie überhaupt die meiste Bildung und Selbstständigkeit des Geistes haben; zweitens, weil es in Neu-England 300,000 mehr heirathbare Frauen als Männer gibt, da diese zahlreich nach Westen und Süden auswandern.

Die von den Frauen gewählten Berufe sind nur im äußersten Nothfalle weibliche Handarbeit, Näherei, Stickerei, Kochkunst u. dgl. und seit den letzten zwanzig Jahren überlassen sie immer mehr das Indienstgehen den Irländerinnen und Deutschen. Auch das Arbeiten in Fabriken, welches Fr. v. Raumer (1844) bei ihnen noch im vollen Schwunge fand, hat nahezu aufgehört, und eingewanderte Frauen haben sie daraus verdrängt. Dagegen ist bei ihnen der Lehrberuf sehr beliebt. Lehrerinnen sind sehr gesucht für den Elementar-Unterricht, und selbst für den sekundären; sie arbeiten nämlich um das Drittel oder die Hälfte des Gehaltes eines männlichen Lehrers. Die meisten Volksschulen haben blos einen Lehrer (principal) und drei bis zehn Gehilfinnen (assistant teachers). Aeltere Frauen halten Privatschulen, oft von großer Ausdehnung und oft ohne allen männlichen Beistand. Neu-England liefert fast den ganzen Bedarf der Union an Lehrerinnen. Man kann sich denken, daß weiblicher Unterricht nicht sehr entwickelnd, sondern mehr mechanisch sein, und daß eine ausschließlich weibliche Erziehung sogar noch nachtheiliger ausfallen muß. So ist es in der That. Ein anderer sehr von Frauen gesuchter Beruf, ist der von Verkäuferinnen in Kleinhandelsgeschäften; wobei jedoch noch immer ein übermäßiger männlicher Mitbewerb stattfindet. In Kunstwaaren-, Fabrik- und Modewaarengeschäften findet ebenfalls eine Menge Frauen ihr Brot. Da auch so die Menge unverheirathbarer Frauen noch nicht genug Nachfrage findet, so hat neuerdings eine ansehnliche Agitation begonnen, um ihnen Berufszweige zu eröffnen, welche bis dahin ausschließlich von Männern ausgefüllt wurden. Es gibt jetzt schon einige Hundert weibliche Aerzte, da früher in New-York, jetzt in Boston, unter der Leitung der Frau Doktorin Maria Zakrzewska (einer Berlinerin) eine Akademie mit Hospital für solche besteht. Die Frauen, welche die Bahn hierzu brechen, verdienen die höchste Anerkennung ihres Muthes und wissenschaftlichen Eifers, da die Rohheit ihrer männlichen Studiengenossen und Mitbewerber ihnen alle denkbaren Hindernisse in den Weg legte. Es gibt eine große Anzahl Schriftstellerinnen, theils selbstständiger, theils solcher, welche für die Tagespresse als Novellistinnen arbeiten. Es gibt schon ein paar Redaktionen und Druckereien im Lande, welche ausschließlich von Frauen besorgt werden. Es gibt einzelne Postmeisterinnen, und wird deren bald viel mehr geben. Es gibt viele ausgebildete Kunstsängerinnen, welche zum Theil ihre Bildung in Europa erworben haben, und Hunderte bezahlter Kirchensängerinnen, Tausende von Lehrerinnen des Piano und Gesanges; in diesem Zweige jedoch machen deutsche Männer und Frauen starken Mitbewerb. Von den Malerinnen und Bildhauerinnen sind Rosa Bonheur u. A. berühmt geworden. Schauspielerinnen gibt es weit über den Bedarf, darunter auch einige, wie Miß Bateman, welche sich in Europa sehen lassen dürften. Auch Kunstreiterinnen kommen vor. Weibliche Geistliche kommen in Aufnahme, und der Rolle, welche die Medien der Spiritualisten spielen, ist schon gedacht. Vorleserinnen wie Fanny Kemble, welche Shakespeare'sche Dramen mit verschiedener Stimme für jede Rolle meisterhaft vorträgt, und Andere, welche selbstständige Vorträge als Lekturer halten, gibt es ebenfalls. Ueberhaupt betheiligen sich die Frauen hier zu Lande stark am öffentlichen Leben, wo sie es ohne Gefahr, mit der Partei der Rohheit zusammenzustoßen, können, und die Versammlungen der Abolitionisten, der Weiberrechtler, der religiösen Freidenker und aller

Fortschrittler sind immer stark von Frauen besucht. Während des Krieges endlich hat es nicht an Frauen und Mädchen gefehlt, welche sich zu dem edlen Werke der Florence Nightingale in Spitälern und Feldlagern anboten.

Bei dem selbstständigen, halb männlichen Geiste, welcher die amerikanischen Frauen beseelt, ist es kein Wunder, daß in der Union der Ursprung der Bewegung für das „Bloomerkostüm“ (Frauenkleidung nach Art der Männer) und für die „Weiberrechte“ zu suchen ist. Da jenes sich nicht hat einbürgern können, so sprechen wir hier blos von den letzteren. Die Grundidee der Weiberrechtler (lediglich Neu-Engländer oder Yankees) ist, daß das Weib vor dem Gesetze, der öffentlichen Meinung und der gesellschaftlichen Sitte mit dem Manne in allen Stücken gleichberechtigt sein sollte, da sie von ihm in nichts als in geschlechtlicher Beziehung verschieden ist. Es sollte also ihre Erziehung eben so sorgfältig als die des Mannes sein; man sollte ihnen auch eine Berufserziehung geben, um sie selbstständiger zu machen, und alle Berufe, zu welchen ihr Geschlecht sie befähigt, ihnen eröffnen. Sie sollten keines Vormundes bedürfen und als Ehefrauen das Recht auf ihren eigenen Arbeitsverdienst und ihr Vermögen haben; ihr Zeugniß sollte so viel wie das des Mannes werth sein, sie sollten Stimmrecht haben, und kein Vertrauens- oder besoldetes Amt sollte ihnen schlechthin verschlossen oder ärger erschwert sein als den Männern. Soweit das Glaubensbekenntniß der eigentlichen „Weiberrechtler“ (woman's rights' party), gegen welches schwerlich etwas Vernünftiges eingewendet werden kann, da es nur verlangt, daß der Stellung des Weibes in der Gesellschaft nicht mehr und stärkere Schranken gesetzt werden sollen, als dem Manne, und als ihr die Natur schon von selbst gesetzt hat. Uebrigens haben die Verhältnisse einem Gesetze in solchem Sinne mächtig vorgearbeitet. Die Yankeein ist durchschnittlich so gut, wenn nicht besser gebildet, als der Yankee, da sie, wo irgend möglich, bis zum 17., ja 19. Jahre in die Schule geht, während er in der Regel früher in's Gewerbsleben eintritt. In der Kirchgemeinde spielt sie ohnehin, selbst ohne Stimmrecht zu haben, die Hauptrolle. Sie versteht das parlamentarische Benehmen und Redenhalten so gut wie er und übt es bei Frauenvereinen, wie gemischten Versammlungen. Sie ist in der Politik indirekt einflußreich und die stärkste Stütze der Bildungspartei, und ihr das Stimmrecht und damit einen direkten politischen Einfluß einzuräumen, würde überall da unbedenklich sein, wo die Partei der Rohheit nicht vorwiegt. Wo dies aber der Fall ist, würde die Sache bedenklicher genannt werden müssen, da gebildete Frauen schwerlich mit der Hefe der männlichen und weiblichen Bevölkerung würden am Stimmkasten zusammentreffen wollen, so daß die Partei der Rohheit noch obendrein durch ihre Weiber verstärkt werden würde, während die der Bildung denselben Zuwachs nicht hätte. Könnten die gebildeten Frauen ihren natürlichen Widerwillen gegen die Rohheit, die sich am Stimmkasten breit macht, überwinden;

ihr Erscheinen würde diese Rohheit bald aus dem Felde schlagen. Aber wie ist das zu erwarten, wenn schon die gebildeten Männer diesen Widerwillen oft schwer bemeistern, so daß bei schlechtem Wetter ihre Partei immer viel weniger Stimmen wirft, als sie könnte, weil sie jede Entschuldigung benutzen, der Erfüllung dieser unangenehmen Bürgerpflicht auszuweichen? — Gewiß ist, daß die obenberührten Forderungen der Weiberrechtler über nicht lange Zeit sich Gesetzeskraft erworben haben werden, und das Experiment wird also bald genug entscheiden, ob und wie weit diese Forderungen praktisch sind.

Einen Schritt weiter geht der linke Flügel dieser Partei, indem er außerdem „Freie Liebe" verlangt, d. h. Hinwegräumung aller Gesetze, welche die Liebe und Ehe, also den ganzen Geschlechtsumgang betreffen. Derselbe soll lediglich Privatsache sein, und dem Staate, sowie der Gesellschaft nichts angehen. Es sollen also alle Gesetze gegen Ehescheidung, Doppelehe, Vielweiberei und Vielmännerei, alle Gesetze wegen Alimentation und Eheansprüchen wegfallen. Diese Partei ist wenig zahlreich, wie man sich bei der herrschenden Prüderie der Yankees erklären kann, und sie wird arg, wiewohl ohne besonderen Grund verlästert, da die Vorfechter derselben achtungswerthe Leute zu sein pflegen. Da diese Richtung vorläufig noch schwach vertreten ist, so bleibt eine weitere Besprechung derselben unnöthig. Die geschlechtliche Zügellosigkeit umgeht ohnehin hier zu Lande äußerst leicht alle gesetzlichen Schranken, immer natürlich vorwiegend zum

Nachtheile der Frauen; es ist also kaum abzusehen, daß eine Aufhebung aller betreffenden Gesetze den Nachtheil für sie vermehren könnte. Das größte Glück für die Frauen und somit für Familie, Staat und Gesellschaft ist, daß die Leichtigkeit, womit hier zu Lande ein Hauswesen und eine Familie gegründet werden können, ein ausreichendes Gegengewicht gegen die geschlechtliche Zügellosigkeit bildet, und daß die durchschnittlich hohe Bildung der Frauen sie weniger schutzbedürftig macht, als irgendwo in Europa.

Wegen dieser Betheiligung der Frauen am öffentlichen Leben, die vorzugsweise unter den Yankees zu finden ist, und wegen der Weiberrechts- und Freiliebe-Bestrebungen, welche ebenfalls nur unter Yankee-Bevölkerungen vorkommen, werden diese als: „Fanatiker, Mondschein-Theoristen, hirnverbrannte Wühler und Neuerer, Libertins“ 2c. von der Partei der Rohheit verschrieen. Wären die Yankeeinnen nicht so sehr der Sklaverei feind, so würde man ihnen dies Alles nicht so sehr zum Vorwurf machen; denn sie sind in der Regel keuscher und sittsamer als andere Anglo-Amerikanerinnen, von denen wir später zu sprechen haben werden. Sie können sich die bitterböse Feindschaft, mit welcher sie von der Partei der Rohheit angesehen werden, zur hohen Ehre anrechnen. Sie sind das wahre Salz Amerikas und die ritterliche Achtung, mit welcher Frauen noch immer mehr oder weniger im ganzen Lande behandelt werden, ist durch sie erobert worden.

Die Ehe- und Familienbande sind in Amerika ungleich loser als in Deutschland. Bösliche Verlassungen der einen Ehehälfte durch die andere, um mit einem Dritten davonzugehen, sind nichts Seltenes; freiwillige Trennungen unverträglicher Gatten desgleichen. Goldene und silberne Hochzeiten kommen, wie uns scheinen will (es gibt hierüber noch nirgends Statistiken) nicht so häufig vor, als in Deutschland, und wir haben noch von keiner einzigen gehört, außer im Falle von Yankees. Die Liebe der Geschwister zu einander ist wenig innig; der Umgang der Gatten mit einander, der Eltern mit den Kindern und umgekehrt, endlich der Geschwister unter sich, erscheint für deutsche Auffassung zu förmlich und kalt. Die erwachsenen Kinder verlassen in vielen Fällen das elterliche Haus, ohne je dahin zurückzukehren, oder nur in Briefwechsel mit den Blutsfreunden zu bleiben; die Töchter heirathen häufig ohne Einwilligung, ja selbst ohne Vorwissen der Eltern, und die Söhne scheinen sogar in der Regel beides für überflüssig zu halten. Die Frau theilt höchst selten die Geschäftssorgen, noch viel seltener die Berufsarbeiten des Mannes, woran indeß der Umstand mitschuldig ist, daß, ausgenommen bei den Farmern, das Geschäfts- oder Berufslokal in der Regel entfernt von der Wohnung liegt. Sie macht größere Ansprüche an seinen Geldbeutel für Putz, Wohnung, Dienerschaft und Vergnügungen und leistet ihm weniger als eine deutsche Hausfrau ihrem Gatten: sie versteht selten etwas von der Kochkunst, von der Nätherei, von weiblichen Arbeiten und der Wirthschaft überhaupt. In Bezug auf Kindererziehung gibt sie in der Regel den Ton an, was die jüngeren Kinder und die erwachsenen Töchter betrifft, mit anderen Worten: die Kinder thun so ziemlich, was sie wollen und setzen ihren Willen durch. Der Vater, welcher den Tag über außer dem Hause im Geschäft ist, und wenn er daheim ist, die nöthige Ruhe und Abspannung verlangt, thut äußerst wenig behufs der Charakterbildung seiner Kinder, ausgenommen, daß er dafür zahlt, so viel er kann. Sind die Gatten verschiedenen Glaubensbekenntnisses, so folgen in der Regel die Töchter dem der Mutter, die Söhne dem des Vaters, und die Kinder haben dabei schon frühzeitig auch eine Stimme, wie sie denn auch häufig sich die Schule selber aussuchen dürfen, in welche sie gehen wollen. Das amerikanische Kind lernt höchst selten Gehorsam und freiwillige Unterordnung unter seine Eltern; es lernt selten entbehren und sich begnügen: damit geht ihm die ächte Würze seiner Kindheit, die wahre Jugend verloren.

Dieser Mangel an Innigkeit und Sittlichkeit des Familienlebens ist bei Weitem weniger merklich unter den Yankees, obwohl er auch hier nicht fehlt. Aber der Unterschied ist dennoch gewaltig. Ehelicher Skandal, Ehescheidungs- und Ehebruchklagen, welche fast alle ihren Weg in die Zeitungen finden, wie alle bedeutendern Gerichtsverhandlungen, stoßen uns unter den Yankees auffällig seltener auf. Unter ihnen findet man zahlreiche Hausfrauen, welche gute Köchinnen, Wirthinnen, Erzieherinnen sind, und hervorragende Beispiele, daß sie ihren Männern bei deren Berufsarbeiten und Sorgen beistehen. Eine Frau Paxton aus Konnecticut machte mit ihrem Manne, einem Schiffskapitän, wie dies häufig bei Kapitänsfrauen der Fall ist, eine Seereise von New=York nach San Francisco; sie lernte von ihm, weil seine Gesundheit schwächlich war, die Navigation, und als er bei Kap Horn starb und die Mannschaft meuterisch wurde, stellte sie die Zucht an Bord wieder her und steuerte das Schiff wohlbehalten bis nach dem Ziele seiner Bestimmung. Es sind uns nicht wenig Fälle zu Ohren gekommen, daß Frauen ihren Mann und eine Familie ernährten. Die Yankee=Farmersfrauen sind gewöhnlich arbeitsam und wirthschaftlich, wenn sie auch nicht auf dem Felde, und fast eben so selten im Garten und Viehstalle mitarbeiten, was kein Amerikaner von seiner Frau erwarten, oder nur annehmen würde. Unter den Yankees ist auch die allgemein amerikanische Sitte, daß junge, noch kinderlose Ehepaare in Kosthäusern (boarding houses) wohnen, anstatt ihre eigene Haushaltung sofort anzufangen, seltener und überhaupt nur in den Großstädten und Fabrikbezirken anzutreffen. In keinem Lande kann Strohwittwenschaft so häufig vorkommen, als in der Union, weil hier immer Hunderttausende auf Reisen, in Geschäften, oder um ihre Lage anderwärts zu verbessern sind, und inzwischen ihre Familien daheim lassen; unter den vielen Fällen dieser Art, welche wir unter Yankees kennen gelernt, haben wir nicht in einem einzigen gefunden, daß die Frau treulos, liederlich, oder das Hauswesen zerrüttet gewesen wäre, wohl aber unter andern Anglo-Amerikanern. Ueberhaupt fanden wir unter Yankees mehr eheliche Zärtlichkeit und Treue, elterliche und kindliche und Geschwisterliebe, kindlichen Gehorsam und gegenseitige Anhänglichkeit selbst zwischen entfernten Verwandten. Ist auch das Familienleben nicht deutsch-innig, so ist es doch still, bescheiden, zufrieden und voll Komfort.

Unser Recht zu solchem Urtheile stützt sich nicht blos auf unser persönliches Augenzeugniß, sondern auf allgemein bekannte Thatsachen. Es ist eine solche Thatsache, daß der Yankee kein Wirthshausleben kennt, welches gerade in Deutschland das Familienglück so sehr beeinträchtigt. Es gibt unter den Yankees keine geschlossenen Gesellschaften „Klubbs,“ „Kasino's,“ „Ressourcen,“ und wie die Vergnügungskränzchen alle heißen, welche den deutschen Ehemann wenigstens zwei Abende in der Woche seiner Familie entfremden und der Ehefrau etwa zwei Mal im Jahre eine steife „Erholung“ bereiten. Er ist entweder des Abends im Kreise seiner Familie, oder er geht zu politischen, literarischen, musikalischen oder theatralischen Versammlungen, und auf der Mehrzahl dieser Ausgänge begleitet ihn seine Frau, nicht selten auch seine älteren Kinder. Die Freimaurerei, welche unter den Anglo-Amerikanern so sehr im Schwunge ist, wie nirgends in Europa, und bei ihnen einigermaßen an Stelle des Wirthshauslebens tritt, hat gerade bei den Yankees wenig Anklang gefunden. Der Yankee ist auch mit einzelnen Ausnahmen kein Stammgast in Trinkstuben, selbst wenn er keine Temperenzlerei treibt. Das

Wirthshausleben ist ihm so sehr verhaßt, daß er davon gegen die Deutschen, an denen er es so häufig wahrnimmt, ein Hauptvorurtheil hernimmt, und daß ihm ein regelmäßiger, oder nur öfterer Besuch der Wirthshäuser als Beweis eines unzuverlässigen Charakters gilt. Die zahlreichen Schriftsteller und Berichterstatter für Zeitungen, welche in den letzten zehn Jahren dem Yankee das Leben im Süden, wovon er vorher nur zu wenig Kenntniß genommen hatte, geschildert haben, sind unerschöpflich in bitteren, spöttischen oder blos tadelnden Bemerkungen über das dort so gewöhnliche Wirthshausleben, und diese Bemerkungen verrathen, wie großes Gewicht der Yankee auf häusliche und regelmäßige Gewohnheiten legt. Dorfschenken gibt es nirgends unter ihnen, und es würde auch in den Städten keine Trinkstuben geben (es hat deren Jahrhunderte lang keine gegeben) wenn es nicht auch unter den Yankees eine Partei der Rohheit gäbe, welche später eingewandert ist. Es ist eine weitere Thatsache, daß der Yankee seine Häuslichkeit nach Art des Engländers ausschmückt, wohnlich, bequem, einsam und gesund anlegt und erhält und, wo er nur irgend kann, mit einem Garten umgibt. Er thut es, weil er in ihr sein Glück, sein Behagen, seine wahre Erholung sucht, und dies wäre ohne ein genußreiches Familienleben doch wohl sehr schwer. Wenn er für seine Frau und Kinder fleißig gärtnert, für eine gute Bibliothek, ein Piano und Notenvorrath und schöne Kupferstiche und Bilder sorgt, und alles dieses fehlt selten in einem Yankeehause, in Gegenwart seiner Frau nie Taback raucht und wo möglich auch keine Zeitung liest (er thut das gewöhnlich auf dem Wege von oder nach dem Geschäftslokal); so ist die Annahme berechtigt, daß ihm zu Hause wohl wird. Es kommt selten vor, daß die Frau sich ausschließlich Frauengesellschaft in's Haus bittet, welche den Mann aus demselben vertreibt, oder daß der Mann lauter Männer einladet, vor denen seine Frau und Töchter in ihre Gemächer weichen müssen. Gegenseitige Besuche der Familien und Einladungen von Gästen sind häufig; die Geschlechter sind aber dabei in der Regel vereint, und gerade darin hat noch jeder gebildete Deutsche, welcher in solche Kreise Zutritt gefunden, hohen Genuß und mächtigen Reiz anerkennen müssen. Es ist deshalb auch erklärlich, warum Mischehen zwischen Deutschen und Amerikanern so häufig und immer häufiger vorkommen. Die gebildeteren deutschen Männer, welche vor 1850 einwanderten, mußten allerdings aus Mangel an passenden deutschen Frauen sich nach Amerikanerinnen umsehen; allein seitdem ist ein ansehnlicher Nachwuchs gebildeter deutscher Mädchen entstanden, und wenn trotzdem die berührte Wahlverwandtschaft sich bethätigt, so beweist das zu Gunsten der Amerikanerinnen als Ehefrauen. Nicht anders ist es mit dem umgekehrten Verhältniß: Ehen zwischen deutschen Mädchen und Yankees nehmen mehr und mehr zu, was allerdings seinen Grund besonders in der größeren Wirthschaftlichkeit der Ersteren hat. In allen den zahlreichen Fällen dieser Art, welche in unsere unmittelbare Beobachtung getreten sind, offenbarte sich ein angenehmes Eheverhältniß, und die älteren Ehen dieser Art haben ausnahmslos vortreffliche Kindererziehung zu Tage gefördert. Gerade bei solchen Mischehen kann ein Fremder am Leichtesten in das häusliche Leben der Yankees einen prüfenden Blick werfen; von ihnen kann er sich den Maaßstab für das holen, was er an den Ehen zwischen Yankees mehr aus der Entfernung beobachtet. Und alle urtheilsfähigen Beobachter, welche wir je darüber befragt, stimmten mit uns darin überein, daß die Yankee-Ehe sich mehr auf gegenseitige Achtung, als auf eigentliche Liebe gründet, aber dem kälteren Yankee dennoch eben denselben Grad von Befriedigung gewährt, als uns warmblütigeren Deutschen die größere Vertraulichkeit und tiefere Gefühlsregung, welche unserem Eheleben ein Bedürfniß ist.

Man kann nicht durch ächte Yankee-Ansiedelungen reisen, wir haben es eben so häufig zu Fuße gethan, als mit Dampf, ohne sein Herz sich erweitern zu fühlen, wenn man nämlich ein Herz für Menschenwohl hat. Wenn man diese Hunderttausende hübscher, netter, Land- und Farmhäuser mit prächtigen Gärten, aus denen behäbiger Wohlstand ohne Uebermaaß von Reichthum oder drückende Armuth blickt; wenn man diese so gleichmäßige Vertheilung des Wohlstandes und der nöthigsten Lebensbedürfnisse, diese zufriedenen, offenen, verständigen Gesichter, diese wohlgeformten Gestalten der Männer und Frauen und die oft reizend schönen Züge sieht, nirgends aber Bettler, nirgends Lumpen, nirgends verthierte Antlitze; wenn die schönsten und größten Gebäude sich in der Regel als Schulhäuser ausweisen; wenn selbst der Irländer und Deutsche niederer Bildung sich hier auf gehobenem Stanpunkte zeigen, die Rohheit sich schamhaft in ihre Schlupfwinkel verkriecht; wenn man jeden Augenblick den unermeßlichen Menschen- und Waarenverkehr längs der großen Handelsstraßen, die wohlbestellten Aecker, das schöne Vieh, die freundlichen Kirchen, die zahlreichen Eisenbahnen und guten Straßen; wenn man dieses Alles auf große Strecken hin sich gleichbleiben sieht, dann ruft man unwillkürlich aus: hier ist mehr Menschenglück und Menschenwürde zu finden, als unter jeder gleich zahlreichen Bevölkerung der Welt! Wir sahen dieses herrliche Schauspiel zuerst, nachdem wir Jahre lang in einem Sklavenstaate gelebt hatten, und der Eindruck war überaus mächtig, wird uns unvergeßlich bleiben. Wir können noch heute keine Reise durch Yankeeland machen, ohne uns zuzurufen: Hier ist weit mehr, als das alte Europa aufweisen kann.

„Je höher die Höhe, desto tiefer der Fall." Der Yankee in seiner Ausartung ist verächtlicher und ein größerer Schurke als jeder andere Amerikaner. Es ist eine sprüchwörtliche Wahrheit, daß die Yankees, wenn sie einmal Sklavenhalter werden, die grausamsten und rohesten zu werden pflegen; und daß sie im Süden, auch die, welche keine Sklaven besitzen, aus Furcht, den Sklavenhaltern mißliebig zu werden, beim geringsten Anschein wirklicher Gefahr ihre Feindschaft gegen die Sklaverei in fanatische Parteinahme für dieselbe umschlagen lassen, sich zu Spionen und Anklägern ihrer

Gesinnungsgenossen hergeben. Das haben wir und zahlreiche Deutsche im Süden oft genug zu eigenem Schaden erlebt. Die Kapitäne und Seeofficiere, welche den afrikanischen Sklavenhandel zu betreiben pflegten, waren mehrentheils Yankees, und die seemännische Bevölkerung von Neu-England, besonders aber Kapitäne und Seeofficiere der mit dem Süden handelnden Schiffe sind weitaus fanatische Prosklaverei-Demokraten. Dasselbe gilt großentheils von der Fischerbevölkerung, welche den Fischfang auf den Neufundlandbänken betreibt, weil diese zu wenig Zeit findet, sich zu bilden und vom Gang der politischen Ereignisse zu unterrichten, aber auch weil sie vom Congreß Geldbelohnungen dafür bekamen (sie sind neuerdings von denselben Sklaverei-Demokraten abgeschafft worden, von welchen sie aus politischen Gründen eingeführt worden waren), daß sie ein so gefährliches Geschäft bei mäßigem Lohn betrieben und der Unionskriegsflotte dadurch Matrosen der besten Art heranbildeten. Dasselbe gilt im höchsten Grade von den großen Kapitalisten und Kaufleuten Boston's, New-Haven's, Portland's, New-Bedford's und anderer reichen Städte, welche entweder einen vortheilhaften Handel mit dem Süden trieben, oder Geld auf das Unterpfand von Pflanzungen und Sklaven vorgeschossen haben, hin und wieder auch selbst durch Bevollmächtigte Sklavenplantagen besitzen und verwalten lassen, endlich von Denen, welche Kapital in südlichen Unternehmungen stecken haben. Dasselbe gilt von Politikern und Zeitungsschreibern, welche sich der Partei der Rohheit verkauft haben.

Daniel Webster, der von allen Freisinnigen ein Menschenalter lang vergötterte große Redner und Bekämpfer der Sklaverei, ließ sich mit 70,000 Dollars bestechen und ging zu der Gegenpartei über. James Brooks, der Herausgeber des „New-York Expreß" war eben so lange ein Freibodenmann und ist jetzt der giftigste und verlogenste Feind seiner früheren Partei. Beispiele dieser Art sind keineswegs selten, und wir kennen kaum eines derselben, in welchem der Renegat nicht ein Yankee war. Es ist von uns auch schon erwähnt worden, daß die Klopffechter und Tagediebe sich nicht selten aus den reichsten und gebildetsten Jünglingen rekrutiren. Man kann diese Erscheinung nicht genügend mit dem Hinweis auf die Thatsache erklären, daß Extreme leicht in einander überschlagen, daß die Ausnahmen für die Regel beweisen, und daß alle Renegaten durch Fanatismus ihre Vergangenheit vergessen zu machen suchen. Nein, die Schuld liegt gutentheils daran, daß es der Yankee-Erziehung an Grundsatztreue und Allseitigkeit, dem Nationalcharakter überhaupt an moralischem Muthe gebricht, woran die allgemeineren, von uns in der Einleitung berührten Ursachen schuld sind.

Der Yankee hat in höherem Grade als die übrigen Anglo-Amerikaner den edlen Zorn über das Böse; aber er hat dessen doch sehr wenig. Diese Eigenschaft der Nation, mit unglaublichem Gleichmuth die größten Bubenstücke mit ansehen zu können, versetzt den beobachtenden Europäer immer von Neuem in Erstaunen. „Wann wird endlich einmal die Geduld des

Volkes erschöpft sein?" haben wir uns in den letzten dritthalb Jahren fast täglich gefragt. „Wieviel furchtbare Erfahrungen sind noch nöthig, um im Nationalcharakter den „„heiligen Ingrimm"" heraufzubeschwören, den man doch in jedem Menschen beim Anschauen großen Unrechts voraussetzen muß?" Allein der Yankee hat überhaupt weniger Leidenschaft als die übrigen Anglo-Amerikaner; er wird deshalb von diesen spottweise white livered Yankee (weißleberiger Yankee) genannt; Beherrschung seiner Leidenschaften ist ihm von frühauf anerzogen und durch Klima und Lebensart zur anderen Natur geworden, und darüber hat er auch die Leidenschaft gegen das Unrecht großentheils eingebüßt. Der Amerikaner der Sklavenstaaten dagegen bekommt durch klimatische Einflüsse ein galliges Temperament, und seine ganze Erziehung geht darauf hinaus, seinen Leidenschaften die Zügel schießen zu lassen; natürlich verdrängt die Obmacht der rohen und unsittlichen Leidenschaften die besseren fast völlig.

Alle Anglo-Amerikaner sind Autoritäts-Anbeter; die Yankees verhältnißmäßig noch am Wenigsten, aber doch in einem für gebildete Deutsche auffälligen Grade. Es genügt ihnen, daß etwas in der Bibel steht, oder die Ansicht eines berühmten Mannes ist, oder in der Konstitution der Vereinigten Staaten ausgesprochen, um alle fernere Kritik und Untersuchung abzuschneiden. In den Naturwissenschaften ist ihre Autorität Herr Agassiz, und wehe dem, der sie antasten wollte! Früher war es auch Humboldt; aber seitdem der Verf. dieses bei einer Todtenfeier des großen Mannes seine völlige Ungläubigkeit und Unchristlichkeit aus seinen Schriften nachwies, hat er von seiner Autorität für die Yankees viel eingebüßt. Washington und Jefferson sind staatsmännische Autoritäten ersten Ranges für alle Parteien; aber die Sklaverei-Vertheidiger legen dieselben, ebenso wie Bibel und Konstitution, in ihrem Sinne aus, und so beruft sich jede Partei auf dieselben Autoritäten.

Wir kommen zu dem Berufsleben der Neu-Engländer. An der Seeküste hin wohnt natürlich die Schifffahrt, Handel und Fischfang treibende Bevölkerung. Diese drei Berufszweige greifen vielfach in einander über, wie es in einem gewerbfreien Lande nicht anders sein kann. Der Fischer ist von selber immer auch Schiffer; allein er ist es nirgends so sehr im großen Maaßstabe wie hier. Je weiter hinweg von der Küste ihn sein Fischfang führt, desto mehr ist er in Versuchung, ganz in's Seemannsleben überzugehen (to follow the sea for a living). Er wird dann entweder Matrose in der Unionsflotte, oder in der Handelsflotte; hierbei ist aber zu erwähnen, daß der Mitbewerb irischer, englischer und deutscher Matrosen den ächten Yankee seit etwa 10 Jahren fast gänzlich von den zwischen Europa und Amerika segelnden Handelsschiffen verdrängt hat. Seit jener Zeit findet man ihn nur noch auf den großen Seen im Innern, deren höchst gefährliche Schifffahrt vorzüglich tüchtige und gutbezahlte Seeleute verlangt, und auf den übrigen Meeren, besonders auf den Ostindien-, Westindien- und Kalifornia-Fahrern. Oder er erwirbt sich als Fischer und Matrose so viel, um ein eigenes Schiff zu kaufen: die Sehnsucht dieser ganzen Klasse. Damit fährt er zuerst Fracht, bis er seine Ladung selber einkaufen und in anderen Häfen verhandeln kann, und der gutmüthige, sorglose Matrose ist nun ein spekulirender Kaufmann geworden, der es in der Regel zu einem ansehnlichen Vermögen bringt und sich dann unweit der Küste auf einem Landsitze zur Ruhe begibt, von Zeit zu Zeit eine Vergnügungsfahrt auf seiner Yacht unternehmend. Die Lust zum seemännischen Leben ist aber so ansteckend, daß junge Leute genug, Farmerssöhne tiefer aus dem Inneren, gebildete junge Männer und angehende Kaufleute, als Matrosen in Dienst gehen, theils aus Leidenschaft für die See, und dann bleiben sie bei diesem Berufe, theils um etwas von der Welt zu sehen, oder neue Handelsverbindungen anzuknüpfen, und dann verlassen sie die See bald wieder. Von unseren näheren Bekannten haben allein zwei berühmte Schriftsteller jahrelang „vor dem Maste“ gedient: der größte Advokat der Neu-Englandstaaten Richard H. Dana, Verfasser des Buches: Two years before the mast und einer Seereise-Beschreibung nach Kalifornien und China, und Fred. Law Olmsted, wissenschaftlicher Farmer und Verfasser der Bücher über die Sklavenstaaten: The Seaboard Slave States und A journey through Texas. Wie auf der einen Seite der Unterschied zwischen den drei Berufsarten der Fischer, Schiffer und Kaufleute verschwimmt, so greifen auf der andern auch in zahlreichen Fällen Uebergänge der drei Berufsarten in andern und umgekehrt Platz. Dies ist sogar in der Regel mit den Farmern der Seeküste der Fall; sie führen fast alle ein Amphibienleben, fischen in der Zeit, da die großen Wanderungen der Seefische zum Laichen nach den Buchten und Flüssen hin beginnen, und bestellen in den Zwischenzeiten ihren Acker. Dann ist gewöhnlich die Beute ihrer Netze ihr Baargeld-Artikel, den sie auch selbst zu Markte fahren; oder aber sie fischen lediglich um des Düngers willen, die werthloseren Fische werden in ganzen Bootladungen auf die Felder gestreut und untergeackert, oder sie wollen lediglich ihre Mundvorräthe vervollständigen; oder endlich, sie verbinden alle diese Zwecke je nach den Zeiten und herrschenden Preisen. Man mag hieraus ermessen, wie ungemein zahlreich diejenige Bevölkerung Neu-Englands ist, welche den Seemannsberuf versteht und ihn zu Zwecken des Nutzens oder Vergnügens übt. In letzterer Beziehung ist zu erwähnen, daß große Schaaren junger Leute ihre Erholung beim Rudern oder Segeln suchen; daß zahlreiche Yachten von Liebhabern zu Wettfahrten, Fischpartien und Ausflügen zu Wasser in fast jedem Hafen unterhalten werden, und daß selbst die Frauen an solchen Ausflügen Geschmack finden. Dieses ausgebreitete Seemanns- und Amphibienleben hat einen in sittlicher Beziehung wohlthätigen Einfluß auf die Nation, während es für die Seeherrschaft derselben zugleich von unschätzbarem Werthe ist.

Die einzelnen Zweige dieser Berufe sind vorwiegend an besondere Häfen gebunden. Die Fischer z. B., welche den Sommer auf den Neufundlandbänken zubringen, hauptsächlich des Stockfischfangs wegen, kommen mehrentheils aus Salem, Gloucester, Lynn und Marblehead in Massachusetts. Die Wallfischfänger segeln alle aus New-Bedford, Gloucester nnd Newburyport, und die vortreffliche Bemannung kommt vorwiegend aus den Inseln Martha's Vineyard und Nantucket, vom Cape Cod und Cape Ann, lauter Orten, wo fast gar kein Ackerbau möglich ist. Die Fischer von Maine fischen vorzugsweise auf den Sandbänken vor ihrer Küste und in den Binnenwässern, und zwar hauptsächlich um des Düngers und Mundvorraths willen. Die ganze Küste von Neufundland bis Cape May wimmelt zu gewissen Jahreszeiten von Fischen, unter welchen nächst dem Stockfisch die Forelle, der Lachs, der Schweinfisch, die Makrele u. a. werthvolle zu nennen sind. Der Fang, die Zucht und der Vertrieb von Austern sind in Neu-England auf die Buchten von Connecticut und auf Theile der Massachusettsbai beschränkt, und es gibt außer den dort einheimischen Sorten noch eine bessere, welche aus den virginischen Gewässern der Chesepeakbai dorthin zur Mästung verpflanzt wird. Von der ungeheuren Ausdehnung dieses Geschäftszweiges kann man sich einen Begriff machen, wenn man bedenkt, daß die Dampfschnellfracht den Genuß von Austern zu einem Lieblingsgericht von wenigstens zehn Millionen Amerikanern und zum öfteren Essen der gesammten Küstenbevölkerung gemacht hat. Dem Fischfang verdankt Neu-England einen großen Theil seines Reichthums; man braucht nur die Hunderte von palastähnlichen Landsitzen der Wallfisch-Industriellen in New-Bedford, die vielen schönen Bauten von Salem, Portland, Boston, New-Haven und ähnlichen Fischereihäfen und den allgemeinen Wohlstand der von Fischern bewohnten Küstensäume zu betrachten, um daran zu glauben. Freilich legt das Seemannsleben einer Bevölkerung eine schwere Steuer an Menschenleben auf. Von dem von etwa 5000 Seelen bewohnten Marblehead verunglückten unlängst mehre Hunderte in einem Sturme auf den Neufundlandbänken und hinterließen mehr als hundert Wittwen. Auf den Inseln Nantucket und Martha's Vineyard bekommt man zu Zeiten kaum einen erwachsenen Mann zu sehen, sondern nur Mädchen, Strohwittwen und Wittwen, und ähnlich anderwärts. Trotzdem herrscht hier allenthalben eine Behäbigkeit und eine Sittlichkeit, wie keine Seeküste im monarchischen Europa sie nur entfernt aufweisen kann. Uebrigens knüpft sich hier allerwärts an die Schifffahrt eine hundertfältige Industrie. Rockport in Massachusetts, welches nur eine Rhede und gar keine Bodenerzeugnisse weiter zu verschiffen hat, bricht den schönen Granit seiner Felsenküste, verarbeitet ihn billig mittels sinnreicher Maschinerie zu Quadern und Bausteinen in jeder Form und Größe, auf Bestellung wie auf Spekulation, baut mit dem abfallenden Schutt riesige Häfendämme in's Meer hinein und schafft Reichthum „aus Nichts." Die Fischabfälle, welche beim Ausschlachten der zu dörrenden oder räuchernden Eßfische, und die überflüssigen Düngerfische, welche vom eigenen Bedarf des Farmerfischers bleiben, werden in Salem und anderwärts mit hunderterlei anderen Abfällen zusammen zu Guano verarbeitet. Die Austern werden theilweise entschalt und in Blechbüchsen luftdicht verschickt, oder eingemacht, wohl verpackt und auf entfernte Märkte gesandt, oder für die Zeit, wo es keine frischen Austern gibt, aufbewahrt; diese Industrie beschäftigt Tausende von Knaben und Mädchen. Mancher Farmer besitzt seine Schooner, um während der müßigen Jahreszeit damit Küstenschifffahrt zu treiben. Andere benutzen den überflüssigen Bauholzwuchs ihres Landes zur Erbauung von Schiffen zum Verkauf, oder von Böten. Noch Andere brennen Kalk aus Austerschalen und verkaufen ihn, zu Mörtel oder Kalkstaub fertig gemacht. Kurz, der Yankee ist höchst erfinderisch in Verknüpfung industrieller Arbeiten mit dem Seemanns- oder Amphibienleben, und verliert er seinen Absatz für ein Produkt, so entschädigt er sich schleunig durch Entdeckung einer andern Industrie. Er ist wie eine Katze, welche, wie oft auch zu Boden geworfen, immer wieder auf die Beine kommt.

Der amerikanische Küstenhandel muß deswegen viel bedeutender im Verhältniß zur Bevölkerung sein, weil die amerikanischen Küstenlinien, gleich den Gebirgen, Ebenen und Flüssen in der Hauptsache von Norden nach Süden durch alle möglichen Klimate, die hier in schmälere Gürtel zusammengedrängt sind, verlaufen, also die Erzeugnisse aller Klimate durch kurzen Wassertransport sehr rasch und bequem auszutauschen erlauben. Die herrschenden Strömungen des Meeres (der

Golfstrom und seine Gegenströmungen auf dem atlantischen, der kalte und warme Strom des Stillen Meeres) und der Luft (der polare und der äquatoriale Passat) erleichtern diesen Wasserverkehr zur See, wie der Mississippi mit seinen Nebenflüssen den inländischen. Diese Küstenschifffahrt ist zu fast drei Viertheilen in den Händen der Neu-Engländer, weil sie im Besitz der meisten und besten Häfen, der meisten und besten Seeleute, der unternehmendsten und gebildetsten Navigatoren, der besten Schiffbauhölzer in jeder beliebigen Menge, der hauptsächlichsten Manufakturen und sehr verschiedener Bodenerzeugnisse sind. Bis nach dem Laplatastrome Süd-Amerikas hinab beleben ihre schnellsegelnden, flachgehenden Schooner das atlantische Meer und den mexikanischen Meerbusen, diesen Produktenaustausch aller möglichen Klimate unterhaltend, und von Oregon aus wird bald in gleicher Weise das Stille Meer eine starke Küstenschifffahrt durch eine Yankee-Bevölkerung erhalten. Darin zeigt sich die ganze Größe des Yankee-Erfindungsgeistes. Der neuengländische Seehandel erhielt durch New-York und die übrigen Häfen an der Mündung des Hudson einen wahrhaft furchtbaren Mitbewerb, als dieser Fluß 1825 durch den Eriekanal mit den großen Seen des Innern verbunden worden war. Ein Kanal, der die neu-engländischen Häfen mit diesen Seen verbände, war unmöglich herzustellen. Wie sollte Neu-England die Konkurrenz von New-York aushalten, dessen ohnehin nie durch Eis gesperrter Hafen den ganzen Verkehr des Inneren von Nord-Amerika mit der überseeischen Welt zu vermitteln bekam? In der That siedelte seitdem ein großer Theil des im Handel angelegten Kapitals und Unternehmungsgeistes von Neu-England (besonders von Boston) nach New-York über und half das riesige Wachsthum dieses Welthandelsplatzes befördern. Und dennoch erlitt der Handel von Neu-England durch diesen Mitbewerb keinen Verlust. Der erfinderische Geist des Volkes und seine vielfache praktische Tüchtigkeit eröffnete zahlreiche Ersatzquellen. Die am reichlichsten fließende wurde in immer größerer Ausdehnung der Küstenschifffahrt gefunden; während New-York Europa im Osten mit dem amerikanischen Westen verband, übernahm Neu-England den amerikanischen Verkehr von Norden nach Süden und umgekehrt. Zugleich mußten in dem mannigfachsten Gewerbefleiße Waarenmassen geschaffen werden und wurden geschaffen, um dem Frachtgeschäft zu thun zu geben und für jeden offenen Markt die entsprechenden Bedürfnisse zu befriedigen. So entstanden die Spinnereien und Webereien von Massachusetts, um die Baumwolle des Südens zugleich zu verarbeiten und zu bezahlen und doppelte Frachtlöhne zu ziehen. (Von den großen Baumwollfabriken in Lowell, Lawrence &c. hat schon Fr. Raumer Bericht erstattet.) So entstand das riesige Leder- und Schuhwaarengeschäft von Massachusetts; es holte die Rinderhäute aus den Laplatastaaten, errichtete Schnellgerbereien und begann die Schuh- und Stiefelmacherei für ganz Amerika, so daß gegenwärtig in Massachusetts jeder sechste Mann ein Schuhmacher ist. Das gab wieder doppelte Frachten. Es begann die Eis-Industrie, durch welche bald alle heißen Länder der Welt bis nach Ostindien und China hin mit dem kühlenden Luxusartikel, der so rasch zum Bedürfniß wird, versorgt wurden, und im Lande selbst ein immer wachsender riesiger Bedarf an Eis für die Sommermonate geschaffen wurde. Die erwähnten drei großen Industrien sind die einzigen, welche mittels großen, auf Aktien zusammengebrachten Kapitals errichtet wurden. Eine bedeutende Anzahl Industriezweige konnten schon mit beschränkteren Mitteln hergestellt werden. Hierher gehört die Möbelfabrikation, welche in der Art betrieben wird, daß das Nutzholz da, wo es wächst, in Maine und New-Hampshire, später auch in Neu-Schottland von billigen Wasser- oder Dampfkräften in die Theile der Möbel roh zugeschnitten und erst am Fabrikationsorte diese zusammengesetzt und fertig gemacht werden; hierher gehört auch der Bau holzhandel, welcher theils unbearbeitetes, theils in Theile von Häusern zugeschnittenes, gefugtes, gehobeltes und abgepaßtes Bretter- und Pfostenholz am Orte des Wachsthums billig erzeugt, so daß im Seehafen das Haus in Stücken nur aufgeladen zu werden braucht. In dieser Weise wurden folgende weitere Industrien durch das Frachtbedürfniß erzeugt. Die Hutfabrikation von Danbury, die der messingenen Kurzwaaren von Waterbury, Konn.; die der Kutschen von Bridgeport, Conn.; der Fortepianos, Kochöfen, Blechwaaren aller Art, der fertigen Herrenkleider, der Hemden der Pelzwaaren, der Schulgeräthschaften und Schulbücher, der Drechslerwaaren in Holz und Metall von Boston, der Schießwaffen und eisernen Kurzwaaren von Springfield, Brottleborn und Worcester, Mass.; die der halbwollenen Waaren von Northampton, Mass.; der Radfelgen und Faßdauben von Burlington, Verm.; die Schiffsseilereien in fast allen Häfen; die Theerschwelereien in allen Waldgegenden; der Bau von Schiffen und Böten hauptsächlich in Maine und andere schon erwähnte Industriezweige der Seeküste; die Fabrikation der hölzernen Wanduhren (Yankee clocks) in Bridgeport und New-Haven, Conn.; die von Besen (aus broom corn), Eimern, Waschzubern, Waschbrettern, Sieben, Wäschhängen, Axtstielen, und hundert anderen Holzwaaren, in Maine; die von Essig, Branntweinen, Porter, Ale, Cider, Butter, Käse, Stärke, Chokolade, Zucker-Raffinade, Schiffsbrot, Eingemachtem und hundert anderen Eß-, Trink- und Wirthschaftswaaren auf dem flachen Lande aller Neu-Englandstaaten oder in Boston. Das Frachtbedürfniß, der Handelsgeist und der erfinderische Sinn der Neu-Engländer erschufen diese (und später nach dem Beginn der großen Einwanderung noch viele andere) Industriezweige, lange ehe diejenige Dichtigkeit der Bevölkerung vorhanden war, welche man nach europäischen Begriffen für nöthig hält, um Gewerbefleiß hervorzurufen. Und da die stete Auswanderung der Eingebornen nach dem Westen und Süden die Arbeitslöhne hoch im Preise (und die Lebensmittel billig) erhielt, so mußte die neu-engländische Industrie im Erfindungsgeiste die Mittel finden, eine so riesige und mannigfache Fabrikation zu begründen durch die zweckmäßigste Anlage der Fabriken, die ausgedehnteste Anwendung von Maschinerie und die sinnreichste Anpassung der Waare an die Bedürfnisse der Konsumenten, gegen welche europäischer Fabrik-Mitbewerb nun und nimmer aufkommen kann.

Und hier ist es am Orte, von den Schutzzöllen zu sprechen, deren Vertheidiger man fälschlich in Neu-England sucht. Unter den vielen Verläumdungen und Albernheiten, welche die Sklavenhalterpartei den Yankees ohne rechten Grund nachsagt, und welche in Europa nur ein zu williges Echo finden, ist auch der Vorwurf, daß die Neu-Englandstaaten fanatisch für Schutzzölle wären, mittels welcher sie dem Süden und Westen die Konsumtion vertheuerten und den europäischen Import zu schmälern suchten. Wahr ist hieran nur, daß es eine Zeit gegeben hat, da die Neu-Englandstaaten Schutz für ihre Industrie verlangten, damals eben, als sie dieselbe errichteten, um die Konkurrenz von New-York um den Welthandel zu bestehen. Allein dies war in den Jahren zwischen 1825 und 40. Seitdem geht die Bewegung zugunsten der Schutzzölle lediglich von Pennsylvanien und New-Jersey aus, und die Neu-Englandstaaten haben alle Gefahr europäischer Konkurrenz gegen ihre Manufakturwaaren längst siegreich überwunden, so daß sie keines Schutzes, ganz wenige Industriezweige ausgenommen, mehr bedürfen. So wenig bedürfen sie desselben, daß gerade während der langen Freihandels-Periode von 1842 bis 1861, welche durch die herrschende Sklaverei-Demokratie herbeigeführt war, in den Neu-Englandstaaten eine Masse neuer Fabrikations-zweige, welche mit Europa konkurriren, eingebürgert und blühend wurden. Hierher gehört die Fabrikation von Fensterglas, Goldwaaren, Büchernachdruck, Tuch und Buckskin, Modekleidern und Putzmacherwaaren, Papp- und Futteral-Arbeiten, Orgeln und allerlei musikalischen, sodann chirurgischen, mathematischen und physikalischen Instrumenten, Bandagen und verschiedenen anderen Waaren, in deren Anfertigung Neu-England vermöge seines überlegenen Erfindungsgeistes allen Mitbewerb europäischer Fabriken mit ihren billigen Arbeitslöhnen ertragen und überwinden lernte. Es trat nun zwar Neu-England bei dem Nationalwahl-kampfe von 1860 für mäßige Schutzzölle in die Schranken; dieses hatte aber folgende lediglich politische Gründe, welche auch der strengste Principreiter für Freihandel achten und entschuldigen muß. Erstens nämlich hätte die sklavereifeindliche Partei des Nordens nie über die „demokratische" Prosklaverei-Partei des Südens siegen können, oder wenigstens nicht hoffen dürfen zu siegen, ohne die Unterstützung der schutz-zöllnerischen Staaten Pennsylvanien und New-Jersey; diese Unterstützung mußte erkauft werden durch das Zugeständniß von Schutzzöllen, an welchen die Neu-Englandstaaten kaum mehr Interesse hatten, als die Ackerbaustaaten des Nordwestens. Zweitens hatte diejenige Spekulation, welche selbst keine Handelswerthe erzeugt, sondern sie muthwillig vertheuert und das Werthe erzeugende Volk bestiehlt, also die Spekulation in Land und Bauplätzen, in Lebensmitteln, in Papieren und im Zwischenhandel, vor 1860 eine wahrhaft entsetzliche Höhe erreicht und eine große Handelskrisis von 1857 — 58 verursacht. Dies war die gemeinschaftliche Wirkung der Sklavenhalter-Politik, welche die nördliche Industrie und Kolonisation im Nordwesten, die weiße Einwanderung und freie Arbeit bekämpfte, und eines großen Kapitalreichthums, welcher bei der allgemeinen Sucht des Volkes, schnell reich zu werden, ungeheure Zinsen aus schwindelhafter Spekulation zu ernten suchte; für die Industrie, selbst die naturwüchsigste und unentbehrlichste, wurde somit das Kapital zu theuer und unzugänglich, was besonders von der ganz in's Stocken gerathenen Eisen-Industrie Pennsylvaniens galt. Diese entsittlichende Spekulation aber mit ihren unseligen materiellen Folgen ließ sich blos durch Schutzzölle wirksam bekämpfen, welche der Industrie das Kapital verschaffen sollten. Drittens verarmte der Freihandel, wie ihn die Sklavenhalter meinten, das Land, saugte den Boden aus, machte die Arbeiter zu Proletariern, zog eine mächtige Aristokratenkaste groß und demoralisirte das ganze Volk, so daß mäßige Schutzzölle unbedingt nothwendig erschienen, als Theil eines politischen Systems, welches der freien Arbeit, gegenüber der Sklaverei, die Herrschaft sichern sollte. Doch hiervon ein Mehres später!

Jede national-ökonomische Frage hat auch ihre wichtige politische Seite, welche gewürdigt sein will. An und für sich ist der Freihandel gewiß das Bessere, Demokratischere, Progressivere; wenn aber nachgewiesen werden kann, daß er das Volk eines bestimmten Landes unter den obwaltenden Umständen demoralisirt und zur Behauptung seiner Freiheit unfähig macht; so wird sein Gegentheil, die Schutzzölle, sich so lange empfehlen, bis jene Umstände sich geändert haben. So sind überhaupt alle demokratischen Einrichtungen, obwohl an sich allein menschenwürdig, wahrhaft möglich und heilsam nur bei einer Bevölkerung, welche sich selbst zu regieren im Stande ist, weil sie ein gewisses Maaß geistiger und sittlicher Bildung besitzt; bei jeder anderen müssen sie früher oder später von selbst in ihr Gegentheil umschlagen. Die Schutzzölle, obwohl der Idee der Demokratie widersprechend, vermögen gerade in einem demokratischen Lande ein unentbehrliches Mittel zu werden, um eine Mehrheit des Volkes, welche zur Selbstregierung nicht reif ist, rascher und sicherer zu derselben vorzuerziehen. Von diesem Gesichtspunkte aus faßt Henry C. Carey, der amerikanische Nationalökonom, und der gebildetste Theil der Yankees die Frage nach Freihandel und Schutzzoll vorwiegend auf, und wir werden später sehen, wie sehr sie unter den Umständen, wie sie in der Union herrschten, Recht haben.

Der Ackerbau der Yankees wird mehr als der jeder anderen Nation durch kaufmännische Rücksichten bestimmt. Was sich nicht bezahlt, das taugt nicht unter den herrschenden Verhältnissen und Gewohnheiten und Neigungen; wissenschaftliche und künstlerische, sittliche und gesellschaftliche Rücksichten können dagegen nicht aufkommen. In Europa, und besonders in Deutschland, hat der Ackerbau sein inwohnendes sittliches Gesetz, der Ackerbauer strebt nach Tüchtigkeit in seiner Arbeit und seinen Leistungen und findet einen Theil seines Lohnes für alle Anstrengungen in dem inneren Werthe seiner Arbeit. In Amerika kommt es auf schleunige Bewältigung einer rohen und widerspänstigen Natur an, und die innere Tüchtigkeit des Schaffens kann nur insoweit berücksichtigt werden, als sie sich in unmittelbarer Gegenwart lohnt. Der Ansiedler auf rohem Lande will und muß sofort reiche Früchte seiner Arbeit sehen, sonst geht er mit seinem geringen Kapitale zu Grunde. Er muß also seinen Holzreichthum verwüsten durch Feuer oder Fäulniß, wenn er in der Nähe keinen Markt dafür hat; er muß die jungfräuliche Fruchtbarkeit seines Bodens durch steten Anbau ohne Fruchtwechsel, Düngung und Brache ausnutzen und erschöpfen, wenn er nicht verarmen, sondern auf sein Alter ein unabhängiges Vermögen haben will. Er kann an rationelle Bodenwirthschaft, an Stallfütterung und Drainirung, an Vieh- und Fruchtveredlung, an Düngung und Maschinengebrauch in der Regel erst denken, wenn sein Boden gänzlich erschöpft ist, weil erst dann sein Kapital genügend angewachsen ist. Außerdem scheint (eine von der Ackerbauwissenschaft noch zu wenig untersuchte Frage) ein jungfräulicher Boden, weil er ein Zuviel an Pflanzenerde und zu wenig an mineralischen Bestandtheilen enthält, für Fruchtwechsel und rationelle Wirthschaft überhaupt durchaus ungeeignet zu sein; er bedarf eines gewissen Grades von Erschöpfung, um dem Anbauer ein williges Werkzeug in seiner Hand zu werden. Endlich bedingt die Verbindung des Farmers mit seinem Markte einen Wechsel nothwendiger Maaßregeln, den Europa weniger kennt. Der Mais z. B. ist diejenige Frucht, ohne welche die rasche Besiedelung des Westens, ja des ganzen Amerika, eine reine Unmöglichkeit gewesen wäre; er gedeiht auf jedem jungfräulichen Boden, zur Noth bei der allerrohesten Bearbeitung, wofern nur die durchschnittliche Sommerwärme 14 Grad Réaumür erreicht; er kann nach der ersten Frühjahrsbestellung sich selbst überlassen werden, und die Ernte verdirbt nicht, wenn sie bis gegen November hin am Halme bleibt; die saftigen Blätter geben ein vorzügliches Viehfutter, die Aehren, grün ein Gemüse, reif, selbst ungemahlen und unenthülst, Speise für Menschen und alle Hausthiere; er saugt den Boden nicht allzurasch aus; die stehenbleibenden Halme geben den Winter über dem wild laufenden Vieh nothdürftige Nahrung; er lockert das Land und schützt es vor Wind und Sonnengluth, Regengüssen und Ueberschwemmungen durch sein reiches Wurzelgeflecht und seine mächtige Krone; er wächst auf demselben Boden reichlich ganze Menschenalter hindurch und bereitet ihn vor fast für jede andere folgende Frucht. So lange nun immer neue Einwanderung dem ersten Ansiedler einen lohnenden Markt für seinen Mais gewährt, wäre er albern, wenn er andere Früchte bauen wollte, die sich nicht bezahlen; ja selbst wenn der Markt nicht länger vor seinem Blockhause ist, wird sich der Mais noch ein Jahrzehend und darüber lohnen, indem er dem Vieh verfüttert und in lebendes Schlachtvieh oder Fleisch, Butter, Käse, Geflügel oder Eier verwandelt wird, welche weiteren Transport vertragen, ohne den Lohn des Farmers durch Transportkosten zu sehr zu schmälern.

An diesem einzigen Beispiele erkennt der denkende Beurtheiler, wie sehr hier zu Lande die Natur mit der natürlichen Neigung des Menschen zur Trägheit verschworen ist, um den Ackerbauer, und die überwiegende Masse des Volkes sind Ackerbauer, auf der niederen Stufe des Schlendrians und des Pflanzenlebens festzuhalten. Im Süden ist dies allerdings geschehen; in den Kolonien Pennsylvanien und New-York besiegten deutscher Fleiß und Eigensinn dieses und andere natürliche Hindernisse des Geistesfortschritts theilweise. Bei den Yankees kamen ein rauhes Klima, das einen siebenmonatlichen Winter hat, ein ärmerer Boden, die von England mitgebrachte Gewohnheit des Denkens und die dem Handelsgeist so förderliche Küstenentwickelung in's Mittel, um das Gesetz der Trägheit und die Einflüsse der Maiswirthschaft frühzeitig zu brechen. Der sehr hügelige und in den Thälern fast durchaus sumpfige Boden erlaubte nicht, ausgedehnte Farmen anzulegen, und das die Energie und Unstätheit anregende Klima forderte frühzeitig zur kleinen Industrie auf, womit die vielen müßigen Stunden des kleinen Farmers lohnend ausgefüllt wurden. So wurde der Neu-England-Farmer zugleich Industrieller und Kaufmann. So haben wir ihn bereits an den Küstensäumen kennen gelernt. Er ist nicht anders im

Inneren des Landes. Er wirft sich in der Regel vorwiegend auf einen Zweig der Farmerei, die übrigen nur soweit mitbetreibend, als sie diesem einen dienstbar gemacht werden können. In der Nähe der Städte und Fabrikorte betreibt er Milchwirthschaft, und aller Ertrag seines Bodens wandert in die Kühe und in die Milch. Hier legt er auch gern einen Theil seiner Farm in Gartenplätze, bebaut sie auf Spekulation mit Landhäusern und vermiethet diese, wenn er sie nicht noch vortheilhafter verkaufen kann. Weiter entfernt von den Städten und Fabrikorten verwandelt er fast den ganzen Ertrag seiner Farm in Butter oder Käse, oder in Schlachtvieh oder Fleisch, oder in Wolle und Schöpsenfleisch, oder in Geflügel und Eier, oder in Gemüse und Obst, oder in Beeren, Aepfelwein, eingemachte Früchte oder Trauben; oder in veredelte Pferde und Zuchtochsen, Schweine und Schaafe; oder in Baumschulprodukte und Sämereien; oder in Theer, Pech, Holzkohlen, Holzessig, Ruß und Pottasche, oder in Heu, oder in zugeschnittene Nutzhölzer und Holzmanufakturwaaren, oder in Eis für den Eishandel. In den weißen und grünen Bergen betreibt er Gastwirthschaft für die Tausende von Erholungsreisenden, welche diese Berge im Sommer besuchen, und nicht minder thut dies neuerdings der Farmer an den reizendsten Punkten der Seeküste, wo Seebäder in Aufnahme gekommen sind. Große Getreidefelder sieht man nirgends: Neu-England baut seinen eigenen Bedarf an Brot bei Weitem nicht, sondern zieht im Ganzen die Viehwirthschaft vor.

Dazu ist das Land seiner reichen Bewässerung halber auch mehr geeignet. Es gibt weit mehr Vieh im Verhältniß zur Ackerzahl als im Westen, wo das trocknere Klima spärlicheres Futter erzeugt, und veredelte Viehsorten arten weniger leicht aus, als im Westen. Fast jedes Feld wird einmal in einer drei-, vier-, fünf- oder mehrjährigen Fruchtwechselperiode mit Grassamen besäet und auf ein oder ein paar Jahre mittels üppiger Unter- oder Ueberdüngung zur Wiese gemacht, worauf der Rasen umgebrochen, und Weizen, Roggen oder Hafer gesäet wird; es folgt oft vorher auch Mais. Gänzlich erschöpfte Ländereien, deren es noch immer zu viel gibt, werden mit Guano und anderem künstlichen Dünger zu Weiden hergestellt, und, nachdem sie durch das Vieh weiter fruchtbar gemacht worden, mit Klee bestellt, welcher untergepflügt wird. Durch Entwässerungsarbeiten und Untergrundpflüge werden andere Strecken Landes und besonders Sümpfe nutzbar gemacht; längst sind Ställe gebaut, aber die Stallfütterung will noch immer erst bei den fortgeschrittensten Farmern dem Weidesystem weichen. Ein höchst bedeutendes Kapital ist an die Zäune (Fences) verschwendet, welche nicht nur die Grenzen der einzelnen Besitzer, sondern jedes einzelne Feld umfriedigen, da man sich noch nicht einmal zum Halten von Hirten für ganze Flurgemeinden, welches die Zäune ersparen würde, hat entschließen können. Trotzdem ist viel rüstiger Fortschritt unter den Neu-England Farmern zu finden. Sie halten häufig ihre landwirthschaftliche Zeitung, und dieselben sind vortrefflich redigirt, sie lesen Bücher über ihr Fach; sie haben fast in jeder Grafschaft ihre landwirthschaftliche Ausstellung im Spätherbst und außerdem eine große für jeden Staat und eine desgleichen Unions-Ausstellung. Sie sind für Ackerbauschulen eingenommen, für deren Errichtung in jedem Staate kürzlich die Union die Mittel bewilligt hat, und Ackerbau-Gesellschaften regen überall Besprechungen unter ihnen über Fachgegenstände an, ermuthigen zu zahlreichen Versuchen, setzen Preise für alle möglichen Musterschriften und Mustererzeugnisse aus und verbreiten nützliche Kenntnisse, reges Denken und gute Sämereien, Stecklinge und Pfropfreiser.

Alles in Allem genommen ist der Neu-England-Farmer, so achtungswerth auch sonst, doch kein rechter Fachmann, hat keine Begeisterung für, keine tiefe Anhänglichkeit an seinen Beruf, haßt das langsame Emporbringen einer von seinen Vorfahren ausgesogenen Farm und ergreift jede Gelegenheit, zu einem anderen Berufe überzugehen, einem industriellen oder commerciellen, oder aber als Farmer in den Westen auszuwandern. Sein Grundgedanke ist, schnell reich zu werden, oder doch ein unabhängiges Vermögen zu erwerben. Nicht Alle aber können das durch Verbindung eines der oben angegebenen Industriezweige mit dem Ackerbau; dazu gehört viel Geschicklichkeit und richtige Berechnung. Der großen Mehrzahl fällt dabei eben nur ein reichliches Auskommen ab. Diese also sendet jährlich Zehntausende in die Städte, wo sie zu Industrie und Handel übergehen, oder in den Westen, wo sie durch das rasche Steigen des Bodenwerthes fast ohne Mühe reich zu werden hoffen. Dies erklärt hinwieder mehrerlei merkwürdige Erscheinungen: warum die städtische Bevölkerung unverhältnißmäßig rasch gegen die ländliche anwächst; weshalb die Bankerotte in Amerika so erstaunlich häufig sind; weswegen die Spekulation in der Form des Zwischenhandels nicht blos den Konsumenten alle ersten Lebensbedürfnisse zu sehr vertheuert, sondern auch Massen von Spekulanten zu Grunde richtet; warum die äußersten westlichen Ansiedelungen von den Neu-England-Auswanderern den nähergelegenen vorgezogen werden, denn nur dort vermag der anfängliche Bodenwerth, also das Hauptkapital des Farmers, binnen einem Menschenalter sich zu verzehnfachen; endlich aber, weshalb es Tausende verkäuflicher Farmen in Neu-England gibt, welche ungemein billig zu haben sind, weit unter dem wahren Werthe, während das Land im Westen gewöhnlich weit über dem g e g e n w ä r t i g e n wahren Werthe steht. Ueberall in Neu-England, ausgenommen sehr nahe den größeren Städten, kann man Farmen zu 5 bis 30 Doll. den Acker kaufen, wobei die Gebäude, Zäune und der Holzbestand geschenkt in den Kauf gehen, und zwar Tausende solcher Farmen, welche ihren Mann reichlich ernähren, weil der Absatz in großer Nähe ist; währenddem ist im Westen das rohe Land, oft ohne allen Wald, nur um Weniges billiger, außer weit draußen, an den Grenzen der Civilisation.

Die deutsche Einwanderung muß auf diesen Glücksumstand aufmerksam gemacht werden. Hunderttausende deutscher Ackerbauer könnten in Neu-England Grundbesitz, vollkommen eingerichtete Farmen, um ein Billiges erwerben. Die Reise hierher ist billiger, die Bekanntschaft mit dem Lande, dem Volke und seiner Sprache, welche jeder selbstständigen Niederlassung voraufgehen sollte, wird in Neu-England durch eine stete Nachfrage nach Farmarbeitern erleichtert, die Löhne für solche sind höher als im Westen und erlauben, einen Theil der Ankaufsumme für eine Farm aus hier gemachten Ersparnissen zu decken. Oft führt der Weg der Farmerselbstständigkeit auch über ein Pachtverhältniß, wozu vielfache Gelegenheit sich bietet. Dazu kommen dann als weitere nichts kostende Vortheile, daß der Umgang mit Neu-Engländern angenehmer, als der mit westlichen Farmern ist; daß die Nähe der großen Städte mit ihrer Civilisation viele Annehmlichkeiten bietet, namentlich für die Frauen und die Kindererziehung, welche man im fernen Westen auf Menschenalter hinaus wird entbehren müssen; endlich daß das Klima der deutschen Natur angemessener, die Akklimatisirung leichter und die Gelegenheit für einen tüchtigen Kopf und strebsamen Willen, aus geringen Hilfsquellen ein selbstständiges Vermögen herauszuschlagen, größer ist, als im Westen. Es paßt freilich nach Neu-England nur die strebsamere Klasse deutscher Ackerbauer; aber gerade diese könnte durch vollständige Einbürgerung der rationellen Oekonomie und ihre sonstigen Tugenden viel aus dem Laude machen; sie könnte es in wenigen Jahrzehenden im besten Sinne des Wortes germanisiren.

Schließlich bemerken wir, ehe wir die Yankees verlassen, daß dieselben so wenig wie andere Anglo-Amerikaner ihr Licht unter den Scheffel stellen. Der ganze Unterschied zwischen ihnen und diesen ist, daß sie weit mehr Vorzüge haben, deren sie sich mit Grund rühmen können. Ja, wenn man den übrigen Anglo-Amerikanern darin glauben darf, so bilden sie eine „gegenseitige Selbstbewunderungs-Gesellschaft," ganz besonders aber thun es die Bostoner, dieses gebildetste Völkchen der neuen Welt. Wenn den Yankees die anderen Anglo-Amerikaner nachsagen, daß sie große Geschäfte mit „hölzernen Muskatnüssen und hölzernen Schinken" machen, so redet das der pure Neid aus ihnen. In der That ist kaufmännische Ehrlichkeit ein unterscheidendes Merkmal der Neu-Engländer. Ihre Banken und Versicherungs-Anstalten sind unter allen die solidesten, und die Zahl der Bankerotte am geringsten in ganz Amerika.

Fünftes Kapitel.

Land und Volk der mittleren und nordwestlichen Staaten.

Unter den „mittleren Staaten" verstehen wir, wie immer in diesem Werke, die Staaten New-York, New-

Jersey und Pennsylvanien mit einer Bevölkerung von zusammen 8 Millionen, mehr als einem Viertel der Unionsbevölkerung. Wir meinen also etwas ganz Anderes mit diesem Ausdrucke, als wenn die Prosklaverei-Demokraten des Nordens von den „Mittelstaaten" im Gegensatze zu den äußersten südlichen und äußersten nördlichen sprechen, und dann zu den drei genannten Staaten noch folgende rechnen: Maryland, Delaware, Virginien, Nord-Karolina, Kentucky, Missouri, Indiana, Illinois und Ohio. Dieser Unterschied wird lediglich zu einem politischen Zwecke mißbraucht, und die Mittelstaaten werden als konservativ im besten Sinne des Wortes hingestellt, während dem äußersten Süden ein Prosklaverei-Fanatismus, dem äußersten Norden ein Antisklaverei-Fanatismus zugeschrieben wird. Es ist aber durchaus unbegründet, da, wie wir nachgewiesen haben, der äußerste Norden einen solchen Fanatismus gar nicht hat, und die nördlicheren Sklavenstaaten fanatisch für die Sklaverei ganz in demselben Maaße sind, als die Anzahl ihrer Sklaven wächst. Wenn wir ferner die drei von uns genannten mittleren Staaten mit den sämmtlichen nordwestlichen zu einer gemeinsamen Betrachtung zusammenfassen, so geschieht es, weil sie klimatisch und politisch zwar fast ein jeder von den andern ziemlich verschieden sind, aber eben darin mit einander übereinstimmen, daß sie ein jeder von den reinen Yankee- wie von den Sklavenstaaten abweichen in besonderer Art. Ihr Unterschied besteht in ihrem individuellen Gepräge, welches sie weit mehr besondert, als die Yankeestaaten unter einander und die Sklavenstaaten unter einander individualisirt sind. Wir müssen also zuerst das allen mittlen und nordwestlichen Staaten Gemeinsame angeben, und dann jeden derselben gesondert betrachten.

Das ihnen gemeinsame klimatische und Bodenkennzeichen besteht in Folgendem: Jeder dieser Staaten liegt in zwei Klimagürteln; jeder hält rücksichtlich der Bewässerung und der Niederschlagmenge die ungefähre Mitte zwischen den Neu-England- und den Sklavenstaaten; jeder hat eine größere Einförmigkeit in der Bodenoberfläche, als jene, aber eine geringere als diese. Die Isotherme von 5 Grad über 0 Réaumur, welche die Fichten- und Beerenregion von der der Laubhölzer scheidet, läuft von Norden her ungefähr vom Winnepopossee, den See Michigan und Huron halbirend, in ziemlich gerader Richtung auf Toronto, von da ziemlich gerade nach der Südspitze des Champlainsees, von da der Bergkette von Konnektikut entlang nach Kape Cod. Nördlich von dieser Linie gedeiht Nadelholz, aber kein Laubholz außer der Birke (Neu-England ausgenommen); Moose und Farren, aber nur dürftiger Graswuchs, folglich auch nur die härteren Getreidegräser; kein Obst außer Aepfeln und Birnen, wohl aber des heißen Sommers wegen noch weit nördlicher die wilde Rebe und ihre Frucht. In diesen Klimagürtel fallen also das nördliche Drittel von Wisconsin und Michigan, ganz Kanada außer dem südwestlichen zwischen dem Huron, Erie und Antario gelegenen Theile, das nördlichste Viertel von New-York, alle gebirgigen und stark hügeligen Theile der Neu-

Englandstaaten, in welchen übrigens durch das Seeklima der heiße Sommer und harte Winter gemildert auftreten. Die Isotherme von 8 Grad, welche die Getreide- und Obstregion von der der Lebenseiche, des Hickory und der Strauchbaumwolle scheidet, halbirt Illinois und Indiana in die Quere und durchschneidet das südliche Ohio in der Richtung auf Harrisbury in Penns. und geht von da nach Philadelphia und Little Egg Harbor. Somit gehören die nordwestlichen und mittleren Staaten jeder zwei verschiedenen Klimagürteln an, nämlich Nebraska, Wiskonsin, Michigan und New-York dem Fichten- und dem Laubholzgürtel, die Staaten Jowa, Illinois, Ohio, Pennsylvanien und New-Jersey dem Laubholz- und Lebenseichengürtel. In jenem ist der Winter etwa sieben bis sechs, in diesem fünf bis vier Monate lang. Südlicher, also im Lebenseichengürtel, dauert zwar die Region der blattabwerfenden Bäume bis ungefähr zur Grenze von Nord- und Süd-Karolina und von Louisiana und Arkansas; aber es bleibt nur auf den Gebirgen der Schnee noch Wochen lang liegen, in den Thälern selten über einen Tag, und mit der Lebenseiche tritt der erste immergrüne Baum auf. Der Winter, d. h. die Zeit der größtentheils entlaubten Bäume und des gelegentlichen Frostes, dauert zwar im ganzen Süden, selbst in Texas und dem nördlichen Florida, volle drei Monate, wechselt aber zwischen kurzen, milden Fröſten und lieblichem Frühlingswetter ab. Dieser südlichste Klimagürtel der Vereinigten Staaten mag der Palmettogürtel genannt werden;

seine durchschnittliche Temperatur ist 15 Grad Réaumur, während die des Lebenseichengürtels 10 bis 12 Grad beträgt.

Die Fichtenregion ist reich bewässert, theils vom Meere, theils von den fünf großen und unzähligen kleinen Landseen her, am Reichsten jedoch in Neu-England, Neu-Schottland und Neu-Braunschweig. Die Laubholz-Region hat ungleich häufigere nasse Niederschläge, als die der Lebenseiche, aber weniger als die Fichtenregion, und die Regenmenge ist durchschnittlich um ein Drittel geringer, ausgenommen in der unmittelbaren Nähe der Seeküste, als in Neu-England, und am Geringsten vom oberen Mississippi und Missouri westwärts. Die Vertheilung der Regenmenge und der Niederschläge überhaupt auf das Jahr ergibt natürlich die häufigsten Regen an der Küste und in der Fichtenregion. So daß also Perioden langer Trockenheit mit furchtbaren Regengüssen, Perioden des niedrigsten Wasserstandes in den Flüssen mit denen des höchsten um so schroffer abwechseln, je weiter südwestlich man geht. Auch in dieser Hinsicht also halten die Mittel- und nordwestlichen Staaten die Mitte; doch leiden diejenigen Theile davon, welche im Lebenseichengürtel liegen, besonders die Präriegegenden, bereits sehr an Extremen der Trockenheit und plötzlicher massenhafter Niederschläge.

Die Einförmigkeit der Bodenoberfläche äußert sich im Staate New-York in der nördlichen Hälfte darin, daß dieselbe, mit Ausnahme der Gegend der isolirten Adirondack-Gebirge, ganz eben ist mit fast horizontal gelagerter silurischer Gebirgs-Unterlage. Hierin ist New-York eine Fortsetzung der Formation des Ohio- und Mississippi-Thales und der Gegend um die großen Seen. Das südliche New-York ist vorwiegend mannigfaltig in seiner Oberfläche, außer in der Mitte, wo seine Gebirge die Einförmigkeit der pennsylvanischen Alleghanyketten theilen. In Pennsylvanien erstrecken sich fünf parallele nach Nordosten laufende Gebirgsketten in fast immer sich nahezu gleichbleibender Erhebung, mit ungeheuren Längsthälern dazwischen. Nur an wenigen Stellen gibt es Gebirgsknoten, stark entwickelte Querthäler und mannigfaches Hügelland. New-Jersey ist zu zwei Dritteln eine niedrige flache Ebene, die im Nordwesten von einer niedrigen Parallelkette der pennsylvanischen begrenzt wird, welche dem alten rothen Sandsteine und verwandten Formationen angehört, wenig geneigt verlaufend und über den Hudson, der sie bei Westpoint durchbrochen hat, in die Konnecticutkette hinübergehend. Die Kotskillgebirge sind ihr nördlichstes Ende. Ohio, Illinois, Indiana und Michigan sind die einförmigsten Ebenen, die man sich denken kann, und die lange Wasserkette der großen Seen vermindert diese Einförmigkeit keineswegs. Jowa, Wiskonsin, Minnesota, Kansas und Nebraska sind sonst gehügelt, aber einförmig durch ihre Riesenprärien, ihren Pflanzenwuchs, den Charakter ihrer Flüsse und Seen.

Diese mittleren und nordwestlichen Staaten haben außerdem noch dieses Gemeinsame, daß sie ungemein mineralreich sind, was man von Neu-England fast gar nicht, von den Südstaaten bei Weitem weniger sagen kann; und zwar sind sie reich an Steinkohlen (Anthracit auf der atlantischen Abdachung, bituminöse Kohle im ganzen Becken des Mississippi und selbst des Lorenzstromes), an Eisen, (in Pennsylvanien, New-York und Missouri) an Zink, (in Pennsylvanien) an Blei, (am ganzen oberen Mississippi und in beiden Theilen des Staates Michigan), an Kupfer, (auf dem Michigan-Ufer des oberen Sees) an Salz, (im nördlichen New-York und in den nördlichen zwei Dritteln von Michigan) und an Gyps, Kalk und Cementstein, (in denselben Staaten) endlich an Graphit und Schreibschiefer, (in Pennsylvanien) an Bruchsteinen und Marmor der vorzüglichsten Arten, (in New-York), an Grünsand und Mergel, (in New-Jersey.) Und als wenn die Natur die Ausbeutung dieser Bodenreichthümer erleichtern und ihre Vortheile gerade auf die genannten Staaten hätte beschränken wollen, sind die mineralreichen Bodenschichten überall ungemein mühelos zu eröffnen, regelmäßig gelagert und an die großen Wasserstraßen bequem hingelegt, und in den großen Seen und der tiefen Einsenkung des Bodens im nördlichen New-York, welche den einzigen Kanal zwischen ihnen und den stets offenen Häfen erlaubt, der großartigste Wassertransportweg für alle diese Reichthümer und alle Ackerbau- und Fabrik-Erzeugnisse von der Natur selbst geschaffen, sind also alle diese Mittel- und nordwestlichen Staaten unter einander fast noch inniger verbunden, als es selbst die letzteren durch den Mississippi mit dem Süden sind. Somit hat die Natur sie gleichsam auf einander angewiesen und zur Einheit des Interesses gezwungen.

War somit dieser Gürtel von Ländereien von Natur vorausbestimmt, zu eben so viel reichen, starkbevölkerten und mächtigen Gemeinwesen zu werden, durch Verbindung des großen Ackerbaues in jenen langen und weiten Thalmulden und Ebenen, des Welthandels mittels jener riesigen, natürlichen Wasserstraßen und der Bergbau- und Fabrik-Industrie entlang allen jenen Höhenzügen und tiefeingefurchten Flußbetten; so war eine reine Yankeebevölkerung wegen ihrer unstäten Gewohnheiten und Oberflächlichkeit nicht genügend, dieses Kulturwunder für sich allein binnen einem halben Jahrhunderte zu vollbringen. Dazu bedurfte es einer Mischung der Yankees mit einer Nationalität von mehr Phlegma und Geduld. Sie fand sich frühzeitig mit den Deutschen, welche schon am Ende des 17. Jahrhunderts Pennsylvanien bevölkerten, den Holländern, welche schon 1609 am Hudson sich festsetzten und in Verbindung mit Deutschen bis Ende des 17. Jahrhunderts beide Hudsonufer besiedelt hatten, mit den Schweden und Holländern, welchen New-Jersey seinen ältesten Anbau verdankt, und in fortdauernder Nachwanderung derselben Nationalitäten, zu welchen auch Engländer, Schotten und Irländer direkt aus Großbritannien hinzutraten, am letzten die Irländer. Der Charakter der ersten Einwanderung bestimmt den der späteren durch die Kraft der gegenseitigen Anziehung des Gleichartigen. So besiedelten sich die genannten Staaten überwiegend in der Art, daß jede Nationalität massenhaft in zusammenhängenden Kolonien sich ansäßig machte, während nur an den Knotenpunkten der Handelsstraßen und in den Fabrikbezirken ein stärkeres Durcheinanderwohnen Platz griff, seltener eine Vermischung durch Zwischenheirathen eintrat, verstreute Glieder jeder Nationalität aber inmitten der Massen jeder anderen sich vorfinden.

Im Staate New-York ist es die große Bodensenkung in der Richtung von Albany nach Buffalo, welche die nördlich davon wohnende wenig gemischte Yankee-Bevölkerung von der südlich davon wohnenden holländischen und deutschen scheidet. In dieser breiten Senkung selbst und am Hudson, längs der großen Wasser- und Eisenbahnstraße liegen alle großen und Mittelstädte und alle Fabrikbezirke des Staates, in welchen also die Mischung aller erwähnten Nationalitäten am Bedeutendsten ist.

Im Staate New-Jersey zieht sich eine ähnliche trennende Linie entlang dem Delaware- und Raritankanal und der von New-York nach Philadelphia und Easton führenden Eisenbahnen. Zu beiden Seiten dieser Linie, und der an ihr liegenden Städte: Jersey City, Newark, Trenton, Burlington ꝛc. wo die Mischung der Nationalitäten weit überwiegt, wohnt eine Englisch redende Bevölkerung, zu welcher die Yankees sehr wenig, alle anderen Nationalitäten aber desto mehr beigetragen haben und welche durchaus amerikanisirt ist. Am Ungemischtesten englisch ist der äußerste Nordwesten, in welchem in dichten Wäldern ein sehr verkommenes Hinterwälder-Gesindel ein Pflanzenleben führt, und der äußerste Südosten, wo der Einfluß der Seeküste die Stumpfheit nicht viel mehr gebrochen hat.

In Pennsylvanien hat das Deutschthum volle zwei Drittel zur Gesammt-Bevölkerung geliefert und die südöstliche Hälfte des Staates dicht und, mit Ausnahme der Städte und Fabrik-Distrikte, unvermischt besiedelt. Die nordwestliche Hälfte ist dünner besiedelt, weil gebirgiger, und die Anglo-Amerikaner herrschen vor, stark mit Deutschen gemischt, auf dem Lande wie in den Städten. Die hiesigen Anglo-Amerikaner sind Quäker (zum kleinsten Theile), Yankees (vorzüglich an der nördlichen und westlichen Gränze) und Engländer und Schotten, auch viele Walliser und protestantische Irländer (stark protestantisch und sehr achtungswerth). Die katholischen Irländer bilden einen großen Theil der städtischen, bergbauenden und fabricirenden Bevölkerung.

In Ohio herrscht das Deutschthum entlang der ganzen östlichen Gränze und am gleichnamigen Flusse weit hinab (in der sogenannten Western Reserve am wenigsten gemischt). Die nordwestliche Hälfte des Staates ist eben so ungemischt von Yankees, die Mitte und die größeren Städte von einem Durcheinander aller angegebenen Nationalitäten besetzt, welchem sich schon hier eingesprengte Kolonien von Einwanderern aus den Sklavenstaaten zugesellen.

In Indiana und Illinois, Staaten, welche bei ihrer langen Erstreckung von Norden nach Süden schon zur Hälfte in den Klimagürtel der Lebenseiche hineinreichen, und wo die als Strauch gedeihende

Baumwolle und selbst die härteren Kaktusarten wachsen, nimmt das Verhältniß der aus Sklavenstaaten Eingewanderten zu. Sie haben die südliche Hälfte dieser Staaten fast ungemischt inne und bilden ein volles Drittel der Bevölkerung. Der Norden gehört den Yankees, und die neuere deutsche Einwanderung, ein Viertel der ganzen Einwohnerzahl, theilt sich mit ihnen darein, während die sonstige Mischbevölkerung in und um Chicago, an der von hier nach Kairo 500 Meilen weit gehenden, den Staat Illinois halbirenden Illinois-Centralbahn zu finden ist, sowie an den übrigen Eisenbahnen und an den Wasserstraßen. Die Irländer aber fühlen sich am Meisten von den Sklavenstätlern, die Deutschen von den Yankees angezogen.

Michigan ist von allen Staaten des Nordwestens am reinsten von Yankees, und nur entlang den drei großen Querbahnen von einer Mischbevölkerung besiedelt, zu welcher hier in den Städten auch französische Kanadier in geringer Menge hinzutreten. Nirgends aber kann die Mischung der Nationalitäten bunter sein, als in der zu diesem Staate gehörigen Landzunge zwischen dem Superior- und Michigansee, dem großen Kupfer- und Bleigruben-Bezirke.

Wiskonsin ist in seiner südlichen Hälfte überwiegend deutsch (neuere Einwanderung), in seiner nördlichen eben so sehr yankeeisch. Milwaukee und die Eisenbahn- und Kanallinie nach dem Mississippi hin und die Städte, wo diese in denselben münden, haben eine starke Mischbevölkerung, besonders aus Irländern, angezogen.

Jowa ist in seiner nordwestlichen Hälfte vorzugsweise ein Yankee-Bezirk; im Südosten herrschen die Deutschen vor, mit Holländern und Skandinaviern versetzt. Die sonstige Mischbevölkerung zieht sich den Mississippi und der westlich führenden Eisenbahn entlang.

Kansas, Nebraska und Minnesota sind weit überwiegend von Yankees und eingesprengten Deutschen und kleineren deutschen Kolonien besiedelt. Die Mischbevölkerung tritt hier an Bedeutung zurück, wohnt aber immer an den großen Handelsstraßen. Es treten zu derselben hier je einige Zehntausende halbcivilisirter Indianer hinzu, sowie ungefähr gleich viel Aussendlinge der Sklavenstaaten, Franzosen und alle anderen Bestandtheile einer amerikanischen Mischbevölkerung, worunter auch in geringem Verhältnisse freie Neger.

In allen diesen Staaten betreibt hauptsächlich der Deutsche älterer und neuerer Einwanderung und mit ihm zusammen der Holländer und Skandinavier den Ackerbau. In Bezirken mit reinerer Yankee-Bevölkerung thut es auch der Yankee, aber in der Regel nicht in so ausgedehntem Maaßstabe. Er ist vorwiegend damit beschäftigt, Kapital und Anregung zu Handel, Industrie und Spekulation zu geben, die Staaten- und Gemeinde-Gründung einzuleiten, neue Städte, Eisenbahnen, Kanäle, Erzgruben und industrielle Unternehmungen einzuleiten und den Hauptvortheil davon zu ernten. Mit ihm wandern zugleich Kirchen und Schulen, Bibliotheken und Debattenvereine, Zeitungspressen und Wohlthätigkeits-Anstalten, kurz höhere Kultur westwärts, und erst seit einem

Jahrzehend hilft ihm der gebildetere Theil der Deutschen und Germanen überhaupt bei dieser Aufgabe. Die Masse der Deutschen und Germanen ist der Stoff, mit welchem er schafft, die der Irländer das rohe Handwerkszeug. Wo er nicht seinen Unternehmungsgeist hin- und in's Spiel bringt, da herrscht geistiger Stillstand mit einem zwar sicheren, aber langsamen materiellen Fortschritte verbunden. Und wo ausnahmsweise der erste Kulturanstoß von den Deutschen ausgegangen ist, da ist es erst in den letzten zehn Jahren geschehen.

Dies führt uns zur Beantwortung der hier sich aufdrängenden Frage, welche Einflüsse es gewesen sind, durch welche die ältere deutsche (und holländische) Einwanderung auf einer so niedrigen Entwickelungsstufe des Geistes und Charakters festgehalten worden, daß sie überall nur durch Befruchtung mit Yankeegeist höhere Civilisation, und dann immer mittels des Gebrauches der englischen Sprache, hervorbringen konnten. Denn genau eben so weit als sie „amerikanisirt" worden sind, d. h. das Deutsche verlernt und Englisch, in der Regel dann auch einen englischen Namen, angenommen haben, sind sie höher civilisirt; wo sie dagegen Deutsch zu Hause sprechen, weil die Frauen kein Englisch verstehen, vertreten sie noch ungefähr denjenigen geistigen Standpunkt, welchen ihre Voreltern bei ihrer Auswanderung aus Schwaben und dem Elsaß eingenommen haben mögen. Ihr Deutsch ist, nebenbei gesagt, stark mit eingebürgerten englischen Ausdrücken gespickt, meist Kunstausdrücken des Berufs- und öffentlichen Lebens. Wenn aber alle Nachkommen dieser alten deutschen und holländischen Einwanderer noch Deutsch sprächen, so würden die mittleren und nordwestlichen Staaten vielleicht acht Millionen Deutsche unter ihren nahezu siebzehn Millionen Einwohnern zählen, während es darin blos etwa fünf Millionen Deutschredende gibt, ein Beweis, wie mächtig vordem der Amerikanisirungs-Proceß gewesen ist.

Zur Zeit, als jene Einwanderung Deutscher nach Pennsylvanien und New-York begann, hatte Deutschland den Höhepunkt seiner Schmach erreicht. Der dreißigjährige Krieg war ein Menschenalter vorüber; Frankreich und Schweden gaben im Reiche den Ton an; der Patriotismus war gänzlich erstorben; das Volk wurde von 330 kleineren und größeren Souveränen und Patriciaten auf's Aeußerste mißhandelt, demoralisirt und herabgewürdigt. Es gab noch keine deutsche National-Literatur; sogar deutsche Kunst und Wissenschaft waren nicht etwa in sonderlicher Blüthe (der einzige damalige Vertreter derselben, Leibnitz, schrieb lateinisch und französisch.) Um religiöser Meinungsverschiedenheit willen verfolgte bald der, bald jener Landesfürst seine Unterthanen und Geistlichen, denn damals handelte fast jeder derselben nach dem Grundsatze: „Wessen das Land ist, dessen ist auch die Religion." Die Bauern aber, welche der würdige Pfarrer Pastorius von Windheim auf den von William Penn gemietheten Schiffen an den Delaware brachte, fast alle dem begabten schwäbischen Volksstamme angehörig, und fast alle, die ihnen später nachwanderten, waren der Noth und Verfolgung im alten Vaterlande entronnen, noch von keiner allgemeinen Volksschule berührte Fröhner und Tagelöhner, theilweise von dem Wunsche nach Freiheit ihres religiösen Bekenntnisses hinweggetrieben, alle aber sonstiger Ideen baar. Sie bildeten ein gutes Material zum Kolonisiren, weil sie die unverwüstliche Zähigkeit deutscher Natur und die deutschen Tugenden des ausdauernden Fleißes, der Genügsamkeit und Treue mit sich brachten; aber es fehlte selbst ihren Pastoren alle Bildung, außer der einseitigsten Fachbildung. Außerdem kümmerte sich das alte Vaterland nicht im Mindesten darum, was aus diesen deutschen Ansiedelungen wurde. Es sandte ihnen keine geistige Aussaat nach, um sie unter den kulturfeindlichen Einflüssen der neuen Welt ideell zu befruchten; die Ansiedler verloren fast allen Zusammenhang mit dem Vaterlande; es fand nicht einmal ein Handelsverkehr mit demselben statt; nicht einmal zahlreiche Briefe wurden mit den zurückgebliebenen Bekannten ausgetauscht, denn die Schreibekunst war für die Bauern noch nicht erfunden, und der Postenlauf noch sehr langsam und selten. Durch von den Pastoren geschriebene Briefe wurden einzelne Verwandte und Bekannte der Ansiedler bestimmt, ihnen nachzuwandern. Diese Nachwanderung war keine organisirte, und da die wenigsten der Wanderlustigen die Mittel zur Bestreitung der Seereise besaßen, so schlugen sie sich gewöhnlich bettelnd bis nach Holland durch und verdingten sich bei den Schiffskapitänen auf eine mehrjährige Leibeigenschaft. Der Kapitän schlug also das Ueberfahrtsgeld dadurch heraus, daß er sie in den amerikanischen Häfen als Knechte versteigerte, welche freiwillig übereinkamen, bei ihren neuen Herren auf eine Reihe von Jahren ohne Lohn zu dienen.

Die holländischen Einwanderer bestanden anfänglich aus Kaufleuten, welche mit den Indianern Handelsverbindungen anknüpften, und aus Fischern, welche den ungeheuren Fischreichthum der atlantischen Küstenbänke und der Binnenwässer im Großen ausbeuteten. Holland hatte damals keine zahlreiche ackerbauende Bevölkerung übrig, um sie zu kolonisiren, desto mehr aber nichtansässige Einwohner, welche vor den politischen und Religionsverfolgungen in allen europäischen Ländern in diesem duldsamen Freistaate Zuflucht gefunden hatten, darunter zahlreiche Deutsche, Vlämische, Engländer. Diese Bevölkerung war es, welche von den größeren Landbesitzern „Neu-Niederlands,“ so hieß damals New-York, als Pächter und Tagelöhner herübergeholt und am Hudson entlang angesiedelt wurden. So entstand hier ein Feudalsystem, das, ohne gerade den Bauernstand zu drücken und auszusaugen, doch einer Bevölkerung mit demokratischen Neigungen gehässig werden mußte und endlich durch Gewaltanwendung der Bauern, erst später auf gesetzgeberischem Wege beseitigt wurde. Einzelne Bezirke besiedelten sich allerdings mit freien holländischen Bauern; allein dieselben waren eben so ungebildet, als die pennsylvanischen Deutschen. Diese holländischen Ansiedler wurden schon 1674 englische Unterthanen, und von da an hörten alle ihre Beziehungen, aller geistige

Verkehr mit ihrem Mutterlande, wenn je einer bestanden hatte, völlig auf. Sie hatten auch keine Schätze einer National-Literatur mitgebracht, und sie konnten keinen holländischen Patriotismus besitzen, da es einen solchen niemals gegeben hat. Sie hatten ebenfalls keine allgemeine Volksschule und überhaupt gar nichts, um höhere Civilisation zu pflegen. Sie mußten dieselbe ebenfalls den günstiger gestellten Yankees entnehmen, d. h. sich amerikanisiren lassen, wenn sie darnach Verlangen trugen. Sie waren ebenfalls vortreffliche Ackerbauer und Viehzüchter, fleißig und ausdauernd in ihrem Berufe, wenig um die Politik und den Fortschritt der Welt bekümmert. Sie wurden bald Gegenstand der Neckereien ihrer Nachbarn von englischer Abstammung, welche ihr Phlegma, ihre eisernen Gewohnheiten, ihr Philisterthum, ihren Mangel an Unternehmungsgeist mit dem bezeichnenden Prädikate Dutch und dem Sprüchwort: Nix komm 'raus, verspotteten. Die allerliebsten Erzählungen Washington Irving's, welche diese Bevölkerung schildern, besonders „Rip von Winkle" sind typisch für diesen schroffen Gegensatz zwischen Anglo-Amerikanerthum und Deutsch-Amerikanerthum in der neuen Welt, der noch immer nicht ganz verschwunden ist. Es hat übrigens unter diesen holländischen Kolonisten nie eine Zeitung, oder einen ausgedehnteren Bücherdruck, und hat keine Nationalschriftsteller und Literatur in holländischer Sprache gegeben, während die Deutschen Pennsylvaniens schon in den ersten Zeiten der Republik wenigstens ihre deutschen Zeitungen hatten, und der einzige unter diesen Holländern, der noch in kolonialen Zeiten eine politische Rolle gespielt hat, Jakob Leisler, war ein Deutscher. Kein Wunder, daß wir in der Revolution keine hervorragenden deutschen und holländischen Namen finden, außer dem Heinrich Mühlenburg's, der wenigstens in Deutschland studirt hatte. Ihre Regimenter leisteten sehr werthvolle Dienste, aber in der Regel unter dem Kommando von Anglo-Amerikanern. Es gab eine Zeit, da die Deutschen Pennsylvaniens es der großen Ueberzahl ihrer Bevölkerung wegen ganz in der Gewalt hatten, die deutsche Sprache zur gesetzlichen Sprache des Landes zu machen; bei der Abstimmung in der Legislatur wurde ein dahin abzielender Vorschlag mit einer Stimme Mehrheit, natürlich einer deutschen, denn auch die Gegenpartei war großentheils deutsch, verworfen. Noch heute sollten der Bevölkerungszahl nach die Deutschen in Pennsylvanien die Mehrzahl in der Legislatur und in der Staats- und Gemeinde-Verwaltung bilden; sie bilden aber fast allerwärts eine verschwindende Minderzahl. Sie geben nur Stimmen ab, haben aber selbst keine Stimme.

Um so rühmlicher ist, daß schon die allerersten Deutschen in Pennsylvanien auf einem Gemeindetage zu Germantown, 1689, das Sklavenhalten als eine große Sünde und einen Verderb des Landes brandmarkten, die früheste Erklärung dieser Art in diesem Lande, und ihre anglo-amerikanischen Nachbarn, die Quäker, beredeten und bewogen, die unter ihnen bereits eingeführte Negersklaverei wieder abzuschaffen. Seit jener Zeit sind die Quäker Pennsylvaniens immer die folgerechtesten Gegner der Sklaverei geblieben; die Deutschen aber haben neuerdings ihre Stimmen immer massenhaft für die Partei der Verewigung und Ausbreitung der Sklaverei, für die Partei der Rohheit, abgegeben. Pennsylvanien (und nicht minder New-Jersey) ist durch die allgemeine Verdummung dieser Deutschen die wahre Festung, das unbesiegliche Bollwerk der Rohheitspartei geworden. Und dasselbe läßt sich von dem östlichen Ohio-, ihrer größten Kolonie, sagen. Dies gilt in weit geringerer Ausdehnung von den Holländern und Deutschen im Staate New-York. Hier wurde zwar frühzeitig die Sklaverei eingeführt und geduldet; hier wurde sogar 1760 auf Grund der angeblichen Negerverschwörung eine blutige Verfolgung der Schwarzen aufgeführt. Allein die holländischen und deutschen Farmer sind neuerdings immer überwiegender Feinde der Sklaverei geworden und gehören der Partei der Bildung an.

Es gibt übrigens auch in Pennsylvanien einzelne Grafschaften, wo eine höhere Geistesbildung herrscht, und die Partei der Bildung eben so bedeutende Majoritäten zählt, als in anderen die gegnerische. Hierher gehören die drei südöstlichen Kounties: Dauphin, Chester und Lancaster, überhaupt alle Bezirke, wo die Brüdergemeinden stark vertreten, und die Quäker angesiedelt sind.

Wenn man durch die großen ackerbauenden Gegenden der mittleren und westlichen Staaten reist, die ihre Blüthe hauptsächlich deutschem Fleiße, deutscher Geduld, Ausdauer, Gründlichkeit in der Berufsarbeit und deutscher Genügsamkeit verdanken; wenn man diese im Viereck gebauten, im baulichen Zustande wohl erhaltenen, soliden, behäbigen Formen, die tiefgeackerten, gründlich bestellten Felder und reichen Saaten, die verständige Wechselwirthschaft, das zahlreiche wohlgepflegte Vieh, welches meist durch Veredelung aus sich selbst heraus, anstatt durch Einführung englischer Musterarten herangezüchtet worden ist, den allgemeinen Wohlstand ohne Luxus, die allgemeine Zufriedenheit, diesen hochgewachsenen, kräftigen, heiteren, praktisch-verständigen Menschenschlag, der im Gespräche sich bildsam genug zeigt, die drallen Bauerndirnen, welche einem derben Witze nicht abhold, aber doch so züchtig sind; diese Hausfrauen und Mütter so wirthschaftlich und sinnig: wenn man das Alles sieht, so glaubt man sich in die besten Gegenden Westphalens und der Weichselniederung versetzt und bedauert immer und immer wieder, daß von diesen Millionen von Deutschen Amerika in geistiger Beziehung auch gar keinen Gewinn gezogen hat. Einer von ihnen, der längst sich amerikanisirt hatte und nur noch wenig und ungern deutsch sprach, sagte uns einmal, das Bezeichnendste, was wir je über diese Leute gehört hatten (er sagte es Englisch): „O als Farmer und Geschäftsleute sind sie Alles, was man nur wünschen kann; als Bürger, als Republikaner sind sie — man schweigt lieber davon. Ich bin ein Knownothing!“

Die neuere deutsche Einwanderung, welche anderthalb Millionen Seelen in diese mittleren und westlichen Staaten gebracht hat und nach dem herrschenden

Verhältniß natürlichen Zuwachses durch Geburten jetzt nahezu drei Millionen Seelen betragen muß, hatte bei den Anglo-Amerikanern gegen gewaltige Vorurtheile zu kämpfen, welche die ältere bei denselben erregt hatte, ja, sagen wir es offen, verdiente. Sie wurden überall mit Hohn und Achselzucken aufgenommen, mit Geberden, welche zu sagen schienen: Was kann aus Nazareth Gutes kommen? Sie wurden mit den Irländern auf gleiche Stufe gestellt und behandelt, nicht als ein erfreulicher Zuwachs zur Volkszahl, Arbeitskraft, zum Grundstocke der Nationalmacht, zum Bildungsfonds und zur Wehrkraft des Landes, sondern als Bettler und Auswürflinge jenes abgeschmackten, überstudirt-dummen Deutschlands, wie englische Schriftsteller noch vor einem Vierteljahrhundert es kennzeichneten. Man machte sie zum Gegenstande der Ausbeutung und Unterdrückung, soweit sie sich dieselben gefallen ließen, und des Spottes und der Verachtung, bis sie sich derselben erwehren lernten. Sie waren ja meist arm, meist durch die Auswanderung selbst vollends verarmt, und sie verstanden ja kein Englisch. Und während die Irländer wenigstens immer eng zusammenhielten, auf ihre Fäuste trotzten, etwas Englisch sprachen und von der Geistlichkeit einheitlich geleitet wurden, bekämpften sich die Deutschen obendrein nach löblicher deutscher Art aus Neid, Zank- und Klatschsucht, und Eitelkeit (der Deutsche ist der eitelste Mensch in der Welt, weil er als Gegengewicht gar nichts vom britischen Stolze, oder von der französischen Ruhmsucht hat) unaufhörlich unter einander und erschwerten sich somit einen Einfluß auf die Anglo-Amerikaner als geschlossene Masse. Nur als einzelne Menschen vermochten sie sich Geltung zu verschaffen, nur in der Zersplitterung sich geachtet zu machen. Auf die ältere deutsche Einwanderung einzuwirken, sie zu ihren Bildungsbestrebungen heranzuziehen, sie als Nationalität wiederzugebären, war noch viel schwerer; denn diese betrachtete die neuangekommenen Landsleute, „Deutschländer" oder „Grüne" geheißen, mit Argwohn und, weil sie arm waren, mit Geringschätzung, als „rothe Republikaner" und „Fanatiker," als bildungs-aristokratische „Schnurrbärte" und idealogische „Neuerer." Diese ältere Einwanderung verhielt sich gegen die neuere deutsche durchaus nativistisch und nahm Antheil an der Knownothing-Bewegung gegen sie. Nur wenn man sich unter ihnen niederließ, auf ihre Anschauungen lernbegierig einging und ganz absichtslos dieselben unvermerkt aufzuklären suchte, gelang es hier und da, sie zu bekehren, bessere deutsche Zeitungen und Bücher unter ihnen einzubürgern und ihnen eine würdigere Stellung im öffentlichen Leben anzuweisen. Dieser Germanisirungs-Proceß ist endlich bei ihnen eingeleitet, und die Früchte sind schon sichtbar.

Was die neuere deutsche Einwanderung unter so schwierigen Umständen in den letzten zehn Jahren geleistet hat, das wird ewig ein großartiges und ehrendes Denkmal für sie bleiben. Wir kommen darauf zurück. Was sie aber in so kurzer Zeit nicht hat leisten können, eine gänzliche Wiedergeburt dieses Volkes der mittleren und westlichen Staaten, das ist darum nicht aufgegeben. Sie selber hat in den neuen Verhältnissen erst eine längere Lehrzeit bestehen müssen; vor allen Dingen mußte sie erst gründlich Englisch lernen, ehe sie an des Volkes Charakter und des Landes Geschicken mitbestimmend thätig werden konnte.

Um das Bild der ackerbauenden Bevölkerung der Mittel- und Weststaaten zu vollenden, sei hier erwähnt, daß es in der ganzen Union keine Dörfer gibt, sondern daß der Farmer nach uralt germanischer Sitte auf dem best dazu geeigneten Hügel seines Landes sich anbaut, selten so, daß mehrere Wohnstätten der Grenznachbarn einander nahe rücken. Jedes Township (Stadtschaft) deren es durchschnittlich 12—16 in einer Grafschaft gibt, hat zwar an einem geeigneten Punkte einen Embryo von Stadt, aus einem Kaufladen, oder mehren, von denen einer die Postgeschäfte mitbesorgt, einer Schmiede, einer Schuhmacherwerkstatt und dergleichen nothwendigsten Anstalten des Gewerbs- und Handelslebens, und, wenn eine Eisenbahnstraße oder Dampferlinie hindurchführt, ein paar Stationsgebäuden bestehend; aber nur eine Grafschaft besitzt in der Regel ein Städtchen bis zu einer Großstadt hinauf. Der nachbarliche Umgang der Farmer vermittelt sich also vorzüglich in der Kountystadt, bei Besorgung der politischen, gerichtlichen und Handelsgeschäfte, besonders zu gewissen Zeiten, wo die Bevölkerung hier zusammenströmt, neuerdings auch besonders bei Gelegenheit der Ackerbau- und Industrie-Ausstellungen, welche so beliebt geworden sind. Die Kountystädte üben also einen beträchtlichen Einfluß auf die öffentliche Meinung aus, und da in ihnen die Mischbevölkerung am Stärksten vertreten ist, während das flache Land in der Regel blos einer oder zwei Nationalitäten angehört, so muß dieser Einfluß unheilvoll sein, wenn die Kountystadt stark mit rohen Elementen bevölkert ist. Je größer die Stadt, desto unheilvoller ist er in der That, wir wüßten fast nicht eine Ausnahme von dieser Regel zu nennen. Fabrikbezirke wirken ihrer Mischbevölkerung halber ganz in gleicher Weise. Wäre in den Deutschen der älteren Einwanderung mehr Bildung vorhanden, so würde es bei ihnen sein, wie in reinen Yankee-Distrikten, wo das Land der Partei der Bildung, die Stadt der der Rohheit anzugehören pflegt. Wir haben also ein dem europäischen Verhältniß ganz entgegengesetztes. In Europa ist das flache Land, und zwar je weiter von den Städten abwärts, um so mehr, Sitz der Rohheit, Bildungsscheu, Verdummung und geistigen Trägheit; die Städte sind die Wiegen alles Fortschritts, aus ihnen entspringt nach und nach zuerst der Handel, dann das Handwerk und die Industrie, dann die Politik, die Religion, die Kunst, die Wissenschaft, zuletzt die verbesserte und verallgemeinerte Volksschule und Volkserziehung. In den sklavenfreien Staaten der Union ist das flache Land der Sitz der Bildung und Fortschrittsbestrebungen, der höheren Sittlichkeit und bürgerlichen Freiheit und Unabhängigkeit; die Städte sind vorwiegend Mittelpunkte des Handels und der Industrie, des Pöbels und der Aristokratie, der höheren Bildungsanstalten allerdings auch, aber zugleich des schlechten Schulbesuchs, der politischen Verkäuflichkeit und der Rohheit, von der verfeinerten, wie von der ursprünglichen Sorte. Die Yankees suchen eifrig vom Lande aus der Rohheit der Städte und ihrem unheilvollen politischen und sittlichen Einfluß Schranken zu setzen. Die Deutschen alten Schlages auf dem flachen Lande lassen sich von den Städten aus in den Fluch der Rohheit und Verdummung hineinziehen. Wir geben zwei lehrreiche Beispiele. Im Jahre 1858 sah sich die ländliche Bevölkerung des Staates New-York genöthigt, der wahrhaft entsetzlichen Mißverwaltung und amtlichen Korruption der städtischen Verwaltung von New-York und Brooklyn durch ein Gesetz Schranken anzuweisen, welches die Polizeigewalt in beiden Städten auf den Staat übertrug. Mordthaten, brutale Anfälle auf Personen und Schlägereien, Raub, Diebstähle, Schwindel, Nothzucht, Verbrechen und Vergehen aller Art hatten unter der Verwaltung des Demagogen Fernando Wood und seines irländisch-deutschen „Stimmviehes“ in einer furchtbaren Weise zugenommen. Die städtischen Behörden, welche eine große Verschwörung, um alle Aemter zu monopolisiren, bildeten, die Polizei zu Wahlumtrieben und Mißhandlung freigesinnter Bürger mißbrauchten und das Volk unverschämt ausraubten, indem sie die jährlichen Steuern von 4 auf 9 Millionen steigerten und das Recht verkauften, zeigten sich so unfähig zu einer Reform, daß die Minderheit der ruhigen und gebildeten Bürger im Interesse des ganzen Staates die Gesetzgebung um Hilfe anflehten. Sie wurde gewährt, indem der Staat selbst zwei

Kommissäre ernannte, zu welchen die Stadt ihren Bürgermeister als dritten zu stellen hatte, um beide Städte in einen gemeinsamen Polizei-Distrikt zu vereinigen, die alte Polizeimacht aufzulösen und eine neue und stärkere einzusetzen. Seitdem hat sich der Sittlichkeitszustand beider Großstädte auffällig gebessert, und die Freiheit der besseren Bürger zugenommen, obwohl der Pöbel bitter über „Entziehung seiner geheiligten Municipalfreiheit" klagt. In Pennsylvanien dagegen gibt es Counties, wie Montgomery, Lehigh, Northampton, Potts, welche früher starke Whig-Majoritäten warfen, durch Bildung sich auszeichneten und die Sklaverei bekämpften; dieselben Counties haben, seitdem die Bergbau-Distrikte darinnen und die Städte ihre rohe irisch-deutsche Mischbevölkerung erhielten, fast immer „demokratisch" gestimmt. Verbrechen und Rohheit haben sich auch auf das flache Land verbreitet, der öffentliche Geist hat sich auch unter den Bauern verschlechtert, besonders aber wüthet unter ihnen ein stupider Prosklaverei-Fanatismus.

Wir kommen auf die Städte. Die Großstädte — das ist eine alte Wahrheit — gleichen sich unter einander in der ganzen Welt weit mehr als die Länder, in welchen sie liegen. Der Handelsstand, welcher sie beherrscht, oder doch belebt, ist kosmopolitisch, mehr als jeder andere Stand, theils weil er am Meisten mit den Einwohnern und Abkömmlingen fremder Länder zusammentrifft und von ihnen sich Eigenthümlichkeiten aneignet, theils weil das große Kapital, welches er kommandirt, das bewegliche Kapital, wandert, dahin wandert, wo es die meisten Zinsen verspricht. Dieser Kosmopolitismus ist aber in der Regel der falsche, auf keinen Patriotismus begründete. Die Kaufleute sind auch in der Regel die kurzsichtigsten Politiker, und sie werden mit jedem Jahrzehend kurzsichtiger, weil das Kapital beweglicher wird. Es interessirt sie deshalb rascher Gewinn mehr als langsamer und dauernde Vortheile, der gedeihliche Augenblick mehr, als die auf einen gleichmäßigen national-ökonomischen und sittlichen Fortschritt des ganzen Volkes begründete gedeihliche Zukunft. Von großer durchschnittlicher Intelligenz und durch ihren Mittelreichthum befähigt, zahlreiche Talente in ihren Dienst zu ziehen, hat sich die moderne Kaufmannswelt längst aus ihrer nothwendigen und wohlthätigen Stellung eines Dieners und Vermittlers aller übrigen Berufsarten zu der eines anmaßenden Herrschers aufgeschwungen. In der Union, wo die allerfreieste Bewegung aller Interessen obwaltet, wo das Recht des Stärkeren gilt, alle Schwächeren soweit unter seine Füße zu treten, als sie sich dessen nicht durch Selbsthilfe erwehren können, in der Union ist diese Herrschsucht und Herrschergewalt des Handelsstandes am Frühesten zur Reife entwickelt worden. Europa wird dieselben Zustände und Entwickelungen, welche er hier heraufbeschworen hat, erst noch erleben müssen, weil er dort mit größeren Hindernissen zu kämpfen hat, ehe er Alleinherrscher werden kann. Unsere Geschichte ist deshalb lehrreich für die Bevölkerungen der alten Welt; unsere bedauerlichen Erfahrungen sollten drüben nicht Spott und Schadenfreude, sondern warnende Aufmerksamkeit erregen. Nie vorher in der Geschichte hatte der Handel eine so riesige Bedeutung unter den Berufsarten, als er sie in Amerika erlangt hat. Hier hat er zum ersten Male ein ungeheures, durch keine Zollschranken durchgesetztes Gebiet auszubeuten; hier hat er völlige Gewerbefreiheit zur Grundlage; hier ein Volk, das vom Handelsgeiste angeweht ist und ihm jeden Vorschub leistet; hier aber auch zahlreiche Millionen, die sich ausbeuten ließen (Negersklaven, deutsche und irische Einwanderer und die spanisch- und portugiesisch-indianischen Bevölkerungen Süd- und Mittel-Amerikas), hier endlich die ausgedehntesten Verkehrsstraßen. Er konnte alle Gesetzgebung zu seinen Gunsten gestalten, er konnte dem Ackerbau, der Viehzucht, der großen und kleinen Industrie Bahn brechend vorangehen und ihr seine Wege weisen; er konnte auf das beispiellose Aufblühen eines Riesen-Kulturstaates aus der Wildniß die kühnsten und doch sichersten Berechnungen bauen, und er hatte dabei ganze achtzig Jahre lang nur eine Störung durch einen kurzen Krieg mit England zu erleiden und keinen Bürgerkrieg zu befürchten, keine Lasten eines bewaffneten Friedens zu ertragen. Es ging ihm also Alles nach Wunsch. Und wie benutzte der Handelsstand diese Gunst des Schicksals? Beförderte er die Volksbildung und alle Fortschrittsbestrebungen? Suchte er den Mißbrauch der demokratischen Freiheit, die Demagogie, die Rohheit, die Sklaverei zu bekämpfen, durch welche allein dem Fortbestehen seines eigenen Gedeihens Gefahr drohte? Ging er Hand in Hand mit der Industrie, um die Menge der Handelswerthe zu vermehren, anstatt die vorhandenen durch bloßen Zwischenhandel und Spekulation zu vertheuern? Strebte er nach Solidität, nach Beschränkung des Kredits auf die desselben Würdigen und Fähigen, nach Verhütung der Ueberspekulation, des Schwindels, der Finanzkrisen und Bankerotte? Im Ganzen das reine Gegentheil von alledem. Es bezeichnet ein bodenloser Leichtsinn, ein blindes Leben in den Tag hinein, eine verdammliche Gleichgiltigkeit gegen die Geschicke des Landes den hiesigen Handelsstand als solchen. Charakteristisch ist zuerst die Art, wie die großen Geld-Institute verwaltet werden, also Banken, Versicherungs-Anstalten, Sparkassen und Aktien-Gesellschaften aller Art. Nachdem die Jahresversammlung und Beamtenwahl stattgefunden hat, bekümmert sich, wenn der Jahresbericht der Direktoren nur irgend günstig lautete, die Gesellschaft das ganze Jahr nicht weiter um die Geschäftsverwaltung, es sei denn, daß die Dividenden ausbleiben. Selbst die Direktoren lassen in der Regel dem Präsidenten, Sekretär und den eigentlichen Beamten die Zügel schießen. Die Folge ist, daß Unehrlichkeit der Letzteren unverhältnißmäßig häufig ist. Fälle wie der des Herrn Schuyler, Kassirers der New-Haven-New-York-Eisenbahn, welcher nach Ausgabe von 1½ Mill. Dollars falscher Aktien mit seinem ganzen Raube nach Europa entwich (1853), der Ohio Life und Trust-Kompany, welche mit 4 Millionen fallirte, nachdem alle Beamte sich durch den ärgsten Schwindel bereichert hatten (1857), des Herrn Allibone, des Präsidenten der Pennsylvaniabank in Philadelphia, unter dessen Verwaltung 700,000 Doll. rein verschwunden waren (1857), sind so wenig Seltenheiten, daß die vollständige Aufzählung aller ähnlichen ein Buch von der Dicke des vorliegenden füllen würde. Auch in Europa bekannt sind die massenhaften Fallissements der Notenbanken, wie sie im Jahre 1837 (800 Banken auf einmal) 1842, und die vorübergehende Einstellung der Baarzahlungen, wie sie 1857 bei allen Banken der Union, welche nicht geradezu fallirten, vorkamen. Die Anzahl der Privat-Bankerotte ist bedeutend höher im Verhältniß als irgendwo sonst, sie beträgt im Durchschnitt seit Jahrzehenden 5 bis 9 Hundert für die Union. Ein gänzlicher oder theilweiser Bankerott hat nichts Entehrendes, gilt für ein zufälliges, entschuldbares Unglück, wenn nicht gar in offenbar betrügerischen Fällen als ein Beweis von „Smartheit" und dem Bankerotteur wird darum der Kredit nicht entzogen, so wenig, daß wir Fälle kennen, in welchen derselbe Mann vier oder fünf Male Bankerott gemacht hatte, ehe es ihm gelungen war, sich mit einem unabhängigen, gewöhnlich der Frau überschriebenen Vermögen zur ehrenvollen Ruhe zu setzen. Das Kreditwesen ist bodenlos: 9, 12 und 15 monatliche Kredite werden ganz gewöhnlich gegeben, und zwar auf die ungenügendste Sicherheit hin. Der kaufmännische Osten verlor am kaufmännischen Westen im Jahre 1857 nahe an 300 Millionen, wovon später nur ein kleiner Theil „kollektirt" worden ist. Derselbe verlor bei der Secession am kaufmännischen Süden an 250 Millionen, welche schwerlich je zu einigem Belaufe werden zurückerstattet werden. Mit Ausnahme der Staaten New=York und Massachusetts, deren Zettelbanken durch gute, gewissenhaft überwachte Gesetze in den letzten Jahrzehenden geregelt wurden, und der Banken von New=Orleans, sind die meisten übrigen Banken als Schwindel=Anstalten im Großen zu betrachten. Sie geben Papiergeld aus, welches auf Nichts fundirt ist, als auf angeblich in gleichem Belaufe beim Staate deponirte Staatsschuldscheine und andere Werthpapiere, die aber zu oft nicht vorhanden sind, oft nicht einmal auf dieses Unterpfand. Die Banken zahlen für Konto=Kurrent gar keine Zinsen, weil der Kaufmann täglich seine Kassa ihnen einzahlt und alle seine größeren Zahlungen auf sie anweist, eine Bequemlichkeit von sehr zweifelhaftem Vortheile, die ihm aber Kredit bei seiner Bank verschafft. Der Gewinn dieser Banken, auch der solideren, ist also im Vergleich zum Grundkapitale ungeheuer; denn sie zahlen weder von ihrem Papiergelde, noch von ihren Depositen Zinsen und treiben ein schwunghaftes Darlehngeschäft zu hohem Zinsfuß im vielfachen Betrag ihres Kapitals oder ihres Vorraths an Gold und Silber. Die Versicherungs=Gesellschaften sind im Ganzen solider; die Eisenbahn=Gesellschaften aber mehrentheils um so unsolider, wie europäische Aktionäre zu ihrem Nachtheile erfahren haben. Die Börsengeschäfte sind durch gar kein Gesetz vor dem Schwindel der Zeitkäufe und Verkäufe, der großen Kombinationen für Hausse und Baisse (die Haussiers heißen hier Bulls, die Baissiers Bears) und anderem Börsenspiel bewahrt. Selbst das Grundeigenthum wird im größten Maaßstabe in die Mitleidenheit bei Handelsschwankungen gezogen, weil es sehr ausgedehnt mobilisirt ist durch Verpfändung zu hohem Belang, durch darauf begründete Kredit-Anstalten und durch übermäßigen persönlichen Kredit, endlich durch Bürgschaften. Merken also die Banken das Herannahen einer größeren Handelskrise und beschränken sie deshalb ihre Darlehen, so müssen die Kaufleute auf ihre Schuldner drücken, diese wieder auf die ihrigen, — am Ende ist fast alles Grundeigenthum zugleich im Markte und entwerthet, um die darauf ausgebrachten Sicherheiten zu decken. Dabei gewinnt der betrügerische Kaufmann am Meisten, verliert jeder ehrliche Mann. Das ganze Land scheint vulkanisch bewegt zu sein, Nichts steht mehr fest, Zehntausende sind ruinirt, alles Papiergeld, und die meisten Werthpapiere vorübergehend werthlos geworden, die Lebensmittel ungemein im Preise gestiegen, die Arbeiten und Fabriken müßig, Tausende von Millionen Scheinwerthe aus der Berechnung des Nationalwohlstandes ausgestrichen: und einige Monate später geht derselbe Schwindel von Neuem los, baut sich das Gebäude papierner Prosperität blitzschnell von Neuem auf, und alle theuer erkauften trüben Erfahrungen sind vergessen.

Es kann aber Niemand leugnen, daß kein Stand so leicht als der Handelsstand solche Uebelstände des Verkehrs abstellen kann. Er hat mehr Standesgeist als jeder andere, und er hat mehr Vortheil von

Dauerhaftigkeit der Zustände als jeder andere, eben da sein Kapital so beweglich ist; er hat endlich auch Bildung genug, um den Vortheil des einigen Handelns einzusehen. Ohne eine hohe Ehrenhaftigkeit und einen gründlichen Abscheu vor Schwindel war wenigstens in früheren Zeiten, und ist noch hier und da, der ächte Kaufmann nicht denkbar. Ebenso charakterisirt ihn überall sonst ein Konservativismus, der mit gesetzlichem Fortschritte Hand in Hand geht. Nicht so in Amerika. Hier ist noch immer der eigentliche Handelsstand mit der Partei der Rohheit verbündet gewesen. Darum eben herrscht dieselbe in allen Handelsstädten und Staaten. Darum steht der eigentliche Kaufmannsstand mit wenigen Ausnahmen auf Seiten des Südens und der Sklaverei. Es wäre z. B. dem Handelsstande und den Kapitalisten von New-York ein Leichtes, diese Stadt zu einer eben so gut policirten als Boston zu machen, die Demagogie zur Ruhe zu verweisen und das Proletariat zu heben, welche sie unsicher machen; aber sie wollen nicht. Sie wollen durch beide den Staat, den Norden, die Union beherrschen. Ihre Hauptzeitung, der „New-Yorker Herold," ist das verlogenste, gemeinste Pöbelorgan in der Welt. Alle übrigen von ihnen bevorzugten Blätter, wie der „N. Y. Expreß," „N. Y. Commercial," „World" und andere sind im Interesse der Sklavenhalter und der Rohheit, der Demagogie, der Bordell-, Schnaps- und Raubhöhlenwirthe. Und wie es in New-York ist, so in allen Handelsstädten.

Wer den wahren Grund dieser auffälligen Erscheinung wissen will, der muß eben wissen, daß die Sklavenhalter mit kluger Berechnung die Kaufleute und Kapitalisten an ihr Interesse zu fesseln wußten. Durch sie wollten und konnten sie im Norden herrschen, also mittels des Nordens über die Macht der Union. Sie gewährten ihnen das kaufmännische Monopol im ganzen Süden und zahlten ihnen ganz unglaubliche Profite für den langen Kredit, den sie gestatten mußten. Eine Elle Tuch, welche auf der Leipziger Messe einen preußischen Thaler en gros kostete, wurde in Süd-Karolina bis zu fünf preußischen Thalern werth, ließ also nach Abzug aller Spesen, Kommissionsgebühren und Zinsen für langen Kredit noch immer mehrere Hundert Procente Reingewinn. Filialhäuser großer New-Yorker und Bostoner Firmen waren in allen südlichen Häfen mit der Ausfuhr der Rohprodukte des Südens beschäftigt und ernteten davon ungeheuren Gewinn. Denn da der größere Theil der Pflanzer schlechte Wirthe sind, so war immer die noch unreife Baumwoll-, Zucker- und Reisernte schon dem Exporteur verpfändet, welcher darauf Vorschüsse aller möglichen Importwaaren gemacht hatte. Was aber der Exporteur nicht durch Aufschlag an diesen gewinnen konnte, das gewann er an der Wechseldifferenz, da New-York für den ganzen Süden die Wechsel verkaufte. Und ganz so war es mit den westlichen Kaufleuten, welche den Süden mit Lebensmitteln, Futter, Schiffen, Maschinen u. dgl. versorgten. Der Bushel Mais, der im Innern von Illinois 15 Cents werth war, wurde in New-Orleans wenigstens 50 bis 60 Cents werth, was nach Abzug aller Frachtkosten u. s. w. noch über hundert Procente ließ. Es war ein theurer Preis, den der Süden dem nördlichen Handelsstande für seine politische Handlangerei zahlte; derselbe wurde aber auch durch die schlechte Wirthschaft der Pflanzer unumgänglich, und diese würden ihn, wenn sie direkten Handel mit Europa gehabt hätten, eben so gut diesem haben zahlen müssen. Ein Land, welches blos Rohprodukte ausführt, weil es der verwahrlosten Bildung seiner Einwohner wegen nichts Anderes erzeugen kann, wird auf dem Weltmarkte nie seine Preise selbst machen können. Die durch so riesige Gewinne gesteigerte Habgier des Kaufherrn- und Geldstandes wurde von der Sklavenhalterpolitik noch weiter befördert durch ein System von Unionsgesetzen und Finanzmaßregeln, welche alle wunderbar sich in die Hände arbeiteten zu dem Zwecke, die Entwickelung eines freien Arbeiterstandes im Norden zurückzuhalten und eine Geldaristokratie großzuziehen. Da war zuerst der schon einmal erwähnte einmüthige Widerstand der Sklavenhalter gegen ein Heimstättegesetz, welches jedem wirklichen Ansiedler 160 Acker Unionsland schenkte. Dasselbe würde, frühzeitig angenommen, eine dichte Besiedelung des Westens, statt einer weit zerstreuten, eine rasche und mehr allmälig in die Ferne dringende, wie der Platz enger wurde, folglich eine Staatenbildung mehr mit schon vorhandenem, anstatt mit fingirtem Kapitale, gute Preise für alle Farmprodukte, anstatt der jetzigen oft so niedrigen, das Vorrücken der Eisenbahnen mit der Menschenwanderung, anstatt daß sie ihr jetzt vorauseilen, und das Mitwandern von Kirchen, Schulen, Industrie und Bildung, anstatt daß sie jetzt der vorausgeeilten Rohheit nachhinken, kurz solides Wachsthum Aller an Reichthum, anstatt daß jetzt der große Haufe der Pioniere um die Hauptfrucht seiner Arbeit gebracht wird, erzielt haben. Anstatt dessen verschleuderte der sklavenhalterische Kongreß das Unionsland durch Schenkungen an Korporationen und Staaten, an ehemalige freiwillige Soldaten und ihre Wittwen oder Kinder, kurz an lauter Personen, welche sich nicht wirklich ansiedeln wollten und ihre Land-Warrants an die Land-Spekulanten („Land-Haifische" genannt, zu denen auch Sklavenhalter genug gehörten) billig verkaufen mußten. Diese schwindelten den Preis des rohen Landes weit über den wahren Werth hinauf, zwangen dadurch die ärmeren Pioniere in den fernsten Westen vorzudringen, wo ihre Ernten nichts werth waren, die wohlhabenderen aber, ihr Kapital, wenn sie nicht so weit westlich wollten, in Spekulantenland zu stecken, so daß ihnen wenig Mittel zur gedeihlichen ersten Einrichtung und allmäligen Verbesserung der Farmen blieben, und daß sie folglich tief verschuldet und bei jeder Finanzkrisis bankerott wurden. Im Jahre 1857 waren die Hälfte aller Farmer von Wisconsin und Illinois, drei Viertel aller von Jowa und mehr selbst im ferneren Westen bankerott, und nur die drohende Volkswuth verhinderte die massenhafte gerichtliche Vollstreckung der Urtheile. Der Kapitalmangel dieser Farmer machte eben „billiges Kapital," d. h. Zettelbanken ohne solide Grundlage, und lange Kredite bei den Kaufleuten, d. h. finanziellen Schwindel zum Bedürfniß. Die zerstreuten Ansiedelungen bedingten einen schwindelhaften Eisenbahnbau, damit die Farmerzeugnisse einen Markt fänden. Europäisches Kapital im Belaufe von 600 Mill. Doll. wurde durch pomphafte Ankündigungen von der Rentabilität derselben herbeigelockt, und die höchstmöglichen Frachtsätze für Farmerzeugnisse, welche den Preis derselben drückten, erlaubten den Eisenbahn-Kompagnien, übermäßige Dividenden auszuwerfen, um den zu betrügenden Aktionären immer neue Kapitalzuschüsse abzulocken. Alles war auf Aussaugung der wirklichen Arbeiter, auf Verkümmerung der freien Arbeit berechnet. Denn die riesige Lebensmittel- und Miethlokal-Spekulation, welche den wirklichen Arbeiter im Osten benachtheiligte, war ebenso eine Folge der sklavenhalterischen Finanzpolitik. Ihr Tarif war kunstreich darauf berechnet, das Aufkommen der einheimischen Industrie zu erschweren. Rohwolle z. B. zahlte verhältnißmäßig einen höheren Zoll als Wollenmanufakturen, damit die einheimische Wollen-Industrie, welche Rohwolle importiren muß, den Mitbewerb mit der englischen nicht aushalten könne. Die pennsylvanische Eisenbahnschienen-Industrie wurde durch den äußerst niedrigen Zollsatz auf Schienen gezwungen, alle ihre betreffenden Fabriken eingehen und die Hälfte aller Hochöfen verfallen zu lassen; nachdem diese Konkurrenz getödtet war, stiegen die englischen Schienen auf mehr als den doppelten Preis und wurden immer schlechter. Ein sehr mäßiger Schutzzoll würde diese Industrie rasch so weit erstarkt haben, daß sie alsdann auch ohne Schutz den englischen Mitbewerb hätte aushalten können; denn fast jede andere Art amerikanischer Eisen-Industrie ist bei einem niedrigen Finanzzolle so weit erstarkt worden, daß sie mit der ganzen Welt konkurriren kann. Allein es war eben beabsichtigt, den Handel, und nicht die Industrie mächtig zu machen. Der Tarif war ein ad valorem-Tarif. Die Faktur des Exporteurs, beschworen vom Importeur als richtig, wurde bei verschiedenen Waaren mit verschiedenen Procenten verzollt. Dem Betrug war dabei Thür und Thor geöffnet, da die Zollhaus-Beamten sich ganz schamlos bestechen ließen, offenbar falsche Fakturen durchschlüpfen zu lassen, wie so eben beendigte Untersuchungen ergeben haben. Es war also die Absicht der Sklavenhalter, die einheimische Industrie dadurch zu schwächen, daß sie ihr das Kapital zu entziehen suchten; und dies gelang ihnen, indem sie den Handel, den Zwischenhandel, die Spekulation und den betrügerischen Import auf die angegebene Weise begünstigten, so daß sich der Gewinn des Handels und der Spekulation viel höher stellte, als der von ehrlicher Arbeit und Erzeugung von Handelswerthen. Ueberall wo in einem Staate die Partei der Rohheit mächtig war, wurden Monopole für Spekulanten geschaffen, dem großen Kapitale Gelegenheit zu ungeheuren Profiten gegeben, Pläne geschmiedet und durchgeführt, um auf gesetzgeberischem Wege den Werth des Landes und der Gebäude reicher Leute zu steigern und dergleichen mehr, und daß das Volk dabei dennoch so sehr vorwärts kam, dafür konnten die Sklavenhalter und Kapitalisten nichts.

Der Handels- und Kapitalistenstand meinte eben so sehr die Sklavenhalter, und durch diese die Union zu beherrschen, als die letzteren durch ihn dasselbe wollten. Beide benutzten einander als Mittel zu ihrem Zwecke; der Handels- und Geldstand, der selbst kein sonderliches Herrschertalent hat, fand in der Kaste der südlichen Barone eine zum Herrschen erzogene Klasse, welche sich von ihm im Verkehr ausbeuten ließ und ihm auch die Wege ebnete, alle Klassen des Nordens auszubeuten. Diese Geldkönige hatten in der That den größten Gewinn von beiden Theilen, materiell genommen; ideell fühlten sich die Sklavenhalter als Herrscher, jene als Bediente. Die Bundesgenossenschaft mit den Sklavenhaltern mußte durch pünktlichen Gehorsam, freudige Unterwürfigkeit und kriechendes Benehmen erkauft werden; dafür aber belohnte den Geldkönig schließlich ein „unabhängiges Vermögen,“ durch das er seinen gewaltigen Einfluß hatte und, wenn er die Wonne des Herrschens recht auskosten wollte, sich nur Sklaven und Pflanzung zu erkaufen brauchte, wie es Manche in der That gethan. In einem Lande, wo es gar keine Aristokratie der Geburt, der Kutte, des Beamtenthums und der Gelehrten gibt, tritt natürlich die Herrschbegier des Geldbeutels hervor und will unumschränkt sein. Und sie war es innerhalb der Union vor dem Sonderbundskriege; sie war es blos insofern nicht, als sie den Geist der Zeit und die demokratischen Neigungen des besseren Theiles im Volke nicht nur nicht beherrschen konnte, sondern vielmehr mit dem ausgesprochenen Bestreben darnach beleidigen und erbittern mußte. Der jetzige Kampf in der Union hat es zwar zunächst mit den Sklavenhaltern zu thun, als dem greifbaren und konsolidirten Gegner aller wahren Demokratie; mit ihm zugleich wird aber das Geldkönigthum bekämpft und zu Tode getroffen, ohne daß davon nur ein Wort gesagt wird. Die Geldkönige aber wissen dies recht wohl und wehren sich verzweifelt, und wenn es ihnen trotz der größten Anstrengungen nicht gelingt, den vorausbestimmten Fall ihrer Bundesgenossen, der Sklavenhalter, aufzuhalten, so ist dies ein Beweis mehr, daß die wahre Demokratie allen sie bedrohenden und durch sie heraufbeschworenen Gefahren, auch denen des Geldaristokratismus, vollauf gewachsen ist.

Um aber einen Begriff davon zu geben, welche mittelbare Steuern die Geldklasse dem arbeitenden Volke auferlegte, müssen wir noch folgende Thatsachen erwähnen. Der Grundwerth in den großen Städten ist durch Spekulation auf's Unglaubliche hinaufgeschwindelt und kann selbst in London nicht übertriebener sein. Der Quadratfuß Landes an einer Hauptstraße einer Großstadt ist von 25 bis 50 Dollars im Preise und folglich weit mehr werth als das prachtvollste Gebäude, welches darauf steht. Die Miethzinse sind in der Regel 10 Procent und mehr, ja an belebten Handelstagen 20 Procent und darüber vom Werthe des Grundstücks und der Baulichkeit. Eine Miethwohnung, welche in Leipzig, Dresden oder

Berlin 100 Thaler kosten würde, kostet in den besseren Theilen von New-York und Boston von 5—800 Thlr. jährlich. Eine Wohnung in einer Stadt Deutschlands von 10,000 Einwohnern, welche mit 50 Thalern bezahlt wird, muß in einer gleich großen der Union mit 2 — 300 bezahlt werden. Und so durchaus im Verhältnisse. Ein Pfund Schweinefleisch, das am Schlachtplatze in Cincinnati $2^1/_2$ Cents werth ist und an Fracht bis New-York höchstens 2 Cents kosten kann, wird daselbst im Kleinverkaufe nicht unter 10 — 12 Cents zu haben sein. Die Konkurrenz der Verkäufer ermäßigt ausnahmsweise diese enormen Profite; aber der Standesgeist der Geldkönige und Zwischenhändler ist viel zu groß, um im Verkaufe erster Lebensbedürfnisse eine zu starke Konkurrenz zuzulassen, und ein gegenseitiges Unterbieten zu erlauben.

Uebrigens ist der Geist der Spekulation und Geldherrschaft keineswegs auf eine Nationalität beschränkt; die Deutschen thun es z. B. hierin den Anglo-Amerikanern ziemlich gleich. Die Importeurs sind zu einem großen Theil Deutsche, und drei Viertel von ihnen müssen zu den Anhängern der Sklavenhalter und der Partei der Rohheit gezählt werden, wie fein und geglättet auch ihre Manieren sind. Es ist eine Thatsache, daß eine deutsche Firma, die Astor'sche, die größte Grundspekulantin von New-York und durch ihre Spekulation in Land die reichste Firma der Union ist, und daß die Rothschild's durch ihren hiesigen Agenten A. Belmont die größten Geldspekulanten, ebendarum aber beide die mächtigsten und eifrigsten

Verbündeten der Sklavenhalter- und Pöbeldemokratie sind. Es ist höchst betrübend, aber darum nicht minder wahr, daß die ungeheure Mehrzahl der in den hiesigen Handelskreisen so stark vertretenen Juden derselben Partei angehören, und zwar dabei nicht geringen Fanatismus beweisen. Von einem amerikanischen Patriotismus kann bei der ganzen fremdgebornen Importeurklasse nur ausnahmsweise die Rede sein; die meisten dieser Herren kommen nur nach Amerika, um sich hier ein Vermögen zu erwerben und dasselbe dann in Europa zu verzehren. Am Schlimmsten in dieser Beziehung sind die Franzosen, welche aber wenigstens mit anerkennungswerther Offenheit jeden amerikanischen Patriotismus verleugnen. Das hindert aber diese fremdgebornen Geldaristokraten nicht, sich in die hiesige Politik zu mischen, um sie zu verpfuschen. Sie beanspruchen hier alle möglichen Bürgerrechte, ohne die entsprechenden Bürgerpflichten erfüllen zu wollen; mehr, sie wollen herrschen, sie bestechen, so sehr sie können, Legislaturen und Kongreß, um ihre Handels-Interessen auf Kosten aller andern befördert zu sehen. Sie sind sehr freigebig — für ihr Vergnügen; aber mit wenigen Ausnahmen unerhört knauserig für alle öffentlichen Fortschrittszwecke. Seit einem halben Dutzend Jahren quält sich die deutsche Bevölkerung der Stadt New-York (jetzt 130,000 stark) ab, durch freiwillige Sammlungen ein deutsches Hospital zu gründen, hat aber bis heute noch nicht über 30,000 Doll. anstatt der nöthigen 300,000 erschwungen. Die deutschen Kaufleute New-Yorks brauchten sich blos um ein Procent ihres Vermögens zu besteuern, und die ganze Summe wäre sofort doppelt beisammen — aber thun sie es etwa? Und doch haben die Juden der Stadt längst ihr Hospital, haben also den reichen Deutschen ein Beispiel gegeben. Diese Deutschen sind besonders stark darin, den Yankee hier wie drüben als das geldgierigste aller Menschenkinder zu verschreien; und doch stirbt kein reicher Yankee (dasselbe gilt auch von Anglo-Amerikanern überhaupt in fast demselben Grade), ohne einen sehr ansehnlichen Theil seines Nachlasses zu wohlthätigen und Bildungszwecken zu vermachen, und ist der Yankee überhaupt für alle wohlthätigen und Bildungszwecke großmüthig freigebig, ganz besonders aber mit dem Deutschen verglichen. Es gibt natürlich von dieser Regel ehrenwerthe Ausnahmen, aber sie beweisen eben die Regel.

Die Industrie ist in allen Mittel- und westlichen Staaten weit überwiegend in den Händen der Yankees; erst seit Kurzem fangen Eingewanderte, besonders Deusche, an, ihnen dabei zu helfen. Dagegen sind Deutsche sehr häufig Vorleute, Arbeits-Direktoren und die besten Arbeiter in den industriellen Anstalten. Im Allgemeinen unterscheidet sich der anglo-amerikanische Handwerker und Industrielle dadurch vom deutschen, daß er weit mehr verschiedene und äußerst zweckmäßige Werkzeuge und Maschinen erdenkt und anwendet, während dieser weit gründlicher und allseitiger in der Geschicklichkeit seiner Hände ist. Jener braucht weit mehr Mittel zum Zwecke, ein weit größeres Anlagekapital und ist nicht allzu sparsam mit Benutzung der

Abfälle; dieser braucht weit mehr Zeit zum Fertigwerden, erzeugt Solideres, aber weniger Praktisches und ist oft sparsam am unrechten Orte. Wo beide Nationalitäten zusammenarbeiten, und vollends, wenn auch Franzosen zur Lieferung eines geschmackvollen Aeußeren an der Waare herbeigezogen werden, entsteht wahrhaft Vollendetes und Unübertreffliches. Der Raum erlaubt uns nicht, hier alle vorzüglichen Industriezweige des Landes zu besprechen; wir haben ohnedies die eigentliche Yankee-Industrie schon berührt und können hier blos noch die Mittel- und Weststaaten überblicken.

Fangen wir beim Eisen an, so wird es schwer sein, die Anglo-Amerikaner in der Güte und im Geschmack ihrer gußeisernen und schmiedestählernen Waaren zu übertreffen. Besonders sind von der ersteren die Waggon-Räder der Eisenbahnen, die Geländer und die Oefen, von den letzteren die wahrhaft vollkommenen Aexte und fast alle Schneidewerkzeuge und Maschinentheile zu erwähnen. Von Dampfmaschinen sind die stehenden am Weitesten vervollkommnet und wetteifern mit denen der ganzen Welt; die calorischen, von dem schwedischen Amerikaner Ericson erfunden, haben bereits in der alten Welt vielfältig Eingang gefunden. Eiserne Schiffe werden im Vergleich mit England viel zu wenig erbaut, aber die wenigen, welche erbaut worden sind, rivalisiren mit den englischen, und die Ericson'schen Panzerschiffe, „Monitors" genannt, haben schon jetzt sich als in Unverwundbarkeit und Tüchtigkeit zu allen Zwecken des Seekriegs den englischen und französischen weit überlegen herausgestellt. Die Eisenbahnschienen für die Pferdebahnen der großen Städte und diejenigen für Dampfbahnen, welche ursprünglich aus England bezogen, nach ihrer Abnutzung in hiesigen Walzwerken erneuert werden, beweisen durch ihre außerordentlich geringe Abnutzung und ziemliche Billigkeit, wie gut Amerika in diesem Artikel mit England konkurriren könnte, wenn das großartige Kapital von dort hier zu haben wäre. Das vorzüglich gute Eisenerz des Iron Mountain in Missouri, welches dem schwedischen vollkommen gleichkommt, hat bereits in St. Louis, wo die bituminöse Kohle in aller Nähe liegt, großartige Eisenfabriken hervorgerufen, welche eine bedeutende Zukunft haben. Dort wird die Schwarzblechfabrikation auf eine höhere Stufe erhoben werden können, als sie übrigens erreicht hat. Daß die Industrie der Näh- und Ackerbau-Maschinen hiesiger Erfindungen ganz Ausgezeichnetes leistet, wird bereits in Deutschland anerkannt. Gußeiserne Gas- und Wasserleitungs-Röhren sind ein stark begehrter Artikel, und wenn die ersteren weniger dauerhaft sein sollten als die europäischen, so liegt die Schuld wohl nur an der sehr unvollkommenen Reinigung des Leuchtgases; denn die letzteren lassen wenig zu wünschen übrig. Eiserne Häuser und Eisenbahnwaggons wollen nicht recht in Aufnahme kommen, obwohl sie vorzüglich schön gemacht werden; eben so wenig eiserne Brücken; der Grund ist eine verhältnißmäßig viel größere Billigkeit jedes anderen Baumaterials, als dasselbe in England hat. Die Eisenhämmer von New-York, Albany, Boston verarbeiten meist altes Eisen, die pennsylvanischen Eisenerz. In der Fabrikation der Brückenwaagen und der im Kleinhandel üblichen sticht Amerika jedes andere Land aus. Die Maschinen-Nägel zeichnen sich durch Billigkeit aus, die eisernen Schrauben nicht minder. Schiffsketten, Anker und anderes eiserne Schiffsgeräth scheut ebenfalls so wenig als die meisten Eisenwaaren einen europäischen Mitbewerb. Eiserne Pumpen, ein sehr gangbarer Artikel, haben einen hohen Grad von Vollkommenheit erreicht. Gußeisernes Kochgeschirr, sowie schmiedeeisernes und inwendig glasirtes, brauchten niemals importirt zu werden und haben das irdene fast ganz verdrängt. Die Dampfkessel haben meist keine kupfernen Heizröhren, und obwohl daher Explosionen häufiger zu sein pflegen, so sind sie doch im Staate New-York, wo ein gewissenhaft beobachtetes Gesetz die regelmäßige Beaufsichtigung aller Dampfkessel anordnet, nicht eben häufiger als in Europa, und beweist dies, wie gut die Fabrikation sein muß.

Alle übrigen Metall-Industrien, außer der des Eisens, sind noch kaum begonnen. Nur ein kleiner Theil des im Lande gewonnenen Kupfers und Bleies wird vom Gewerbefleiße verarbeitet; die Bleiweißbereitung aus Zink (früher aus Blei) entspricht dem ungeheuren Bedarfe noch nicht; aber der Goldreichthum des Landes und die Einwanderung zahlreicher Goldarbeiter aus Hanau, Pforzheim und Umgegend hat in New-York, Jersey City, Trenton, Boston und bei Providence eine beträchtliche und kunstreiche Goldarbeit-Industrie hervorgerufen, insbesondere sind die trefflichen Schreibfedern aus Gold zu erwähnen. Metallurgische-, Farbegewinnungs- und chemische Fabriken sind noch in der Kindheit, haben aber eine große Zukunft. Einstweilen wird gewonnen: Schwefelsäure, Soda, Weißblech (galvanisch verzinnt) und Feuerwerkerei-Erzeugnisse, die letzteren in großer Menge und Vollkommenheit bei dem bedeutendsten Verbrauch; künstlicher Guano, Knochenerde, Knochenschwarz, Wichse, Ofenschwärze (von Graphit), Dinte, Wassergas (Wasserstoff, mittels Streichen durch mit harzigen Stoffen gefüllte Behälter in statu nascenti gekohlenstofft, ein herrliches und billiges Licht), Kerosene (destillirtes aus Steinöl, mit dem Nebenprodukte des Parafins), Brauerei- und Brennerei-Erzeugnisse (die Brauer sind alle Deutsche und werden alle reich), Weine und Champagner (in Cincinnati, Missouri und Kalifornien, eine Industrie, welche eine überaus große Zukunft hat), Wasserglas, Ziegelsteine und feuerbeständige Ziegel (billig und in großer Vollkommenheit), künstlicher und natürlicher Marmor zu Denkmälern und den so häufigen Kaminverzierungen; diese und einige wenige verwandte industrielle Erzeugnisse verdienen ehrenvolle Erwähnung.

In den Mittelstaaten ist die Weberei blos in Philadelphia und nächster Umgegend vertreten (grobe wollene und halbwollene Stoffe). Früher war auf dem Lande Flachsspinnerei und Leinweberei unter den deutschen, Wollspinnerei und grobe Wollenweberei unter den Yankee-Farmern zu Hause, durch diese auch nach den südlichen Staaten verpflanzt. Die moderne Maschinenspinnerei und Weberei hat sie getödtet. Seit die Baumwolle aber und das Papier so vielfach im Preise gestiegen, wird die Aufmerksamkeit wieder auf Gewinnung anderer Faserstoffe gelenkt; und da es sehr viel zum Flachsbau und zur Wollezucht geeignetes Land hier gibt, so muß davon ein Wiederaufleben der Flachs- und Woll-Spinnereien und Webereien erwartet werden. Bei dem großen Bedarf an Fußteppichen muß damit auch die sehr gedrückte Manufaktur der roheren Arten derselben wieder aufleben.

An Flechtwaaren erzeugt das Land noch lange nicht seinen Bedarf; es fehlt aber nicht an billigen und äußerst vorzüglichen Rohstoffen dazu, das Geschäft ist großentheils in deutschen Händen. Die Bürsten- und Polstermacherei hat seit Kurzem die deutsche ausstechen gelernt und vermag sie des billigen und vorzüglichen Rohstoffes wegen schon in Europa zu unterbieten. Deutsche haben auch dieses Geschäft gegründet. Bettfedern und Federbetten müssen noch importirt werden, lediglich weil der Markt dafür fast nur auf Deutsche sich beschränkt.

Die Industrie mit fertigen Kleidern, Hüten, Mützen und Schuhwerk deckt vollkommen den Bedarf an gröberer Waare und schließt die europäische Konkurrenz durch Billigkeit aus. New-York, Philadelphia, Newark und Cincinnati sind in den Mittelstaaten die Erzeugungsorte hierfür. Der Schutzzoll wird auch die feineren Erzeugnisse dieser Art begünstigen und bald auf feste Füße stellen. Die Herrenkleider könnten allerdings billiger sein. Frauenkleider und Putz haben eine ausgedehnte Industrie hervorgerufen, desgleichen der starke Verbrauch an weißer Wäsche. Mit steigender Modewuth haben die auf Bestellung arbeitenden Schneider, Schuhmacher, Putzmacherinnen u. s. w. einen reicheren Lohn erhalten, und es ist nicht zu befürchten, daß die große Industrie jemals hier die kleine verdrängen oder arm machen werde. Auch Seidenweberei ist schon entstanden (durch Deutsche) und arbeitet mit importirtem Rohstoffe für den besonderen einheimischen Geschmack und Bedarf; doch hat die Rohseide hier eine große Zukunft. Die Färberei der Gespinnste und gewebter Stoffe ist durch Deutsche erfolgreich eingebürgert, muß aber ebenfalls noch mit importirtem Farbestoffe arbeiten.

Die ausgezeichneten auf hiesigem Boden wachsenden Nutzhölzer und das mechanische Geschick der Yankees haben auch in den Mittelstaaten die Holz-Industrie auf eine hohe Stufe gehoben. Zu den roheren Erzeugnissen kommt freilich das Holz schon stückweise zugeschnitten hierher, und auf solche Weise versorgen sich die Möbelfabriken aller Großstädte mit ihrem Rohstoffe. Ihre rohere Arbeit ist sehr unsolid, auf den äußeren oberflächlichsten Anschein berechnet, aber sehr billig, da sie für einen ungeheuren Markt arbeitet. Bestellte Waare kann, seitdem die Deutschen und Franzosen die Arbeiter dazu gestellt haben, so vollkommen als irgendwo geliefert werden, ist aber sehr theuer. Das Klima, welches alle fremden Hölzer rasch ausdorrt und beschädigt, verbietet auch in den feinsten

Artikeln jeden europäischen Mitbewerb. Der Grad aber, bis zu welchem Maschinenarbeit die Menschenhand in aller Holzarbeit verdrängt, ist fast unglaublich. Die Hobel- und Fournier-Maschinen sind geradezu vollkommen zu nennen. Was neuerdings in musikalischen Instrumenten (in Pianos besonders durch die Steinwegs in New-York) geleistet worden ist, hat die letzte Londoner Welt-Ausstellung bewiesen. Ein Streben nach gefälliger Form zeichnet neuerdings alle Geräth-Schreinerei aus und wird durch den herrschenden Geschmack an schönem Aussehen dieser Waaren ermuthigt. Die Holzschnitzerei ist deshalb eine sehr weit gediehene und lohnende Industrie. Die Kabinetmacherei ist mehr als selbst in England vervollkommnet. Die Manufaktur von durchbrochenen Verzierungen aus (durch Dampf erweichtem) Holz, mouldings, ersetzt fast völlig die Stukkatur-Arbeit. Goldleisten und Bilderrahmen, ein äußerst gesuchter Artikel, brauchen kaum mehr aus Frankreich eingeführt zu werden, es ist auch dieses ein Verdienst der Deutschen und Franzosen. Die Holzschneiderei ist im raschen Aufblühen. Der Schiffbau aus Holz wird in New-York und Umgegend stärker selbst als in Maine betrieben, liefert aber vorzugsweise größere und schnellsegelnde Fahrzeuge; dieselbe Industrie hat sich in großer Vollkommenheit an den großen Seen, am Ohio und in St. Louis angesiedelt. Daß die Anglo-Amerikaner hierin noch immer nicht übertroffen sind, wird auch jenseit des Oceans zugestanden, wie die steten Bestellungen fertig gebauter Schiffe für Rußland, Italien, die Türkei, Aegypten, China und Japan beweisen. In Oregon ist dafür ein riesiges Feld offen. Uebrigens liefern auch die Gebirge von Pensylvanien und dem nördlichen New-York, die Wälder des nördlichen und südlichen Michigan viele Erzeugnisse der roheren Holzindustrie, wie wir deren bei den Yankees fanden.

Papier und Pappe waren bis vor Kurzem billiger als irgendwo, und die feineren Papiere konnten theilweise so gut wie in Frankreich, die Buchbinder- und Futteral-Arbeiten können noch weit vollkommener als irgendwo geliefert werden, sind aber sehr theuer, da der herrschende Geschmack auswärtigen Mitbewerb ausschließt. Diese Industrie ist beträchtlich und beschäftigt überwiegend Frauen. Eine Vereinigung aller Papiermüller über ihre Preise hat seit vorigem Spätherbst alle Papierpreise weit über den Mehrbetrag der Kosten des Rohmaterials hinauf gesteigert, welchen die Baumwollensperre verschuldet hat. Diese Industrie ladet europäische Fabrikanten zur Niederlassung hier ein, da der Papierabsatz hierzulande in viel höherem Grade als selbst die Bevölkerung zunimmt.

Welche großartigen Verhältnisse hierzulande der Bücher-, Accidentien- und Zeitungsdruck annimmt, das ist neuerdings auch in Europa bekannt und bewundert worden. 1860 betrug die Anzahl der innerhalb der Union gedruckten Zeitungen 2500, die Anzahl der abgezogenen Zeitungsnummern 500 Millionen. Man trifft unter den Anglo-Amerikanern Viele, welche das Schriftsetzen und Drucken aus Liebhaberei lernen, oder weil sie vorübergehend dabei Beschäftigung finden. Die

Löhne sind mittelmäßig, und es gehört bei der ungeheuren Konkurrenz und den Partei-Verhältnissen viel Energie und Kunst dazu, als Zeitungs-Herausgeber, Setzer und Drucker ein „unabhängiges Vermögen" zu erwerben, wenn man nicht sich und seine Grundsätze verkaufen will. In der Regel hat jede Zeitung ihre eigene Druckerei, und die größeren haben Dampfschnellpressen, welche 30—50,000 große Bogen in wenigen Stunden bedrucken; daneben bestehen dann gesonderte Buch- und Job- (Accidenz-) Druckereien im größten Maßstabe. In kleineren Städten aber besorgen die Zeitungs-Druckereien diese Arbeiten mit. Die Ausstattung guter Bücher ist eben so glänzend, als die der großen Tagesblätter elend — der Preis aber ist in beiden Fällen mäßig. Die Buchhändler zahlen bedeutende Honorare, und ein Schriftsteller von nur einiger Begabung muß sehr lüderlich sein, wie Edgar Por, um nicht wohlhabend zu werden — oder aber er muß das Unglück haben, ein deutscher Schriftsteller zu sein. Denn der Deutsche hierzulande kauft keine Bücher, außer wenn er muß, und hält, wenn er's irgend vermeiden kann, keine eigene Zeitung, sondern borgt sie, oder liest sie im Wirthshause. Der deutsche Buchhandel ist deßwegen auch ein mageres Geschäft, und die fünf Millionen Deutschen geben zusammen keinen zwei Dutzend Sortiments-Buchhändlern zu thun; einen deutschen Verlagshändler aber gibt es gar nicht. Die deutschen Zeitungen aber rentiren sich lediglich durch die Anzeigen, oder müssen sich, um bestehen zu können, an eine Partei verkaufen. Kein Wunder, daß die gelesenste deutsche Zeitung, die „New-Yorker Staats-Zeitung", die Sklavenhalter- und Pöbelpartei vertritt, welche am Besten bezahlt, und zum tödtlichen Verdruß aller gebildeten Deutschen im Lande diesen schmutzigen Dienst mit möglichster Geistlosigkeit und Unfähigkeit versieht. Daß die große Mehrzahl der deutschen Zeitungen im Lande auf Seiten der Freiheit und Bildung steht, welcher überhaupt mit Ausnahme der Importeur- und Spekulantenkaste alle gebildeten und die meisten unabhängigen Deutschen angehören, und daß sie im Verhältniß ihrer beschränkten Geldmittel sehr Ehrenwerthes leisten, das ist den ausdauernden und uneigennützigen Anstrengungen einer kleiner Anzahl treff-licher Männer zu verdanken. Uebrigens überbietet der Unternehmungsgeist der amerikanischen Zeitungspresse alles Aehnliche in Europa. Für telegraphische Depeschen werden bedeutende Summen ausgegeben; jede größere Zeitung hat Berichterstatter in Fülle. Die „New-Yorker Tribüne" z. B., welche vor dem Kriege 176,000 Wochenabzüge, an 40,000 tägliche, und Alles in Allem eine Viertelmillion Abzüge jede Woche druckte, deren Preis wenig über die Papierkosten deckte, — das größte republikanische Blatt, und vielleicht das verbreitetste und beste politische in der Welt — hält regelmäßige Berichterstatter in jedem Unionsstaate, mehrere in Washington, mehrere in London und Paris, mehrere in Deutschland, einen bei jeder im Felde stehenden Unions-Armee, und sendet gelegentliche Berichterstatter nach jedem Punkte, wo ein wichtiges Ereigniß stattgefunden hat, oder erwartet wird. Eine größere

Anzahl derselben theilen sich in die Aufgabe, alle erwähnenswerthen Tagesereignisse in der Stadt New-York und Umgegend zu berichten, alle Feuersbrünste, Polizeifälle, gerichtlichen, stadträthlichen und andere behördlichen Verhandlungen, die Reden bei allen wichtigeren politischen und geselligen Versammlungen, die Aufführungen auf den Theatern, in den Museen und Schaubuden aller Art, die Bewegungen an der Börse, auf dem Zollhause, im Hafen, in den Banken und im gesammten kaufmännischen Leben, die genauesten Ergebnisse der Wahlabstimmungen und die Vorfälle an den Stimmkästen, die Predigten an hohen Festtagen, statistische Thatsachen aller Art, Unglücksfälle und die Namen der Gäste in den Gasthäusern und hundert andere Stadtneuigkeiten bekannt zu machen. Neben den politischen und Tagesneuigkeiten müssen vier bis bis fünf Leitartikel und selbstständige Besprechungen derselben, Einsendungen aller Art (und kaum der vierte Theil derselben kann gedruckt werden — ein so fleißiger Einsender und Mitarbeiter an seiner Zeitnng ist der Anglo-Amerikaner) kürzere wissenschaftliche und künstlerische Abhandlungen, Recensionen und Berichte, um den Leser mit allen neuen Entdeckungen, Erfindungen und Fortschritten in Wissenschaft und Kunst auf dem Laufenden zu erhalten, Reiseberichte aus bewährter Feder (wer kennt nicht Bayard Taylor, den berühmten Reisenden der New-Yorker Tribüne) und andere Beiträge zur Länder- und Völkerkunde, Notizen über und für den Ackerbau und die Industrie des Landes und fremder Länder, und nebenbei ein reiches

Feuilleton selbstständiger literarischer Arbeiten — die Spalten jeder größeren Zeitung füllen. Der Ton und Geist der Presse der Bildungspartei ist in der Regel ebenso anständig, populär-wissenschaftlich und gediegen, als dieselben bei der gegnerischen Presse das Gegentheil sind.

Eine besondere Industrie verwandter Art ist die der Schulbücher, Schulkarten, Globen, Schultische und Bänke, der physikalisch-chemischen Apparate für Schulen und hundert anderer Schulbedürfnisse, womit einerseits gewisse Buchhandlungen, andrerseits besondere Möbel-Fabrikanten beschäftigt sind. Einzelne Schulbücher werden in Millionen von Abzügen jährlich verkauft und sind trotz schlechten Einbandes für den mäßigen Preis viel besser ausgestattet, als in Deutschland bis vor Kurzem der Fall war. Schultische und Bänke von höchst zweckmäßiger und geschmackvoller Konstruktion werden jährlich zu Zehntausenden verkauft, und alle diese und verwandte Gegenstände empfehlen sich in gewisser Rücksicht vor denen anderer Länder, besonders in Rücksicht auf Erleichterung des (oberflächlichen) Lernens, auf Gesundheit der Schüler und ihre Beeinflussung durch lauter schöne, reinliche, zierliche Umgebungen. Gegen die Abfassung der Schulbücher läßt sich nur das Eine sagen, daß sie ganz vortrefflich sind für den Selbstunterricht und fast durchaus handwerksmäßige Lehrer voraussetzen. Es gibt eben nur wenig wahrhaft pädagogisch gebildete, denkende, harmonisch entwickelte Lehrer, wenig wahre Erzieher; wenigstens gilt dies von den Mittel- und westlichen Staaten, und nur durch deutsche Einwirkung beginnt dies neuerdings besser zu werden.

Eine sonderbare Art der Industrie ist die Verfertigung von Oelgemälden im Großen, welche das Dutzend mit 5—25 Doll. dem Maler bezahlt und in theuren Goldrahmen der „Stockfisch-Aristokratie“ verkauft werden (so nennt man nämlich die schnell reich gewordenen ungebildeten Spekulanten, welche den Luxus der Gebildeten nachäffen). Obwohl wahre Künstler unter diesen Malern sind (painter wird hier bloß der Anstreicher genannt), welche aus Noth sich so an der Kunst versündigen müssen, so liefern sie doch selten mehr als erbärmliche Kleckserejen. Daß wahrhafte Kunstwerke täglich mehr Abnahme und bessere Preise finden, ist hauptsächlich das Verdienst eines Deutschen, welcher zuerst hier eine Ausstellung von Gemälden der Düsseldorfer Schule veranstaltete. Die Porträtmalerei, welche theuer genug bezahlt wird, ist hierzulande durch deutschen und französischen Einfluß zu wirklichen Kunstleistungen erhoben worden und breitet sich fortwährend aus, trotz des riesigen Marktes, welchen die unübertrefflichen Leistungen der Photographie allen Lichtbildern verschafft haben. Es ist nicht blos die größere Lichtfülle des hiesigen Himmels, es ist auch die gesteigerte Kunst der Arbeiter, was die amerikanischen Lichtbilder so hoch stellt.

Die Industrie der amerikanischen Zahnärzte ist ebenfalls unübertrefflich, wie bereits in Europa anerkannt wird. Man kann auf 5000 Seelen einen Zahnarzt rechnen, und das den Zähnen so nachtheilige Klima gibt ihnen allen Beschäftigung und erklärt die große Entwickelung ihrer Kunst, die in der Verfertigung künstlicher Zähne und Gebisse und in Verhütung der Zahnschmerzen gipfelt. Der Amerikaner kennt Hunderte von Werkzeugen, für jeden möglichen zahnärztlichen Gebrauch berechnet, und ist Meister in deren möglichst schmerzloser Anwendung. Eine fast gleiche Vollkommenheit hat die Manufaktur aller chirurgischen Instrumente und Bandagen, falscher oder künstlicher Arme, Beine und anderer Glieder erreicht, woran die viel größere Zahl der körperlichen Unfälle hierzulande schuld ist. Doch zählt die Klasse der Wundärzte neben wenigen ausgezeichneten unglaublich viel Pfuscher, wie schon der jetzige Krieg ausreichend bewiesen hat. Die Industrie der Patent-Medizinen (Wunder- oder Universalmittel) ist riesig zu nennen; denn der Glaube des Anglo-Amerikaners an solche Mittel ist rührend groß und kann Berge versetzen — wir sprechen natürlich von der roheren Bevölkerung. Es gibt Industrielle dieser Art, welche steinreich geworden sind und noch werden und wahre Paläste sich erbaut haben. Sonst ist die pharmaceutische Industrie nur schwach im Lande vertreten und hat ein großes Feld vor sich.

Zur Industrie muß man auch die Kunstgärtnerei hierzulande rechnen. Nur eine Anstalt dieser Art — auf Lang Island — scheint das ganze Gebiet derselben zu umfassen; die übrigen werfen sich ausschließlich auf Erzeugung einer oder weniger Sorten Waare, für welche ein ausgezeichneter Absatz immer sicher sein wird — natürlich nur in der Nähe der größeren

Städte. Die Deutschen haben vorwiegend dieses Geschäft in Gang gebracht, und anglo-amerikanische Gentlemen farmer wetteiferten mit ihnen in Einzelheiten, besonders in der Zucht edler Birnen, Aepfel, Johannis- und Erdbeeren, feiner Gemüse und Blumen. Der Sämerei- und Pflanzenhandel ist noch sehr unsolid, soviel auch die Unionsregierung und Ackerbau-Gesellschaften gethan haben, das Veredlungswerk zu fördern. Es bedarf übrigens hier noch der Erwähnung, daß, während der Handel mit Guano und die Industrie künstlichen Düngers bedeutend ist, noch immer der Naturdünger, welchen die Großstädte erzeugen, ganz unbenutzt bleibt und durch die Wasserleitungen und Abzugskanäle in die Flüsse gespült wird, dieselben verschlammend und die Luft verpestend. Pläne werden freilich häufig genug besprochen, wie dem zum allgemeinen Besten abzuhelfen sei; aber die Verwaltung der Großstädte ist fast ausnahmslos im Monopol der Pöbelpartei, die auch für die elende Straßenreinigung in den Mittel- und westlichen Staaten verantwortlich ist, und wenn nicht das Landvolk ein Erbarmen hat und durch die Staatslegislaturen die Städte zu besserer Oekonomie und Gesundheitspflege zwingt, so helfen die besten Pläne nichts. Schließlich ist zu sagen, daß die Industrie der Butter- und Käsegewinnung, sowie der von Eingemachtem, getrockneter Milch, Pemmikan und anderer Dauer-Lebensmittel nicht auf die Neuengland-Staaten beschränkt ist, sondern auch in ganz vorzüglicher Güte in den Staaten New-York, Pensylvanien und weiter westwärts — vorzüglich von

Deutschen, aber auch von Yankee-Farmern betrieben wird und sich neuerdings (besonders was Butter betrifft, auch auf dem englischen Weltmarkte bemerklich gemacht hat.

Dieses Bild der Industrie der mittleren und westlichen Staaten muß schließlich durch Erwähnung der wahrhaft großartigen Mehlbereitung in den Staaten New-York, Ohio, Illinois und Missouri und den riesigen Gerbereien in denselben Staaten vervollständigt werden, Industrien, welche auch in Europa einen ehrenvollen Namen haben.

Von der Kunst und Wissenschaft, wie sie in den Mittel- und Weststaten herrschen, sei nur wenig gesagt. Was davon die Yankees und die neuere deutsche Einwanderung nicht geschaffen haben, dieses Wenige ist mindestens durch den von ihnen gesetzten Wetteifer und Anstoß befördert werden. Amerika ist hierin Schülerin der alten Welt, hat aber dankenswerthe Beiträge genug zum allgemeinen Schatz der wissenschaftlichen Erfindungen und Entdeckungen und der künstlerischen Genüsse geliefert. Von den elektrischen Versuchen Benjamin Franklins und der ersten Entdeckung der Periodicität der Sternschnuppen durch Prof. Olmsted an zieht sich eine ziemliche Reihe derselben durch die Unionsgeschichte, von denen nur die Arbeiten Fremont's, Squièrs, Schoolcrafts im Gebiete der Erd- und Völkerkunde, die Entdeckung der schmerzstillenden Kraft des Schwefeläthers durch Morton, die Früchte der Kane'schen Nordpolfahrt, die Verdienste des Smithson'schen Instituts in Washington um die

Meteorologie genannt werden sollen. Häufig waren Deutsche im Dienste der Wissenschaft hierzulande thätig; sie begleiteten fast alle auf Regierungskosten ausgesandten Erforschungszüge im Westen und thaten in der Regel die beste Arbeit dabei, ohne ihre Namen nur veröffentlicht zu sehen. Viele von Deutschen gemachte schöne und wichtige Erfindungen sind unter anglo-amerikanischen Namen patentirt worden, weil es den Erfindern an Mitteln fehlte, ein Patent zu bekommen oder zu verwerthen. Daß die Wissenschaft hierzulande sogar noch mehr Charlatanerie treibt, als hier und da in Europa, braucht man kaum zu versichern — lassen sich doch selbst Männer wie Maury und Agassiz dazu herab. Mit der Kunst ist es womöglich hierin noch schlimmer, am Schlimmsten mit der Schauspielkunst, welche in der Regel unerträgliche Coulissenreißerei und Effekthascherei treibt. Neulich hat ein hier aufgewachsener Deutscher, Herr Daniel Bandmann, den Anglo-Amerikanern zu zeigen unternommen, wie man Shakespear'sche Charaktere naturtreu und lebenswahr darstellen muß, und sein Genie sicherte dem kühnen Unternehmen die Bewunderung des urtheilsfähigen Publikums. Daß die besten Bauwerke im Lande von Deutschen herrühren, ist drüben noch nicht genug bekannt; wir erwähnen hier nur das Wunderwerk des Herrn Röbling, die Niagara-Hängebrücke aus Kupferdraht, von ihm durchaus selbst entworfen und gefertigt, die nicht minder wunderbaren Eisenbahnbrücken von Easton, Nashville und zahlreiche andere aus hölzernem Hängewerk, und den New-Yorker Krystallpalast (1855 niedergebrannt). Ganz Yankee-Erfindung sind die unübertrefflichen Dampffährboote mit ihren elastischen Landungsdocks und Brücken, welche zu sehen, allein eine Reise nach Amerika lohnt. Das Beste am Washingtoner Kapitol, diesem Riesen-Flickwerk, ist von Deutschen. Daß Amerika seine erste Eisenbahn (von Tamaqua nach dem Schuylkill) und die Entdeckung seines Kohlenreichthums einem Deutschen, Herrn Friedrich List, verdankt, weiß man drüben, aber hier wissen es nur sehr Wenige. Am Wenigsten unter allen Wissenschaften vergleichsweise ist hierzulande für Sprachwissenschaft, besonders vergleichende Sprachenkunde gethan worden, weil das Drängen und Treiben des praktischen Lebens hierfür keinen Anstoß bot; zu bedauern ist, daß so die schöne Gelegenheit, eine vollkommnere Kenntniß der Indianersprachen zu erhalten, verloren gegangen ist. An philosophischen Versuchen haben es die „Gottesgelehrten" nicht fehlen lassen; sie stellen aber alle die Philosophie in den Dienst der Kirche. Es ist ungerecht zu sagen, daß in hiesigem Lande die Wissenschaft nur um des praktischen Nutzens willen angebaut werde, nicht um ihrer selbst willen; es sind uns Männer von ächt wissenschaftlichem Geiste genug unter den Yankees bekannt — aber allerdings blutwenige unter den Anglo-Amerikanern der Mittel- und Weststaaten, diesen Utilitariern par excellence.

Nach diesem Ueberblicke über alle Lebensgebiete in den Mittel- und Weststaaten wird folgende schließliche Charakteristik der Bevölkerung derselben gerechtfertigt und begreiflich sein. Bis zum Beginne der neueren deutschen Einwanderung hin (bis 1849) verdanken die Mittelstaaten die Grundlage ihres materiellen Reichthums weit überwiegend der älteren deutschen und germanischen Einwanderung, die Grundlage ihres ideellen aber den Yankees ausschließlich. Die Yankees fühlten und fühlen sich in den Mittelstaaten — außer wo sie ihre zusammenhängenden Ansiedlungen haben — als Fremde, trotz allen wahren und scheinbaren anglo-amerikanischen Patriotismus. Sie haben ihre — allen Anderen schwer sichtbaren — Erkennungszeichen unter einander und begrüßen sich, wenn sie einander in der Mischbevölkerung der Mittelstaaten, oder vollends in den Sklavenstaaten begegnen, mit fast derselben Inbrunst und landsmannschaftlichen Wärme, wie etwa Deutsche, die sich in der Türkei treffen. Sie haben ihre Gesellschaften, welche sich wenigstens einmal im Jahre (am 22. Dezember, dem Jahrestag der Landung der Pilgrim-Väter von 1620 in Plymouth-Bai) zusammenfinden, um ihre Landsmannschaft und geistige Verwandtschaft zu feiern. Was dies sagen will, lernt man erst verstehen, wenn man bedenkt, daß die Einförmigkeit des amerikanischen Bodens und Klimas alle Amerikaner weit stärker an Sprache und Körper uniformirt, als es bei irgend einer anderen Mischbevölkerung der Fall sein kann. Es gehört ein scharfes Auge und ein langer Aufenthalt im Lande dazu, wenn ein Fremder rasch und sicher den Abkömmling der Cavaliere des Südens den kürzlich eingewanderten Britten, den amerikanisirten Deutschen oder

Holländer alter Einwanderung, den amerikanisirten Irländer, Welschen oder Schotten und endlich den eigentlichen Yankee von einander unterscheiden will. Bis zum Beginn des letzten Krieges hin hätte kein Mensch geglaubt, daß diese so einförmige, von der Natur denselben Umwandlungen unterworfene, allen Nationalitäten für ein neues Gepräge auflösende Nation in der That aus drei Nationen bestehe: den Yankees, den Sklavenstätlern und den Mittelstätlern, welche sich wenigstens durch Eines auffällig unterscheiden, durch tiefgewurzelten Widerwillen gegen einander. Aber nachdem der Krieg unbarmherzig die Selbsttäuschung über die Universal Yankee Nation zerstört hat, muß die Naturgeschichte von dieser Verschiedenheit endlich Kenntniß nehmen.

Was die Yankees in ihrer Zerstreuung innerhalb der übrigen Staaten zu einer besonderen Landsmannschaft, ja beinahe Nationalität macht, und was ihnen ebendarum den Widerwillen der Mittel- und Südstätler zuzieht, das ist eben das geistige Band, die geistige Ueberlegenheit, die sittliche Strenge und der daraus unleugbar oft entspringende sittliche Hochmuth, kurz das mehr oder weniger klar ausgesprochene Bewußtsein, daß sie die Partei der Bildung, die Vertreter europäischer Civilisation und die Verfechter der wahren Demokratie sind, welche die Ungunst eines kulturfeindlichen Bodens und Klimas und die importirte Rohheit europäischen Pöbels und europäischer Aristokratie zu bekämpfen und überwinden haben. Man braucht nur die Yankee-Handwerker und Yankee-Farmer, welche in ihrer ungeheuren Mehrheit der Bildungspartei angehören — dieses Mark des Landes — zu beobachten, um sich von dem tiefen Widerwillen der Yankees als solcher vor aller Rohheit, von ihrem Glauben, daß sie das neue Volk Gottes sind, zu überzeugen. Wenn man die drei erwähnten Nationalitäten kurz charakterisiren will, so kann man es am Treffendsten so: die stärkste Leidenschaft der Yankees ist die, durch ihren Geist zu herrschen und zu civilisiren; die stärkste der Cavalier-Bevölkerung ist die, durch ihr angeborenes Herrschertalent über rohe Massen zu herrschen; die stärkste der Mischbevölkerung der Mittelstaaten ist die, durch den allmächtigen Dollar zu herrschen. Herrschen aber wollen sie alle drei, und zu gehorchen dem selbstgegebenen Gesetz verstehen vollkommen nur die Yankees. Der Widerwille der übrigen Amerikaner gegen die Yankees ist also dem Selbsterhaltungstrieb der Rohheit entsprungen, welche sich verzweifelt gegen die Anmaßungen der Wahrheit und Sittlichkeit wehrt und, indem es ihr verborgen bleibt, daß das Anmaßendste in der Welt sie — die Rohheit selber — ist, sich über diese Anmaßung, diesen Hochmuth, diese „Philanthropie" (das Wort bezeichnet hierzulande etwas Abscheuliches) auf's Aeußerste empört. Jetzt wird man drüben verstehen, was die Schimpfnamen für die Yankees-sniveling, hypocritical, rascally, white-livered Yankees, und die Ausdrücke cant (Heuchelei) humbug, Pharisaism, bigotry, Aboliti onism, Red Republicanism of the Yankees zu bedeuten haben.

Wie man übrigens die Yankees nur dann genauer verstehen lernt, wenn man sie ebensowohl in der Zerstreuung unter den Mittel- und Südstädtlern kennen lernt, so ist es mit jedem Volke, jeder Nationalität. Jede offenbart besondere charakteristische Seiten erst in der Zerstreuung unter und Beziehung zu anderen Völkern. Es ist also auch mit den Deutschen nicht anders. Nachdem der Verfasser sie nicht blos zu Hause, sondern auch in der Zerstreuung unter Russen, Polen, Lithauern, Letten, Esthen, unter Anglo-Amerikanern aller Art und Mexikanern studirt hat, traut er sich ein Urtheil über den deutschen Nationalcharakter zu. Man kann besonders in Amerika die Deutschen kennen lernen, wo Schwaben, Baiern, Franken, Hessen, Thüringen, Sachsen und Friesen und germanisirte Slawen, Elsässer, Schweizer, Lothringer, Vlämische und Holländer auf's Bunteste gemischt unter einander und zwischen Anglo-Amerikanern wohnen, und wo die vollständigste Freiheit der Selbstthätigkeit, größte Abwesenheit polizeilicher und administrativer Bevormundung und freiester Umgang aller Berufsklassen und Bildungsschichten mit einander Alles entfaltet, was sich daheim nicht an das Tageslicht wagt. Hier sieht man erst, daß die deutsche Nationalität viel weniger durch Stammesverschiedenheit und landsmannschaftlicheu Widerwillen veruneinigt ist, als man daheim glaubt, weniger als die drei anglo-amerikanischen Stämme, als die Bestandtheile des englischen, oder französischen oder russischen Volkes. Eine oberflächliche Bekanntschaft der Angehörigen der verschiedensten deutschen Stämme schon befreundet sie mit einander so sehr, wie es zwischen Yankees und Südländern, Irländern, Welschen oder Schotten und Engländern, Franzosen und Bretagnern, Groß- und Kleinrussen niemals zu sehen ist. Die Pennsylvanier alter Einwanderung und die Plattdeutschen oder Berliner der neueren fühlen sich nur als Deutsche, nicht mehr als Landsmannschaftler. Wir haben deßhalb ein Recht zu der Annahme, daß das Gerede, welches in Deutschland so oft gehört wird, des Sinnes, als ob das deutsche Volk zuviel landsmannschaftlichen Sondergeist besitze, um eine innige Nationaleinheit anzuknüpfen, und ein Bedürfniß habe, in seinen Einzelstaaten eine „reiche Mannigfaltigkeit besonderer Kultur- und Staatsformen" beizubehalten, — eben bloß ein reaktionäres Gerede ist. Der Deutsche hat ein lebhaftes Bedürfniß nach größtmöglicher äußerer Einheit, eben weil er in seinem ideellen Leben stärker als jede andere Nationalität individualisirt ist, seine selbstständigen Meinungen in religiöser, wissenschaftlicher, künstlerischer und gewerblicher Hinsicht mit ungemeiner Hartnäckigkeit und oft unerträglicher Rechthaberei verficht. Der Deutsche ist ein viel geselligeres und Gemeinschaft bildendes Geschöpf als der Anglo-Amerikaner oder Engländer oder Südeuropäer; aber er hat zu viel Pedanterie, Pflegma und Zanksucht anerzogen bekommen, um schon jetzt das nöthige Talent zur demokratischen Einigkeit in nothwendigen Dingen zu besitzen. Eine ganz kurze Schule unter demokratischen Formen der Gesellschaft würde bei ihm dieses Talent ebenso gewiß entwickeln, wie es beim Schweizer bereits entwickelt ist. Einstweilen gilt der Satz, daß der Deutsche nur als Einzelmensch, nicht als Sammelwesen seine größte, und zwar eine unübertreffliche, Tüchtigkeit entwickelt. Eben deßwegen haben hierzulande die Deutschen alter Einwanderung, welche beim Verlassen des alten Vaterlandes eine so erbärmliche politische Schule durchgemacht hatten, eine so passive und schmachvolle politische Rolle durchgemacht hatten, eine so passive und schmachvolle politische Rolle gespielt. Die neuere Einwanderung seit 1849 hat in den letzten 10 Jahren die im alten Vaterlande bestandene bessere Schule wunderbar benutzt. Zur Zeit, als sie zu Hunderttausenden Bürger wurden und Stimmrecht erhielten, wüthete die Knownothing-Bewegung, welche von den Sklavenhaltern mittels der blutigen Verfolgungen in Louisville, Baltimore, St. Louis u. s. w. zu dem Zwecke überstürzt wurde, um die Million neu zugewachsener fremder Stimmen der Sklavenhalter-Democratie als Bundesgenossen gegen die Bildungspartei zuzuführen. Mit den Irländern gelang dies bis heute, theils auf Betrieb der katholischen Kirche, theils weil der Name der „demokratischen Partei“ sie irre leitete, theils durch die natürliche Anziehungskraft, welche die Rohheit auf die Rohheit ausübt. Mit den Deutschen gelang es nur wenige Jahre lang; dann gravitirte ihre überwiegende Mehrzahl, und zwar alle besseren Elemente, ganz in dem Maße, wie ihre Bekanntschaft mit den politischen Verhältnissen des Landes wuchs, unwiderstehlich der Partei der Bildung zu. Diese Mehrzahl, und noch mehr die wenigen Männer, welche sie allmälig auf die bessere Seite herüberzogen, hatte einen schweren Stand. Sie hatte ihren gerechten Haß gegen den Nativismus zu beschwichtigen; die von deutschen „Demokraten" erhobenen Beschuldigungen, daß sie mit den Knownothings Hand in Hand ginge, zu ertragen; ihren Widerwillen gegen die übertriebenen und trennenden Sunday und Maine Law Bestrebungen der Yankees und die religiöse Bigotterie der Anglo-Amerikaner überhaupt zurück zu stellen und obendrein den Yankees, welche so grundsatzscheu und unfolgerichtig im Parteikampf auftreten, die Fahne der Prinziptreue gegen die ewigen Menschenrechte voranzutragen. Ohne ihre Stimmen wäre im Jahre 1860 kein Sieg der Gegner der Sklaverei nur entfernt denkbar gewesen. Sie waren es, welche die Staaten Illinois, Indiana, Ohio, Wisconsin und Iowa für die gute Sache gewannen, in New-York und Pennsylvanien sehr viel zum Ausschlag derselben beitrugen. Seitdem haben sie mindestens 80,000, vielleicht 100,000 Freiwillige, lauter Bekämpfer der Sklaverei und Aristokratie, in's Feld gestellt, den Staat Missouri dem Sonderbunde entrissen und die Staaten Maryland, Westvirginien und eine Hälfte von Louisiana für Abschaffung der Sklaverei gewinnen helfen. Sie haben Außerordentliches gethan, um die Partei der Bildung zur richtigen Auffassung dessen, was der jetzige Parteikampf und Krieg bedeute und zur Folge haben, wie der Krieg geführt und seine Wunden geheilt werden müssen, zu bringen. Und die besseren Elemente unter den Anglo-Amerikanern würdigen dies, so daß die

Deutschen nach siegreicher Niederwerfung des Sonderbundes einen mächtigen Einfluß auch in der Politik des Landes erwerben müssen.

Es wird hier am Platze sein anzugeben, wie die Partei der Bildung zusammengesetzt ist. Sie besteht aus etwa neun Zehnteln der unzerstreut lebenden Yankee-Bevölkerung und aus etwa zwei Dritteln der zerstreut in den Mittel- und Weststaaten lebenden; aus etwa zwei Dritteln der neueren deutschen Einwanderung (das Verhältniß ist günstiger im Westen, als im Osten, wo gerade die ärmsten und geistig unselbstständigsten Einwanderer hocken bleiben); aus etwa zwei Dritteln der älteren holländisch-deutschen Einwanderung des Staates New-York und aus etwa einem Drittel der älteren deutschen Einwanderung von Pennsylvanien und ihrer Kolonien; endlich aus den protestantischen Irländern, den Welschen, Skandinaviern, Holländern neuerer Einwanderung und Ungarn fast ohne Ausnahme, und aus kleinen Bruchtheilen der übrigen amerikanisirten Mischbevölkerung, zusammen aus etwa 12 bis 13 Millionen Seelen, welche nahezu 2 Millionen von den fünf und ein halb der Wahlstimmen werfen und eine Mehrheit in allen nördlichen Staaten außer New-Jersey und Californien und Oregon bilden — eine sehr kleine freilich in den Staaten New-York und Pennsylvanien, Illinois und Indiana, so daß schon die Abwesenheit ihrer fast rein unionistisch gesinnten Soldaten im Unionskriege bei den Herbstwahlen 1862 das Stimmübergewicht in diesen vier Staaten wieder auf die „demokratische“ Seite warf.

In Bezug auf Gemeinsinn, auf Opferwilligkeit für Bildungszwecke, auf Durchschnittsbildung der Massen und Reife zur Selbstregierung wird der Deutsche vom Yankee übertroffen. Dagegen übertrifft er ihn um eben so viel an Folgerichtigkeit des Denkens, Begeisterungsfähigkeit und Hingebung für humane Zwecke und an Gründlichkeit der Bildung in den gebildeteren Schichten, sowie an gründlicher Berufsbildung, Fleiß, Ausdauer, Sparsamkeit und Kunstsinn in den weniger gebildeten Schichten. Der Deutsche ist geizig für das Gemeinwohl, freigebig fast nur für sein Vergnügen; er ist kleinlich und eitel, schwer zu belehren, streitsüchtig und, wo er von gebildeten Elementen nicht genug durchsetzt ist, höchst beschränkt, schwerfällig und ein Gewohnheitsgeschöpf. Es fehlt ihm mit ganz wenigen Ausnahmen die Gabe der politischen Initiative, der Thatkraft und Entschlossenheit für Durchführung seiner Grundsätze, das Selbstvertrauen und die stolze Selbstachtung. Indeß mit all' seinen Fehlern ist er ein unschätzbarer Gewinn für dieses Land seiner Wahl. Der Grund, worin am Ende alle seine erwähnten Fehler wurzeln, sein Phlegma, oder, wenn man lieber will, seine Gemüthlichkeit, ist gerade das, was ihn befähigt, dem abspannenden und früh reifenden und alternden Klima des Landes und dem uniformirenden Boden am längsten Widerstand zu leisten und Kultureinflüsse zu schaffen, welche den schädlichen Natureinflüssen die Waage halten. Die deutsche Nationalität ist, wie ihr heimathlicher Boden allein unter allen vier gleich lange Jahreszeiten und einen wirklichen Frühling und Herbst hat, so auch die einzige in der Welt, welche ewig jugendlich bleibt, und deren Angehörige im Kindesalter wirklich Kind, im Jünglingsalter Jüngling und Jungfrau, im Mannesalter wirklich Mann und Weib, und im Greisenalter noch immer elastisch, frisch und jung am Geiste zu sein vermögen. Deutsche Kinder hier zu Lande unterscheiden sich von anglo-amerikanischen auffällig durch eine weit größere Kindlichkeit, Lebhaftigkeit und Natürlichkeit, selbst Kinder aus Mischehen, und die in der zweiten und dritten Generation Amerikaner sind; sie haben eine viel unbändigere, sprudelndere Lebenskraft, sie sind deshalb auch schwerer zu erziehen. Die bäurische Stumpfheit und Schwerfälligkeit so vieler Eltern verschwindet; eine größere Fülle von Begabung entwickelt sich, und ihre Liebe zu und Achtung vor Eltern und Lehrern ist, wenn auch geringer als bei Kindern in Deutschland, doch bei Weitem größer als bei anglo-amerikanischen. Endlich unterscheidet sich auch in seiner Ausartung noch der Deutsche stark vom Anglo-Amerikaner. Er mag gemein und kriechend, viehisch-sinnlich und roh werden; aber er wird kaum je so niederträchtig, boshaft und schuftig als der ausgeartete Yankee und Anglo-Amerikaner. Mit einem Worte: Der Deutsche ist bestimmt, die Erbschaft aller übrigen Anglo-Amerikaner anzutreten, sie zu einer neuen Nationalität zu verschmelzen, welcher er selber Kulturgesetze gibt, und selbst seine Sprache und Literatur hier aufrecht zu erhalten. Es ist schon oft von anglo-amerikanischen Physiologen und Aerzten bemerkt worden, daß die Zeugungskraft ihrer Rasse im Abnehmen begriffen sei und immer neuer Auffrischung durch vollsaftige Naturelle, wie das germanische und irische sind, bedürfe. Den Deutschen dagegen ist wohl bekannt, daß, im Osten wenigstens, reicher Kindersegen fast nur noch bei Einwanderern zu finden ist, daß die Anglo-Amerikaner, wenigstens der Städte und die wohlhabenden, ihn als etwas Lästiges und künstlich zu Hintertreibendes betrachten. Endlich steht es fest, so wenig auch der Census darüber Auskunft gibt, daß das Sterblichkeits-Verhältniß unter den einmal akklimatisirten Deutschen geringer ist, und die Anzahl ihrer Ehen größer, als bei jeder anderen Nationalität im Lande. „In hundert Jahren," sagte uns ein älterer und aufmerksamer Beobachter, der die meisten Theile des Landes gesehen hat, „werden die Deutschen die große Mehrheit der Bevölkerung bilden." Und wir sind davon sogar überzeugt, wenn wir bedenken, daß deutsches Blut in einem Drittel der ganzen weißen Bevölkerung strömt; daß der Amerikanisirungsproceß fast aufgehört und in einen Germanisirungsproceß überzugehen angefangen hat; und daß die Quellen jeder anderen Einwanderung fortwährend in demselben Maaße abnehmen, wie die der Deutschen reichlicher fließen und fließen müssen, weil sie das bevölkertste aller europäischen Mutterländer hinter sich stehen haben.

Im Nordwesten ist der deutsche Einfluß in einer breiteren A u s d e h n u n g, im Osten in einem höheren G r a d e bereits eine unwiderrufliche Thatsache geworden.

Dort thun die Politiker seit Jahren nichts Wichtiges mehr, ohne sich vorher des Beifalls der Deutschen zu versichern; dort sind schon an vielen Orten Lehrer der deutschen Sprache an den Volksschulen angestellt; dort haben die Deutschen nahezu ihren gehörigen Antheil von Aemtern; dort tritt der irische Einfluß in den Hintergrund, und Anglo-Amerikaner und Deutsche kommen in eine innigere Berührung, Mischehen und Geschäfts-Verbindungen zwischen beiden Nationalitäten sind ziemlich häufig; die Ansiedelungen derselben laufen bunter durcheinander; ein strenges Sonntags- oder Temperenzgesetz wäre unmöglich; die Anglo-Amerikaner nehmen zahlreich an den Vergnügungen der Deutschen Theil und schließen sich weniger von ihnen ab; sie finden Geschmack an dem edleren Lebensgenuß und der „gemüthlichen Geselligkeit" der Letzteren und achten sie mehr. Sie haben es freilich auch mit einer in Lebensstellung und Ansichten unabhängigeren Klasse von Deutschen zu thun; dort leben sich endlich auch die Deutschen alter Einwanderung immer mehr mit denen der neueren harmonisch in einander hinein. Hier, im Osten, gibt es zwei ziemlich schroff geschiedene Schichten von Deutschen: die gebildetere und die rohere Klasse, welche unter einander weniger Zusammenhang haben, als unter sich und mit Anglo-Amerikanern und anderen Nationalitäten. Die Ersteren sind der geistige Sauerteig geworden, welcher die besseren Anglo-Amerikaner durchsäuert und ideell wiedergebiert; die Letzteren gehen, soweit sie zu alt zur Verjüngung sind, im Biersaufen und Proletariat unter, die Verjüngungsfähigen aber werden gerade hier zu Lande rascher auf eine höhere Gesittungsstufe steigen, als sie es im alten Vaterlande gekonnt hätten. Wir legen kein sonderliches Gewicht darauf, aber es ist doch merkwürdig, daß auch im Osten die Deutschen gewisse nationale Sitten und Lebensgenüsse schon fast allgemein eingebürgert haben. Man feiert jetzt allgemein das Weihnachtsfest auf deutsche Art; man gestattet sich mehr Festtage zur Erholung von der angestrengten Berufsarbeit; man findet Geschmack am deutschen Bier, leichten Weinen, deutschen Volksfesten, Gesang- und Turnvereinen, deutscher Geselligkeit überhaupt, und man ahmt sie nach; man trägt fast allgemein den vollen deutschen Bart; man feiert die Sonntage weniger auf puritanische, als auf deutsche Art (wenigstens in den Mittelstaaten); man bewundert deutsche, selbst streng klassische Musik, und dieselbe verdrängt immer mehr das italienische Gedudel und die rohe amerikanische Musik; man besucht deutsche Maskenbälle und Theater; man wählt Deutsche in wichtige Aemter und sieht sie gern in Freimaurerlogen und geselligen Zirkeln; Zwischenheirathen und Geschäftsverbindungen zwischen beiden Nationalitäten kommen vor, und der Umgang zwischen ihnen ist entschieden nicht mehr feindselig. An Beweisen endlich davon, daß die Deutschen aufhören, ihre Nationalität wegzuwerfen und eine fremde nachzuäffen, fehlt es nicht; es ist sogar sehr allgemein unter ihnen jetzt ein gewisser Grad von deutschem Nationalitätsstolz bemerklich, der sich durch die Wahrnehmung erzeugt hat, wie schlecht im jetzigen

Kriege die Anglo-Amerikaner die Probe auf ihre so keck behauptete Ueberlegenheit über alle anderen Menschenkinder bestanden haben, und wie vortrefflich gerade die Deutschen.

Nach dem bisher über die Mittelstaaten Gesagten kann man sich selbst ein Urtheil über den Charakter der Bevölkerung in denjenigen Bezirken bilden, in welchen die Nationalitäten sich mischen, und welche nach dem Gesetz der gegenseitigen Anziehung des Verwandten durch Einwanderung gerade die Extreme europäischer Civilisation massenhaft in sich aufnehmen müssen. Gerade diese Mittelstaaten sind es, welche europäische Reiseschriftsteller fast allein kennen lernen und nach welchen sie die ganze Nation beurtheilen, und in diesen Mittelstaaten sind es hinwieder die Mischbevölkerungen an den großen Handelsstraßen hin, welche beschrieben und als Maaßstäbe hingestellt werden. Kein Wunder, daß nach all' den hundert Berichten aus hiesigem Lande, welche drüben schon erschienen, und von denen die des Grafen Baudissin, des Herrn Eduard Pelz, der beiden Trollope, des Herrn Julius Fröbel, und die neueren Schilderungen des Herrn Karl André die oberflächlichsten sind, noch immer die falschesten Vorstellungen über Land und Leute in der Union herrschen. Wir könnten solche Schriftsteller nennen, welche nie über New-York hinausgekommen sind und gleichwohl drüben sich für verläßliche Quellen der Belehrung über hiesige Zustände ausgeben; Leute, welche nicht zehn Worte richtiges Englisch reden können und doch als Haupt-

Korrespondenten der deutschen Zeitungen aus der Union wirken, und ähnliche Beispiele unberufener Quellenschriftstellerei mehr. Nach Philadelphia, Cincinnati, St. Louis, Chicago, Baltimore, Washington, und vollends New-York das Land beurtheilen zu wollen, welche Vermessenheit!

Amerika ist eben das Land der Extreme, und Europa hat ihm durch die große Mehrzahl der herübergesandten und drüben unbrauchbaren Elemente geholfen, es immer mehr zu werden. Das eine der Extreme, die Rohheit, die Oberflächlichkeit, die Unsittlichkeit der hiesigen Mischbevölkerung sind drüben geschildert worden, und zwar selbst dieses, dem Streben „pikant" zu sein, zulieb vielfach auf Kosten der Wahrheit; das andere ist nur gelegentlich und obenhin berührt worden! Man kann in New-York unter zehn Gesichtern, die man auf der Straße trifft, kaum eines finden, das einem nach „Menschen" suchenden Diogenes nur einigermaßen gefallen könnte. Die Geldgier, die Rohheit gröberer und feinerer Art, die gemeinsten Leidenschaften prägen sich nur zu deutlich aus. Man kann kein Zeitungsblatt einer der Großstädte in die Hand nehmen, ohne über die Masse der begangenen Verbrechen und Vergehen zu staunen. Ja, man kann zehn Jahre in einer dieser Großstädte gelebt, und die Kehrseite dieses Bildes der Rohheit doch nie kennen gelernt haben, weil dazu gehört, daß man in gewähltere Kreise eingeführt sein, ihre Sprache gewandt sprechen und die eigenthümlichen Verhältnisse, unter denen hier die Kultur mit der Unkultur kämpft, würdigen gelernt haben muß. Wenn man das folgende Kapitel gelesen und beherzigt hat, wird man zugeben müssen, daß ohne das Bestehen der Sklaverei im Lande auch die Mittelstaaten ein nur freundliches und erhebendes Kulturbild darstellen würden. Selbst so aber wie es ist, bietet es mehr Licht- als Schattenseiten. Wo freie Bewegung der Menschennatur herrscht, erzeugt jedes Gift von selber sein Gegengift, auch unter sehr ungünstigen Umständen. Die Bestrebungen zur Hebung der roheren Klassen nehmen raschen Fortgang. Die Vereine zu diesem Zwecke sind zahlreich. Es sind Modellhäuser gegründet worden, um für einen billigen Miethzins den ärmeren Leuten eine menschenwürdige Wohnung zu geben und civilisirende Einflüsse auf sie einwirken zu lassen. Es gibt eine Gesellschaft, welche schon viele Tausende der verwahrlosten Pöbelkinder versorgt hat, indem man sie eine Zeit lang erzog und dann in guten Farmerfamilien des Westens unterbrachte. Vereine zur Hebung gefallener Frauen, zur Besserung entlassener Sträflinge, Arbeitsschulen für die verwilderte Jugend, Anstalten der inneren Mission im Sinne der Humanität überhaupt blühen sichtlich auf. Das Schulwesen, obwohl innerhalb der Großstädte theilweise noch in unberufenen Händen, macht entschiedene Fortschritte zum Besseren. Die bessere Presse arbeitet mit ungemeinem Eifer an Plänen zur Versittlichung des Volkes und kommt glücklicherweise dabei immer mehr von dem Irrwege ab, eine solche durch Zwangsmittel befördern zu wollen. Mit Beseitigung der Sklaverei im Süden wird bald der feste Grund gewonnen werden, um neue Zustände, einen besseren Volksgeist, ja eine Wiedergeburt der Nation auch in den Mittelstaaten heraufbeschwören zu können.

Sechstes Kapitel.

Land und Leute in den Sklavenstaaten.

Wenn man auf dem Wege von New-York nach Süden die flachen Küstenstrecken von New-Jersey und Maryland hinter sich hat, tritt wieder ein stark hügeliges Gebiet an die Einbuchtungen des Meeres heran, sowie man die Chesapeakbai erreicht. Aber schon südwärts vom Rappahannock kehrt die Ebene zurück. Die Abdachung der Alleghanies auf der atlantischen Seite wird immer allmäliger, weil ihr Abstand von der Küste zunimmt, und sie südlich von Virginien bedeutend an Höhe abfallen, und damit zieht sich das Hügelland weiter von der Küste zurück. Eine Folge davon ist die Lagunenbildung längs der ganzen Küste, wie sie auch in New-Jersey schon auftrat, und mit dieser kommt Marsch- und Sumpfland, das als ein nach Süden zu immer breiter werdender zusammenhängender Gürtel bis an das ferne Hügelland hinanreicht. Wäre die Bewässerung weniger üppig, so würde dieses ein Haideland bilden; jetzt ist es reiches Waldgebiet, großentheils mit der Terpentinfichte bestanden. Ganz Florida, welches übrigens aus vier concentrischen Korallenbänken entstanden ist, gehört noch dem Marsch- und Sumpfgebiet, der größere Theil von Georgien, den Karolinas und das südlichste Virginien dem Gebiet der Terpentinfichte an. Die äußere Reihe von Inseln und Halbinseln dieser Staaten ist von festem Sandgrund; unmittelbar dahinter kommt der Saum von baumlosen Marschinseln und Halbinseln, und der Sumpfboden, mit üppigem Laubwald und Immergrünbäumen und mit Palmettas bewachsen, zwischen welche sich ein Dickicht von wilden Weinreben und allerhand Rankengewächsen schlingt, reicht von 5 bis 25 Meilen weit in's Innere, von höheren Landzungen Fichtenbodens durchfurcht. Dies und die durchaus sich gleichbleibende südöstliche Richtung der Flüsse und Längenthäler gibt dieser ganzen Abdachung den Charakter hoher Einförmigkeit. Jenseit der Alleghanies lehnt sich an diese ein fast waagrecht geschichtetes Kalkgebirge, das stufenweise in die Mississippi-Ebene herabsinkt, an wenigen Stellen an diesen Fluß heranreicht (Bluffs), an der Oberfläche aber ebenso wasserarm, wie am Fuße der Stufen wasserreich und überall da sumpfig ist, wo Thonschichten mit Kalkschichten wechseln und zu Tage treten.

Jenseit des Flusses, wo es keine Bluffs gibt, erhebt sich das Land sogar noch allmäliger aus den Sümpfen durch sanftes Steigen und schroffe Stufen abwechselnd zu dem fast waagrechten und 6—7000 Fuß hohen Kalkplateau, aus welchem das Urgebirge der Rocky Mountains hervorbricht. Die trockneren Hochebenen sind mit lichtem Cedernwalde oder weiter westlich mit Prärie, die Hügel- und Gebirgslandschaften mit üppigem Fichtenwalde bedeckt. Die Flußthäler mit ihren Bottoms (das eigentliche Bett bei höchstem Wasserstande) tragen auf ihrem überaus reichen angeschwemmten Boden Laubwald, von Immergrünbäumen je weiter südlich desto mehr durchsetzt und von Schlingpflanzen durchwachsen. Die Marsch- und Sumpfbildung mit vorliegenden Sandinseln kehrt am ganzen Golfe hin wieder und reicht bis Galvestonbai. Das ganze angeschwemmte Delta von Louisiana ist ein dreifacher Gürtel von Sandinseln (ganz schmal) von baumlosen Marschen, durchschnitten von Kanälen und von Laubwaldsümpfen, in welche schmale Landzungen von Fichtenwald hereinragen und Flußarme (Boyous) nach allen Seiten netzförmig verlaufen.

Damit ist gesagt, daß der Boden der Sklavenstaaten den Charakter noch größerer Einförmigkeit trägt, als der der Mittelstaaten. Es ist mit dem Klima ebenso. Die Zahl der Regentage im Jahre nimmt von Norden nach Süden hin ab, die Regenmenge aber zu, während sie jenseit des mittleren Mississippi ebenfalls rasch abnimmt. Es wechseln also sehr lange Trocknisse mit gewaltigen Regengüssen. Veränderlicher Niederschlag herrscht blos auf den Gebirgen; in den Ebenen ist Schnee, welcher obendrein in einem halben Tage schmilzt, eine überaus seltene Erscheinung. Der Winter besteht aus einem raschen Wechsel von Regengüssen oder Kahlfrösten mit frühlingsähnlichen Tagen. Der Spätsommer und Herbst ist sehr trocken. Was die Frühlingsgewitter betrifft, so wechseln mehrjährige Perioden, in denen sie ganz ausbleiben, mit solchen, in welchen sie im Uebermaß auftreten. Es gibt nur wenige Kulturpflanzen, welche ein solches Klima Jahr aus Jahr ein ohne Mißwachs ausstehen können, und ihr Anbau beschränkt sich natürlich auf das lockere Bottomland, welches von der Natur zum Schwamme gemacht ist, der in trocknen Zeiten die Feuchtigkeit aus Luft und tieferen Bodenschichten auffsaugt, in nassen das Uebermaaß der Feuchtigkeit nicht festhält. In der Fichtenregion müßte alles Ackerland tief dränirt, oder tief gepflügt werden, um regelmäßige Erndten von Getreide zu liefern, wofür der Boden sonst wohl geeignet ist; soweit versteigt sich aber der Unternehmungsgeist der Einwohner nicht. Die Fichtengegend ist deshalb nur spärlich angebaut, wird vielmehr auf die Gewinnung von Terpentin, Pech, Theer, Asche und hier und da von Brettern, Pfosten und Schindeln benutzt. Die Sommerhitze ist an sich nicht übermäßig, weil ganz im Verhältniß, wie sie anwächst, an der atlantischen Küste der Seewind, an der Golfküste und im ganzen Becken der äquatoriale Passatwind anwächst und Kühlung bringt; aber sie wird erschöpfend durch ihre sieben- bis neunmonatliche Dauer und die während derselben allzugroße Trockenheit der Luft, sowie durch die übermäßige Feuchtigkeit derselben im Winter. In den Monaten zwischen Oktober (weiter südlich December) und März finden die schroffsten Temperaturwechsel statt, oft 30 Grad Réaumür im Laufe eines Tages betragend, während im Sommer die Nacht nur mäßige Abkühlung mit starkem Thau und vielem Wetterleuchten bringt, und auf die kühlenden Regengüsse mit dem Westwinde unmittelbar wieder Trockenheit und Schwüle eintritt (eine auch weiter nördlich auffallende Erscheinung.) Das Klima ist gesund genug und für den Weißen erträglich, wenn man sehr reinlich, sehr mäßig und sehr vorsichtig in der Wahl seiner Wohnung, Kleidung und Nahrungsmittel und von heiterem gleichmüthigem Naturell ist. Man soll seine Wohnung immer möglichst hoch und so anlegen, daß die herrschenden Winde nicht die Ausdünstungen eines nahen Sumpfes mitbringen können. Im schlimmsten Falle soll zwischen Sumpf und Wohnung der Wald stehen bleiben, um diese Ausdünstungen abzuwehren. Im Sumpfe selber wohnen, mit dem Laubwald über dem Kopfe, ist weit weniger gefährlich, als in dessen Nähe auf entwaldetem Lande. Man soll Jahr aus Jahr ein ein Unterhemd von Flanell tragen, im Sommer einen starken Hut mit Löchern, um die Hitze abzuwehren und die Ausdünstungen des Kopfes abzuleiten, und dicke Schuhsohlen, um die brennende Gluth des Bodens vom Fuße abzuhalten. Man soll sich häufig baden, aber nicht zu viel des immer lauwarmen Fluß- oder Quellwassers trinken, besonders des ersteren. Der noch nicht Akklimatisirte hüte sich sehr vor plötzlicher Durchnässung und dem Thaue bei Tagesanbruch; der Akklimatisirte mag Tage lang ohne Erkältung im Wasser herumwaten oder sich dem Regen aussetzen. Der Erstere soll ein oder zwei Jahre lang schwere und viele körperliche Arbeit und Anstrengung vermeiden, vorzüglich im Sommer und um die Mittagsstunden; die mildere Natur erfordert auch weniger Arbeit zum Lebensunterhalte. Uebrigens bauen Deutsche in West-Texas, arme Anglo-Amerikaner in Alabama, Florida und anderen Golfstaaten Zucker, Baumwolle und Bergreis ohne Gefahr für Gesundheit und Leben, und die irländischen Lastträger auf den Levees von New-Orleans haben längst die Neger verdrängt, ohne daß sie eine ungewöhnliche Sterblichkeit aufwiesen. Es ist eine vollkommen widerlegte Lüge, daß nur Neger im Stande seien, unter dem Himmel der Golfstaaten körperliche Arbeit zu verrichten; vielmehr beweisen die statistischen Angaben des letzten Census, daß für Neger das Klima der Union überall noch zu kalt ist, weil ihre hiesige Sterblichkeit die der Neger in wärmeren Klimaten übertrifft. Zu Bezug auf Nahrung ist alle schwerverdauliche Speise schlechthin zu widerrathen, besonders dem Neuling; Fett ist blos im Winter zulässig; Südfrüchte, besonders Melonen, nur sehr mäßig, wenn auch häufig; schweres Roggenbrot sollte einem aus Mais- und Weizenmehl gemischten wohl gesäuerten Platz machen. Die geringsten Diätfehler können gesundheitsgefährlich und tödtlich werden, wenigstens für den Neuling; denn die Eingebornen führen, verhältnißmäßig ungestraft, die unverdaulichste Kost, die Verf. dieses in seinem Leben kennen gelernt hat. Gebratener Speck (geräuchert), heißes Maisbrot, mit Saläratus oder Soda gesäuert und dennoch schlecht gegangen, und schwarzer Kaffee, in eisernen Töpfen gekocht, sind die Gerichte, welche eine ungeheure Mehrheit der Einwohner der Sklavenstaaten dreimal täglich und mit kurzen Unterbrechungen das ganze Jahr genießt; was sonst noch darüber auf den Tisch kommt, ist in der Regel noch unverdaulicher. Geistige Getränke sollten nur stark mit Wasser verdünnt genossen werden; leichte Weine sind geradezu ein Bedürfniß, müssen aber doch mäßig gebraucht werden. Gegenwärtig herrscht Völlerei unter den Weißen.

In dieses zu Ausschreitungen in jedem Sinne geneigte Klima und auf diesen verflachenden einförmigen Boden kamen diejenigen Kolonisten, welche wir in der Einleitung geschildert haben, Adelige und Abenteurer als Grundeigenthümer, und Verbrecher und Straßendirnen aus den englischen Gefängnissen als Zwangsarbeiter, und später aus Afrika eingeführte Negersklaven, um die Stelle dieser freigewordenen weißen Sklaven zu ersetzen. Den ersten Adeligen und Abenteurern wanderten in den Cromwell'schen Zeiten zahlreiche Kavaliere nach und nahmen ihren normannischen Adelsstolz, ihren Arbeitshaß, ihre Verachtung der puritanischen Sittenstrenge und ihre Liederlichkeit mit. In Maryland siedelten sich außerdem englische Katholiken von guter Familie an, welche zur Zeit der Katholikenverfolgungen ausgewandert waren; in Süd-Karolina französische Hugenotten; in Georgien die Reste der protestantischen Salzburger, welche England erreicht hatten und dort nicht elend umgekommen waren; im westlichen Maryland und nördlichen Virginien ließen sich längs der beiden Abdachungen deutsche Pennsylvanier- und Quäker-Kolonien nieder. Mit Ausnahme der letztgenannten Kolonien ist diese adelige und freie weiße Bevölkerung jetzt in eine ziemlich gleichartige anglo-amerikanische Grundherrnklasse verschmolzen, während die aus ehemaligen weißen Leibeigenen entstandene ärmere Klasse in die Gebirgsgegenden und den fernen Westen zurückgewichen ist, nur hier und da noch in kleinerer Anzahl innerhalb der Pflanzungsdistrikte geduldet. In den Städten haben sich Yankees und Anglo-Amerikaner aus den Mittelstaaten, deutsche Kaufleute und Handwerker, irische Tagelöhner und Kapitalisten, Franzosen und die sonstige Mischbevölkerung niedergelassen; es gibt aber wenig Städte, welche diesen Namen verdienen, und nur drei Großstädte: Baltimore, New-Orleans und St. Louis. Louisiana ist vorwiegend von französischen Pflanzern besetzt, deren es auch einzelne am ganzen Mississippi bis nach St. Louis gibt, und West-Texas enthält in zusammenhängenden Ansiedelungen etwa 30,000 Deutsche, vom Mainzer Verein seit 1845 hierher verpflanzt, und eben so viele Mexikaner. Bis zum Bürgerkriege hin gab es immer im Süden, wie in jedem auf Leibeigenschaft und große Grundaristokratie begründeten Gemeinwesen, eine starke wechselnde Bevölkerung von Abenteurern aller Nationen, welche hierher kam, um ein Vermögen zu erwerben und dasselbe dann anderswo zu verzehren, um Pflanzerswittwen zu heirathen, Sklavenhandel zu treiben, zu hausiren, Overseers zu spielen u. s. w.

Eine so bunt zusammengewürfelte Gesellschaft, fast nur durch Gewinnsucht hierher getrieben und sehr wenig Bildung und Bürgertugend mit sich bringend, war es also, welche den Kampf mit einem Klima und Boden aufnahm, kulturfeindlicher als die der Mittel- und Yankeestaaten, und als gesellschaftliche Form, unter welcher dies geschehen sollte, sich die weiße und schwarze Sklaverei und den großen Grundbesitz sofort mitbrachte. Die Ergebnisse sind ganz, was sich unter solchen Umständen erwarten läßt. Die Kultur ist in einem solchen Lande und Gemeinwesen zu fortwährenden Rückschritten, zur Ausartung in die Barbarei verdammt.

Es gibt gewisse Naturnothwendigkeiten, unter welchen jede Aristokratie des großen Grundbesitzes und der Leibeignen-Arbeit sich befindet: die erste und Mitursache der andern allen ist, daß Skavenarbeit nothwendig träge, roh und intelligenzlos ist. Der Sklave hat keinen Beweggrund seine Fähigkeiten anzustrengen, als die Peitsche; er hat kein Eigenthum, wenigstens keinen Grundbesitz, keine Ehre und Auszeichnung, keine wahre Ehe und Familie, keine sittliche Erziehung und geistige Bildung. Gibt man ihm eines oder mehre von diesen Gütern, so macht man ihn zur Sklaverei untüchtig. Erweckt man den Menschen in ihm, so knickt man in ihm das Arbeitsvieh; will man ihn als Arbeitsvieh bewahren, so muß man den Menschen in ihm zu tödten suchen. Die Vertheidiger der amerikanischen Sklaverei haben dies längst eingesehen und sind deshalb so weit gegangen zu behaupten, der Neger habe gar keine Anlage zum Menschen, er sei ein Mittelwesen zwischen diesem und dem Ochsen, er könne nie zur Selbstregierung erzogen und müsse deshalb nach göttlichen und Naturgesetzen und zum Besten aller Betheiligten in der Skaverei ewig festgehalten werden. Diesen Einwand beantworten wir später.

Soll nun der Sklave Sklave bleiben, so daß man ihm nur solche Arbeiten zumuthen, welche kein Nachdenken, keine Geschicklichkeit der Hand, keinen Erfindungsgeist erheischen; so muß also das Gemeinwesen sich auf die rohesten Formen der Arbeit, den rohesten Ackerbau und die roheste Viehzucht, beschränken — es muß mit einem Worte eine Pflanzerwirthschaft werden und selbst den Ackerbau auf ein oder zwei Stapelartikel für den Großhandel beschränken, welche nur rohe Arbeiter erfordern. Hierher gehören, je nach der Durchschnittswärme des Klimas: Zucker, Reis, Baumwolle, Hanf, Tabak und Mais. Und jeder Pflanzer muß sich auf eines dieser Erzeugnisse beschränken. Der Pflanzer selbst, da er nur mit willen- und geistlosen Sklaven zu thun hat, muß zu ihrem Standpunkte herabgezogen werden, er muß allmälig denkscheu und energielos werden und bei Leitung der Sklavenarbeit sich der rohesten ökonomischen Mittel bedienen. Keine Kultur aber ist einfacher und roher als die der Baumwollenpflanze und des Maises. Vom Letzteren haben wir schon gesprochen; die erstere, welche nur im tropischen Klima eine ausdauernde Pflanze, ein Baum, in den Vereinigten Staaten blos ein 4—5 Fuß hoher Strauch wird, verlangt nur einen lockeren, angeschwemmten Boden, um 30—50 Jahre ergiebig auf demselben Felde zu wachsen. Einmal Ackern vor der Saat, das Eineggen oder Einpflügen derselben, zweimaliges Ackern zwischen den Pflanzenreihen nach der Saat um das Unkraut zu vertilgen und den Boden locker zu erhalten — das ist die ganze Arbeit vor der Ernte. Die letztere vertheilt sich, da die Samenkapseln, welche die Wolle enthalten, zu verschiedenen Zeiten reifen, und die Wolle nicht ausfällt, auf nahezu vier Monate, so daß das an sich mühselige Sammeln der Wolle ohne verstärkte Arbeitskräfte beendet werden kann, zumal dabei Kinder und Weiber mithelfen können. Das Entsaamen und Pressen der Wolle in der Kottongin und das Packen der Ballen erfordert ebenfalls kein Nachdenken, keine Vorsicht von Bedeutung. Man begreift somit, welch' ungeheuren Vortheil dem Pflanzer der stets wachsende Absatz für Baumwolle seit Erfindung der Cottonpresse gewährte. Eine rohere und für seine Sklaven geeignetere Kultur konnte es nicht wohl geben. Bei dieser vermochte er sie wirklich dumm und viehähnlich zu erhalten, und so wurde die Baumwolle der bei weitem wichtigste Stapelartikel des Südens und die treibende Ursache der Sklaverei-Ausdehnung. Bei dieser bedurfte auch der Pflanzer keiner geistigen und Willens-Anstrengung, und so wurde er vollends ein Barbar mit allen Ansprüchen einer Adelskaste an den Lebensgenuß.

Diese Art Ackerbau saugt den Boden aus. Beim Tabak, dessen Asche das enorme Verhältniß von 20 Prozent vom Gewicht der trockenen Pflanze aufweist, ist der reichste Boden durch stets dieselbe Ernte, binnen 5—15 Jahren erschöpft; beim Reise hilft man sich mittels Bewässerung der Felder durch das brakische Wasser (gemischtes See- und Flußwasser) zur Zeit der Fluth, welches in verwesenden Seethieren und im feinsten Flußschlamm immer neuen Dünger mitbringt; ebenso beim Zuckerrohr; die Baumwolle aber erschöpft höher gelegenes Land binnen 10—12, Bottomland binnen höchstens 50 Jahren. Die Folge ist, daß das Baumwollenland bei dem immer gesteigerten Bedarf an Baumwolle selten wird, und daß die Pflanzer mit ihren Sklaven sich im ferneren Westen neues Land zur Aussaugung aufsuchen müssen. Eine Wüste hinterlassend, wälzt sich die Wanderung dieser menschlichen Heuschrecken westwärts, um überall neue Wüsten zu schaffen, wo die Natur mit seltener Freigebigkeit nur anbauwürdiges Land geschaffen hatte. Die Wüste wird allmälig wieder zu Wald, Cedern und gelbe Fichte, Weideland und Wiese entstehen auf dem ausgeruhten Boden, und die Aussaugung kann, zumal wenn rationeller Ackerbau einigermaßen damit sich verbindet, von vorn beginnen. Diese Aussaugung des Bodens verlangt also, daß immer neue, mit dem Fluche der Sklaverei noch nie behaftete Gebiete demselben überantwortet werden, verlangt die Zurückdrängung der freien Arbeit, die Stiftung immer neuer Sklavenstaaten. Kein Wunder, daß die Negerbarone, welche fast dieses ganze Jahrhundert die Union beherrscht haben, für den Ankauf von Florida 10, für den von Louisiana 15, für den von Texas (im Frieden mit Mexiko) 20, für den Krieg gegen Mexiko, welcher Kalifornien, New-Mexiko und Theile von Sonora der Sklaverei eröffnete, 150, für das sogenannte Gadsden purchase 15 Millionen Dollars zahlten, und für den Erwerb von Cuba sogar 150 Millionen boten; nie aber nur einen einzigen Dollar verwilligten, um Land im Norden zu erwerben, auf welchem die freie Arbeit Staaten hätte gründen können, dem Anschluß Kanadas an die Union auf alle Weise entgegenarbeiteten und bei den Unterhandlungen mit England um den Besitz von Oregon im Ashburton-Vertrage zwei Drittel eines der Union rechtmäßig gehörenden Bodens preisgaben.

Eine weitere Naturnothwendigkeit ist, daß eine Sklavenhalterkaste die freie Arbeit fürchten und verfolgen muß. Jeder freie Weiße, der im Süden dieselben Stapelartikel als der Sklavenhalter erzeugt, aber billiger und besser, und nebenbei menschlich lebt, widerlegt ja eben dadurch die Lüge, daß in diesem Klima nur Sklaven schwere Arbeit verrichten und dabei gedeihen könnten. Er beweist nebenbei, daß die Sklaverei keine ökonomische Nothwendigkeit sei, und daß die Ausfuhr an Stapelartikeln unter freier Arbeit nicht abnehmen, die Summe des Gesammtwohlstandes aber und des Menschenglücks gar sehr zunehmen würde. Seine gute Ackerwirthschaft ist ja ein steter Vorwurf gegen die verwüstende des Pflanzers. Er muß ein Freund der Freiheit sein und könnte als solcher den Sklaven Freiheitsbegriffe in den Kopf setzen. Und nähme die Anzahl dieser freien Arbeiter zu, so könnten sie ja eine Mehrheit in der Staatsgesetzgebung erlangen und die Sklaverei hinweggesetzgebern. Somit muß die Aristokratie der Pflanzer alle freien weißen Arbeiter, die wirklich Ackerbau treiben, zu verdrängen suchen; sie wird dieselben auskaufen, oder durch allerlei Unannehmlichkeiten, die sie im Wege der Gesetzgebung, oder nachbarlicher Unfreundlichkeit über sie verhängt, sie austreiben. Dahin gehört die Verpönung der Rede-, Preß- und Wahlfreiheit und die schlechte Fürsorge für Schulen, Maaßregeln, denen ein Mann nicht lange Stand halten kann. Im Verhältniß zu den freien Staaten des Nordens wiederholt sich dasselbe im Großen. Die ungeheure Zunahme aller dieser Staaten an Bevölkerung, Reichthum, Erzeugnissen, Bildung und Macht im Vergleich zu der Versumpfung alles Lebens im Süden bietet zu gar zu unangenehmen Vergleichungen Anlaß, welchen die Yankees innerhalb der letzten zwanzig Jahre auch reichlich und nachdrücklich benutzt haben. Diese Macht der freien Staaten ist außerdem gefährlich für die Sklaven-Aristokratie. Ihre Vertretung im Repräsentantenhause des Kongresses nimmt viel rascher zu als die der Sklavenstaaten; wenn sie eine überwiegende Mehrheit geworden, könnte es ihr einfallen, ihre Macht zu gebrauchen, um die Sklaverei als einen Gemeinschaden für die ganze Union hinweg zu dekretiren. Ihre freie Presse und Rede kann nicht umhin, auch über die südliche Grenze hinweg ansteckend einzuwirken; ihre Schulhäuser mögen John Browns großziehen, welche im Süden Sklavenaufstand predigen. Ihre

Industrie muß ihnen im Handelsverkehre mit dem Süden immer einen Vortheil verschaffen; sie sind im Stande, die Preise auf dem Weltmarkte selber festzusetzen. Ihre Handelsobmacht sichert ihnen die Beherrschung des Meeres durch eine Kriegsflotte, welche der Süden nicht haben kann; ihr Menschenreichthum muß ihnen im Falle eines Krieges mit den Sklavenhaltern überlegene Heere aufzubringen gestatten. Deshalb mußte also das Streben der Sklavenhalter im Kongreß dahin gehen, nicht eher einen neuen freien Staat in den Staatenbund aufzunehmen, als bis ein neuer Sklavenstaat zur Aufnahme ebenfalls bereit war. So wurden Maine und Missouri, Michigan und Arkansas, Jowa und Florida gleichzeitig aufgenommen, und so entspann sich um die Aufnahme von Kansas ein blutiger vierjähriger Kampf darüber, ob es als Sklaven- oder freier Staat Bundesmitglied werden sollte. So wurde die freie Presse und Rede nicht blos im Süden, sondern durch die Baltimore-Kompromisse von 1850 auch im Norden dahin beschränkt, daß die Sklaverei nie mehr diskutirt werden solle; das Wahlrecht im Norden aber wurde unter irische Knittel gestellt, wie es im Süden gesetzlich beschränkt war und nur den Sklavenhaltern zustand. Und um die Schule und Kirche sich ungefährlich zu machen, mußte jede religiöse Sekte, welche im Süden Mitglieder zählte, bei ihren Glaubensgenossen im Norden dahin wirken, daß aus den Glaubensbekenntnissen und Schulbüchern alle Erklärungen gegen die Sklaverei herausgestrichen, und daß keine Lehrer und Geistlichen geduldet wurden, welche Feinde dieser „gottseligen und naturgemäßen Institution“ waren. Die nördliche Industrie wurde durch einen Finanzzoll-Tarif bekämpft, welchen wir schon besprochen haben, und der Handelsstand und die Kapitalisten in ebenfalls schon erwähnter Weise demoralisirt. Als eine durch dasselbe Interesse geeinigte Aristokratenkaste waren sie dem durch eine große Verschiedenheit der Interessen gespaltenen Norden gegenüber allmächtig. Die politischen Parteien und die kirchlichen Sekten wetteiferten unter einander, welche es der übrigen an kriechender Unterwürfigkeit gegen diese Negerbarone zuvorthun könne, — „sie fraßen um die Wette Dreck,“ wie man es bezeichnend genannt hat. Wurde das freie Gewissen der Minderheit des nördlichen Volkes ja einmal zu laut und protestirte dagegen, daß der Sklaverei immer neue, bisher verbotene Gebiete geöffnet, ihren Vertretern immer neue übermüthige Forderungen bewilligt, Ehre und Rechte des nördlichen Volkes gar zu tief in den Staub getreten würden: so gab es ein Mittel, um diese Nothschreie rasch zu übertönen. Sie drohten mit Auflösung der Union, und die Kapitalisten- und Kaufmannswelt, der Pöbel und die katholische Klerisei setzten ihre Daumenschrauben an, um die freien Männer ohnmächtig zu machen. So wurde 1834 seiten Süd-Karolinas die erste Drohung mit Unionsauflösung laut und vom Präsidenten Jackson kräftig durch Gegendrohung unterdrückt. Seitdem hörte man diese Drohungen im Kongreß häufig, besonders 1847 bis 1850, 1856 und zuletzt 1860, wo aus der Drohung Wirklichkeit wurde.

Ebenso naturnothwendig ist, daß von einem Sklaven vorzüglich Unterwürfigkeit verlangt wird, und daß mit der Zunahme der Sklaven die Gesetze, welche über die Aufrechterhaltung des Gehorsams der Sklaven wachen und ihre Ausübung immer schärfer und härter werden müssen. Ohne Ausnahme gilt deshalb die Regel, daß im Süden die Black laws um so grausamer sind, je mehr der Staat Sklaven enthält, und daß innerhalb desselben Staates mit der Zunahme ihrer Zahl die Gesetze und ihre Praxis sich allmälig verschärft haben. Am grausamsten sind sie in Süd-Karolina, Mississippi und Alabama, wo die Zahl der schwarzen Bevölkerung die der weißen überwiegt. Und in demselben Verhältniß verschlimmert sich die Lage der freien Neger, welche noch immer einen schwachen Bestandtheil der südlichen Bevölkerung bilden, weil sie nicht gern nach Norden auswandern. Man fürchtet ihre Einwirkung durch Wort und Beispiel auf die Sklaven, und das letztere hat man allerdings zu fürchten, da sie eine meist sehr achtbare und wohlhabende Klasse sind. So kommt es denn, daß nach und nach in den meisten Südstaaten das Gesetz dem Eigner das Recht genommen hat, seine Sklaven frei zu lassen, was früher allgemein erlaubt war. In einzelnen Staaten ist ihm auch verboten worden, ihnen das Lesenlernen zu erlauben, und es sind schwere Strafen für diejenigen festgesetzt, welche ihnen das Lesen lehren. In den meisten ist die Emancipation des ganzen Staates grundgesetzlich verboten worden, was früher nicht der Fall war. Andere verlangen, daß freigelassene Neger sofort aus dem Staate entfernt, oder von Staats wegen wieder als Sklaven verkauft werden müssen, und daß Neger, welche vorher frei waren, binnen einer bestimmten Zeit bei Strafe der Sklaverei auswandern sollen. Das Recht der Herren, widerspenstige Sklaven zu tödten, ist neuerdings, wo nicht gesetzlich, doch in der Praxis überall erweitert worden. Diese Tödtung, welche ursprünglich auf den Fall der Nothwehr beschränkt war, findet immer allgemeiner entweder in der Art statt, daß der Herr den Sklaven langsam zu Tode peitscht (in den Pausen werden die Wunden mit klarem Pfeffer, Essig, Branntwein oder andern beizenden Substanzen gestillt); oder es bemächtigt sich ein „Mob“ (ein Pöbelhaufe) des widerspenstigen oder des verbrecherischen Sklaven, nimmt das Gesetz in seine Hand, hängt ihn, so daß die Todesqual möglichst verlängert wird, oder verbrennt ihn lebendig, immer in Beisein einer großen Zuschauerschaft von Negern, welche dadurch gewarnt werden sollen. Neger-Aufstände und Verschwörungen, deren zwei im Staate Süd-Karolina in den letzten dreißig Jahren vorfielen, werden natürlich von Staatswegen mit grausamer Strenge bestraft, häufiger durch die Pflanzer und ihren Pöbel sofort im Entstehen unterdrückt. Es wird dabei die Folter häufig angewandt, um Geständnisse von vermuthlichen Verschwornen zu erpressen, und das Gesetz redet nie darein. Die Folge von dieser wachsenden Strenge der Gesetze und der Praxis ist ein wachsender Herrscher-Uebermuth der Herren. Bereits beschränkt sich dieser Uebermuth nicht auf die Behandlung der Neger, sondern eben so sehr äußert er sich gegen Weiße im Süden, welche sich gegen die Gräuel der Sklaverei aussprechen, oder schon ihrer nördlichen Herkunft wegen der Feindschaft gegen das „göttliche Institut" verdächtig sind. Tausende von Yankees, Deutschen, Engländern sind diesem Uebermuth zum Opfer gefallen; Zehntausende sind entblößt von all' ihrem Vermögen außer Landes getrieben worden. Ja, seit dem Beginne des Sonderbundes richtete sich auch gegen eingeborne weiße Nichtsklavenhalter, welche als Anhänger der Union galten, eine planmäßige Verfolgung wegen „geheimen Abolitionismus." Es sind, nach Angaben solcher Weißer, welche diesen Verfolgungen entkamen, wenigstens eben so viel Menschen im Süden vom Pöbel und den Guerillas ermordet worden, als im Unionskriege Menschen gefallen. Ost-Tennessee, West-Virginien, das westlichste Nord-Karolina und Georgien, das nördliche Alabama und Arkansas, Missouri und West-Texas mit ihrer starken Bevölkerung freier Arbeiter haben darunter furchtbar gelitten. Eine Schreckensherrschaft, gegen welche die des französischen Konvents und der Septembriseurs barmherzig zu nennen ist, weil diese wenigstens nur tödten, nicht quälen wollten, welche nur in den Religionskriegen des 16. und 17. Jahrhunderts Seitenstücke findet, herrscht seitdem über den ganzen rebellischen Süden, und die Bestialität, welche im Martern schwarzer Sklaven großgezogen worden ist, rächt sich an den Weißen selber, welche sie geduldet, im zehnfach größeren Maaßstabe. Sie wird sich an den eigentlichen Urhebern selber bald noch entsetzlicher rächen.

Wir haben somit die Naturgesetze entrollt, auf welche sich die Zustände im Süden gründen. Dieselben wären in der That für Europäer ganz unglaublich, wenn man sie ihnen nicht aus der Natur der Dinge als Nothwendigkeiten erklärte. Von Uebertreibung unsererseits kann nach den mitgetheilten Unterlagen wohl kaum die Rede sein. In der That bleibt jedes Gemälde derselben weit hinter der Wirklichkeit zurück.

„Der ganze Verkehr zwischen Herren und Sklaven," sagt Thomas Jefferson, selbst ein Sklavenhalter, „ist ein beständiges Spiel der stürmischsten Leidenschaften; des erbarmungslosesten Despotismus einer- und der entwürdigendsten Unterwürfigkeit andererseits. . . . . Das muß ein Wunder von einem Manne sein, der seine Sitten und Sittlichkeit unbefleckt erhalten kann unter solchen Umständen. . . . . Und kann man die Freiheit einer Nation für sicher halten, wenn man ihre einzige feste Grundlage beseitigt, die Ueberzeugung im Volke selbst, daß sie eine Gabe Gottes ist? Daß man sie nur auf Kosten seines Zornes verletzen kann? — In der That, ich zittre für mein Land, wenn ich bedenke, daß Gott gerecht ist; daß seine Gerechtigkeit nicht für immer schlummern kann; daß schon in Betracht der Zahlen, der Natur und natürlichen Mittel eine Revolution des Glücksrades, ein Wechsel der Rollen zu den Möglichkeiten gehört, daß er durch übernatürlichen Einfluß wahrscheinlich werden mag!

Der Allmächtige hat kein Attribut, welches in einem solchen Kampfe auf unsere Seite treten könnte."

Und wieviel besser noch stand die Sache zu Jefferson's Zeiten, da es noch keine Baumwoll-Kultur gab, da die freien Staaten an Macht noch hinter den Sklavenstaaten weit zurückstanden und keine Ursache zu eifersüchtigen Befürchtungen im Süden gaben; da die Sklavenhalter noch zahlreiche Abolitionisten unter sich zählten und auf baldige Abschaffung der Sklaverei rechneten. Seitdem hat sich der Volksgeist des Südens sichtlich mit jedem Jahrzehend tiefer in die Barbarei versenkt, in der Bestialität verhärtet. An dem häufig gehörten Argumente der Prosklaverei-Partei gegen die Abolitionisten: „Ihr verschlimmert durch eure Agitation gegen die Sklaverei in der That das Loos der Sklaven, anstatt es zu verbessern, weil ihr uns zwingt, strengere Nothwehr-Maaßregeln gegen Sklaven-Aufstände zu ergreifen;" — an diesem Gerede ist allerdings etwas Wahres. Die Abolitionisten, so wenig es ihnen einfiel, Sklaven-Aufstände anzuschüren, schärften das abgestumpfte Gewissen der Nation, wodurch die Herrschaft der Negerbarone allmälich unterwühlt wurde. Wenn die Sünde und der Inbegriff aller Sünden, die Sklavenhalterei einmal um jeden Preis bestehen sollte, dann freilich war das Bestehen freier Gesellschaft und Arbeit auf demselben Festlande und innerhalb derselben Nation auf die Dauer nicht möglich, dann war Tugend, Recht und Wahrheit ein Verbrechen, und der Räuber, welcher zum Staate sagt: Du zwingst mich durch deine Gesetze gegen den

Diebstahl, zum Raubmörder und Mordbrenner zu werden aus Nothwehr, ist gerechtfertigt.

Unverantwortliche Gewalt eines Despoten über ein ganzes Volk ist schrecklich; aber viel schrecklicher ist die Unverantwortlichkeit von 150,000 Despoten (soviel Sklavenhalter gibt es), die jeder abgesondert in der weiten Wildniß südlicher Urwälder leben, wo keine freie Rede und Presse von ihren Verbrechen erzählt, keine öffentliche Meinung ihnen entgegensteht; wo Rassenhochmuth und Rassenhaß jedes von einem Weißen an einem Schwarzen begangene Verbrechen für erlaubt oder Nothwehr, jedes von einem Schwarzen an einem Weißen begangene für unverzeihlich hält; wo das Zeugniß des Schwarzen, oft des einzigen Zeugen eines Unrechts, vor Gericht nichts gilt; wo Kirche und Schule mit der oligarchischen Despotie eng verschworen sind, und ein viehisch verdummter und verthierter weißer Pöbel das gefügige Werkzeug zu jeder Schandthat ist, welche eine lüsterne Einbildungskraft nur ersinnen mag.

Das andere Argument gegen die Feinde der Sklaverei: „daß es ja der eigene Vortheil eines Herren sei, die Negersklaven in wenigstens eben so gutem Zustande zu erhalten, als sein Vieh," widerlegt sich selbst. Denn eben weil hier eine Menschenrasse eben so gut wie das Arbeitsvieh gehalten werden soll, eben weil das Grundsatz ist, kommt es nothwendig zu häufigen Zusammenstößen mit den Sklaven, welche den Menschen in sich nicht niederkämpfen können, schon weil sie sich vergangener besserer Zeiten erinnern, und weil sie das Grundgesetz des Landes kennen, „daß jeder Mensch mit gewissen unveräußerlichen Gütern vom Schöpfer begabt sei, zu welchen das Leben, die Freiheit und das Streben nach Glückseligkeit gehören.“ Außerdem widersprechen dem allbekannte Thatsachen. In allen Golfstaaten, besonders aber auf den großen Pflanzungen ist die Behandlung der Neger so erbärmlich, daß die Herren in den Sklavenzüchtungs-Staaten ihren ungehorsamen Schwarzen mit dem Verkaufe nach dem Süden zu drohen pflegen. Es kann kein größeres Schreckniß für den Sklaven in Maryland, Virginien, Kentucky oder Missouri geben, als nach dem Süden oder Westen verkauft zu werden. Und gleichwohl rechnet man, daß die genannten sklavenzüchtenden Staaten jährlich zehn Procent ihrer Schwarzen nach dem Süden und Westen verkaufen, darunter vornehmlich immer die freiheitsliebendsten und werthvollsten. Solche Sklaven müssen sich auf immer von ihren Familien, Verwandten, ihrer Heimath trennen; wie das Vieh werden sie öffentlich versteigert und dabei nackt bloßgestellt und betastet. Die rohen Sklavenhändler ersparen ihnen dabei keine Seelenschmerzen, welche sich erdenken lassen. Auf den großen Pflanzungen des Südwestens aber hört vollends aller wohlwollende Verkehr der Herren mit dem Menschenvieh auf. Der Aufseher hat seine Rotte Sklaven (gang) unter sich, ist für ihr Arbeitsmaaß verantwortlich und ist es nicht für ihre Behandlung, so lange die Todesfälle ein gewisses Maaß nicht übersteigen. Denn man rechnet, daß in 6 bis 8 Jahren auf den

Zuckerpflanzungen, und in 10°—12 auf den Baumwollplantagen, die rüstigste Arbeiterkraft zu Grunde gerichtet ist. Die Kost des vollen Arbeiters (a full hand) ist ein Pack Mais die Woche und zwei Mal das Jahr 1 Pfund Speck. (Ein Pack ist etwa so viel als ein Fünftel Berliner Scheffel.) Den Mais müssen die Neger sich selber auf einer Handmühle schroten und als Brei genießen. Selten wird ihnen der Nachmittag des Sonnabends zum Anbau eines Gärtchens freigegeben, aus dem sie ihren Lebensmittel-Vorrath vervollständigen und wohl noch etwas Gemüse an den Herrn vertauschen können. Die Sklavinnen betreiben die Federviehzucht, um ihr Mahl durch Eier zu verbessern. Die Kleidung, welche einmal jährlich verabreicht wird, hält selten die Strapazen eines Jahres aus. Die ärztliche Leibespflege ist wenigstens in Rücksicht auf Frauen und Säuglinge genügend, um des Kapitalzuwachses für den Pflanzer willen; doch kostet diesem das eigene Züchten von Sklaven bei der Theurung der Lebensmittel im äußersten Süden zu viel, um es zu einem wünschenswerthen Geschäfte zu machen. Er kauft sie billiger als Erwachsene. Bei einer so lebhaft und tief fühlenden Rasse, wie die Neger sind, muß das Leben auf großen Pflanzungen, wo sie völlig als Theile einer Maschine behandelt und von allem wahrhaft menschlichen Umgange, selbst vom Troste der Religion, abgeschnitten sind, tief herabdrückend wirken. Die Sterblichkeit unter ihnen ist deshalb groß, trotz des wärmeren Klimas, und selbst bei schonender Behandlung und leichter Arbeit;

Gemüths=Krankheiten altern sie früh und raffen sie hin.

Allein in einer Hinsicht sind sie glücklicher daran, als ihre Herren. Sie werden nicht so sehr entmenscht. Der Umgang mit der freien Natur und die Arbeit erhält ihnen ihre Naturfrische und bewahrt sie vor Leidenschaften und Lüsten, welche jene vergiften. Es ist dieselbe Erscheinung wie in Aegypten, wo die koptische Bauernrasse noch immer in Naturfrische fortbesteht und eine lange Reihe von unterdrückenden Rassen überdauert hat, welche sich längst aus der Welt geschwelgt haben: die eigentlichen Aegypter, die Perser, die Mazedonier, die Griechen, die Römer, die Araber und die Turkomanen. Sie denken und fühlen noch menschlich und haben eine Zukunft vorbehalten, in welcher sie zu wahren Menschen gedeihen mögen; während ihre weißen Herren sittlich verfault und zum gänzlichen Untergange reif sind. Diese werden das Opfer ihrer eigenen Lüste und Leidenschaften und verkümmern in den Qualen eines Tantalus, in der unbefriedigten Sehnsucht des Menschenherzens nach unvergänglichen Genüssen, in verzehrendem Hasse alles Bessern, in der Gewißheit, daß sie sich selbst belügen.

Jede Pflanzung mit wenigen Ausnahmen verbirgt dem Blicke der Welt Ungeheuerlichkeiten, wie sie anderswo kaum geahnt werden. Da ist ein weißer Vater, welcher seine eigenen weißen Töchter zum Beischlaf zwingt; eine Mutter, welche ihre Söhne im ganz gewöhnlichen fleischlichen Umgange mit Negermädchen vom zarten Alter an aufwachsen sehen muß; da sind weiße Brüder und Schwestern, welche zur Abwechslung mit einander geschlechtlich verkehren. Kein Wunder, wo alle Leidenschaften einer völlig unterjochten Rasse gegenüber entfesselt und straflos sind! Da ist ein Herr, welcher mit Negerinnen Mulatten zeugt, welche dann seine eifersüchtige Frau leidenschaftlich verfolgt, so daß er sich genöthigt sieht, seine eigenen Mischlingskinder in die Sklaverei eines Dritten zu verkaufen; da sind Brüder, welche ihre Brüder, Schwestern, welche ihre Schwestern verkaufen, obschon dieselben nur wenige Schattirungen dunkler von Hautfarbe als sie selber sein mögen; da sind Beispiele, daß derselbe Herr mit seiner Mulattentochter noch Quadronen-Enkel gezeugt hat, oder daß es sein Sohn für ihn gethan. Da sind Beispiele herabgekommener Familien, Besitzer weniger Sklaven, wo Mütter und Töchter mit Negersklaven Umgang pflegen und die ersichtlichen Folgen davon vertilgen, ohne daß die Welt darnach fragt. Da sind Beispiele, daß fein und tugendhaft erzogene Quadronenmädchen von hoher Schönheit in die Schande verkauft werden — oft hat man sie keusch und gebildet erzogen, blos um der Waare einen drei- bis vierfachen Werth zu geben. Tausende junger Männer in New-Orleans und in den südlichsten Städten gehen in eine andere Ehe ein, als eine solche wilde. Mitunter sind solche Verhältnisse glücklich, aber das Ende ist nur zu häufig, daß die Mutter und Wittwe im Elende oder in der Schande verkommt, und daß die Kinder aus einer solchen Ehe verkauft werden, um die Kosten eines schwelgerischen Lebens zu decken. Kurz: Teufel könnten ihr Vergnügen daran haben, wie gründlich im Süden das heiligste aller Verhältnisse, das eheliche, zerrüttet ist.

Leider sind es *nicht* seltene Ausnahmefälle, die wir hier erwähnen. Man weiß, daß wohl ein Drittel sämmtlicher Neger im Süden weißes Blut in jeder möglichen Abstufung in sich haben, und daß die übrigen zwei Drittel längst mulattisirt wären, wenn nicht die oft wunderbare Standhaftigkeit erwachsener Negerinnen gegen die Verfolgungen der Weißen und die Eifersucht weißer Frauen einen Damm setzten.

Es ekelt uns an, dieses Bild der Verderbniß weiter zu zeichnen. Der Leser kann sich das Uebrige aus dem Gesagten hinzudenken. Die Frau Beecher-Stowe hat in ihren berühmten Romanen *nicht* übertrieben. Und gleichviel, ob die Anzahl durch die Sklaverei zu Grunde gerichteter Ehen und Sklaven, zehn, zwanzig oder fünfzig Prozent beträgt; dem humanen Beurtheiler solcher Zustnde genügt die Gewißheit, daß solche Gesetze und Einrichtungen nach und nach die letzten neunzig, achtzig oder funfzig Prozente auch noch opfern müssen; daß die Verschlechterung des öffentlichen Geistes binnen drei Generationen von der weit besseren Washington'schen Periode bis zur Verworfenheit der jetzt das Schreckensregiment ausübenden Banditen geführt hat. Das Schlimme ist, daß solche Zustände überhaupt möglich sind, weil sie zur völligen Entmenschung führen *müssen*. Das Hoffnungslose ist, daß in dieser Nation alle Begriffe von Recht, Ehre, Tugend und Wahrheit in ihr gerades Gegentheil verkehrt sind. Ein Kampf um Verewigung und Heiligung barbarischer Zustände, deren sich nachgerade die ganze Welt zu schämen gelernt hat, ja wie sie in den düstersten Jahrhunderten nicht ärger geherrscht haben, heißt bei ihnen ein heiliger Unabhängigkeitskampf; die Sklaverei, die Summe aller Verbrechen und die Quelle jeder möglichen Niedertracht, gilt für eine göttliche Einrichtung. Hinterlist gilt für Tapferkeit, rohe Leidenschaft für sittliche Stärke, Treubruch und Meineid sind geheiligt, wenn sie an der Sache der Humanität begangen werden, und viehische Grausamkeit wird für gerechten Zorn im Dienste der Nationalsache ausgegeben. Lüge herrscht mit einer Unverschämtheit, welche beinahe entwaffnet, weil sie den Anschein hat, in Treu und Glauben begangen zu sein; allein man merkt den Lügnern jeden Augenblick an, daß sie sich im Widerspruch mit besseren Ueberzeugungen wissen. „Das Weib wird zur Hyäne, und treibt mit Entsetzen Spott;“ die südlichen Ladies trinken aus Yankeeschädeln und tragen Ringe, gefertigt aus den Gebeinen bei Bull Run gefallenen Unions-Soldaten. Sie reizen in von den Unionswaffen unterworfenen Gebieten den Groll nördlicher Soldaten, von denen sie wohl wissen, daß diese nie den Anstand gegen Frauen verletzen werden, durch muthwillige Verhöhnung, durch Anspeien, Begießen mit unreinem Wasser, Bewerfen mit faulen Eiern. Sie tragen jetzt dem nördlichen Volke gegenüber einen Herrscher-Uebermuth zur Schau, der an Wahnsinn grenzt, um gleich darauf unter heuchlerischen Thränen und mit unweiblichen Bestechungsgaben von den Unions-

Truppen die Erlaubniß zum Spinnen- oder Schmuggelverkehr zu erkaufen. In diesen Amerikanerinnen ist, mit wenigen Ausnahmen, die letzte Spur von Weiblichkeit erstorben; dieses Frauengeschlecht kann nur Bestien und Barbaren gebären und erziehen. Da sie fast allesammt das Säugen ihrer eigenen Kinder den Negerinnen überlassen, klingt ihr Vorwurf gegen die Abolitionisten, daß sie eine allgemeine Amalgamation (Blutvermischung) der Schwarzen und Weißen herbeiführen wollen, — natürlich eine reine Verdächtigung — geradezu verächtlich und pöbelhaft und kennzeichnet diese Rasse als rettungslos der Scham erstorben.

Wir machen für alles Unmenschliche an den südlichen Zuständen nicht so sehr die jetzige Bevölkerung verantwortlich, als die Erziehung durch im Blute der Vorfahren ererbte Fehler, durch die elende Schule, durch den despotischen Umgang mit Negern, durch die kulturfeindlichen Einflüsse des Bodens und Klimas, durch den politischen Parteikampf, durch eine vergiftete Tagespresse und censirte Literatur u. s. w. Wir glauben, daß jede andere Nationalität, ganz ebenso seit Jahrhunderten erzogen, ähnlich oder schlimmer ausgefallen sein würde. Wir wollen aber damit nur den großen unselbstständigen Haufen, keineswegs die gebildetere Klasse entschuldigen, welche so große und ruhmwürdige Männer unter ihren Vorfahren zählt und ihre Erziehung mehrentheils im Norden genossen hat. Nur das volle Bewußtsein, daß sie mit ihrem Aufstande gegen den Bund im Unrecht, und daß die süße Gewohnheit des Herrschens der einzige Grund dazu ist, daß sie also vor der richtenden Mit- und Nachwelt sich nur durch Verdrehung aller geschichtlichen Wahrheit vertheidigen kann, macht sie im jetzigen Kampfe so giftig.

Denn es gibt nach Bundesrecht keine Vollmacht für einen einzelnen Staat, sich nach Belieben von der Union zu trennen. Der Wortlaut der Verfassung sagt, daß dieselbe vom Volke der Vereinigten Staaten (nicht von den Staaten) und zwar zur Herstellung einer innigeren Einheit, als im alten Staatenbunde möglich war, gegeben sei und nur vom ganzen Volke wieder gelöst werden könne. Die Form dazu ist genau vorgeschrieben und veranlaßt wenig Umstände. Die sonderbündlerischen Staaten hätten, wenn sie diesen friedlichen Weg zur Auflösung der Union eingeschlagen hätten, recht wohl damit durchdringen mögen, und es hätten zwei Bünde neben einander unter freundschaftlichen Bedingungen für Handel und Verkehr bestehen mögen. Allein dieses wollten sie aus vielen Gründen nicht, die alle in den einen Hauptgrund zusammenlaufen, daß der unabhängige Südbund nur in dem Falle Aussicht auf gesichertes Bestehn zu haben schien, wenn gleichzeitig der nördliche Bund freier Staaten gründlich ruinirt, noch weiter getheilt, gedemüthigt, geschwächt und entsittlicht würde. Dieses teuflische System der Menschenknechtung ist eben in sich selbst so widersprechend und selbstmörderisch, daß sogar die Nähe eines völlig abgetrennten freien Gemeinwesens ihm schließlich zum Verderben gereichen, und daß es alle Freiheit weit um sich her zu zerstören suchen muß.

wenn es sich einigermaßen vor seinem bösen Gewissen zu fürchten aufhören soll. Die große Verschwörung der „Ritter vom Goldnen Zirkel“, welche seit dreißig Jahren den Sonderbund im Süden vorbereitet hatte, zählte auch im Norden geheime Anhänger zu Hunderttausenden. Dieselbe Schreckensherrschaft, welche im Süden eine anfängliche Minderheit von Sonderbündlern in eine Muß-Mehrheit verwandelt hatte, sollte auch im Norden losbrechen, die Führer der Freistaatbewegung beseitigen und das ganze Land auf Gnade oder Ungnade den Sklaven-Baronen überliefern. Darauf sollten die Mittel-Staaten, wenn sie und so viele daran nichts dawider hätten, daß die Sklaverei darin geduldet, freie Rede, Presse, Schule und Wahl verkümmert würden, dem Südbunde angeschlossen werden. Diejenigen, welche dieses nicht wollten, vor allen die Neu-Englandstaaten, sollten davon ausgeschlossen und durch diese Vereinzelung zu Grunde gerichtet werden. Eine Monarchie war natürlich der Traum der wenigen Haupteingeweihten — daher die warme Freundschaft der Adelssippe Englands für diese neue Sorte der Revolution.

Dieser bewaffnete Aufruhr hat auch nicht eine Entschuldigung für, und nicht eine versöhnende Seite an sich. Sonst, wenn zwei Völker sich in Waffen gegenüberstehen, oder zwei Prinzipien sich auf Leben und Tod bekämpfen, pflegt das Recht getheilt zu sein. Hier ist dies nicht der Fall. Alle Vorwände zur Revolution der Sklavenhalter werden von ihren Eingeweihten im Stillen selbst verspottet; sie sind Aushängeschilde für

Dümmlinge. Wir könnten dafür zahlreiche Beweise aus den Quellen der Gegner beibringen; allein eine kurze Betrachtung der Natur der Dinge beweist mehr als Quellen, deren Aechtheit in Zweifel gezogen werden könnte. Als die republikanische Partei im Wahlkampf von 1860 einen Präsidenten erwählte, der verpflichtet war, eine weitere Ausdehnung der Sklaverei auf bisher freies Gebiet zu hindern, hielt sich dieselbe genau innerhalb der verfassungsmäßigen Schranken; nicht mit einem Worte verfocht sie eine etwaige Einmischung in die Rechte der südlichen Einzelstaaten. Es hat im Norden nie eine Partei, sondern nur höchst wenige Einzelne gegeben, welche einer gewaltsamen Abschaffung der Sklaverei oder nur einer gesetzgeberischen das Wort redeten. Die am weitesten gehende Partei, die der radikalen Abolitionisten, war lediglich für eine „Aufhebung der Union mit Sklavenhaltern," damit der Norden nicht ferner für das Unrecht und die Verwüstungen derselben mitschuldig sei; diese Partei betrug aber nie ein Fünfzehntel der nördlichen Wahlstimmen. Es ist auch ziemlich wahrscheinlich, daß die Republikaner in dem Wahlkampfe von 1860 unterlegen wären, wenn die südliche Verschwörung nicht ganz absichtlich auf den Konventionen der „demokratischen" Partei in Charleston und Baltimore im April desselben Jahres diese Partei gesprengt hätte. Dies führte zur Aufstellung zweier „demokratischen" Präsidentschaftsbewerber — Douglas und Breckinridge — und zur unabwendbaren Niederlage beider. Endlich nachdem Präsident Lincoln's Wahl sicher gestellt war, blieben von den vier verfassungsmäßigen Bundesgewalten noch immer drei (die beiden Häuser des Kongresses und das Oberbundesgericht) im Besitz der Sklaverei-Demokraten auf zwei bis vier Jahre. Der republikanische Präsident konnte also auf ebenso lange den Sonderrechten der Sklavenstaaten nicht zu nahe treten, wenn er auch der Mann dazu gewesen wäre, was er bekanntlich nicht war. Die Vorwände zur Revolution also, welche von den Befürchtungen hergenommen wurden, daß ein der Ausbreitung der Sklaverei feindlicher Präsident sie antasten würde da, wo dieselbe zu Recht bestand, waren unbegründet. Ebenso waren es die von der Aussaugung durch den nördlichen Handel hergenommenen; denn an dieser Aussaugung waren vorzüglich die Sklavenstaaten selbst schuld, welche sich, während sie die Union beherrschten, im Handel übervortheilen ließen. So lange sie die Sklaverei um jeden Preis betrieben, also auf Kosten des Handels und der Industrie, der Kunst und Wissenschaft, mußten sie von jedem Volke, mit dem sie handelten, übervortheilt werden. Sie wurden es noch am wenigsten von dem des Nordens, dem sie von Zeit zu Zeit das an ihnen erschundene Kapital durch Massenbankerotte theilweise wieder abnahmen (was England sich nie hätte gefallen lassen) und durch Monopolisirung den meisten und besten Unions-Aemter und Lieferungs-Kontrakte für die Union. Der Vorwand endlich, daß der Norden ihnen die flüchtigen Sklaven nicht ausliefere, war erweislich lügenhaft; der Knechtssinnn, mit welchem es der Norden in neun Fällen unter zehn gethan hatte, war sogar schimpflich. Und der Vorwand, daß die nördlichen Staaten sogenannte Freiheits-Gesetze aufrecht erhielten, welche jeden ihren Boden betretenden Sklaven schützten, soweit es die Unions-Verfassung erlaubte, war soviel wie das freche Verlangen, daß diese Staaten nicht mehr im eigenen Hause Herren sein sollten.

Uebrigens hatte die Sonderbundsbewegung im Süden kaum begonnen, als die gemäßigteren Republikaner erschracken und in Verbindung mit den nördlichen Demokraten einen „Friedens-Kongreß“ nach Washington beriefen, welcher denn auch bereit war, das republikanische Glaubens-Bekenntniß zu beschneiden. Die Sklaverei sollte in allem bis dahin freien Gebiete bis zum 36½ Grade nördlicher Breite geduldet, und allen eben beleuchteten Vorwänden, beziehentlich „Beschwerden“ des Südens, sollte abgeholfen werden. Bis zu diesem schimpflichen Grade der Nachgibigkeit war der Norden des lieben Friedens willen gegangen — da sprengten die Vertreter der nördlicheren Sklavenstaaten den Friedens-Kongreß muthwillig. Die südlicheren hatten ihn gar nicht beschickt und dadurch stillschweigend zugestanden, daß alle ihre Beschwerden eben nur Vorwände, und daß die Zerstörung der alten Union, d. h. der Union im Sinne der Unabhängigkeits-Erklärung, der Menschenrechte und Demokratie, ihre längst beschlossene Absicht war.

Die jammer- und schmachvolle Kriegführung von seiten des Nordens, welche dem muthwilligen Bombardement von Fort Sunter folgte, wird nur begreiflich, wenn man weiß, daß die republikanische Partei nur dadurch hatte siegen können, daß sie den Zopfstaaten Pennsylvanien und New-Jersey, Illinois und Indiana zulieb einen überaus bedächtigen alten Whig und Abkömmling eines Sklavenstaates — eben Abraham Lincoln — zum Präsidenten nahm. Dieser umgab sich mit einem Kabinette, in welchem fast lauter Nebenbuhler um sein Amt saßen (Seward, Cameran, Bates, Chase, Blair), welche also das Interesse hatten, ihre eigenen Präsidentschafts-Aussichten auf Kosten seiner Wiederwahl für 1864 zu verbessern und sich eine Privatberühmtheit und Privatpartei zu gründen.

Einer mächtigen revolutionären Partei gegenüber ist die Regierungspartei jedesmal halb verloren, wenn sie das Geringste von ihrem Rechtsboden vergibt. Diese große Wahrheit, welche in Europa jeder ABC-schütz der Politik kennt, war so großen Lichtern (!!) wie dieses in sich uneinige Kabinet enthielt, schon deswegen unbekannt, weil die Anglo-Amerikaner viel zu unbewandert in der Geschichte sind. Ueberdies klebt den alten Whigs noch viel von der moralischen Feigheit an, welche ihre Partei vor Zeiten auszeichnete. Der Rechtsboden der Unionspartei und Verwaltung war der folgende. Die Sonderbundsstaaten hatten jedes konstitutionelle Band zwischen sich und den Unionstreuen den letzteren zerrissen vor die Füße geworfen, bedrohten sie überdies mit der Einnahme der Bundes-Hauptstadt und der großen Städte des Nordens, mit einer geheimen Verschwörung im Norden selbst, also mit gänzlicher Vernichtung. Es war nicht nur ein heiliges Recht, sondern auch eine heilige Pflicht der Unions-Behörden, die große Sache des Vaterlandes und der Menschenrechte vor ihren boshaften Feinden durch einen Krieg zu schützen, welcher die Sonderbündler als außer allem konstitutionellen Gesetze stehend, als auswärtige Feinde, welche unterworfen werden müssen, behandelte und Gnade erst zu üben — wenn sie überhaupt am Platze war — nachdem das Recht vollkommen triumphirt hatte. Statt dessen führte man den Krieg achtzehn Monate lang, als wenn man Gnade an Verbrechern üben wollte, ehe sie unterworfen wären. Man erkannte die Sklaverei im Süden als rechtsbeständig an, obschon das Gesetz, welches die Union zu deren Schonung verband, von den Rebellen selbst für ungiltig erklärt worden war — nicht aus Liebe zur Sklaverei, nicht aus gewohnter Unterwürfigkeit gegen die langjährigen Herrscher der Union, die schwarzen Barone; nein, aus Bornirtheit, Unklarheit des Standpunktes, moralischer Feigheit. Aus moralischer Feigheit vor Antastung der Negerfrage, deren Lösung man gar zu gern nicht nöthig gehabt hätte; aus unklaren Befürchtungen eines Negeraufstandes, dessen Schuld und Greuel ihnen mit angerechnet worden sein würden; aus Unkenntniß der zweckmäßigen Behandlung der Emancipation; aus Furcht vielleicht vor dem riesigen Verwaltungs-Mechanismus, den die Eroberung eines großen aufrührerischen Staatenbundes ihnen aufbürden möchte, in welchem Alles neu zu organisiren war vom Ackerbau bis zur Schule und Polizei; aus angeborener Scheu vor Einmischung in die inneren Angelegenheiten Dritter — kurz, aus moralischer Feigheit vor Lösung der ungeheuren Aufgabe, welche die Rebellion ihnen gestellt hatte. Sie hätten im Süden verfahren müssen, als hätte sie tabula rasa vor sich, und sie fühlten in sich nicht die Kraft, ihre einheimischen Institutionen darauf zu schreiben.

Dazu kam, daß das unionstreue Volk, anstatt sie zum Angriff und zur Lösung dieser Aufgabe zu drängen, vielmehr von der Bundes-Verwaltung erwartete, dieselbe solle ihm vorangehen. Es fehlte — mit Ausnahme der Deutschen von der besseren Klasse — auch dem Volke der moralische Muth, diese Aufgabe in's Auge zu fassen, weil fast eine Hälfte desselben von der Sklaverei demoralisirt war. Schließlich war es das unionstreue Volk, welches sich zuerst aufraffte und die Regierung vorwärts drängte; darüber aber waren eben achtzehn kostbare Monate vergangen, in welchen die Hilfsquellen der Union fast ebenso sehr als die des Sonderbundes der Erschöpfung nahe gebracht worden waren, und aus einer armseligen Verschwörung fast muthwillig ein furchtbarer kriegstüchtiger Feind hervor gezaubert worden war.

Es war gar leicht, den Aufstand in den ersten drei Monaten über den Haufen zu werfen, wenn man auf den Rechtsboden sich stellte und den Muth seiner Ueberzeugungen hatte. Dann nämlich würde man die Neutralität, welche das halb verrätherische Kentucky sich vorbehielt, als Verrath betrachtet, den Staat sofort militärisch besetzt und von da aus das Plateau von

Ost-Tennessee, die Festung und den Schlüssel des ganzen Südens, ohne Kampf genommen haben. Der Staat Tenessee grenzt an neun der Sklavenstaaten, und das den Osten desselben bedeckende Plateau an sieben derselben, und zwar gerade an denjenigen Stellen, wo es wenig oder keine Sklaverei, wo es vielmehr eine ansässige weiße Bevölkerung gibt, welche den Uebermuth der Sklavenhalter empfunden hat, von ihr beeinträchtigt wird, aber nicht so leicht unterdrückt werden konnte, weil sie eben eine arme Gebirgs-Bevölkerung und eben darum unionstreu ist. Sobald Ost-Tennessee besetzt war, welches äußerst leicht zu vertheidigen ist, konnte man diese unionstreue Schaar, welche fast die Hälfte der weißen südlichen Einwohnerschaft ausmacht, bewaffnen und organisiren und dadurch den Guerilla-Krieg sofort in alle Staaten diesseit des Mississippi spielen, die Neger zum Abfall, wenn man keinen bewaffneten Aufstand derselben wollte, bewegen, alle Hauptverbindungs-Linien der Rebellen, alle ihre Eisengruben, Salz- und Salpeterwerke, Hauptgetreidegegenden und leicht zu befestigenden Punkte, welche sämmtlich in den Alleghianes und auf dem Plateau liegen, wegnehmen und dann ohne ernstlichen Kampf den Aufstand zum Ersticken in sich selber bringen, oder im schlimmsten Falle alle Zeit zur Organisation eines mächtigen Heeres von Weißen und Schwarzen gewinnen, von Feindes Land leben und die feindlichen Heere getrennt aufreiben. Dies würde sehr mäßige Mittel erfordert haben; denn außer dem für Ost-Tennessee nöthigen Heere war nur noch ein kleineres zur Besetzung des befestigten Washington und ein mobiles Korps zur Säuberung von Missouri, sowie eine Blokadeflotte nöthig. So hatte man von vorn herein die Schreckensherrschaft unmöglich gemacht, mit welcher hernach die Minorität der Sonderbundspartei, welche allein gerüstet, organisirt und bewaffnet war, die Unions-Bevölkerung gewaltsam unterwarf und alle ihre waffenfähigen Männer in's Heer einstellte. So hatte man die vier Millionen Neger auf seiner Seite, konnte sie organisiren und bewaffnen unter weißen Offizieren und eben dadurch von Gewaltthaten, wenn sie deren ja beabsichtigten — abhalten und in demjenigen Gehorsam erhalten, der nöthig war, um sie allmälig durch mehre Mittelzustände in die Freiheit über zu führen. So hatte man fast alle kriegerischen Hilfsmittel mit Beschlag belegt und der kleinen Verschwörerbande heillosen Schrecken eingejagt.

Dieser Plan wurde vom Beginn des Kampfes an vorgeschlagen und konnte auf gar keine strategischen Hindernisse stoßen. Er scheiterte daran, daß der Präsident und sein Kabinet den Muth nicht hatten, Kentucky und die Sklaverei-Demokratie des Nordens nach Verdienst zu behandeln, vielmehr sich gänzlich dem Einflusse dieser halben Verräther überließen. Unmittelbar nach dem Bombardement des Forts Sounter und dem Meuchelmord an den Massachusetts-Freiwilligen in den Straßen von Baltimore (12. und 19. April 1861) hatte nämlich diese Partei, welche bis dahin an Zerreißung der Union durch die Verschwörung des Goldenen Zirkels gearbeitet hatte, dem fast allgemeinen

Begeisterungssturme für die Union weichen müssen. Es war gefährlich geworden, im Norden Sonderbunds-gelüste länger zur Schau zu tragen, und die Verschworenen mußten die loyale Maske vornehmen. Sie bekämpften nun die wirklich unionstreue Partei durch Uebertreibung der Loyalitätsbeweise, stellten sich als die eigentlichen Wächter der Union hin und verdächtigten die Partei der Bildung als geheime nördliche Sonderbündler. Sie wußten es dahin zu bringen, daß ihre Parteianhänger im Besitz der allermeisten Bundesämter blieben, deren Inhaber sonst mit jedem Machtwechsel der Parteien gegen die Anhänger der siegreichen Partei umgetauscht zu werden pflegen. Sie drängten sich massenhaft als Offiziere in die Freiwilligen-Regimenter und als Generale und Flotten-Befehlshaber an die Spitze des Heeres und der Flotte. Sie umringten als Kontrakt-Jäger, als Aemtersucher und Pläneschmiede den Präsidenten und sein Kabinet und belagerten sie zu Tausenden, bis fast zur Unzugänglichkeit derselben für unionstreue Männer. Und der Präsident und das Kabinet nahmen das für baare Münze, glaubten die im letzten Wahlkampfe besiegte (Verräther-) Partei versöhnen zu müssen und auf solche Weise alle Parteien des Nordens und die unionstreue des Südens einig um die Sache der Union schaaren zu können und gaben dadurch Alles den Verräthern preis — den von den südlichen nur in dem einen Punkte verschiedenen Verräthern, daß sie zu feig waren, um wie diese offen und mit Gewalt die Union zu bekämpfen. Nie war eine Sache gründlicher verrathen, als es die Unionssache mindestens anderthalb Jahre lang war. Nie auch hat es einen so weitverbreiteten und giftigen Verrath gegeben, als dieser offene südliche und geheime nördliche war, und nie in einem freien Volke und seinen Vertretern mehr politische Dummheit, als hier zu Tage trat. In letzter Hinsicht fällt alle Schuld des seitdem erlebten Unglücks und der Schmach auf die oberflächliche Volksbildung, sowie darauf, daß die Bildungspartei noch ganz Neuling in den Verwaltungsgeschäften war und durchaus keine „Staatsmänner" besaß, da seit vierzig Jahren ihre Gegner fast immer am Ruder gewesen waren.

Wenn wir die Sachlage der letzten zwei Jahre uns recht überlegen, so will es uns fast wie ein Wunder vorkommen, daß die Union nicht schon längst völlig zu Grunde gerichtet ist. Man bedenke nur, daß lange Zeit von mehr als zweihundert Generalen der Unions-Armeen nicht mehr als vier (Fremont, Sigel, Banks und Schurz) derjenigen Partei angehörten, welche den Präsidenten gewählt hat. Später mochten es etwa 20 sein; die übrigen alle waren Prosklaverei-Demokraten und wünschten lieber dem Süden als dem Norden Sieg. Und während drei Viertel der freiwilligen Soldaten nachweislich Republikaner und loyal waren, gab es mindestens drei Viertel der Officiere, welche das Gegentheil waren, zum Theil in die Armee blos gegangen waren, um sie entweder zu demoralisiren, oder aber zum Werkzeuge eines militärischen Diktators umzuschaffen. Und der Ober-Befehlshaber der Armee und der Chef des Kabinets gehörten und gehören noch heute einer Richtung an, welche die Antisklaverei-Politik verdammt und die Negerbarone nicht gedemüthigt und abgeschafft wünscht. General Scott war ein schwacher alter Mann, der nicht im Ernst an den Krieg glaubte, ein Virginier und Kavalier, der seiner Sippschaft nicht zutraute, sie würden auf Unionstruppen schießen. General Mac Clellan war ein Verräther in dem Sinne, daß er den Rebellen Sieg, oder wenigstens den Krieg bis dahin unentschieden wünschte, wo die „demokratische" Partei einen neuen Präsidenten (ihn selbst) gewählt haben würde; Halleck ist ein Unionsmann, welcher die Sklaverei für nothwendig hält, damit ist Alles gesagt. Herr Seward aber, der gescheidteste Kopf im Kabinette, ist ein Aristokrat, ein Bewunderer Bonaparte's und der englischen Monarchie, ein Freund des Erzbischofs Hughes von New-York, und wohl der größte moralische Feigling unter allen Staatsmännern der Gegenwart. Diese Generale, ihre Genossen und Helfershelfer verschleppten absichtlich jede Entscheidung im Felde; stahlen den Truppen die durch rohe Tapferkeit trotz elender Führung errungenen Siege, oder benutzten nie die Früchte derselben; standen mit dem Feinde in geheimer Verbindung; hielten ihn von allen Plänen der Unionisten wohl unterrichtet, während sie dem Volke amtliche Lügen der gröbsten Art über die Feldzüge auftischten; führten Insubordination und Mangel an Disciplin durch ihr eigenes Beispiel in's Heer ein; schimpften auf die Regierung; ließen es zu keiner wirksamen Organisation des Heeres und seiner

Verpflegung kommen; ermuthigten die Officiere in einem schwelgerischen Leben und im Diebstahl an der Staatskasse, während die Soldaten Noth litten; vernachlässigten den Hospital- und Ambulanzdienst und verschworen sich, eine Militär-Despotie durchzuführen. Europäer sind abgeneigt, an eine solche Verworfenheit hochgestellter Männer und einer ganzen zahlreichen Partei zu glauben, welche mit Hunderttausenden von Menschenleben, mit dem Wohlstande des Landes und der Nationalehre spielt. Allein wir haben es hier mit Thatsachen zu thun, welche bald erweisbar sein werden, soweit sie es nicht bereits geworden sind.

Diese selbstmörderische Politik der Administration Lincoln dauerte so lange, bis die eigene Partei ihr theilweise entfremdet wurde und „demokratisch" zu stimmen Miene machte, um irgendwie eine Veränderung heraufzubeschwören; bis die Feldzüge Mac Clellan's und Pope's gegen Ende August 1862 ein klägliches Ende erreichten und selbst der Sieg von Antietam fruchtlos blieb; bis der Feind die Offensive ergriff in Maryland und Kentucky, und selbst nach Pennsylvanien und Indiana Guerillas schickte; endlich bis die Oktober- und Novemberwahlen in Pennsylvanien, New-Jersey, New-York, Indiana, Ohio und Illinois bewiesen, daß die Administration gar keine Partei mehr hinter sich habe. Bei dieser furchtbaren Krisis, als der Präsident 600,000 neue Soldaten verlangte, und kein Drittel der Zahl freiwillig erschien; als der finanzielle Kredit der Union rasch zu sinken anfing, und eine europäische Intervention immer wahrscheinlicher wurde, in dieser höchsten Gefahr des Landes, was that die „demokratische" Partei des Nordens, welche die Administration so lange gehätschelt hatte? Sie erklärte sich offen für den Verrath, sie trat wieder mit ihren sonderbündlerischen Bestrebungen hervor, welche sie vor achtzehn Monaten verhüllt und verleugnet hatte. Sie jubelte zu den Niederlagen der Unionswaffen und forderte einen Friedensschluß und unbedingte Unterwerfung des Nordens unter die Rebellenherrschaft. Wenigstens thaten dies die Ehrlicheren in der Partei; die Vorsichtigen hüteten sich, ihr letztes Wort auszusprechen. Auch innerhalb der Bildungspartei waren Tausende des Krieges müde, weil keine Aussicht vorhanden schien, daß die nutzlose Menschenschlächterei und Verwüstung des Nationalwohlstandes irgendwie einer erfolgreichen Kriegführung Platz machen könnte. Indem die „demokratische" Partei sich dies zu Nutze machte und sich in den Mantel der Friedensliebe hüllte, fügte sie zu ihrem Verrathe noch die Heuchelei hinzu und machte im Jesuitismus rasche Fortschritte.

Nie hätte die Parteiwuth in diesem Lande so weit gehen und eine Hälfte des Volkes so entsittlichen können, wenn es keine Sklaverei gegeben hätte. Die Vertheidiger derselben mußten eben nach und nach durch die innere Nothwendigkeit der Sache zur Bekämpfung der Demokratie selbst, also der Grundsätze und des Geistes der Verfassung fortgetrieben werden, weil die Sklaverei mit allen demokratischen Grundsätzen unversöhnlich streitet. Der Parteikampf war also bald kein Kampf auf einem gemeinsamen Rechtsboden mehr, es war ein Principienkampf geworden. Nichts mehr war beiden Parteien gemein, nichts beiderseits zugestanden. Den Einen war die Verfassung, welche sie ebenso wie die Bibel in ihr reines Gegentheil auslegten, nur ein Vorwand, um den Pöbel zu bestechen; den Anderen war es voller Ernst um sie und ihren Geist und die Rückkehr zu den Gesinnungen der Väter. Und dieser an sich furchtbare Principienkampf wurde verschlimmert durch einen Rassenhaß, wie er nirgends schärfer ausgeprägt ist. Hätte es sich nicht zugleich um die Menschenrechte der Neger gehandelt, so wären die Führer der nördlichen und südlichen Pöbelpartei nie im Stande gewesen, die Verleugnung des großen Werkes der Washington und Jefferson zu wagen, an welches die Massen noch immer glauben. Aber der Pöbel, der selbst gefußtrittet wird, braucht eine Klasse oder Rasse noch unter ihm, der er die Fußtritte weitergeben kann. Je dümmer und schlechter ein Mensch oder eine Klasse ist, desto geneigter sind sie zu Vorurtheilen der Rasse, der Hautfarbe und anderer Zufälligkeiten am Menschen. So lange die Neger Sklaven bleiben wollten oder sollten, hatte die Partei der Rohheit nichts gegen sie einzuwenden; der *freie* oder zur Freiheit strebende Neger nur war ihr in tiefster Seele verhaßt und wurde von ihr, selbst im Norden, überall verfolgt, wo die Partei der Bildung nicht Gesetze gab. Daran konnte man in diesem Lande die Parteien besser, als an ihren zufälligen Namen unterscheiden: wo immer man einen

Weißen sah, der Neger mißhandelte, beschimpfte oder durch Abstimmungen über sie betreffende Gesetze sie entrechten half, da hatte man einen Anhänger der Rohheitspartei, der „demokratischen" Partei vor sich.

Bis Ende Januar 1863 schien es, als wenn auch im Norden die Partei der Rohheit siegen sollte. Alle, welche nicht tiefer blickten, hatten gerechten Grund zu fürchten, daß eine Revolution im Norden ausbrechen und durch ein Schreckens-Regiment die Partei der Bildung ihrer Führer und Organisation berauben, die Administration gewaltsam stürzen und den südlichen Baronen das ganze Land wehrlos zu Füßen legen würde. Der Pöbel schien eben völlig zum Werkzeuge der Aristokratie geworden; er las nichts mehr und hörte auf keine Vorstellungen mehr, und seine Zeitungen schürten mit teuflischer Geschicklichkeit alle seine bösen Leidenschaften an und belogen ihn haarsträubend. Solche Zeichen der Zeit mußten endlich die Administration zu besserer Einsicht in die Lage des Landes und zu größerer Entschiedenheit im Handeln bringen. Die Emancipations-Maaßregel Lincoln's wurde verkündet und die verrätherischen Generale wurden entlassen — entlassen ohne Strafe. Allein wie schwächlich und der Sachlage unangemessen war und ist noch immer ihre Einsicht und Handlungsweise! Das war es also keineswegs, was den Ausbruch der fertig geplanten nördlichen Revolution verhütete. Daran war schließlich nur die moralische Feigheit der Verschwornen Schuld, welche einsehen mußten, daß eine Schreckensherrschaft über ein an freie Rede, Presse, Schulen und Wahlen gewöhntes Volk nie auf einige Dauer ausgeübt werden kann, wohl aber bald seine eigenen Urheber verschlingen und mit unauslöschlicher Schande bedecken muß. Dazu mochte dann einige Furcht vor dem Unionsheere kommen, das zu drei Viertheilen, wenn nicht mehr, loyal war und bereits drohende Briefe nach Hause schrieb. Nein, im Süden, wo es nie eine wahrhaft freie Presse und Rede, freie Schulen und Wahlen gegeben hatte, dort war ein Schreckensregiment möglich und mußte siegreich sein und bleiben ohne Einspruch von außen; im wahrhaft demokratischen Norden ist ein solches kaum denkbar, im schlimmsten Falle aber nur auf ganz kurze Zeit; so sehr trägt die Demokratie alle Heilmittel ihrer zufälligen Gebrechen in sich selbst!

Damit ist die schließliche Rettung der Union und die vollständige Unterwerfung und Wiedergeburt des Südens nur eine Frage der Zeit geworden; denn die Hilfsquellen des Sonderbundes können mit denen des Bundes keinen Vergleich aushalten. Wenn aber die Union mit allen den humanen Zwecken und Einrichtungen, derethalben sie begründet war, am Ende gerettet sein wird, so wird nicht das Verdienst Einzelner, am wenigsten der dazu durch Wahl Berufenen, noch auch wird das Verdienst des Volkes sie gerettet haben. Denn die Partei der Bildung hat sich als viel zu willensschwach und oberflächlich gebildet erwiesen (immer natürlich mit vielen trefflichen Ausnahmen), um einen so großen Sieg verdient zu haben; die Partei der Rohheit aber hat demselben alle nur denkbaren Hindernisse in den Weg gelegt. In jedem anderen Lande hätten die oben geschilderten Zustände dieses Bürgerkrieges zum Untergange der Freiheit durch Militär-Despotismus, oder durch Auflösung der Nation führen müssen. Unsere freiwilligen Soldaten aber, so schlecht auch das Freiwilligkeits-System für moderne Kriegführung paßt, werden sich nie zu Werkzeugen des Militär-Despotismus hergeben; und unsere Nation ist auf das Bedürfniß der arbeitenden Klassen aller Landestheile, auf die Liebe des Volkes und den Geist der Zeit so fest gegründet, daß daran die furchtbarste Verschwörung und der großartigste Bürgerkrieg aller Zeiten jämmerlich scheitern müssen.

Da wir hier nicht unternehmen können, die Geschichte unseres Bürgerkrieges zu geben, welche überhaupt vor der Hand noch nicht geschrieben werden kann, sondern blos einen Leitfaden liefern wollen, damit sich der europäische Leser unsere Zustände und ihre wirkenden Ursachen klar machen und die Tagesgeschichte der Union besser verstehen könne, so kehren wir zur Schilderung des Landes und der Leute in den Südstaaten zurück.

Der Bürgerkrieg mag enden wie er will, er muß mit einem gänzlichen Umsturz der Zustände im Süden enden. Sollte, das Unglaublichste, der Sonderbund siegen, so ist es gleichwohl um die Sklaverei geschehen. Die Neger haben zu viel von Freiheit gehört und sie zu sehr schätzen gelernt, als daß sie länger einen Kapitalwerth als Sklaven haben könnten. Der Sieg ihrer Herren könnte ohnehin keine lange Dauer haben;

denn die Union ist nach Naturgesetzen auf die Dauer nicht trennbar. Wir wissen ferner, daß jeder Sklave mit jedem verschworen ist, welcher die Absicht hat, die schwarze Rasse so oder so zu befreien. Das Edle an diesen versklavten Negern, ein allerdings tief in ihrem Naturell begründeter Zug, ist eben, daß sie einen gewaltsamen Rassenkampf so lange vermeiden wollen, als sie noch Aussicht auf eine gesetzliche Befreiung durch die Union haben. Fällt diese Aussicht hinweg, so hindert sie nichts mehr an einem verzweifelten Losbruch, welcher nur entweder mit Vernichtung aller Schwarzen durch ihre Herren, oder mit einer nothgedrungenen Emancipation durch dieselben enden kann. In beiden Fällen fiele die trennende Ursache zwischen Bund und Sonderbund hinweg, und die Wiedervereinigung wäre von selbst bedingt. Außerdem wird hoffentlich Europa ein auf Sklaverei, Seeraub, Eroberung des ganzen Festlandes von Amerika und Sklavenhandel, um ganz Amerika mit Sklaverei zu überziehen, begründetes neues Reich nicht eher anerkennen, bis die Sklaverei selbst aufgehört hat, diesem Gesetze zu geben.

Sobald also der Süden nicht länger auf Sklaverei begründet sein wird, verändern sich nothwendigerweise alle seine Zustände. Das in Sklaven angelegte Kapital, welches vor Kurzem noch auf 3— 4000 Millionen Dollars geschätzt wurde, ist dann mit einem Male vernichtet, und es muß nach einer Entschädigung für diese ungeheure Einbuße gesucht werden. Dieselbe kann nur liegen in einem Steigen des Werthes südlicher Ländereien, welche vor dem Kriege durchschnittlich nur drei bis fünf Dollars, während die nördlichen 25 bis 30 werth waren.

Gleichviel dann, ob die großen Grundeigenthümer noch im Besitz des Landes sind, oder ob es ihnen durch Konfiskation von der Unions-Regierung entzogen ist: es wird in Stücken kleineren Umfangs an freie Weiße verkauft, oder an freie Schwarze verpachtet werden müssen, um eine bedeutende Preissteigerung zu bewirken. Das wird eine massenhafte weiße Einwanderung ganz in demselben Maaße herbeiziehen, wie die schwarze Bevölkerung mit steigendem Wohlstande zur Auswanderung nach südlicheren Breiten befähigt werden wird. So löst sich die anscheinend unentwirrbare Rassenfrage nach Naturgesetzen allmälig und ganz von selbst. Vielleicht werden Muster-Kolonien Schwarzer in Florida und Texas von Unions wegen gegründet, und dort der verwahrloste Theil der gewesenen Sklaven zur Fähigkeit der Selbstregierung erzogen werden. Soviel ist gewiß, daß die Neger bereits verschiedene mit ihnen vorgenommene Versuche recht wohl bestanden haben. Man hat es mit ihnen (ein Pflanzer in Louisiana) in der Art versucht, daß sie einen Tag in der Woche frei bekamen, unter der Bedingung, in den übrigen fünf die volle wöchentliche Arbeit zu verrichten. Mit den Ersparnissen, welche sie dann durch Arbeiten am sechsten Tage für ihren Herrn oder durch eigene Industrie machten, durften sie den fünften Tag in der Woche freikaufen, und so fort, bis sie ihre ganze Zeit freigekauft hatten, und als Lohnarbeiter doppelt so viel als bisher arbeiten gelernt hatten. Man hat es versucht, sie plötzlich als freie Arbeiter nach Canada zu versetzen und unter Aufsicht ihres bisherigen Herrn (King aus Nord-Karolina) alle auf ihre Ansiedelung verwandten Kosten abverdienen zu lassen, bis sie Grundeigenthümer geworden waren. Das größte Experiment dieser Art ist während des Bürgerkrieges auf den Sea Islands der Staaten Süd-Karolina und Georgien gemacht worden; über zehn Tausend von ihren Herren verlassene Neger wurden unter der zwanglosen Anleitung von unbesoldeten Regierungsbeamten zur Fortsetzung ihres bisherigen Ackerbaues vermocht und erübrigten in einem Jahre (1862) eine halbe Million Dollars Reingewinn, während sie zugleich lesen, auch wohl schreiben lernten und eine Vorschule in der gemeindlichen Selbstverwaltung bestanden. Der umfassendste Versuch jedoch ist von Sklavenhaltern selber in der Weise angestellt worden, daß sie den Sklaven ihre Zeit miethen und sie mit Urlaubspässen arbeitsuchend ausziehen ließen. Seltener schlossen die Herren selbst mit Miethern ihrer Sklaven Miethverträge ab. In vielen Fällen ließen sie vorher ihre Sklaven ein Handwerk lernen, oder stellten sie als Lehrlinge in eine Fabrik ein, um höhere Miethpreise aus ihrer Arbeit herauszuschlagen. Natürlich war es mehr Eigennutz als Wohlwollen, welches den Sklaven eine solche bessere Lage verschaffte, in welcher sie sich nahezu als freie Leute fühlen lernten. Es gab immer solcher Sklaven genug, welche beiweitem gebildeter waren als ihre Eigner; welche das einzige Kapital und der einzige Lebensunterhalt derselben nnd ganzer weißer

Familien waren; welche als Buchhalter, Aerzte oder Wundärzte, Geschäftsführer in Fabriken oder Werkstätten, Oberkellner, Pflanzungs-Verwalter, Köche und Köchinnen, Baumeister u. dgl. m. viele Arbeiter, und darunter selbst weiße, beschäftigten (ein Gesetz verbot dieses letztere Verhältniß in mehreren Staaten als politisch gefährlich) und sich als in fast jeder Hinsicht Freie benehmen konnten, nur daß sie unter polizeilicher Aufsicht standen und wenigstens einmal im Jahre sich bei ihren Herren einstellen mußten. Selbstverständlich war diese Einrichtung ein Ueberbleibsel besserer Zeiten, in denen der Sklave noch als Mensch galt; allein trotz einschränkender Gesetze späterer Zeit fand sie im Eigennutze der Herren ihren Schutz bis zu einem gewissen Grade. Man sagt gewiß nicht zu viel, wenn man annimmt, daß ein Zehntel, hier und da selbst ein Fünftel der Sklaven ihre Zeit vermiethen durften; denn sie füllten und füllen noch immer gewisse Berufsklassen ganz ausschließlich: als Köche und Köchinnen, Heizer, Gehilfen und Aufwärter auf Dampfbooten und Dampfzügen, Matrosen und selbst Steuerleute auf Küstenfahrern, als Terpentinsammler, Schindelmacher &c. in den Wäldern, als Auflader in den Seestädten, Bediente in den Gasthöfen und in den Privathäusern, selbst der Nichtsklavenhalter, als Dorfhandwerker und als Fabrikarbeiter in den Taback- und Baumwoll-Fabriken u. s. w. Der Südländer läßt sich nicht gern von Weißen bedienen und ist zur Mißhandlung solcher Weißen geneigt, welche sich zu körperlichen Dienstleistungen und rohen Handarbeiten hergeben. So war selbst der Hochmuthsschwindel der südlichen Aristokratie, indem er die Negerrasse und die Arbeit zugleich herabwürdigen wollte, ein Mittel geworden, die erstere durch freie Arbeit theilweise auf höhere Stufen zu heben, d. h. sie zur Sklaverei untüchtig zu machen. Der Bürgerkrieg hat alles dieses gewiß nur gesteigert, da eine Anzahl neuer einheimischer Industrien durch die Handelssperre geschaffen wurden, bei welchen nur Sklaven verwendbar waren, und da man Tausenden von ihnen selbst Waffen hat anvertrauen müssen, um die gelichteten Regimenter zu füllen, die aus Menschenmangel nicht anders gefüllt werden konnten. Wer aber weiß einen verdammenden Ausdruck, stark genug, um das Verbrechen derjenigen zu bezeichuen, welche angesichts der Thatsache, die wir eben erwähnt, der Negerrasse noch alle Bildungs- und Selbstregierungs-Fähigkeit absprechen?

Die Industrien des Südens sind nicht mannigfaltig; aber sie sind fast alle durch Neger betrieben. Die Reihe der nördlichsten Sklavenstaaten züchtete für den Markt der südlicheren Sklaven, Zug- und Zuchtvieh, besonders edle Pferde-, Maulthier- und Rindvieh-Rassen. Die Sklavenzucht ist aber die einträglichste. Virginien allein verkaufte jährlich vor dem Kriege für 25 Millionen Dollars Neger, das Fleisch und Blut seiner besten Söhne und Töchter, großentheils mulattisirte. Der Preis eines neugeborenen Säuglings war etwa 50 Doll. und stieg bis zu 500 Doll. für gesunde Knaben und Mädchen im 12.—14. Jahre. Ein erwachsener Feldarbeiter kostete 9—1200 Doll., eine junge üppige Zuchtnegerin von 1000—1400 Doll.; ein Handwerker, je nach der Einträglichkeit seiner Leistungen, 1500—2500; eine Mulattin oder Quadrone, oder Oktorone je nach körperlicher Schönheit und Frische der Waare von 1800—5000 Doll. Die Sklaven wuchsen beim Anbau von Getraide und bei der Viehzucht auf, ihr Loos war erträglich, außer daß kaum je einem der Schmerz erspart wurde, Glieder seiner Familie auf Nimmerwiedersehn verkauft zu sehen, oder selbst von ihnen hinweg verkauft zu werden, oder doch dieses Damoklesschwert ewig fürchten zu müssen. Uebrigens war es auch in jedem anderen Sklavenstaate üblich, unbändige oder sonst zu bestrafende Neger anders wohin zu verkaufen — natürlich an immer grausamere Herren, welche es verstanden, jeden Sklaven zu bändigen und, da sie billig einkauften, durch Schinderei reich zu werden.

Die zweite Industrie dieser Staaten, besonders die Virginiens, war die des Anbaus und der Zubereitung des Tabaks für den Markt. Cigarren wurden wenige gemacht, meist von Weißen; Rauch-, Schnupf- und besonders Kautaback in landesüblichen Sorten verdrängte meist den importirten. Das Geschäft war lohnend, und sein Hauptsitz war Richmond. Da aber Konnektikut längst und andere freie Staaten seit Kurzem — seit der Handelssperre — Ersatz geschaffen haben, so dürfte es nach dem Frieden nicht wieder zu voriger Blüthe aufleben.

Die Baumwoll-Spinnerei und Weberei beschäftigte vor dem Kriege etwa ein halbes Dutzend Fabriken;

seitdem hat der Süden seine Kleider und Wäsche großentheils selber verfertigt, also diese Industrie ausbreiten müssen. Das Fabrikat besteht aus lauter gröberen Waaren; nur die „Kentucky-Jeans," gemischt wollene Männerkleiderzeuge, waren besserer Art. Diese Industrie hat nach dem Frieden nur mäßige Aussichten, weil der Rohstoff nie wieder in voriger Masse wird erzeugt werden können. Als der roheste aller Ackerbauzweige wird er nach dem Sinken der Blokadepreise immer weniger Reinertrag abwerfen, als jeder andere künstlichere. Die Theilung des Grund-Eigenthums unter freie Arbeiter bedingt Selbsterzeugung der meisten Lebensmittel für eine rasch wachsende Bevölkerung, also gute, dauerhafte Lebensmittelpreise und muß also dem Cottonbau ebensowohl Ackerfläche als Arbeitshände entziehen. Endlich wird Ostindien bald ein so stark baumwollbauendes Land werden, daß Amerika nicht länger es unterbieten kann. Die Kottonkultur ist deshalb verdammt, in den Vereinigten Staaten allmälig auszusterben, und Europa mag sich nur immerhin darauf einrichten. Die Baumwollspinnerei und Weberei jedoch mag trotzdem fortdauern.

Eisen-Industrie war sehr schwach vertreten. In Richmond gab es nur eine Fabrik und noch einige kleinere in anderen Haupthandelsplätzen, welche altes Eisen verarbeiteten. Die zahlreicheren Werke dieser Art in Missouri, entsprungen der freien Arbeit, können kaum zur südlichen Industrie gerechnet werden. Eisengruben gibt es mehre bekannte von großer Güte, besonders am Kumberlandflusse in Tennessee und die schon erwähnten in Missouri; große Bodenreichthümer dieser Art scheinen noch unentdeckt oder unbenutzt zu ruhen. Die Handelssperre machte neue Kanonengießereien, Schienenwalzwerke und Hochöfen für sonstigen Kriegsbedarf nothig, wozu die Maschinerie theils aus England, theils aus dem Norden eingeschmuggelt wurde. Diese Industrie hat also nach dem Frieden erst recht eine Zukunft.

In West-Virginien sind neuerdings auch Kohlengruben, Steinöl- und Salzquellen entdeckt worden, welche aber fast nur freie Arbeiter beschäftigten und dereinst einer mannigfachen und ausgedehnten Industrie Nahrung geben werden.

In Nord-Karolina gibt es ein paar aufgegebene Goldgruben; mit verbesserter Maschinerie würden sie wieder hinlänglich ergiebig werden können.

Die Kunstgärtnerei mit frühen Gemüsen und Früchten für den nördlichen Markt beschäftigte vor dem Kriege Hunderte von Nördlichen, welche ausgesogene Felder an den Küsten von Virginien gepachtet und verbessert hatten und mit schwarzen Tagelöhnern zu arbeiten pflegten. Diese Gärtner sind fast alle als Feinde der Sklaverei vertrieben worden. Auch in allen größeren südlichen Städten trieben Deutsche und ausnahmsweise Andere eine vortheilhafte Gemüse- und Obstgärtnerei. Die Ananas wurde theils von diesen, theils von Bermuda aus in Masse in den nördlichen Hafenstädten eingeführt. Dieses Geschäft muß wieder aufleben nach dem Frieden und sich sehr erweitern lassen.

Von der Schindel-, Fässer- und Faßdauben-Industrie, welche in den sumpfigen Laubwäldern der Küste durch Neger-Kontraktoren, und von der Terpentin-, Pech- und Theer-Industrie, welche in den trockneren Wäldern theils durch Sklavenhalter mit ihren Sklaven, theils durch arme Weiße mit Neger-Tagelöhnern betrieben wurde und theilsweis noch wird, ist schon gesprochen. Colophonium und die besseren Produkte dieser Art werden immer eine Zukunft haben; die Haupt-Waldstrecken aber müssen verschwinden. Der Schiffbau der ganzen langen südlichen Küste betrug nie ein Zehntel der Tonnenzahl von dem des Nordens und beschränkte sich auf Küstenfahrzeuge. Von diesem Zehntel monopolisirten Baltimore und andere mit freier Arbeit versehene Plätze den beiweitem größten Theil. Dieses Geschäft muß viel größer aufleben, weil der Süden vorzügliche Schiffbauhölzer hat. Aus demselben Grunde wird die Möbel-Tischlerei hier eine Zukunft haben, welche jetzt nur auf Bestellung in den Großstädten arbeitet.

Von sonstigen Handwerkern sind die Schneiderei auf Kundschaft und die Schuhmacherei in allen größeren Städten angesiedelt; doch wurde bei weitem der meiste Bedarf an entsprechenden Artikeln von New-York und Cincinnati importirt — an fertigen Kleidern allein für etwa 50 Millionen jährlich. Die besseren Pflanzungen kauften den Rohstoff für alle Negerkleider, und die Hausfrauen schnitten die Kleider zu und ließen sie durch Negerinnen aufarbeiten. Mit Hilfe zahlreich importirter Nähmaschinen und durch mitimportirte

Yankeeinnen, welche sie in Gang setzten, ist die Neger-kleider-Hausindustrie schon vor dem Kriege einigermaßen ausgedehnt gewesen, und die Handelssperre muß die Kleidermacherei sehr befördert haben, so daß nach dem Frieden der Süden wohl dahin gebracht werden dürfte, seine Kleider größtentheils bald selbst zu erzeugen.

Uhrmacher und Büchsenmacher, Wagner und Schmiede, Zimmerleute und Maurer sind die letzten noch nicht genannten Handwerker in den größeren Städten des Südens, welche auf Kundschaft arbeiten, und zwar mit Ausnahme der Bauhandwerker nur mit Ausbessern beschäftigt sind.

Der Handelsstand stammt größtentheils aus dem Norden, desgleichen die zahlreiche Klasse der Clerks (Handlungsdiener), und zwar sind viele Deutsche darunter. Ganz dasselbe gilt von den Aerzten, Rechtsgelehrten und Geistlichen. Unter den Letzteren gibt es, oder gab es früher, als die Sklaven noch Religion haben durften, auch Negerprediger. Eine dem südlichen Boden entsprungene Sorte von Predigern sind die Reise-Feldversammlungs- (Camp Meeting) und Erweckungs- (Revival) Prediger. Sie haben wenig oder gar keine Berufsbildung, sondern benutzen die allen Amerikanern eigene Gabe der Beredsamkeit und metaphysischer Tieftelei und Silbenstecherei dazu, sich ein bequemes Brot zu verschaffen. Sie predigen in den zerstreuten Ansiedelungen des fernen Westens oder der entlegenen Wälder der alten Sklavenstaaten, und zwar ist eine entsetzliche Lungenanstrengung, ein wildes

Geberdenspiel und die krasseste Uebertreibung der Lehre von Himmelsfreuden und Höllenstrafen dasjenige Klappern, welches hier zum Handwerke gehört. Oft kommen sie in dichter besiedelte Gegenden, um Gottesdienst im Freien zu halten (Camp Meetings), welcher gewöhnlich wochenlang dauert und Tausende in Waldhütten tagelang festhält. Die Absicht ist, durch Ueberspannung der Gefühlsnerven Erscheinungen (besonders unter Frauen und Sklaven und alten Heuchlern) hervorzubringen, welche für heilige Verzückungen, Gotteserleuchtung, plötzliche Bekehrungen und Offenbarungen ausgegeben werden können, und dadurch die Anhängerzahl einer Sekte zu vermehren. Diese Reiseprediger verirren sich auch zuweilen in die Städte des Nordens und predigen auf Straßen und in den Kirchen, oder halten Campmeetings ab, welche der Neugier halber eine Zeitlang stark besucht sind. Ja, nach dem finanziellen Sturme, welcher 1857 im Norden zahlreiche Bankrotte herbeiführte und das Sündenbewußtsein hier und da schärfte, öffnete der orthodoxe Theil der Kirchen sich täglich zu Prayer Meetings (Gebetsversammlungen), bei denen es auf massenhafte Bekehrung kirchlicher Lauwarmer abgesehen war. Die Bewegung scheint aber den Erwartungen der Veranstalter beiweitem nicht entsprochen zu haben und schlief rasch wieder ein. Der Bürgerkrieg hat im Norden nichts dem Aehnliches erzeugt.

Ein paar Worte über die Schulen und die Presse des Südens würden das Gemälde seiner Kulturstufe vollenden. Freischulen für alle Klassen (außer den

Schwarzen) gibt es nur in wenigen Mittel- und größeren Städten; auch diese genügen nirgends weder hinsichtlich der Zahl, noch der Güte den mäßigsten Anforderungen. Die Lehrer sind entweder Yankees oder Abenteurer; seitdem aber beide Klassen schärfer beargwöhnt wurden, gingen viele Schulen ganz ein — der Krieg hat sie wohl vollends zerstört. Auf dem Lande wurde überhaupt von jeher nur während der drei oder vier Wintermonate Schule gehalten, natürlich nur im Interesse der religiösen Sekten, welche sich dadurch Anhänger heranziehen wollten, und nur wenn sich zufällig ein recht anspruchsloser Lehrer fand. Im Allgemeinen verfielen die Landschulen während des Jahrzends vor dem Kriege sichtlich (vergl. die Statistik Olmsted's in seinen Seaboard Slave States). Auch hier waren die Lehrer meist Yankees oder Abenteurer. Nicht anders war es mit den Hauslehrern beschaffen, welche die größeren Sklavenhalter sich hielten, und mit den Professoren an den höheren Lehranstalten, welche von den Einzelstaaten für die Kinder der Aristokratie gegründet waren. Jeder Staat hatte seine University oder seine College und einige Academies, theils für junge Männer und Knaben, theils für Ladies. Der unverschämteste Schwindel machte sich in fast allen breit. Männer von Selbstachtung und Tüchtigkeit mochten nicht die unerträgliche Censur des Unterrichts ertragen, welche allerwärts im Interesse der Sklaverei geübt wurde, aus den Schulbüchern jede gefährliche Wahrheit herausstrich und jede wahre Erziehung verkümmerte. In Fällen, wo solche Männer aus Liebe zur Jugend sich beugten und insgeheim solche Wahrheiten auszustreuen suchten, blieb die Entdeckung selten aus, und es erfolgte gewaltsame Austreibung des kühnen Apostolus aus dem Süden. (So wurde Prof. Franz Lieber von der Universität von Süd-Karolina vertrieben.) Natürlich lief aller Unterricht auf fabrikmäßige Abrichtung hinaus, und die Privat-Anstalten waren fast alle auf Geldschneiderei angelegt. Ziemlich viele Deutsche pflegten hier früher als Lehrer zu wirken; sie wurden häufig um den sauer verdienten Lohn geprellt, und sehr wenige, selbst von den abenteuernden, hielten es lange in solcher Stellung aus, nicht einmal die Staats-Anstellungen ausgenommen. Eltern, welche die Nichtswürdigkeit dieser Anstalten einsahen, schickten deshalb ihre Söhne und Töchter in eigens dazu eingerichtete Erziehungs-Fabriken des Nordens, die, wie schlecht auch immer, doch noch weit besser waren, oder auf die Colleges des Nordens. Mit dem Bürgerkriege begann die Auswanderung des größten Theiles dieser Zöglinge und Studenten nach Hause. Nach dem Frieden wird also für Schulen im Süden ein ungeheures Feld sein. — Die Presse kann sich mit der des Nordens nicht entfernt vergleichen. In Städten wie Baltimore, St. Louis und New-Orleans u. a., wo es eine starke nördliche Bevölkerung gab, herrschte mehr geistiges Leben. Von der sonstigen Presse der Sklavenstaaten läßt sich nur sagen, daß sie theils jammervoll geist- und kenntnißlos bedient war, theils hündisch servil auftrat. Ein lächerlich blumenreicher und prahlerischer Stil — das getreue Spiegelbild des südlichen Volkscharakters in Rede und Benehmen — verdeckte höchst oberflächlich eine empörende Rohheit der Gedanken und ihres Ausdrucks. Die Wahrheit wurde mit ebensoviel Plumpheit als teuflerischer Absichtlichkeit verkehrt, und ein wahrhaft giftiger Haß gegen die nördliche Bildungspartei und die einheimischen Gegner der Sklaverei genährt, der bereits seine blutigeu Früchte getragen hat und noch trägt. Die mißhandelte Wahrheit hat sich jedoch furchtbar gerächt. Solche Bildungsanstalten, wie die des Südens sind, können wohl gewandte Verschwörer und übermüthige Prahlhänse erzeugen, aber keine wahrhaft großen Männer. Und da selbst die Militärschulen der Union, Westpoint und Annopolis, seit Jahrzehnden unter südlichem Einfluß standen und den Geist der Sklavenhalter-Aristokratie athmeten, so hat es dem Süden wenig geholfen, daß beim Ausbruch des Bürgerkriegs ein Drittel aller gebildeten Offiziere in conföderirte Dienste ging, und der Rest im Dienste der Union fast ausnahmslos Verrath spann. Die südlichen Generale, und Commodores — und mit den Politikern ist es nicht anders — sind auch nur Anglo-Amerikaner. Es ist auch kein großer Mann und Staatsmann darunter. Das Lügen ist ihre größte Stärke, sowie im Felde die Defensive und der kleine Krieg. Wenigstens einmal im Laufe dieses Kampfes lag der Norden mit seinen ungeheuren Hilfsquellen und seiner Verschwörung des Goldenen Zirkels den südlichen Armeen fast wehrlos offen, wenn diese einen einzigen Feldherrn oder Staatsmann hinter sich gehabt hätten. Es war dies der Fall unmittelbar nach der Einnahme des Fort Sumter, als der Norden völlig ungerüstet war; sodann nach der ersten Schlacht von Bull Run, als die einzige Armee des Nordostens vernichtet war; wieder nach dem Beginn des Halbinselfeldzugs, wenn man Richmond preisgab, um dafür Washington, Philadelphia, Baltimore und New-York zu gewinnen; abermals im September 1862, als die Invasion in Maryland und Kentucky Halt machte. Die Konföderirten haben mittels ihrer Schreckensherrschaft wohl Einigkeit in das südliche Volk und eine recht leidliche Organisation und Disciplin in ihr Heer gebracht, wodurch sie reichlich das Uebermaaß nördlicher Hilfsmittel aufwogen; aber die Ergebnisse ihrer Kriegführung sind in Betracht des furchtbaren Verrathes, der den Norden lähmte, sehr gering zu nennen. Sie haben längst bewiesen, daß sie ihre Unabhängigkeit nicht auf die Dauer behaupten können.

Nein, die Sklaverei erzeugt keinen wahren Nationalreichthum, keine unerschöpflichen Machtquellen und vor allen Dingen keinen Fortschritt. Sie ist eine Quelle der Ohnmacht und Schwäche, und nur dem so tief demoralisirten Norden gegenüber konnte sie eine Zeitlang als eine Quelle der Stärke ausgegeben werden. Elf Millionen freie Bevölkerung, durch wahrhaft demokratische Verfassung geeinigt, durch fortschreitende Bildung und möglichst gleichmäßige Vertheilung des Wohlstandes und der Selbstregierung beglückt und gestärkt und durch ein höchst schwer für moderne Kriegführung angreifbares Riesengebiet voll

Wälder und Sümpfe geschützt, können allerdings nicht von außen her unterworfen werden. Elf Millionen Barbaren und Halb-Barbaren aber, von denen vier Millionen gänzlich entrechtete Sklaven, die übrigen sieben aber mit wenigen Ausnahmen Sklaven der Sklaverei sind, können nur unter so fabelhaften Umständen, wie sie bisher den südlichen Verbrecher-Aufstand begünstigten, eine Zeitlang im Felde eine Rolle spielen. Das Ende kommt plötzlich und mit Schrecken.

Nach Wiederherstellung des Friedens wird eine ganz neue Bevölkerung im Süden einziehen, die politische Gewalt in ganz andere Hände kommen, vor Allem aber werden ganz andere Quellen des Nationalreichthums und ganz andere Bildungszustände sich entwickeln.

Die freigewordenen Neger werden im Laufe weniger Jahrzehende freiwillig auswandern, und sich in tropischen Gegenden, die ihrem Naturell zusagen, und unter Franco- und Hispano-Amerikanern ansiedeln, welche wenig oder keinen Rassenwiderwillen gegen sie nähren. An ihrer Stelle werden europäische Einwanderer und nördliche Arbeiter hierherströmen und auf 160-Ackerstücken und in rasch großwachsenden Städten Ackerbau und Industrie, Viehzucht und Handel, Kunst und Wissenschaft anpflanzen. Das milde Klima und der mäßigere Grad von Arbeit, der dort zum Lebensunterhalt erforderlich ist, müssen vorzüglich Invaliden der Arbeit, Leute mit zahlreichen Familien und Deutsche aus Europa und Amerika anziehen. Es wird keine Landspekulation möglich sein, welche dem wirklichen Ansiedler das Land vertheuert und seine ersten Einrichtungen erschwert; die überall sich kreuzenden Eisenbahnen machen die Reise an Ort und Stelle billig; man kommt unter dem milden südlichen Himmel mit einer billigeren Wohnung und Kleidung aus, und die erste Ernte in Feld und Garten läßt weniger lange auf sich warten. Die Leute von beschränkten Geldmitteln und schwächerer Arbeitskraft finden also im Süden das wahre Land der Verheißung. Sie werden zu Hunderttausenden dem aufreibenden Leben der Großstädte sich entziehen und hier selbstständig zu werden und ihren Familien eine gesicherte Zukunft zu bereiten suchen und im Stande sein. Ein großer Theil der entlassenen Unionssoldaten wird im Süden auf konfiscirtem Rebellenlande wohnen bleiben, welches die Regierung an sie in Parcellen anstatt der sogenannten Bounty (es werden jedem Freiwilligen, welcher ausgedient hat, 100 Dollars zugesichert) austheilen wird. Dieselben sind bereits akklimatisirt, mit den Verhältnissen bekannt und werden die Bürgen geordneter Rechtszustände sein. Kapitalisten des Nordens werden sich hierher wenden, um dem rauhen Klima ihrer Heimath zu entgehen, und solche Industrien und Handelsunternehmungen hierher verpflanzen, welche die Bodenreichthümer ohne übermäßige Anstrengungen entwickeln. Das Aufblühen des Landes wird also nicht überstürzt werden, es wird mit mäßiger Schnelle, aber sicher vor sich gehen.

Der Anbau der Baumwolle, des Reises und Rohrzuckers müssen allmälig abnehmen. An ihrer Stelle werden Zweige des Ackerbaues und der Viehzucht aufblühen, für welche Boden und Klima besser geeignet sind. Vor allem der Anbau des Sorghum, oder chinesischen Zuckerrohrs, mit welchem in den wärmeren Strichen des Nordens seit fünf Jahren Versuche genug angestellt worden sind, um zu wahrhaft großartigen Erwartungen zu berechtigen. Es liefert einen vorzüglichen Sirop und Rohzucker, sowie Viehfutter in großer Menge, paßt trefflich in eine geordnete Wechselwirthschaft und erschöpft den Boden wenig. Der ungemein große Zuckerverbrauch des Landes sichert seinem Erzeuger einen stets reichlichen Absatz. Ferner ist der Theestrauch durch Fürsorge der Unionsverwaltung bereits mehrfach im Süden akklimatisirt, nur daß Sklavenhände mit dieser zarten Waare keinen rechten Erfolg erzielen konnten. Die freie weiße Arbeit wird den Thee, bei dessen Erzeugung schwere körperliche Anstrengungen unnöthig sind, bald zu einem Hauptverbrauchs- und Ausfuhr-Artikel des Landes machen. Der Weinbau, der in ganz Nord-Amerika an geeigneten Lagen Ueberfluß findet, muß besonders im Süden aufblühen und mit veredelten einheimischen Sorten großen Absatz erlangen. Flachs muß, sobald nur erst der Erfindungsgeist der Yankees für billige Enthülsung und Schlichtung der Faser gesorgt haben wird, ein Haupterzeugniß der südlichen Bottomländereien werden und der Laubholzsümpfe, wenn diese einst entwässert sein werden. Der Hanfbau ist ohnehin in rascher Zunahme begriffen. Zur Erzeugung von Wolle enthält kein Land mehr geeigneten Boden, und Alles, was fehlt, um sie im riesigsten Maaßstabe herzustellen, sind gute deutsche Schäfer und Viehärzte. Hat man diese, so können die Plateaus von Kentucky, Tennessee, Missouri, Arkansas, Texas und Neu-Mexiko nicht allein die zum einheimischen Verbrauch an Wollenwaare noch fehlenden zwei Drittel des Rohstoffes, sondern auch Massen desselben zur Ausfuhr liefern. Die Rindviehzucht ist im Süden ganz außerordentlicher Ausdehnung fähig, wenn sie rationell, in Verbindung mit Ackerbau betrieben wird; denn die Vermehrung der Thiere geht rascher vor sich, Krankheiten gibt es kaum, und es fehlt nur an guter Pflege und regelmäßiger Fütterung. An Schweinen liefert schon jetzt der Süden (Kentucky und Tennessee) mit seinen Eichen- und Nußwäldern den Haupttheil der in Cincinnati und anderwärts geschlachteten, welche eine so ansehnliche Industrie hervorgerufen haben, und rationelle Zucht kann die Menge des Produkts nur vermehren. Der Züchtung von Pferden und Maulthieren im großen Maaßstabe wird auch ferner kein Hinderniß im Wege stehen. Der Erzreichthum des Landes wird endlich besser erforscht und ausgebeutet werden. Zu allen diesen Entwickelungen ist deutsche Einwanderung so nothwendig wie geeignet und willkommen. Der Süden wird auch industriell von Bedeutung werden, aber Ackerbau, Viehzucht und Erzeugung von Rohstoffen, zu welchen gewiß auch später die Seide gehören wird, müssen immer die Hauptsache bleiben. Nirgends so sehr als hier können die Deutschen dem künstlerischen, wissenschaftlichen und sittlichen Gedeihen des Volksgeistes

Anstoß, Sporn und Richtung geben. Sie kommen eben in ein Land, das nach Niederwerfung des Aufstandes als **tabula rasa** zu betrachten ist für jede Nationalität, welche Kraft und Lust hat, ihre Kulturzustände da einzubürgern. Sie bringen eine größere Widerstandskraft mit gegen die erschlaffenden Boden- und Himmelseinflüsse, und in ihrer höheren Kultur die besten Hilfsmittel, dieselben auf ein unschädliches Maaß zu beschränken.

Siebentes Kapitel.

Deutschland's Kolonien und Amerika's Zukunft.

Deutschland sehnt sich nach Kolonien. Seit Jahrzehenden wird in deutschen Zeitungen und Vereinen die wichtige Frage besprochen, wie man ihm dazu verhelfen könne. Soeben wieder hat der Verein deutscher Naturforscher eine Preisschrift aufgegeben, welche die Vorzüge und Nachtheile aller zu deutscher Kolonisation geeigneten Länder gegen einander abwägen soll. Vor zwanzig Jahren schon hielten einzelne deutsche Fürsten und Adelige die Zeit für gekommen, dem Sehnen und Bedürfniß der Nation nach überseeischen Kolonien entgegenzugehen, und stifteten den „Mainzer Verein zur Kolonisation von Texas," dessen Bestrebungen so schmählich im Sande verliefen und kein anderes Ergebniß lieferten, als die Besiedelung von West-Texas mit dreißigtausend Deutschen, welche jetzt, nachdem sie namenlose Leiden glücklich bestanden hatten, durch die Sonderbundswuth zu Grunde gehen. Es war auch gar zu schmerzlich, daß die deutsche Nation, welche in der Völkerwanderung und im Mittelalter unter allen das größte Kolonisationstalent bewiesen hat, unter den modernen Nationen die einzige ohne Kolonien sein und bleiben sollte. Ja selbst in den letzten beiden Jahrhunderten noch haben zahlreiche deutsche Privatunternehmungen zur Besiedelung fremder Länder in allen Welttheilen große und rühmliche Ergebnisse geliefert, obschon die Nation als solche nichts für sie gethan, sondern sie eher behindert hat. Das deutsche Kolonisationstalent ist also nicht erstorben; warum sollte gar nichts geschehen, ihm ein Feld gedeihlicher Thätigkeit zu eröffnen? Warum sollten die vereinzelten Bestrebungen dieser Art nicht vereinigt werden, um Ansiedelungen zu schaffen, von welchen ebensowohl das Mutterland Vortheil ernten könnte, als die Ansiedler selber?

Es thut noth, daß mehr Klarheit über den Zweck solcher Kolonisation verbreitet werde. Soll der Hauptzweck, oder nur einer der Zwecke Erweiterung der politischen Macht Deutschlands sein? — Das war wenigstens bei Anlegung von Kolonien durch England, Frankreich, Spanien und Portugal, und in alten Zeiten durch die Römer der Fall. Also, verlangt Deutschland überseeische Kolonien, um seinen politischen Einfluß über das Meer zu verbreiten, an der Seeherrschaft Theil zu nehmen, die Eingebornen anderer Welttheile zu unterwerfen und zu beherrschen und dadurch seine Macht zu Hause zu verstärken, anderen Nationen gegenüber? Wenn das der Zweck sein soll, so müssen wir gewichtige Einwände geltend machen, uns im Namen des wahren Berufs der Deutschen dagegen aussprechen und jede solche Kolonisation für unmöglich erklären. Die Welt ist eben vergeben worden, während der Poet, die deutsche Nation, träumte. Nur durch ungeheuer kostspielige Kriege, deren Nachtheile allen mit der Kolonisation beabsichtigten Vortheil weit aufwiegen würden, ließ sich der Zweck erreichen. Außerdem müßte Deutschland vorher vollkommen geeinigt und zu einer Weltmacht befestigt sein; es müßte eine riesige Kriegsflotte besitzen und in jeder seiner Landesgrenzen unangreifbar dastehen, ehe es auf Eroberung von überseeischen Besitzungen ausgehen könnte. Dann gäbe es noch einige wenige Länder, welche ihm zu solchem Zwecke offenständen: Kleinasien und die Donaufürstenthümer, überhaupt ein großer Theil der europäischen Türkei, Theile der afrikanischen Küste außerhalb der Tropen, Patagonien, die Sandwichinseln und einige andere Inseln der Südsee, selbst die Prärieländer am La Plata. Durch Kauf und Unterhandlungen könnte man wohl auch Theile von Marocco und Süd-Brasilien, von Mexiko und das englische Stillemeer-Gebiet von Nord-Amerika erlangen. Allein es ist zu spät in diesem Zeitalter der Civilisation, um Eroberungskriege um Kolonien zu führen. Der Besitzstand der Kolonialmächte Europa's wird deshalb wohl vorläufig fortbestehen müssen, bis die Kolonien alle unabhängig geworden sind. Klein-Asien, ein für deutsche Ansiedelungen sehr wünschenswerthes Land, wird denselben erst offen stehen, wenn die Türken nicht mehr am Bosporus wohnen und Rußland als Eroberungsstaat untergegangen ist.

Der Geist unserer Zeit ist eben demokratisch. Kolonien, von Europäern angelegt, wollen bald selbstständig werden und sich nicht mehr vom Mutterlande aus bevormunden und besteuern, beherrschen und ausbeuten lassen. So ist Kanada und Zubehör vollständig reif zur Unabhängigkeits-Erklärung von England, sobald es von diesem kein Kapital mehr geborgt erhalten kann (es sind über 80 Mill. Dollars englisches Kapital in kanadischen Eisenbahnen, und in Staatsschuldscheinen und Aktien selbst mehr angelegt, welche sich sehr schlecht verzinsen) und der Anschluß an die Union mehr Vortheil verspricht. So hält Australien seine Verbindung mit dem Mutterlande, welches die frühere Bevormundung fast ganz hat einstellen müssen, nur noch fest, weil die Zeit des friedlichen Abfalls bald genug von selber kommen muß. Aehnlich wird es mit der Kap-Kolonie werden, mit Neu-Seeland, Neu-Kaledonien und allen englischen Kolonien außerhalb der Wendekreise. Spanien und Portugal, Frankreich, Dänemark und Holland haben ihre Kolonien in gemäßigten Himmelsstrichen und einige in heißen entweder schon eingebüßt, oder halten sie nur noch, weil ein tropisches Klima weiße Ansiedelung im größeren Maaßstabe erschwert. Ganz so würde es Deutschland mit Kolonien ergehen, welche es zu seiner Machterweiterung anlegte. Darüber braucht man vor denkenden Menschen kein Wort weiter zu verlieren.

Soll aber der Hauptzweck, oder einer der Zwecke deutscher Kolonisation die Handelsausbeutung sein, d. h. sollten die Kolonien gezwungen werden, vom Mutterlande gewerbliche Erzeugnisse zu kaufen und ihm bloße Rohstoffe zu liefern, während sie anderwärts besser kaufen und verkaufen könnten (die ältere englische Kolonial-Politik); so würden sich die Kolonien das ebenfalls nicht gefallen lassen. Deutschland kann also, wenn es aus Rücksichten des Handels überseeische Kolonien will, nur einen solchen Handel mit denselben beabsichtigen wollen, welcher möglichst frei und für beide Theile gleich vortheilhaft ist, also keiner Differentialzölle, Waarenverbote u. dgl. Zwangsmittel mehr bedarf. Dazu aber ist es gar nicht erforderlich, daß die Kolonien irgendwie politisch von Deutschland abhängig seien, sondern nur, daß der Handel Deutschlands in den Kolonien auf gleichen Fuß mit dem anderer seehandelnden Völker gestellt würde. Dazu ist nicht einmal erforderlich, daß die Kolonien ganz, oder vorwiegend deutsch seien; sondern nur, daß der deutsche Handel dem anderer Nationen gegenüber nicht künstlich benachtheiligt sei. Durch Gründung rein oder vorwiegend deutscher Kolonien läßt sich der Handel des Mutterlandes nicht großartig vermehren, am wenigsten wenn ein gewisser Zwang dabei obwaltete; sondern weit eher läßt sich das durch Handelsverträge mit anderen Kolonialmächten thun. Die deutsche Rhederei mag allerdings durch Beförderung großer Massen von Auswanderern nach deutschen Kolonien Hinfracht bekommen; es ist ihr aber damit noch keine Rückfracht gesichert. Ackerbau-Kolonien, wenigstens solche, wie sie für Deutsche wünschenswerth sind, liefern keine Stapelgegenstände, keine Rohstoffe in Massen, welche den Auswandererschiffen Rückfracht gewähren könnten. Das ist ein Punkt, welcher bisher von Allen übersehen worden ist, welche über die großartigen Vortheile deutscher Kolonisation geschrieben haben. Die deutsche Auswanderung besteht eben aus allen möglichen Berufsklassen: Ackerbauern, Viehzüchtern, Bergleuten, Handarbeitern, Handwerkern, Lehrern, Künstlern, Gelehrten, Fabrikanten und Kaufleuten. Jede neue deutsche Ansiedelung befriedigt deshalb sehr bald ihre meisten Bedürfnisse selber, verarbeitet ihre erzeugten Rohstoffe selber in Lebensmittel und Gewerbserzeugnisse, die im Lande verbraucht werden, und behält wenig zur Ausfuhr übrig; sie behält mindestens niemals genug davon zur Ausfuhr übrig, um den Auswandererschiffen eine nennenswerthe Rückfracht und dem deutschen Großhandel ansehnlichen Vortheil zu bieten. Deutsche Kolonien werden nun und nimmer massenhaft Rohstoffe auf den Weltmarkt liefern und Gewerbserzeugnisse massenhaft vom Weltmarkte beziehen. Sie werden immer in der Hauptsache ihre Bedürfnisse selbst befriedigen, einen ungeheuren einheimischen Austausch der vielfältigsten Erzeugnisse besitzen, und am Welthandel nur mit assortirten Kargos hin und zurück Theil nehmen. Die deutsche Natur ist glücklicherweise so mannigfach und individuell entwickelt, daß sie nie sich zu Kolonien hergeben wird, welche, wie die Südstaaten der Union, ausschließlich für den Weltmarkt produciren, blos Rohstoffe liefernd und fast alle anderen Bedürfnisse weither einführend, Kolonien, welche nothwendig auf Sklaverei in irgend welcher Form und Barbarei jeder Form hinauslaufen müssen. Wenn die deutsche Natur vor irgend etwas Abschen hat und zu irgend etwas gar nicht taugt, so ist es die Plantagen-Wirthschaft. Und es ist ein großes Glück, daß es so ist, die Civilisation der Humanität muß dadurch dereinst über den ganzen Erdboden schreiten. Nein, wer deutsche Ansiedelungen beabsichtigt, der erwarte, daß jede derselben ein kleines überseeisches Deutschland werde, mit allen Künsten, Gewerben, Sitten und Erzeugnissen des Mutterlandes, und eben deshalb nicht im Stande, den Welthandel, den Großhandel, den Massen-Austausch weitverschiedener Erzeugnisse lebhaft zu beschäftigen. Deutsche Kolonien sind den alten griechischen Kolonien ähnlicher als allen anderen. Sie nehmen die heimischen Götter, sie nehmen die Vorzüge und Fehler, Eigenthümlichkeiten und Lebensart des Vaterlandes mit.

Nur tropische, subtropische, polare und subpolare Himmelsstriche können dem Großhandel massenhaft Rohstoffe liefern und von ihm massenhaft Gewerbserzeugnisse entnehmen. Die eigentlich gemäßigten Klimagürtel, für welche deutsche Ansiedelungen allein passen, thun es nur ausnahmsweise, und dann immer auf Kosten der Humanität und des Bildungsfortschrittes. Sie sind für denjenigen Ackerbau der Weißen geeignet, welcher Handel, Gewerbe, Kunst und Wissenschaft in seiner Mitte hat. Deswegen sind sie allein die Ursitze der höheren Civilisation. Sobald diese über ihren Erdgürtel hinaus in die niedrigsten und höchsten Breiten strebt, kann nur eine von zwei Möglichkeiten eintreten: entweder werden die Ureinwohner versklavt und zu Werkzeugen für Versorgung des Welthandels mit massenhaften Rohstoffen herabgewürdigt; oder aber sie werden in die Schule der Menschlichkeit genommen und zu wahren Menschen erzogen; dann hat der Welthandel aufgehört, der Welt Gesetze zu geben und empfängt seine Gesetze von den höheren Interessen der Menschheit. Es werden dann auch in den Tropen- und Polarländern die für die Ausfuhr verfügbaren Rohstoffmassen sich vermindern, weil die Civilisation in jedem Lande ein hohes Maaß von mannigfachster Gewerbthätigkeit und von Kunst und Wissenschaft verlangt, die auf dieselbe begründet sein müssen. Ebendamit wird sich die Einfuhr ausländischer Gewerbs- und Kunsterzeugnisse vermindern, und jedes Land, jede Rasse wird Selbstzweck geworden sein, während bisher die meisten nur Mittel zum Zwecke der Handelsausbeutung weniger bevorzugter Nationen waren. Wenn dies Letztere allein das Ziel alles Weltfortschritts sein kann, so sollten die Freunde deutscher Kolonisation sich des unklaren Gedankens entschlagen, als habe Deutschland jemals von seinen zukünftigen Kolonien große materielle Vortheile zu erwarten, wie andere Kolonialmächte sie gereift haben und noch reifen. Wenn auch Deutschland verblendet genug wäre, was es nicht ist, eine englische Kolonialpolitik anstreben zu wollen und dadurch ein scheußliches Verbrechen an der Menschheit zu begehen: die deutschen Ansiedler sind zu einer solchen völlig unbrauchbar. Und damit hat die Sache ein Ende; es bleiben von aller deutschen Kolonisation dem Mutterlande ganz und gar keine anderen Vortheile, die sich nicht auch durch Handelsverträge ohne Kolonien erreichen ließen, übrig und zu erstreben, als ideelle, geistig-sittliche.

Diese aber sind groß genug, um für alle eingebildeten materiellen reichlich zu entschädigen. Der erste Vortheil dieser Art ist der, daß Deutschland auf Jahrtausende hinaus ein Unterkommen und einen Wirkungskreis für seine überflüssige Bevölkerung, oder um es richtiger zu bezeichnen, für seine Auswanderungslustigen, wisse, in welchen sie dem Deutschthum nicht verloren gehen. Ein zweiter ist der, daß deutsche Sprache, Berufstüchtigkeit, Kunst, Sittlichkeit, Wissenschaft und Fortschrittsliebe in allen Welttheilen herrschend werden, daß dadurch der deutsche Name geehrt und geachtet, der Einfluß deutscher politischer und socialer Bestrebungen allerwärts gefühlt werde. Ein dritter ist der, daß die deutschen Kolonien, zu mächtigen Gemeinwesen freiester Selbstverwaltung erstarkt, als Bundesgenossen Deutschlands auftreten, wo immer es sich darum handeln möge, gewaltsamen Uebergriffen herrschsüchtiger Nationen entgegenzutreten und Reformen im politischen und kommerciellen Weltverkehr einzuführen, namentlich aber für das endliche Zustandekommen eines ewigen Friedens- und Völker-Schiedsgerichtes zu wirken. Der letzte Vortheil dieser Art wäre dann ein lebhafter Ideen-Austausch zwischen den auswärtigen und vaterländischen Deutschen und durch beide eine ideelle erziehende Einwirkung auf alle Völker der Erde, welche rückwirkend auch für die Deutschen erziehend werden müßte.

Suchen wir nun den ganzen Erdkreis ab, um Platz für deutsche Kolonisation in diesem Sinne zu finden. Von vorn herein müssen alle tropischen und polaren Länder als für Massen-Ansiedelung Deutscher ungeeignet ausgeschlossen werden. Allein auch unter den gemäßigten Himmelsstrichen wird es viele geben, welche auf immer sich mit kleineren deutschen Ansiedelungen, wie sie ohne alle centralisirende Veranstaltung sich von selber finden, werden begnügen müssen. Hierher gehören auf Jahrhunderte hinaus alle großen Präriel änder, also die La Platastaaten, Uruguay, die Prärietheile von Brasilien, Texas, Ecuador, Venezuela und Neu-Granada, das Kapland und Australien, soweit es Prärie und „Busch“ ist, Süd-Rußland und die Steppen von Sibirien, der Mandschurei und englisch Nord-Amerika am stillen Meere. Sie alle sind für deutsche Massen-Ansiedelung ungeeignet, weil sie einen höchst einförmigen Boden, ein höchst einförmiges und zu Ausschreitungen geneigtes Klima und eine große Einförmigkeit der Bodenerzeugnisse, also auch eine große Rohheit der eingebornen Bevölkerung besitzen. Sie sind wasserarm, weil zu weit von den Gebirgen entfernt, und unter fast stets herrschenden einförmigen Winden liegend, haben keine Bäche und kleinen Flüsse, keine Quellen und nur wenige Stellen, wo Brunnen, selbst artesische Brunnen, einer zahlreichen ackerbauenden Bevölkerung die genügende Menge Wassers gewähren könnten. Denn die felsige Unterlage des Bodens besteht aus abwechselnden Thon- und Kalk- oder Sandsteinschichten; durch die letzteren sintert aller Niederschlag und kommt erst als Quelle oder See zu Tage, wo die ersteren ausmünden, also oft erst unter der Oberfläche des Meeres, oder in salzigen Wasserbecken; immer aber ist der vorhandene Wasserreichthum höchst ungleichmäßig nach Orten und Zeiten vertheilt. Die mächtigen Flüsse sind tief in den Alluvial- und Diluvialboden eingewühlt und entwässern das Land, anstatt es zu bewässern, wechseln zwischen sehr hohen und sehr tiefen Wasserständen, bieten also ebensowohl der Schifffahrt, als der künstlichen Bodenbewässerung mächtige Hindernisse, und da sie den einzigen Waldwuchs des Landes in ihren tiefen Bottoms bergen, dürfen sie nicht entwaldet, kann also das einzige zu regelmäßigem Ackerbau taugliche Land in den Bottoms wenig oder gar nicht benutzt werden. Der Wald fehlt eben, weil der öftere nasse Niederschlag fehlt. Ackerbau ist hier überhaupt nur bei sehr tiefer Dränirung möglich, welche Aufsaugung der Luftfeuchtigkeit durch den locker gemachten Boden erlaubt, und zur Dränirung ist, eben so wie zur künstlichen Berieselung, wo dieselbe möglich, ein neues Kolonieland wenig im Stande. Mit dem von vorn herein gesetzten Mangel mannigfacher Bodenerzeugnisse hängt zusammen, daß neue Pflanzen und Thiere nur langsam und mühselig akklimatisirt werden können, wenn überhaupt; daß also auch diejenige Mannigfaltigkeit der Berufsarten nicht entstehen kann, welche für deutsche Kolonien unerläßlich ist. Es kommen endlich in allen Prärieländern wechselnde mehrjährige Perioden der übermäßigen Trockenheit oder Feuchtigkeit, welche jede neue Ansiedelung zu Grunde richten, oder doch außerordentlich erschweren müssen. So trafen es die Deutschen in West-Texas, welche der Mainzer Verein hingebracht hatte. Bei ihrer Ankunft begann eine mehr als zehnjährige Periode ungewöhnlicher Feuchtigkeit, welche die erste Besiedelung des Landes begünstigte und es zum Ackerbau im größten Maaßstabe geeignet erscheinen ließ. Die Eingebornen (Mexikaner) schüttelten freilich den Kopf zu diesem Umbrechen der Prärie und behaupteten, nur durch künstliche Berieselung ließe sich in diesem Lande etwas im Ackerbau leisten. Mit dem Jahre 1856 dagegen begann eine Periode der Trockenheit, welche fünf Ernten nach einander in einem großen Theile des Landes völlig ruinirte, selbst die Viehzucht in die Gebirge vertrieb, und welche noch nicht ihre Endschaft erreicht zu haben scheint. So wurden die Einwendungen der Eingebornen gerechtfertigt. Der ganze große Bezirk von Amerika, wo die eingeborne spanisch- und portugiesisch-amerikanische Bevölkerung Acker- und Gartenbau nur auf künstlich berieselbarem Lande treibt, und dazu gehören alle Staaten am La Plata — ist deshalb für eine große deutsche Massenansiedelung so lange ungeeignet, bis tiefe Dränirung des Ackerbodens durch das Steigen des Bodenwerthes gerechtfertigt sein wird; also auf Jahrhunderte hinaus. Deshalb müssen wir beklagen, daß Herr Konsul Sturtz jetzt in Deutschland stark für eine größere Kolonisation des linken La Plata-Ufers agitirt. Solche Prärieländer werden auf lange hinaus fast nur zur Viehzucht im Großen, also zur Rohheit der Bevölkerung verurtheilt bleiben.

Ferner müssen zur deutschen Massenbesiedelung noch auf längere Zeit hinaus alle Länder am Stillen Meere ungeeignet bleiben. Der Verkehr derselben mit Deutschland ist zu zeitraubend, um einen innigen geistigen Zusammenhang der Kolonisten mit dem Mutterlande aufrecht zu erhalten, und zu kostspielig für Regierungs- wie Privatmittel, um größere Kolonien zu ermöglichen. Erst wenn der Weltverkehr durch Eisenbahnen und Ozean-Kanäle weit mehr als jetzt verkürzt und billiger geworden sein wird, dürfte es sich lohnen, die Sandwich-Inseln, Neu-Caledonien, Süd-Chile und verschiedene Inseln des südlichen Stillen Meeres massenhaft mit Deutschen zu besiedeln. Wir müssen jedoch ein solches Land nennen, welches schon jetzt durch eine mit großem Kapital veranstaltete Unternehmung in eine großartige deutsche Ansiedelung umgeschaffen werden könnte. Es ist dies Sonora im nordwestlichen Mexiko und die kalifornische Halbinsel, Länder, die überhaupt in Europa noch viel zu wenig bekannt sind. Wir meinen hier, wenn wir von Sonora sprechen, nicht den Küstenstrich dieses Staates, welcher bis auf 20 geographische Meilen einwärts ein fast tropisches Klima besitzt; auch nicht den wüsten, aber erzreichen nördlichen Grenzstreifen des Staates, sondern den hügeligen und stark gebirgigen Theil desselben, welcher an Chihuahua und Sinaloa grenzt. Es ist dies wohl der erzreichste Theil der Welt, und zwar besonders reich an leicht aufzuschließenden und leicht schmelzbaren Silbererzen. Zehntausend deutsche Bergleute könnten hier Hunderte von Millionen Werthes an edlen Metallen jährlich zu Tage fördern, und in den tief eingeschnittenen Thälern könnten ein Hunderttausend Ackerbauer, welche zugleich auf den Hochebenen eine ausgedehnte Schaf- und Rindviehzucht treiben würden, ein musterhaftes Gemeinwesen begründen, welches in einem milden, herrlichen Klima alle Künste des Friedens blühen machen müßte. Zur Erschließung des Landes wäre eine Eisenbahn erforderlich, welche auf dem dazu geeignetsten Boden der Welt billig von dem Punkte an, wo der Rio Grande schiffbar wird, bis auf den Grat der Sierra Madre, wo die Thaleinschnitte beginnen, ungefähr 250 englische Meilen weit erbaut werden müßte. Während die reichsten Erze in Sonora ausgeschmolzen werden könnten, würden die weniger reichen noch immer reich genug sein, um einen Transport nach deutschen Schmelzhütten zu bezahlen, und diese Eisenbahn würde also deutschen Auswandererschiffen Rückfracht zuführen, welche in Silbererz, Schafwolle, Rinderhäuten und

Hörnern und einigen unbedeutenderen Artikeln bestände. In Sonora einmal akklimatisirt, könnte dann die deutsche Auswanderung sich nach der Halbinsel Kalifornien und den mexikanischen gemäßigten Himmelsstrichen und Hochebenen der tierra caliente verbreiten. Wir lenken deshalb die Aufmerksamkeit deutscher Massenansiedelung auf Sonora als das gegenwärtige einzige Land, wo eine solche gedeihen könnte, selbst bevor Deutschland einig und fähig geworden sein würde, seine schützende Hand über den Ozean zu strecken und im Großen zu kolonisiren. Es bedarf dazu hier nur einer großen Aktiengesellschaft menschlicher und unternehmender Männer.

Denn daß überhaupt außer Mexiko kein Land der ganzen Welt übrig bleibt, wo deutsche Massenansiedelungen schon heut zu Tage, und selbst ohne den wirksamen Schutz eines freien und einigen Deutschlands in's Werk gerichtet werden können, muß nach dem Vorhergesagten hinreichend einleuchten. Mexiko nährt ein lebhaftes und tiefgefühltes Bedürfniß nach großartiger deutscher Kolonisation und besäße eine solche längst, wenn es Bürgerfrieden und Mittel dazu aufbringen könnte. Es vertragen sich nicht leicht zwei verschiedene Nationalitäten so gut mit einander als Mexikaner und Deutsche. Die katholische Kirche ist gerade in Mexiko so stark in der Neige ihres politischen Einflußes, daß sie protestantischen Kolonien keine Erschwernisse in den Weg legen kann. Sollten Frankreichs Heere, wozu wenig Aussicht, auch in's Thal von Mexiko vordringen; in den nördlichen Theilen des Landes, wo die reinest spanische Bevölkerung wohnt, wird sie nie festen Fuß fassen können. Ebenso wenig ist vonseiten der Union her für Sonora zu befürchten, und alle berechtigten Befürchtungen müssen sich entweder im Laufe dieses Jahres schon verwirklichen, oder widerlegen, so daß man sichere Pläne darauf bauen kann.

Deutschland wird überhaupt nirgends, außer in Mexiko, seine eigenen Kolonien haben, bevor es seine Einheit als freie Nation errungen hat; das gibt wohl jeder klare Kopf zu. Es wird, wie wir gezeigt zu haben glauben, überhaupt nie Kolonien im Sinne der Römer haben; das hat ihm zum Glück der Geist, welcher in der Weltgeschichte herrscht, versagt, damit dereinst die ganze Welt eine einzige deutsche Kolonie im Sinne der Griechen werde. Es hat aber schon eine großartige Kolonie dieser Art in den Vereinigten Staaten, welche allen seinen Bedürfnissen bis dahin genügt, wo eine mächtige deutsche Nation deren in allen übrigen Theilen der Welt gründen kann. Ja, die Vereinigten Staaten sind eine deutsche Kolonie in dem Sinne, in welchem allein Deutschland sie haben kann und wird, und sie werden es immer mehr und mehr. Herrschen nicht uralte, ächt germanische Verfassungen, demokratische Selbstregierung, Rede-, Preß-, Gewerbe-, Wahl- und Religionsfreiheit und freie Schule und Wissenschaft in der Union? — Ist nicht die Bevölkerung zu drei Viertheilen eine germanische, und zu einem Drittel eine von Deutschen direkt abgestammte, endlich zu einem Sechstel eine deutsch redende und denkende? Hat diese deutsch redende Bevölkerung nicht bereits einen gewichtigen politischen Einfluß und die Wagschale der Macht zwischen den Parteien des Landes in der Hand, und muß sich dieser Einfluß nicht außerordentlich steigern, wenn erst die Partei der Rohheit die Zügel völlig und auf immer verloren hat? — Ist ihr Einfluß nicht selbst bedeutender noch im Gebiete des Ackerbaus, der Gewerbe, des Handels, der Kunst und Wissenschaft? — Sind nicht die überaus wichtigen Mittelstaaten schon zur Hälfte deutsch, und die Neu-Englandsstaaten, noch mehr aber die eroberten Südstaaten bestimmt, überwiegend deutsch zu werden? — Vermehrt sich nicht die deutsche Bevölkerung des Landes viel rascher als jede andere? — Und endlich, wirkt nicht die Natur der Dinge mehr zum Vortheile deutscher Massenansiedelung innerhalb der Union, als in jedem anderen Theile der Erde? — Noch immer strömen trotz der Ungunst der Zeit jährlich dreißig bis vierzigtausend Deutsche (mehr als die Hälfte der gesammten Auswanderung aus Deutschland) von selbst nach den Vereinigten Staaten, um ihren Verwandten, Freunden und Bekannten nachzuziehen, oder unter einer demokratischen Verfassung die freieste denkbare Bewegung und die rascheste denkbare Verbesserung ihrer äußeren Lage zu suchen und zu finden. Diesen Strom, der sich selbst sein Bett gebahnt, abzudämmen, um ihn in andere wenig geebnete Bahnen zu lenken, wer will es durchsetzen? Und wenn es durchzusetzen ginge, wer will es vor seinem Gewissen verantworten? — Es handelt sich dabei nicht blos um das Interesse Deutschlands selber, sondern auch um das von Tausenden seiner Kinder, der voraussichtlichen Ansiedler selber. Hat man nicht schon Tausende derselben in schlecht gewählten Kolonien, in der Zerstreuung überhaupt, elend untergehen sehn? Vestigia terrent... Wer schildert nur den geringsten Theil der Leiden und Enttäuschungen deutscher Ansiedler in Westtexas? in Costa Rica und Nicaragua? in Brasilien? in Süd-Rußland? in Algerien? in Peru?

Wir haben Dutzende deutscher Ansiedelungen in fremden Landen gesehen und die Kolonisationsfrage seit langer Zeit sorgfältig studirt, und wir müssen erklären, daß jede rein deutsche Kolonie nur unter besonderen Bedingungen gedeihen kann. Wir schicken voraus, daß jede deutsche Kolonie, die nicht geradezu aus zusammen gelaufenem Gesindel besteht, am Ende immer insoweit erfolgreich sein wird, daß sie einem Theile der Gründer, der nicht den Leiden und Anstrengungen der ersten Ansiedelung erlegen, und nicht den ersten Schwierigkeiten zeitig entlaufen ist, das nackte Leben und wohl auch einen mäßigen Wohlstand sichert. Aber wie sehr außer Verhältniß zu den gemachten Anstrengungen und der aufgewendeten Tüchtigkeit stehen immer und überall die kulturhistorischen Ergebnisse! Was ist denn am Ende das bischen Brot und die leidlich sorgenfreie Stellung der hundert deutschen Kolonisten werth, welche von jedem ausgesandten Tausend übrig bleiben, wenn sie es mit fast völligem Verzicht auf den geistigen Zusammenhang mit dem alten Vaterlande und auf ein menschenwürdiges Dasein, auf eine wahrhafte Erziehung ihrer Kinder und auf die ehrende Anerkennung ihrer Opfer, geschweige denn eine endliche Belohnung derselben seiten der Nation daheim erkaufen müssen? Wir haben noch keine rein deutsche Ansiedelung im Auslande unter den vielen von uns besuchten gefunden, in welcher ein geistig strebsamer, höhere Ansprüche an's Leben stellender, für den Kulturfortschritt bedachter Deutscher es auf die Dauer hätte aushalten können. In allen herrscht politische Unselbstständigkeit, eine genügsame Unterordnung der Deutschen unter die einmal bestehenden Zustände und Gewalten, selbst wo eine höchst mäßige Anstrengung dieselben reformiren könnte. Nachdem man dieselbe feige oder faule Schmiegsamkeit unserer lieben Landsleute an einem Dutzend verschiedener Kolonieplätze unveränderlich hat weiderkehren sehen, kann man nicht umhin, die Deutschen für sehr unpolitische Geschöpfe anzusehen — und darin stimmt die Meinung aller anderen Nationalitäten über uns merkwürdig ein. Der lumpigste Hispano-Amerikaner getraut sich zu, uns Deutsche politisch beherrschen zu können — und er hat darin nicht Unrecht. Erst in den Vereinigten Staaten, erst als Schüler der Yankees, haben deutsche Kolonisten in größeren Massen politischen Verstand bekommen; erst hier ist der „Unterthan“ ihnen ausgetrieben worden, oder sicher vollends ausgetrieben zu werden. Und auch in den Vereinigten Staaten sind es nur die Mittelstaaten, wo die Deutschen diese Schule haben durchmachen können. Diesem Mangel an politischem Verstande ist es zuzuschreiben, daß keine einzige deutsche Kolonie sonst (außerhalb der erwähnten Mittelstaaten) mehr bedeutet, als ein überseeisches Krähwinkel, Schildburg oder Schöppenstedt, oder — wie es irgend Jemand derb ausgedrückt hat — Dünger auf dem Acker fremder Kultur. An diesem Mangel müssen alle rein deutschen Kolonien, die noch innerhalb zehn Jahren vom Tage der deutschen Einswerdung an, von Deutschland aus unternommen werden, moralisch oder ideell zu Grunde gehen, wenn sie auch materiell so leidlich gedeihen. Sie bringen Deutschland nur Schaden, denn sie befestigen die Meinung auswärtiger Völker, daß die Deutschen als Nationalität gar nichts, sondern nur als Einzelmenschen etwas werth sind.

Viel räthlicher, wenn denn doch einmal schon jetzt kolonisirt werden soll, wäre es, eine oder ein paar deutsche Musterkolonien versuchsweise zu begründen, halb aus deutschen Amerikanern und halb aus „Deutschländern“ (wie es die Pennsylvanier Bauern nennen), Musterkolonien, zu welchen nur geistig und materiell selbstständige Leute genommen, und welche von einer im Kolonisiren bewanderten Behörde unternommen würden. Denn es ist ein grober Irrthum zu glauben, daß Leute die im alten Vaterland zu nichts Rechtem zu gebrauchen sind, zu Kolonisten gut genug wären, besonders wenn die Kolonie dem Mutterlande ideellen Nutzen bringen soll. Folgende in Deutschland zahlreich vertretene Klassen taugen gar nicht dazu: schwärmerische Studirte ohne Thatkraft, und Gelehrte die auf nichts als ihren gelehrten Beruf fortkommen können; vornehm erzogene Frauen, welche nicht eine seltene Energie besitzen; dumme Bauerknechte, wenn sie zumal schon das zwanzigste Jahr überschritten haben; Luxusarbeiter, wenn sie nicht geradezu verschrieben sind; Männer mit zahlreichen Familien, die keine erwachsenen Söhne haben und wenig Vermögen; gewesene Beamte, Officiere und Adelige; alte Personen über dreißig Jahre, welche nicht zur Noth auch mittels schwerer Handarbeit sich ernähren können, oder doch durch praktische Umsicht sich auszeichnen. Einzelne Personen aus den erwähnten Klassen mögen recht wohl im Auslande fortkommen, wenn sie in von vorangewanderten Freunden ihnen bereitete Stellungen einrücken können; und in den Vereinigten Staaten sind vielen Tausenden Solcher Stätten bereitet worden. Aber gerade solche Personen drängen sich in der Regel herbei, wenn die Rede von der Gründung reindeutscher Ansiedelungen ist. Der Deutsche hat mehr Phantasie und Gemüth, als jede andere Nationalität, und so kommt es denn, daß er fremde Länder durch die grüne oder rosige Brille sieht, bis er, daselbst angekommen, furchtbar enttäuscht wird. So häufige Enttäuschungen Eingewanderter kommen bei keiner anderen Nationalität vor. Dies sollte alle Freunde deutscher Kolonisation bedenklich machen, von neuen rein deutschen Ansiedelungen zu sprechen, zu welchen nicht sachverständige Männer sich die geeigneten Theilnehmer unter den angebotenen Freiwilligen sorgfältig aussuchen können. Nach den Vereinigten Staaten dagegen mögen Hunderttausende auswandern und sich daselbst wohl fühlen lernen, während das alte Vaterland von ihnen wirklichen Nutzen behält, wogegen sie in jeder rein deutschen Kolonie elend zu Grunde gehen würden.

Die Vereinigten Staaten werden, wenn die Bevölkerung in demselben Verhältnisse zuzunehmen fortfährt, wie sie es in den ersten sieben Jahrzehenden ihres Bestehens gethan, im Jahre 1900 nicht weniger als Einhundert Millionen Einwohner zählen, und darunter werden ein Fünftel deutschredende Deutsche sein. Um das Jahr 1960 aber wird es 350 Millionen Einwohner geben, von denen fast eine Hälfte Deutsche sein werden. Und zwar ohne daß die deutsche Einwanderung auf eine größere Zahl als 50,000 jährlich anzusteigen braucht, lediglich im Wege des natürlichen Zuwachses. Wird auch dann noch die Union keine deutsche Kolonie sein? Um dieselbe Zeit wird Deutschland, wenn das Verhältniß seiner Bevölkerungs-Zunahme während der letzten 40 Jahre mit jährlich 1¼ Procent künftig dasselbe bleibt, etwa 150 Millionen Einwohner enthalten, es werden also mehr Deutsche in der Union als in Deutschland selber wohnen. Welches andere deutsche Ansiedelungsland könnte dem Mutterlande solche Aussichten bieten, als die Union?

Man fasse dabei in's Auge, daß die Union bestimmt ist, die große Welthandelsstraße zwischen dem dichtbevölkerten östlichen Asien und Europa zu werden. Sobald die Union die schon beschlossene Eisenbahn von Missouri nach Kalifornien gebaut haben wird, was höchstens drei bis vier Jahre erfordert, wird aller Personenverkehr und fast aller Waarenverkehr (aus fast lauter leichtwiegenden und werthvollen Artikeln bestehend) zwischen Europa und Ost-Asien über die Vereinigten Staaten gehen. Die größere Billigkeit der Seefracht über die See- und Landfracht kann nicht in Betracht kommen gegen die große Zeitersparniß, welche der Verkehr über das Festland von Amerika alsdann erlaubt. Der nie unterbrochene polare Passatwind der Südsee wird Schnelldampfern die Fahrt von San Francisco nach Kanton oder Japan in weniger als zwanzig Tagen, Schnellseglern in zwanzig bis fünfundzwanzig Tagen erlauben. Die Rückfahrt mit dem äquatorialen Passatwind wird nur ein Drittel mehr Zeit erfordern. Das wird den Waaren-Verkehr zwischen England und China, der jetzt 60 Tage im besten Falle dauert, auf 33 bis 40 herabbringen. Diese neue Richtung der großen Welthandelsstraße wird der Stillenmeer-Gegend der Union, welche reich an allen Mitteln zur Erhaltung dichtester Bevölkerung ist, ein noch nie gesehenes riesenhaftes Aufblühen und einen selbstständigen Handel der Union mit Ost-Asien und Australien von größtem Umfange sichern. Dadurch müssen am Ende New-York und San Francisco für den Welthandel dasselbe werden, was jetzt London und Liverpool-Manchester sind. Ein so großartiger Transithandel muß zu beiden Seiten der Pacific-Eisenbahn, selbst da, wo sie mitten durch Wüsten und Steppen führt, breite Streifen von Ansiedelungen hervorrufen, welche durch den höchst ansehnlichen Erzreichthum an der Grenze dieser Wüstenbecken noch mehr ausgedehnt werden müssen. Hier wird zum ersten Male in der

Weltgeschichte die höhere Civilisation den Kampf mit der Wüste um die Möglichkeit hochmenschlichen Daseins aufnehmen und hoffentlich allmälig überwinden. Welchen Reichthum von Mitteln wird dieses Land entwickeln, die höchsten Aufgaben der Kultur zu lösen! Eine beispiellos anwachsende Bevölkerung von erfinderischen und unternehmenden Yankees und von geduldigen, jeder schweren Aufgabe gewachsenen Deutschen, welche mehr und mehr die Schätze der Wissenschaft und Kunst aus ihrem alten Vaterlande hierher verpflanzen und die ganze Nation damit geistig befruchten! Bodenreichthümer und Verkehrswege jeder Art in höchster denkbarer Fülle, die blos der menschlichen Hände und Köpfe just von der hier gegebenen Art warten! Eine politische Einheit über ganz Nord-Amerika, welche nach Aufhören der Sklaverei durch das gegenseitige Interesse aller Staaten an einander unauflöslich wird und aller stehenden Heere und Flotten, alles bewaffneten Friedens entbehren kann; und über den ganzen halben Kontinent hin Preß-, Rede-, Wahl-, Gewerbe-, Schul- und Religionsfreiheit! Freier Raum, um alle möglichen socialen Experimente ohne Schaden für die Außenwelt vornehmen und so auf einzig richtige Weise die beste Form menschlicher Gesellschaft im Allgemeinen, wie unter allen besonderen Verhältnissen erkennen und allmälig eintreten zu lassen! Welche Zukunft einer — deutschen Kolonie!

Wir sind zu Ende. Es steht zu hoffen, daß das baldige siegreiche Ende des jetzigen Unionskampfes ein Signal für die deutsche Auswanderung werde, sich vorzugsweise und in verstärktem Maaße den bisherigen Sklavenstaaten der Union zuzuwenden. Was einhunderttausend deutsche Krieger für Freiheit nnd Menschenrechte in diesem blutigen und entsetzlichen Kampfe gethan, gelitten und ersiegt haben werden, die Erwerbung eines anbaufähigen Gebietes von der mehr als vierfachen Größe Deutschlands für freie Menschen und demokratische Selbstregierung: das sollte den darbenden Millionen deutscher Arbeiter des Erz- und Riesengebirges, des Hundsrück, Taunus, der Eifel und Vogesen, des Schwarz-, Franken- und Thüringerwaldes zugute kommen! Das sollten Hunderttausende anderer Deutscher mitgenießen, welche Kraft und Lust in sich spüren, die Aufgabe ihrer Nation, Kultur in die Welt zu tragen, auf dem zunächst dafür empfänglichsten Boden zu lösen.

Dazu ein Scherflein beigetragen zu haben, würde den Verfasser des vorliegendes Werkes wahrhaft glücklich machen.

Beendet im März 1863.

CPSIA information can be obtained
at www.ICGtesting.com
Printed in the USA
LVHW040406200422
716646LV00005B/205

9 783752 599084